# 重庆文学蓝皮书
## （2022—2024）

Chongqing Literature Blue Book

重庆市作家协会 编

重庆出版集团 重庆出版社

图书在版编目（CIP）数据

重庆文学蓝皮书. 2022—2024 / 重庆市作家协会编.
重庆：重庆出版社，2025.3. -- ISBN 978-7-229
-19986-9

Ⅰ.I206.7

中国国家版本馆CIP数据核字第202557TK78号

## 重庆文学蓝皮书(2022—2024)
CHONGQING WENXUE LANPISHU(2022-2024)
重庆市作家协会编　编

责任编辑：荣思博　冯　静　徐　飞
责任校对：刘小燕
装帧设计：刘　尚

重庆出版集团　出版
重庆出版社

重庆市南岸区南滨路162号1幢　邮政编码：400061　http://www.cqph.com
重庆出版社艺术设计有限公司制版
重庆天旭印务有限责任公司印刷
重庆出版集团图书发行有限公司发行
邮购电话：023-61520678
全国新华书店经销

开本：787mm×1092mm　1/16　印张：26.75　字数：420千
2025年3月第1版　2025年3月第1次印刷
ISBN 978-7-229-19986-9
定价：85.00元

如有印装质量问题，请向本集团图书发行有限公司调换：023-61520678

版权所有　侵权必究

# 重庆文学蓝皮书（2022—2024）编委会

主　　任：何　浩　张　者　冉　冉
副 主 任：王本朝　李元胜　李永毅　李燕燕　何炬学　张远伦
　　　　　张　兵　钟代华　蒋登科　谭　竹　谭　明
编　　委：吴景娅　王顺彬　刘　东　李姗姗　袁　锐　李广益
　　　　　宋　尾　吴佳骏　向青松　彭　鑫　李　康　杨尚鸿
　　　　　韩路荣　吴荻秋思　赵崇斌　杨晓林　陈　飞　陈　梅
　　　　　欧阳斌　洪　涛　赖思奇　唐　力　王纪伟　彭　佳
　　　　　洪　建　金　鑫

# 前　言

重庆市第五次作代会以来，重庆文学创作导向更加鲜明、创作体系持续完善、创作资源协同汇聚、创作活力持续迸发，呈现出凝心聚力、开拓进取、成果丰硕、百花齐放的生动局面。为全面回顾和系统总结重庆文学的发展成就，展示广大重庆作家热忱创作的昂扬精神和深耕广拓的有益探索，同时深入剖析重庆文学发展的内在规律，发挥引导创作、推出精品、提高审美、引领风尚的作用，进一步加强重庆文学评论工作，重庆市作家协会决定编纂出版《重庆文学蓝皮书（2022—2024）》。

《重庆文学蓝皮书（2022—2024）》概括总结了2022年至2024年重庆文学的总体情况，重点围绕重庆市第五次作代会到2024年文学门类创作情况进行整理综述，力求全面系统准确地反映重庆文学全貌和发展趋势，找准重庆文学所处的位置和坐标，铭刻重庆文学在一定时期的历史印记。综述本着理性、客观、务实的原则，从重庆文学作品的创作生产、理论评论、人才建设等多个方面进行剖析，深入查找存在的问题和不足，提出针对性的改进建议，为重庆文学持续健康发展提供有力支持。结合具体实际，在各门类综述后，分别收录2~5篇具有代表性的评论文章，帮助读者加深了解，丰富阅读体验。

《重庆文学蓝皮书（2022—2024）》的出版，不仅是对近年来重庆文学发展历程的一次深情回顾，也是对未来发展方向的一次深入展望和切实推动。本书将通过展示优秀文学作品的创作经验和艺术特色，激发广大作家的创作热情和灵感；通过剖析文学现象和文学思潮的演变规律，为作家提供创作思路和方法指导，拓宽作家的视野和创作空间。这是一件立足长远、意义深远的大事，相信出版后将为推动重庆文学高质量发展发挥积极作用。

《重庆文学蓝皮书（2022—2024）》在编纂过程中，得到了市作协各创委会、广大作家的大力支持，在此表示衷心感谢。由于系首次编纂出版，汇总整理的工作数据、列举阐释的作家作品、收录的评论文章等，可能不够完整准确或存在疏漏，敬请包容谅解。

# 目录
contents

前　言 ---------------------------------------------------------------- 1

**奋楫扬帆启新程　实干笃行担使命**
**凝心聚力推动重庆文学高质量发展**
　　——2022—2024年重庆文学事业发展总报告 ------------------------------- 1

## 第一章　小说 ---------------------------------------------------------- 15

### 综述
重庆小说：力争上游，往宏阔处突围　　　　　　　　　　　　　　17

### 评论
"树"的三重意蕴——评张者短篇小说《山前该有一棵树》　　　　25
《催眠师甄妮》情动实践与"新人"的当代性　　　　　　　　　　28
勘探一位作者的写作"前史"——读宋尾《一个平淡无奇的夜晚》　　41

## 第二章　诗歌 ---------------------------------------------------------- 47

### 综述
大江之上　诗歌熠熠生辉　　　　　　　　　　　　　　　　　　49

### 评论
感怀、耽爱与共时——评李元胜诗歌　　　　　　　　　　　　　61

1

布老虎里装了些什么？——读唐力诗歌《布老虎之歌》　　67
　　只要有一匹豹子，群峰便开始走动——华万里诗作掠影　　73

## 第三章　散文 ——————————————————————81

### 综述
　　舟出夔门　破茧化蝶　　83

### 评论
　　故土与重生——评吴景娅散文集《山河爽朗》　　93
　　直面"生命悖论"的灵魂自语——读吴佳骏四部散文集近作断思　　99
　　从生活"原型"找到精神"原乡"——评陶灵的散文集《川江博物》　　107

## 第四章　报告文学 ———————————————————111

### 综述
　　杂花生树　欣欣向荣　　113

### 评论
　　别具一格的"文学普法"
　　　　——读《创作之伞——中国文字著作权保护纪事》　　124
　　乡村历史风貌和现实蝶变的诗意化表达
　　　　——论《大足漫记》在拓展报告文学功能和内容上的探索　　128
　　为时代而歌——读周鹏程长篇报告文学《大地回音》　　137

## 第五章　少数民族文学 —————————————————141

### 综述
　　且教桃李闹春风　　143

### 评论
　　江水·市井·神启：张远伦诗歌的"三重奏"　　156
　　书写乡村巨变　讴歌时代精神——品读谭建兰长篇小说《瓦屋村》有感　　170

## 第六章　儿童文学 —— 175

### 综述
守望童心，根植大地，拥抱文学的星辰大海　　177

### 评论
自然、哲思与成长的交响
　　——评钟代华的儿童诗集《跟太阳商量一下》　　188
以美丽童话讲述灿烂文化　　194
两代援非医生的大爱故事　　196

## 第七章　文学翻译 —— 199

### 综述
服务文明互鉴战略，传播世界文学经典　　201

### 评论
译者惯习与修辞选择的互动与互补关系
　　——以陈瘦竹译《欧那尼》一剧为例　　209
冬日光亮——评宇舒译《在冬日光线里》　　225
米兰的声音——关于《相遇与埋伏》　　233

## 第八章　网络文学 —— 239

### 综述
书写新时代　网播正能量　　241

### 评论
谱写抗战烽火中的青春之歌——评红色革命历史题材网络小说《火种》　250
"九鹭非香"的启示：仙侠IP为何屡出爆款？
　　仙侠IP离不开的"九鹭非香"　　254

## 第九章　影视文学 —— 259

### 综述
重庆影视文学新势力助推重庆影视新质生产力发展　　261

### 评论
《宇宙探索编辑部》：新生代导演作者性探寻的延伸与突破　　270
巨构叙事、人民美学和新主流类型
　　——影片《志愿军：存亡之战》编剧创作谈　　283

## 第十章　文学评论 —— 289

### 综述
力求创新论文学，笔耕不辍谱新篇　　291

### 评论
现代新诗他律与自律的双重变奏——以抗战大后方新诗文体演变为例　　300
"中国现代文学制度"概念的发现与文学研究的本土现代性
　　——读《中国现代文学制度研究（增订本）》　　320
故纸寻宝　掷地有声
　　——读凌孟华《旧刊有声：中国现代文学佚文辑校与版本考释》　　327
"红岩"文化现象的本质精神还原
　　——周航学术专著《"红岩"文化现象》读后　　335

## 第十一章　文学成果转化 —— 339

### 综述
跨界融合，成果转化催开文艺繁花　　341

### 评论
宏大叙事中的烟火味　　349
当一个诗人做起电影　他想把重庆拍给更多人｜封面专访　　352

## 第十二章　科幻文学 357

### 综述
重庆科幻：想象力引领未来之城　　359

### 评论
忘忧之人　　366
从无序的微观中构建有序的宏观——评《井中之城》　　371
《骰子已掷出》：科幻小说中的未来式反抗　　375
重拾阅读科幻的快乐——读E伯爵的《异乡人》　　382
"提喻法"：科幻作为媒介——段子期小说集《永恒辩》序　　385

## 重庆文学大事记 389

# 奋楫扬帆启新程　实干笃行担使命
# 凝心聚力推动重庆文学高质量发展
## ——2022—2024年重庆文学事业发展总报告

2022年至2024年是极不平凡、令人难忘的三年，以习近平同志为核心的党中央统筹把握中华民族伟大复兴战略全局和世界百年未有之大变局，统筹推进"五位一体"总体布局、协调推进"四个全面"战略布局，统筹发展和安全，着力推动高质量发展，推动各项工作迈出新的步伐。

2022年10月16日至22日，中国共产党第二十次全国代表大会在北京胜利召开。党的二十大是在全党全国各族人民迈上全面建设社会主义现代化国家新征程、向第二个百年奋斗目标进军的关键时刻召开的一次十分重要的大会，大会明确宣示我们党在新征程上举什么旗、走什么路、以什么样的精神状态、朝着什么样的目标继续前进，深刻阐释新时代坚持和发展中国特色社会主义的一系列重大理论和实践问题，科学擘画全面建设社会主义现代化国家、全面推进中华民族伟大复兴的宏伟蓝图，在党和国家历史上具有重大而深远的意义。

2023年是全面贯彻落实党的二十大精神的开局之年。2月26日至28日召开的党的二十届二中全会，审议通过了《党和国家机构改革方案》，习近平总书记就《党和国家机构改革方案（草案）》向全会作了说明，这是以习近平同志为核心的党中央从党和国家事业发展全局出发，着眼新的使命任务、新的战略安排、新的工作需要，作出的重大决策部署，也是贯彻落实党的二十大部署的重要举措。

2024年7月15日至18日，党的二十届三中全会胜利召开，这次会议是新时代新征程上标注改革再出发再深化的一座新的里程碑。全会通过的《中共中央关于进一步全面深化改革、推进中国式现代化的决定》，着力抓住推进中国式现代化需要破解的重大问题谋划改革，聚焦七个方面共提出300多项重要改革举措，涉及体制、机制、制度等多个层面。这次全会作出把全面深化改革向广度和深度推进的战略部署，既是党的十八届三中全会以来全面深化改革的实践续篇，也是新征程推进中国式现代化的时代新篇，对强国建设、民族复兴具有重大而深远的意义。

在以中国式现代化全面推进中华民族伟大复兴的伟大实践中，在全面建设社会主义现代化国家的新的历史起点上，中国特色社会主义文化迎来新的无限广阔的天地。党的十八大以来，以习近平同志为核心的党中央把宣传思想文化工作摆在治国理政的重要位置。党的二十大对文化强国建设作出战略部署，党的二十届三中全会提出深化文化体制机制改革目标任务。从文艺工作座谈会开始，习近平总书记两次出席中国文联、中国作协代表大会开幕式，并多次对文艺工作作出重要指示批示，围绕推动文艺繁荣发展提出一系列新思想新观点新论断，形成了极为丰富的关于文艺工作的重要论述。尤其是在2023年6月2日召开的文化传承发展座谈会上，习近平总书记发表重要讲话，鲜明提出新时代新的文化使命，紧接着10月5日，又对宣传思想文化工作作出重要指示，提出了"七个着力"的重要要求。同年10月7日至8日召开的全国宣传思想文化工作会议，正式提出和系统阐述习近平文化思想，这一重要思想一经提出，就在思想文化界引发强烈共鸣。习近平文化思想从理论与实践相结合的维度，对新时代文化建设进行了精辟揭示、科学总结、系统归纳，深刻阐述了文化传承发展的方向性、根本性、战略性、原则性问题，深刻回答了新时代坚持和发展什么样的中国特色社会主义文化、怎样坚持和发展中国特色社会主义文化等一系列重大课题，丰富和发展了马克思主义文化理论，标志着我们党对中国特色社会主义文化建设规律的认识达到了新高度，表明我们党的历史自信、文化自信达到了新高度，在党的宣传思想文化事业发展史上具有里程碑意义，为做好新时代新征程宣传思想文化工作、担负起新的文化使命提供了强大思想武器和科学行动指南。

过去的三年，重庆市作协坚持以习近平新时代中国特色社会主义思想为指导，深入学习宣传贯彻党的二十大和二十届二中、三中全会精神，学习实践习近平文化思想，全面贯彻习近平总书记视察重庆重要讲话重要指示精神，紧紧围绕党中央决策部署、市第六次党代会精神和市委六届历次全会工作安排，全力推动重庆文学和作协工作贯彻新发展理念、融入新发展格局，自觉地从全市大局谋划文学一域、以文学一域服务全市工作全局，全市文学事业活力迸发、创作繁荣，各项工作取得明显成效。

## 一、2022—2024年文学工作回顾

三年来，重庆文学坚持以改革创新为动力，以服务现代化新重庆和文化强市建设为价值追求，以为人民提供丰富的精神食粮、满足人民日益增长的精神文化需求为根本目的，积极构建"14322"工作体系，丰富文学活动、繁荣文学创作、加强文学评论、建设文学队伍、打造文学阵地、强化文学合作，夯实高质量发展基础。

（一）坚持以高质量党建引领保障文学事业高质量发展

全市各级作协组织始终把政治建设放在首位，坚持用习近平新时代中国特色社会主义思想凝心铸魂，深入开展学习贯彻习近平新时代中国特色社会主义思想主题教育、党纪学习教育等重大教育活动，示范带动广大作家和文学工作者深学笃行习近平文化思想，深刻感悟党的创新理论的真理力量和实践伟力，深刻领会"两个确立"的决定性意义，增强"四个意识"、坚定"四个自信"、做到"两个

维护"，坚持以"走在前列"的政治自觉，全面加强党对文学工作的领导，坚定不移推动重庆文学朝着习近平总书记指引的方向前进。

重庆市作协机关积极打造先进政治机关，全面贯彻党的文艺路线、方针、政策，团结引领全市作家和文学工作者听党话、跟党走。聚焦重庆市委关于建设新时代市域党建新高地的安排部署，围绕实施党建统领"885"工作体系，制定打造"党性强、业务精、作风正、成果丰"的新时代"红岩先锋"变革型作协组织目标，谋划实施"春种秋收"基层党建工作法，实行党建"责任清单"认领制、模范机关创建"任务清单"备案制、我为群众办实事"项目清单"报到制、"廉政清单"承诺制，促进党建主责意识进一步增强、基层党组织功能进一步强化、党建基础性工作进一步夯实、良好政治生态和文学生态得到进一步巩固，实现党建与文学业务工作深度融合，推动习近平总书记重要指示和党中央决策部署在重庆文学领域一贯到底，引领保障重庆文学高质量发展。

（二）"四个计划"助推出成果、出人才

实施重大主题"讴歌"计划。始终坚持以人民为中心的创作导向，牢记"国之大者"、服务中心大局。对接中国作协"新时代山乡巨变创作计划""新时代文学攀登计划"，组织召开"新时代山乡巨变"创作座谈会，加强创作策划组织，鼓励和引导作家围绕党的二十大胜利召开、中华人民共和国成立75周年等重大时间节点，共建"一带一路"、乡村振兴、新时代西部大开发、成渝地区双城经济圈建设、西部陆海新通道建设、国家战略腹地建设等重大发展战略，以及智能制造、数字治理、城乡融合、生态环保、"三攻坚一盘活"等现代化新重庆建设重大部署，累计发布13期27个重点选题提示。同重庆市级部门单位开展"文明新风润巴渝　同心圆梦谱新篇"学习宣传贯彻党的二十大精神、"礼赞新时代奋进新征程"、"喜迎二十大　建功新时代——讲商务故事　诉商务情怀"等主题征文活动，举办"圆梦高速　喜迎二十大"高速公路一线采风活动、"迎接二十大书香满渝州"重庆作家优秀作品展等，重庆文学创作更加聚焦反映新时代、讴歌新征程、书写新史诗。

实施精品创作"扶优"计划。坚持各类优质资源向重点项目倾斜，出台《重庆市作家协会重点作品扶持办法（试行）》，修订《重庆市作家协会重要文学报刊发表作品奖励办法（试行）》，配合重庆市委宣传部制定《重庆市文艺精品奖励实施办法》，出版《2022年重庆作家优秀作品选》，推出《书香重庆　阅读中国——庆祝中华人民共和国成立75周年重庆作家作品集》，举办第九届重庆文学奖（含少数民族文学奖）颁奖仪式，表彰17部获奖作品，鼓励和支持重点作品参评国家级文学奖项，汇智聚力打造文学精品。三年来，重庆作家作品数量和质量稳步提升，《拯救故乡赵家庄》《创作之伞》《蓝色的涂鸦墙》《白玉朱砂》等作品入选中国作协重点作品扶持或定点深入生活项目，《家住长江边》《瓦屋村》《巴渝大地新行走》等作品入选市级重点作品扶持或定点深入生活项目，《山前该有一棵树》获第八届鲁迅文学奖，《社区现场》《太平门》获重庆市第十六届精神文明建设"五个一工程"奖，《羊群里的孩子》获四川省第十六届精神文明建设"五个一工程"奖，1人获得第五届茅盾新人奖，还有许多作家作品获得冰心散文奖、徐志摩诗歌奖、华语科幻星云奖、中国当代诗魂金奖、杨升庵文学奖、百花文学奖等全国性文学奖项，或入选当当影响力作家榜单、"世界读书日"主题阅读书单、农家书屋重点出版社推荐目录等，文学创作"精品指数"不断增长。

表1　2022—2024年重庆文学精品成果

单位：部（篇、首、组）

| 年份 | 中国作协扶持项目（包含定点深入生活及各类重点作品扶持项目） | 重庆市作协扶持项目 定点深入生活 | 重庆市作协扶持项目 重点作品扶持 | 作品在《人民文学》《十月》《收获》等全国重点文学刊物发表 |
|---|---|---|---|---|
| 2022 | 1 | 8 | 15 | 66 |
| 2023 | 4 | 7 | 15 | 46 |
| 2024 | 2 | 7 | 14 | 62 |

说明：根据历年工作数据统计。

实施文学评论"友声"计划。持续加大基础研究力度，积极发挥文学评论引导创作、推出精品、提高审美、引领风尚的作用。同重庆市委宣传部等部门联合印发《重庆市贯彻落实〈加强新时代文学评论工作的指导意见〉具体措施》，制定《重庆市作家协会文学作品改稿会研讨会管理办法（试行）》，不断健全文学理论评论工作的引导机制和工作体系。升级改版《红岩·重庆评论专号》、《重庆文学》、重庆作家网等评论阵地，开设"文学论坛""重庆书香""研讨与阐释""观点"及"大众书评"等专栏，推出重庆市作协公众号"友声"栏目，推出《地域文化与文学主题书写》《中国当代文学的主力军》等400余篇有分量的评论文章和研究成果。组织举办作品研讨会、新书发布会、分享会等100余场，浓厚重庆文学评论氛围，帮助作品更好走近读者，也从侧面反映重庆文学全貌和发展趋势，为推动高质量发展提供了理论支撑和政策依据。

实施队伍建设"培新"计划。紧扣"做人的工作"，把培养壮大重庆作家队伍作为文学发展的战略性举措，按照盘活存量、提升增量、壮大总量的总体要求，认真抓好重庆文学人才引育工作。加强顶层设计，改进工作措施，编制《重庆市文学人才发展规划》，完善文学人才发现、引进、培养、使用等全周期管理机制。连续三年举办重庆中青年作家高级研修班、新会员培训班，开展重庆文学院第五届、六届创作员培养工作，邀请中国报告文学学会副会长李炳银、鲁迅文学奖获得者刘亮程等知名作家、编辑、评论家来渝开展辅导讲座，推荐重庆作家参加鲁迅文学院高研班，中国作协少数民族骨干作家、网络作家培训班等，安排重庆文学院专业作家线上线下辅导作者进行创作，共计培训3000余人次。实行"作家回家暨书记主席与中青年作家对话"机制，开展诗歌、科幻文学、小说等主题对话活动10余场次，帮助青年作家制订创作规划，力所能及解决创作困难。实施作家培养导师制，邀请《诗刊》《山花》《西部》等国内名刊编辑与青年作家"结对子"，三期培养学员44名，指导刊发作品50余篇，5人次获得重要文学奖项。深化文学创作专业职称改革，修订《重庆市文学创作专业职称申报条件》，推进申报评审全流程网上办理，三年评审通过32人。积极开展会员发展工作，连续三年加入中国作协会籍人数逐年递增，在渝中国作协会员总数达到300名，市作协会员数增至2343名，重庆文学创作队伍规模不断壮大、品质同步提升。

表2　会员发展情况统计

单位：人

| 年份 | 加入中国作协会籍 | 加入重庆市作协会籍 |
| --- | --- | --- |
| 2022 | 24 | 83 |
| 2023 | 35 | 93 |
| 2024 | 42 | 79 |
| 重庆各区县（行业）作协会员总数5607人 |||

说明：有关数据为重庆各区县（行业）作协提供。

（三）文学阵地建设提质扩容

持续加强纸刊网媒阵地建设。完善《红岩》杂志作品征集、内容审核、出版发行等全链条管理，提升期刊编辑质量，建立基层荐稿制度，更大力度推出重庆作家作品。优化重庆作家网，开办重庆市作协微信公众号，搭建"红岩全媒体"，创建"红岩文学"APP，积极参与长江诗词数字化及应用传播工程建设，利用重庆交通广播"重庆好故事"栏目讲述重庆故事和重庆文学故事，多种方式提升文学线上传播能力。强化网络作协阵地建设，推动盛世阅读网与阿里文学、阅文集团等全国十大网络文学平台签订战略合作协议，努力将网站打造成为全市规模最大、门类最全、管理最为规范的文学网站。

建设重庆文学会客厅。2022年7月，在渝中区通远门城楼建设"重庆文学会客厅"，张贴布置重庆重要文学活动、获奖作家照片，以及在全国产生广泛影响的重庆作家作品画报，营造浓厚文学氛围，为全市作家开展研讨会、改稿会等活动，常态交流互促提供了新空间。同时，展陈摆设1000余册供市民和游客免费阅读的书籍，让通远门城楼的古色古香与沉浸式阅读相映生辉，焕发出现代都市生活新的魅力，成为市民群众和游客阅读、休闲、打卡的新地标。

挂牌"重庆文学有声馆"。2023年12月，在重庆大剧院时光里独立书店挂牌"重庆文学有声馆"，开辟专门"有声"阅读区域，定期组织作家、朗诵家、听众开展诵读活动，将有价值的文学作品进行有声转化，推介上线喜马拉雅、懒人听书等十余家有声书平台。目前已有声转化本土作家作品70余部，其中黄济人的《将军决战岂止在战场》、罗学蓬的《长河落日》《红岩密档》等均收获较好播放量。同时，加强与影视机构、文化公司合作，推动文学向其他艺术形式转化传播，电影《产房》《最后58天》《怒吼》《驭鲛记》《与君初相识》等在院线上映，长篇小说《瓦屋村》、散文集《山河爽朗》等转化为素人舞台剧演出，200余部本土作品转化成影视剧、舞台剧、网络视听节目、动漫、剧本杀等多种文艺形态，文学作为内容生产的源头和产业要素的核心，IP价值更加凸显。

打造重庆文学实践点。深入挖掘和发挥重庆传统文化、资源禀赋、城市区位等优势条件，积极规划建立覆盖市域的文学实践阵地。挂牌石柱民族中学文学校园创作实践基地、石柱桥头镇文学创作采风基地，文学创作基地数量增加至9个。制定实施《重庆市新时代文学实践点创建与管理办法》，完善实践点建、管、用工作体系，创建南川东街文旅小镇、永川十里荷香智慧田园综合体、重庆智能工程职业学院等实践点，为作家采风创作、交流研讨搭建起更为便利的平台。

（四）品牌效应持续放大

擦亮"重庆文学公开课"招牌。为营造爱读书、读好书、善读书的书香重庆建设浓厚氛围，确定"独阅乐不如众阅乐"主题，坚持每月在重庆书城举办"重庆文学公开课"，邀请市内外作者、读者、编者、记者和评论家，面向广大受众开展好书推荐、作家分享、读者交流、作者签售等活动，并录制短视频线上推广。2022年5月至今已开课40余场，中国作家网、重庆日报、上游新闻等媒体都进行了报道，短视频点击率超过400万人次，进一步提高文学在群众生活中的曝光度。

深入开展"文学在场"志愿服务。2023年4月在重庆永川组织召开全市文学志愿服务工作推进会，制定实施《文学在场——重庆市文学志愿服务工作方案》，开展阅读面对面、培训面对面、改稿面对面、服务面对面、现场面对面等"五个面对面"志愿服务项目，组织动员57家成员单位和千余名作家志愿者，通过多种方式走进企业、校园、社区、网络，走向脱贫攻坚、乡村振兴、助残扶弱一线，利用自身专业优势和社会影响力，因地制宜开展主题活动100余场次，有力推动作协工作向基层延伸，文学惠民向更广范围拓展。重庆市作协被中国作协表彰为2021—2023年社联先进集体、文学志愿优秀服务组织单位，重庆文学院荣获中国作协"文学志愿优秀服务队伍"称号。

（五）文学"朋友圈"广泛拓展

成立西南文学发展联盟。2023年10月，西南六省（区、市）文学工作协作交流会在渝举行，中国作协创联部主要负责同志，四川、贵州、广西、云南、西藏和重庆作协负责人出席会议并展开交流，就携手助推文学事业高质量发展达成共识。经重庆市作协倡议，六地作协成立西南文学发展联盟，并签署了《西南六省（区、市）文学发展联盟协议书》，围绕作家深入生活、青年作家培养、文学期刊交流等方面建立紧密合作机制，逐步搭建区域一体化文学深扎平台、推广平台、创作平台、培训平台、研究平台，共同推出具有鲜明地域特点的"西南文学"，塑造新时代"西南作家群"。重庆荣昌、潼南、铜梁、永川等作协相继与四川下属地市作协建立交流合作机制，开展文学交流采风活动，有力推动川渝两地作协组织共同唱好成渝"双城记"。

成立重庆市高校文学院联盟。2024年6月，重庆文学院与在渝十二所高校文学院系联合成立重庆市高校文学院联盟，成为国内首个省级高校文学院联盟，也是目前国内各类文学联盟中参与单位较多、层次较高的文学联盟。通过搭建队伍建设、社会实践、文学创作、作品推广、能力提升、理论研究等平台，进一步整合高校文学资源，培养文学创作力量，助推打造更多标志性文学成果。

### （六）重要文学会议活动频频出彩

2023年2月，中国作协"深入生活、扎根人民"主题实践经验交流暨创联工作会议在渝召开，中国作协有关领导和各省市作协负责人、作家代表120人出席会议，并就开掘现实题材、服务广大作家等主题深度交流。中国作协"绿水青山·乡城南川"主题采访采风活动在渝举行，同时，西南地区首个中国作家"深入生活、扎根人民"新时代文学实践点在南川挂牌。在这次会议上，重庆市作协被中国作协评为2022年度"深入生活、扎根人民"主题实践先进集体，曾维惠、吴剑波两位重庆作家被中国作协评为2022年度"深入生活、扎根人民"主题实践先进个人。

2024年4月，在中国作协指导下，成功承办"书香中国 悦读文学"第二届全民阅读季系列活动，中国作协、重庆市人大常委会、重庆市委宣传部有关领导，四川、贵州、云南、西藏作协负责同志，阿来、东西、王跃文等多位知名作家，以及有关省市代表、阅读推广人等130人出席活动，短短两天时间在重庆9个区、2所大学举办文学活动20余场，286家媒体对活动进行了报道，总浏览量1.1亿人次，在全市乃至全国引领阅读风尚，受到全国人大常委会、中国作协、重庆市委、重庆市人大常委会有关领导同志充分肯定。

三年来，除了举办、承办中国作协多场次重要会议活动外，还同川渝两地生态环境部门、宣传教育部门和作协联合开展四届"双城绿动话发展 川渝作家环保行"活动，组织近百名作家前往生态环保工作一线，书写"绿水青山就是金山银山"理念在巴渝大地的生动实践，一批反映生态文明的活动作品在《作家》《人民文学》《人民日报》等发表，出版了《见证——川渝作家环保行优秀作品集》《生生嘉陵：第二届川渝作家环保行作品集》等。举办了两届"红岩笔会"，邀请国内知名作家、编辑开展主题研讨活动，在文学界得到广泛关注。

## 二、重庆文学存在的短板和不足

三年来，通过全市广大作家和文学工作者艰苦卓绝的努力，重庆文学取得了一定成绩，但与文学大省强市相比较，差距还较为明显，在政策投入、精品创作、阵地与人才队伍建设等方面仍然存在很多不足，面临一些深层问题与工作短板。

第一，人才不够"足"。拔尖作家较少，市区（县）两级作协年龄大于60周岁的会员数量超过半数，年龄分布呈倒金字塔形，处于"当打之年"创作黄金期的中青年作家未能形成规模和梯队。在专业作家引进方面，还存在政策限制，文学人才引育机制还不够完善。近三年文学创作专业职称评定申报人数都较少，特别是2022年申报人数仅5人，为历年最低，且没有高级职称申报人员，反映了文学人才短缺的客观现状。

第二，作品不够"精"。思想精深、艺术精湛的名作力作偏少，重庆至今没有项目入选中国作协"新时代山乡巨变创作计划""新时代文学攀登计划"。各门类创作水平和成果不够平衡，诗歌和少数民族文学创作有较大影响力，小说有所突破，儿童文学取得过历史成绩，但散文等类别创作还较弱，与周边省市比有较大差距。

第三，阵地不够"强"。重庆文学纸刊阵地为全国各省市最少，公开发行只有《红岩》一家，文学类新媒体平台影响小，而全国多数省市普遍具有两到三份文学刊物，市内没有专业性文艺出版机构，对本土作家支持力度有限，能够给予本土作家登台亮相的机会不多，许多优秀作家选择市外发表、出版作品。

第四，品牌不够"响"。具有重庆辨识度和较大影响力的文学品牌项目偏少，"重庆文学公开课"总体关注度较小，没有形成声势。"友声"计划才实施两年，重庆文学评论、文学研究力量较薄弱的现状还未根本性转变，缺少长期跟踪系统研究重庆作家作品且有影响力的评论成果。

第五，转化不够"好"。本土文化市场发育程度较低，市场主体实力不强，要素资源分散，缺乏成果转化专业平台，向其他艺术门类拓展渠道窄，大量优质版权流向市外或未进行有效转化。

## 三、重庆文学高质量发展思路

未来一段时期是重庆深入落实文化强市战略定位的重要阶段，重庆文学将坚持以习近平新时代中国特色社会主义思想为指导，全面贯彻党的二十大和二十届三中全会关于文化工作的战略部署，学习实践习近平文化思想和习近平总书记视察重庆重要讲话重要指示精神，坚持创造性转化、创新性发展，迭代升级目标体系、工作体系、制度体系、评价体系，助推打造更多"西部领先、全国进位和重庆辨识度"的标志性文学成果，为奋力谱写中国式现代化重庆篇章贡献文学力量。

（一）聚焦中心大局组织重大主题创作，彰显新时代文学的价值与担当

习近平总书记在中国文联十一大、中国作协十大开幕式上对广大文艺工作者提出五点希望，第一点就是"希望广大文艺工作者心系民族复兴伟业，热忱描绘新时代新征程的恢弘气象"。重庆文学要始终胸怀"国之大者"，志存高远，深刻把握强国建设、民族复兴的时代主题，深入生活、扎根人民，真情倾听时代发展的铿锵足音，生动讴歌改革创新的火热实践，积极做伟大时代的参与者、历史进程的记录者，发挥文学创作吹响时代号角、展现时代风貌、引领时代风气的作用。坚持重要关头文学在场，聚焦进一步全面深化改革、抗战胜利80周年、改革开放50周年、重庆直辖30周年等重大主题，以及党中央重大决策部署，重庆市委、市政府工作安排，抓好创作组织，集中推出一批具有时代高度、人文温度和重庆辨识度的文学作品，唱响昂扬的时代主旋律。

（二）深入实施组织化推动文学精品创作生产机制，推动精品创作持续繁荣

整合重大主题"讴歌"计划、精品创作"扶优"计划、文学评论"友声"计划等工作项目，建立组织化推动文学精品创作生产机制，做深做实文学创作"定

标""强链""转化"三个方面工作。从选题开始，建立"讴歌"计划重大现实题材库，将定点深入生活、重点项目扶持、评论研讨改稿、评奖表彰、成果转化等各环节优势资源聚合，形成一个协同完整的工作链条，催化精品文学创作生产。同时，根据作品选题、发表、转载、转化、影响力和入选各级扶持项目、获评各类奖项等指标，分别形成可量化的评估体系，加强对作家的服务对接，定期向相关文化部门和文艺公司推送，积极促成优秀作品版权开发，推动转化为影视、动漫、网络视听、舞台剧等其他文艺形态产品。

（三）加大文学人才引育力度，夯实可持续发展基础

习近平总书记强调，"繁荣文艺创作、推动文艺创新，必须有大批德艺双馨的文艺名家"。重庆各级文学组织要紧扣"做人的工作"，团结凝聚作家队伍，培育文学新力量。注重发现吸收富有潜力的青年作家、基层作家与新文学群体，不断促进各级作协组织会员结构优化和各文学门类的均衡发展。健全专业作家培育集聚机制，引入优秀创作人才进入专业作家队伍，提升作家培训的规模和水平，有规划地举办中青年作家高研班、新会员培训班、创作员培训班，完善"作家回家暨书记主席与中青年作家对话"机制，坚持开展全国知名文学刊物编辑与青年作家"结对子"，发挥文学创作基地指导培养青年文学人才作用，为作家成长成才提供更多机会、更好平台。积极推荐重庆作家申报入选文化名家暨"四个一批"人才工程、"重庆英才计划"等，造就一批文学领域领军人才、拔尖人才、青年英才，努力形成重庆文学界"群英荟萃"的生动局面。

（四）加强文学数字化建设，打造文学新质生产力

党的二十大把"实施国家文化数字化战略"作为繁荣发展文化事业和文化产业的重要举措。要紧跟时代发展和新时代文学创作传播形式创新，积极拥抱新技术、新手段，推动文学可视可听可感，把更多文学精品以群众喜闻乐见的方式展示呈现，助力文学在全社会普及传播。重庆作家网、重庆作协公众号、红岩文学APP等文学网络阵地，要提升内容质量、扩大覆盖影响，为展示本土作家和作品搭建更为广阔的网络平台。"重庆文学公开课"要进一步优化，放大品牌效

应，邀请更多市内外知名作家登台讲课，拉近作者与读者的距离，为人民群众提供更多文学新感受、阅读新体验。积极融入数字重庆建设，推动会员管理、发展等工作上网，探索建立网上作品库、专家库等数据库，助推文学工作数字化、智能化。

（五）全面加强党对文学工作的领导，党建引领文学事业高质量发展

党的领导是社会主义文艺发展的根本保证，习近平总书记对宣传思想文化工作"七个着力"的重要要求中，"着力加强党对宣传思想文化工作的领导"是居于首位的。坚持把党的领导融于作协建设和文学工作各领域、全过程，全面加强作协机关政治建设、思想建设、组织建设、作风建设、纪律建设、制度建设，提升作协党员干部政治素质和专业素养，引领带动作家队伍始终听党话、跟党走。严格文学领域意识形态管理，健全区县（行业）作协、主管社团风险隐患排查整治机制，落实作品审核把关制度，织牢织密文学领域意识形态安全网络。持续深化文学领域综合治理，加强职业道德建设，营造正气充盈的文学生态。

# 第一章

## 小说

# 综 述

## 重庆小说：力争上游，往宏阔处突围

2021年重庆市第五次作代会以来，本土小说进入迅速发展期，整体创作态势持续向好，作品质量不断提升，实力作家佳作迭出，队伍新人不断涌现，"量"与"质"齐头并进，行业生态及基础样貌均得到较大改观，充分展现了重庆文学的新气象、新作为。2022年8月，张者小说《山前该有一棵树》获评第八届鲁迅文学奖短篇小说奖，这也是重庆作家第一次获得小说类鲁奖，自此，重庆小说拥有了一道清晰可辨的刻标，在全国文学生态之林占得一席之地。重庆小说因而也走到一个全新的坡度，站在一个崭新的历史起点之上。

## 一、在上游锚定自己的位置

2021年以来，可说是重庆本土原创小说态势较好、发展较均衡和收获颇丰的时期，呈现了丰富多态的样貌和特点。

### （一）"争上游"能力极大增强

考量一个地区文学水准和文学生态及活跃程度，文学人数和基层发展固然重要，但更直观的角度是有没有冒尖的作家和作品，换言之，就是每年有多少作者、多少部作品登陆国内最顶尖文学期刊、文学选刊和年度选本，进入具有辐射力和影响力的全国性文学评价视野。第五次作代会之前，小说长期是重庆文学的薄弱项，难发表，发表难，尤其是国家级文学刊物上的作品更为稀缺。这种情况在近年得到极大改善——曾宪国、余德庄、张者、冉冉、宋尾、第代着冬、宋潇凌等文学宿将和中坚作家，分别在《人民文学》《收获》《十月》《当代》《中国作家》《民族文学》等期刊发表作品，多达三十余部（篇）；《小说选刊》等国内重要文学选刊多次给予转载。这些作品，无疑提供了一连串可观可感的"重庆叙事"，传递出清晰可辨的"重庆声音"。

评判和衡量一城一地文学水平，一个标志要点在于，有多少作家和作品可以处于"上游"位置。对小说而言，国家级重点文学期刊、选刊和年度选本就是文学的"上游"，只有在"上游"浮现，才拥有最大程度的被观察和评判的资格，也代表着一个地区的文学能力和文学潜力。在这个意义上，上述作品便是重庆展示给外界的直观文学形象。

（二）老中青齐发力，新人在路上

2021年至今，重庆作家在省级以上重点文学刊物发表小说百余篇，其中，既有资深作家、稳定的中坚力量，也有"文学新血"——不断涌现的"90后""00后"等新生力量以及来自基层的新作者。这是相当可喜的一个现状。

余德庄、曾宪国、王雨等生于20世纪40年代的作家，依旧保持旺盛创造力。余德庄、曾宪国尤擅中篇小说；王雨以长篇创作为主，兼事短篇。三位作家的共同点是，作品都带着深刻的地域文化内涵，用独特的构思和烟火气的故事挽留着城市记忆。

作为重庆小说领军人物的张者，始终保持高水准，篇篇精品，每部小说都刊发于《收获》《人民文学》等重要核心期刊，并被各大选刊关注和转载，吸引文学和评论界极大注意。其作品风格变化多样，或典雅庄重，或戏谑喜剧，但核心主题常常是"拯救"，在此基础上构建无与有、空与实，生与死、得与失各类关系的空间。

"60后"作家第代着冬，近年创作势头良好，在《民族文学》《小说月报》《红岩》等刊物上频推佳作，其作品往往以乡村为背景，可读性极强，同时不乏深度。

强雯、贺彬和宋尾，是当前重庆小说的中坚力量，三人都拥有媒体职业背景，这种行业经历也给重庆小说带来了不同以往的文学风景。强雯小说着力关注女性、家庭，直抵城市和时代内在，质地细腻；贺彬擅长中篇，沉郁的笔致之下，寄寓着一代人的怕与爱，真实、饱满，且有温度；宋尾往往以小事件和小人物为切口，探求城市日常中极为熟悉但极易被忽略的事物。

尤其令人鼓舞的是，重庆小说曾经青黄不接的状况，在这一时期也得到了较大改善，更为年轻的作者已经走在路上。"80后"作家唐糖在《大家》《湖南文学》等刊发小说，吸引了广泛关注；"90后"作家周睿智、周宏翔、林檎、熊那森、李君威、冉茂一、徐杨等在国内各大刊物如《收获》《山花》《长江文艺》《青年文学》等纷次亮相；"00后"作家西沱在《红岩》《青年作家》等刊物上展示了富于个性和冲击性的文学能力。

其中尤其值得一提的是"90后"小说家林檎，几乎是以横空出世的姿态进入文坛的。仅2024年上半年，他便在《人民文学》《花城》《长城》《青年作家》《解放军文艺》《创作》等期刊集束式地刊发作品，引起文坛多方关注。而另一位"90后"小说家周睿智，其小说陆续登陆《人民文学》及《山花》等国内重要刊物的重要栏目，成为国内青年作家中不容忽视的存在。上述新人的加入，就像一股溢流给原本即将板结老化的重庆小说带来了更大的想象和更新的活力。

（三）本土长篇和单行本，枝繁叶茂

长篇小说作为文学中无可争议的单项，其获得的关注和产生的影响也是其他门类所不能企及的。

2021年迄今，冉冉在《十月》杂志发表长篇《催眠师甄妮》；宋潇凌在《中国作家》发表长篇《十二背后》；海娆在《当代》杂志发表长篇《我的弗兰茨》；宋尾在《江南》杂志发表长篇《相遇》；张者、宋潇凌合著的长篇《万桥赋》在

《中国作家》发表。2024年开年之初，重庆文学最大的一个收获，是"90后"作家周宏翔在《收获》刊发长篇小说《当燃》，这也瞬间吸引了全国业界关注。重要的是，《当燃》是一部不折不扣以重庆、以奋进不屈的重庆女性为主角的长篇小说，在很大程度上，这部励志小说填补了重庆文学的一段空白。

以上长篇均在发表之后推出单行本。此外还有张者大中篇《赵家庄》，于《人民文学》刊发后，应出版社要求扩展为长篇，亦将推出单行本。多部长篇在重要期刊获得发表然后发行于世，成为近年重庆小说最直观的重要成效。

小说集频密出版也是近年重庆文学的一个亮点。2022年，人民文学出版社先后发行宋尾小说集《一个平淡无奇的夜晚》、张者《桃李》20年纪念精装版；作家出版社推出张者最新小说集《山前该有一棵树》。2023年，王雨出版小说集《十八梯》；曾宪国继《花街子》后新推长篇力作《我的名字在歌唱》；张娓在百花文艺出版社出版《重新出发》；重庆出版社推出贺彬小说集《乐园》；宋尾《失踪在街上的人》、强雯《岭上一号》等两部小说集被北岳文艺出版社出版发行；叶子小说集《一条河能流多远》由阳光出版社出版发行；等等。

伴随作品出版发行繁盛而来的另一特点是：重庆市内小说分享活动骤然增多，读者参与热情也极为高昂。2023年，几乎所有出版新书的小说家都举办了自己的新书发布、分享活动，为重庆文学营造了一种积极热切的氛围。

（四）斩获各大文学奖项，璀璨如星

奖项亦是对文学的一种选拔和考察。2021年以来，重庆小说一扫之前平庸冷清的态势，可以说收获颇丰。

其中，李海洲凭中篇小说《高手寂寞》获第二届川观文学奖小说奖；宋尾小说集《一个平淡无奇的夜晚》获首届嘉陵江文学奖优秀小说奖、《荒芜的雨滴在夜里明亮极了》获第七届红岩文学奖短篇小说奖；海娆长篇《我的弗兰茨》获第二届世界华文笔会影视文学奖；曾宪国长篇《花街子》及宋尾长篇《相遇》获评首届"大巴山文艺推优工程"优秀作品等。新生代作家周睿智凭短篇获红岩文学奖新锐奖；熊那森获《西部》文学奖新锐奖；林檎获得全国第二届蒙面写作计划首奖。

当然，近年重庆文学最为浓墨重彩的一笔，也可称为分界点的一个标志性事件便是，张者小说《山前该有一棵树》荣获第八届鲁迅文学奖短篇小说奖，被媒体称为"在全国顶级文学奖项小说门类中零的突破"，该作品随后还获得第十三届茅台杯小说选刊年度奖-荣誉奖。张者在创作谈里这样写道："我们太需要一棵树了。一棵树有时候比水更重要。水关乎我们的生命，树却关系到我们的心灵，这不仅仅是遮荫那么简单。"重庆文学缺这棵树缺得太久了，至此，重庆小说来到了一个新的起点。

## 二、重庆小说的新刻度

2021年以来，重庆作家在国内省级以上重点文学刊物发表小说百余篇（部），这个数据令人振奋，察观数据，不仅是简单的"量"的增加，而且也是质的跃升。

### （一）本土小说整体形象获较大改观

一直以来，外界对"重庆小说"存在着不少疑难和诟病。相较于重庆文学其他门类尤其是繁盛的诗歌，小说之面目和形象历来模糊和孱弱。但近年来，这种情况正有所改变。

与以往相比，近年首要变化便是作品发表数量——在省级以上文学刊物的发表量明显增多，这说明，重庆作家已在很大程度上解决了既往"难发表"和"发表难"的顽疾，同时也意味着，具备稳定创作能力的本土小说作者在整体数量上有所增多。

第二个变化是"质"。近几年，重庆小说家在《人民文学》《收获》《当代》《十月》等重要文学刊物发表作品数量日益增多，被各大选刊转载量显著提升。这些小说涵盖长中短各类型，比翼齐飞，在以往历史上很少出现，这也充分说明，重庆小说家造精品的能力也较之前更强。从寻求发表到追求"精品"，在业内、评论界和读者当中均形成良好口碑。"重庆小说"这个新品牌在逐步建立。

需注意的是，本土原创小说的质量擢升，非"单兵式"和"单品式"，而是群体涌现，小规模、成建制向外界展示一种强烈的整体印象。反过来，这种积极上扬的整体势头，也激励和驱动了重庆文学内部，有效促进了文学的良性竞争。重庆文学从整体内容和形象上均得到较大改观。

### （二）创作队伍结构更为立体均衡

如今，重庆小说整体上结构完整齐备。资深作家尚有余勇，屡现佳作；中坚作家持续稳定；青年作家起点较高，个性突出。然而很值得特别关注的是，近些年，重庆小说在发展中自然形成了一些有别于历史时期，同时在全国范围内也颇鲜明的群体性特征。

首先是"媒体小说家"。可划入其中的计有张者、傅小渝、曾宪国、蒋春光、贺彬、强雯、宋尾、敖斯汀、张娓、陈泰湧、徐杨等。顾名思义，"媒体小说家"即拥有媒体行业从业背景的小说作者。在重庆，有如此多媒体背景的小说家，而且作品普遍成熟，部分作家已然是重庆文学乃至国内小说的中坚力量，其中张者亦是重庆小说领头羊和带头人。这类情形，在国内不能说绝无仅有，应当说也是比较罕见的。可算是文学中的一道奇特风景。

另一值得注意的现象是，近年来，重庆涌现了一大批女性小说家，有意无意地以一种群体姿态展示在文学潮头。以冉冉、宋潇凌、强雯、海娆为代表，包括更年轻的唐糖、熊那森、舒舒、何春花等，形成了一个"重庆女性小说家群"。这也是近年来出现的一个较有趣的现象，是重庆文学的新亮点。

还有一群不容忽视的文学力量，来自重庆各区县和各基层。这群写作者作为本土创作的基底，在重庆小说的质量擢升和氛围营造上提供了相当积极的作用。其中如野海、蔡晓安、叶子、倪月友等，已展现了比较可观的突破性，具备相当的文学潜能，并且他们的加入，为重庆小说提供了不同于城市的故事元素——关于新时代的乡镇现实。

以上现象有待专家学者予以研究。通过上述群体以及新老结合的框架，可以说重庆小说在近年来形成了一种更立体、全面和均衡的整体结构。

（三）重庆小说面临的挑战

如实地说，尽管重庆小说相比以往有了很大改观，但若放置于全国范围内来观察，仍显贫瘠，存在诸多不足。

其一，作品影响力偏弱。目前，重庆缺少具绝对影响力的长篇作品，缺少"高峰"。张者首获鲁奖是一大亮点，但其他国内外重要文学奖项和重要文学榜单上，重庆小说依旧处于长期缺席的境况，影响覆盖力不够。

其二，本土具有全国知名度的小说家偏少。关于"全国知名度"，至少有一个权衡指标，即在国内顶级核心文学刊物上的刊载量、权威选刊的转载量。目前来说，重庆作家在核心刊物上的发表量比以往任何时间都要更多，但仍然不够。一是作品发表总量仍然不够；二是有能力获得发表的作者数量仍然不够。当然，还有另一种指标，就是图书出版的销售数字以及被引述和评论的数量。此外，比较遗憾的是重庆小说目前的影视转化较少，这也在很大程度上局限了重庆文学的传播和知名度。

此外，与国内其他省市相比，重庆小说另一些比较薄弱的方面包括：一是本土文学载体少。相比其他省份，重庆是全国文学刊物拥有量最少的，仅有《红岩》一份公开文学刊物，且还是双月刊，承载量相对不足。二是得到评论、关注和支持少。对处于上升期的重庆小说，本土学界的关注较少，不利于扩大影响力。三是专业研讨少。本埠小说活动主要形式为新书发布、分享，以大众读者为主，少有专业小说论坛、小说研讨，以及重庆小说内部对话交流。

## 三、推动重庆小说攀峰登顶

应当说，重庆小说正处于一个比较有利的时期，有实力中坚，有新生代涌现，作家队伍结构完备，作家内部友善团结，文学氛围相当融洽。但若要更上一层，则需倍加努力。

首先，加强新一代年轻作者的培育。目前，重庆作协以多种方式针对年轻作者进行培养。比如邀请导师或名编与本土作者"结对子"、开设"重庆中青年作家高级研修班"等，起到了较好促进作用，但还需要在此基础上加强对小说品类的专项培育。

其次，集中力量打造一批领军人才。充分发挥西南文学联盟和重庆市高校文学院联盟的平台作用，推动市作协"培新"计划迭代升级。在原有工作基础上，择优本土小说的"尖子生"，有计划、有重点、有步骤加大扶持力度，打造一支新鲜、有冲劲的"重庆小说青年军"，向外界着力推介，予以表彰，提升作品影响，激发青年作者的创作热情，扩大重庆小说整体知名度与覆盖面。

## 评论

## "树"的三重意蕴
——评张者短篇小说《山前该有一棵树》[1]

王本朝[2]

张者的长篇小说写得好、反响大，如他的"大学三部曲"《桃李》《桃花》《桃夭》和"老家系列"《零炮楼》《老风口》等。实际上，张者是长短结合，他的长篇小说在出版前还被改成短篇或中篇发表过。近几年，他专攻短篇小说，技术圆熟，已臻佳境，如《虚构的花朵》(《当代》2021年第2期)和《山前该有一棵树》(《收获》2021年第3期)，都是他的短篇小说优秀之作。果然，他没让子弹飞多久，即凭《山前该有一棵树》荣获第八届鲁迅文学奖。

在我看来，这并非偶然，是作者多年的文学积累和上乘的艺术功夫的体现。在20世纪60年代出生的作家群中，张者是一个有领地和思想、有个性和风格的作家。他写的地域不限，有历史经纬的厚重；写知识分子不守传统，有社会人性的悲悯。他不先锋，却有先锋派的敏锐和机智；他不大众，却有立足时代的激情和理性；他不炫技，却很会讲故事。

---

[1] 本文原载《重庆日报》2022年8月27日，有改动。
[2] 王本朝，西南大学文学院教授。

《山前该有一棵树》的故事并不复杂，但构思精巧，语言简约，意蕴深厚。"树"是它的叙述中心，围绕"人与树"的关系，从"盼树""移树""护树"和"恋树"展开叙述，主要表达了三重意蕴："树"是美好生活之望，是文化生命之喻，是人生成长之轮。

首先，表达对美好生活之"树"的热切盼望。"树"是人的生存需要，也是人的情感寄托，人应该过着有"树"的生活，因为有"树"才有美，才有故乡。小说写天山南坡一处秃岭，寸草不生之地，建设兵团为了寻找神秘的石头，抽调千万人集结于此，为解决"兵二代"子女的入学而建了一所小学，并请来发配来此地的胡老师。胡老师教孩子们以"树"为题写作文，但孩子们眼前却没有树，老师让回家询问父母，想象着父母故乡的树。孩子们望着窗外满山的石头，异口同声地呼喊"山前该有一棵树"。老师说，"山上没有水，树不能活"，孩子们说，"山上没有树，人不能活"。"树"是人对美好生活的向往，是连接故乡和现实情感的温馨纽带。"一口水只能解一时之渴，一棵树却能带来永远的绿荫。"

其次，赞颂生命之树的坚韧和文化之树的幽远。小说中移植的胡杨树最终因为缺水而没有发芽成活，但老师在作文课上启发学生，不要纠结胡杨树是否发芽、长叶的问题，它"活着一千年不死，死后一千年不倒，倒下一千年不朽"。即便死了，也会在我们山前耸立千年。这段话让学生震撼和振奋，"有一种激情在心中激荡，这让我们无所畏惧"。

小说里的"树"不仅是自然之物，而且是一棵文化树。小说写胡老师给孩子们讲读《诗经·国风》之"东门之杨"："东门之杨，其叶牂牂。昏以为期，明星煌煌。东门之杨，其叶肺肺。昏以为期，明星晢晢。"此诗主要书写青年男女在白杨树下的黄昏约会，由"树"而培养学生对美好爱情的向往。还写胡老师带领学生在胡杨树下背诵《左传》之"曹刿论战"："夫战，勇气也。一鼓作气，再而衰，三而竭"，传导生活的信心和勇气。前者属于中国历史文化之"阴"，后者属于"阳"，阴阳互补，而成中和。它凝聚着中国文化的精髓，中入和髓，和渗中肌，体现着传统文化的最高境界。万事万物，只有成为文化，才会得到积淀和传承。

最后，是对人生成长的怀念。小说由"树"引发一段师生故事，可谓设计精妙，寓意深远。老师带领学生移栽一棵胡杨树，自然之树的胡杨虽没有存活，但老师在学生心中所种的知识之树和价值之树却存活下来了。他传授学生历史知识，培育学生的美好情感，修炼学生的坚强意志，最后，他活成了学生心中的一棵"胡杨树"。小说写"山前该有一棵树"，这里的"山"不仅是荒芜的天山，而且还包括学校教育，包括知识启蒙，包括学生的成长和成才。即使再恶劣的自然环境，也不应忽略教育和学校，不应忽略优秀老师的情感启蒙和文化教导。读到这里，一下子就豁然开朗。

小说写开山的炮声又响了，石头落在了教室屋顶，犹如战鼓，只听"轰"的一声，声音巨大而又沉闷，待讲台上灰尘散去，胡老师躺在地上，鲜血流了下来，为教育献了身。后来，他被埋在胜利渠边那个巨大的胡杨树坑里。下葬的那天，学生围着那个树坑走了一圈又一圈，但没有哭，感觉胡老师没有死，"他变成了一枚巨大的胡杨树种子。那种子会发芽、长叶，成为一棵参天大树"。多年以后，当"我"回到新疆时，再次去了那个已经废弃的矿山，"没有忘记那棵死去的胡杨树，我们坚信它死后一千年不倒。那是我们的故乡树，也留下了乡愁。我们远远地就看到了它的身影。它已死去几十年，细枝已经被风掳去，只剩下粗壮的枝干，像一尊神秘的树雕"。学生们都是老师种下的棵棵"小树"，虽然通过高考奔向四面八方，离开了那所学校，却依然挂念着那棵"树"，每次回去都要去看望胡老师，发现胡老师的坟边也真的长出了一棵胡杨树。"胡杨树"成为了学生们人生成长的年轮。

小说总体上带有浓厚的怀旧气息，讲述着一段酸苦而有趣的少年岁月，呈现了人生的粗粝，生活的哀伤，表达了作者的现实理想和文化守望。《山前该有一棵树》叙事简短，情感深沉，寓意丰厚，可谓短篇小说的经典之作。

# 《催眠师甄妮》情动实践与"新人"的当代性[1]

杨 姿[2]

"知识分子写作"在中外文学的创作中有着自身的缘起和发展,在具体的历史语境中,它又以特定的面向释放出相应的能量。从19世纪"俄罗斯的良心"到20世纪赛义德、奈保尔、曼海姆等人关于"边缘的""有机的""漂浮的"等提法对"知识分子"的界定,已经显示出"知识分子写作"应对时代变化而自我革新的本色。当然,这些应变并不是一种简单的相时而动,而是通过定位的调整来确定写作介入社会的方式。但并不是所有的调整都能获得一致认同并产生积极反馈,对中国当代作家而言,20世纪90年代关于"知识分子写作"的那一次探讨,一方面显现出时代对这一写作形态的需求,另一方面又彰显了作为对立面的"民间写作"的生命力。以诗歌为阵地的论争,因为没有触动最深层的社会结构性变化,使得双方的讨论大多停留在情绪和姿态的宣扬上,两个阵营的相似性也被忽略。由于20世纪末的特殊环境,"知识分子写作"没有从争议中变得立体,

---

[1] 本文原载《当代作家评论》2024年第1期,有改动。
[2] 杨姿,重庆师范大学文学院教授。

反而被标签化,尽管是诗歌界引发的这一话题,但在散文、小说等文体写作中,21世纪以来也少有作家主动把自己的创作与"知识分子写作"挂钩。

客观来看,要在20世纪90年代之后真正做到"知识分子写作",便要解决当时激烈论战中悬置的两个问题:一是中国文学的"中国性"依靠什么来体现;二是中国作家的"介入性"如何实现。在这个意义上说,冉冉的长篇小说《催眠师甄妮》[①]虽然并没有直接给出答案,并且冉冉也不曾在任何场合宣扬自己就是"知识分子写作",但是,如果从作品创造的"新人"形象、熔炼的语言资源以及重建文学与社会的关系来看,冉冉又着实探索出一条"知识分子写作"的道路来。这是值得揣摩与反思的,并且我们从中可以进一步提取出新的"知识分子写作"经验。

## 一、城乡之间:"中国性"的主体生成

20世纪90年代,"盘峰会议"引发知识分子和民间的对立问题,除了生机勃勃的民间正在被发现之外,也与整个20世纪城乡关系的发展密不可分。五四新文化运动以来,城市和乡村往往是成对出现的。最初,城市经历了对乡村的绝对胜出,那个时代的作家笔下,乡村是理应告别的过去,城市才是未来的指代;后来,乡村开始反哺城市,不但滋养城市,改造城市,也教育城市,作家们大都迷恋着"明朗的天";经过一轮又一轮的较量,从逃离农村再到后来逃离都市,城里人和乡下人始终都以对方的生活为目的,不断变换自己的角色认知,大多时候却陷入迷失。《催眠师甄妮》并没有回避这个城乡问题,一定程度上说,城市和乡村的空间转换也支撑了小说的显在结构。

一开始在城里的甄妮是"匕",是"一把刀子,杀气腾腾的刀子",最后回到城市的甄妮也是"匕",不过却是"温柔敦厚,像一位修行者合掌安坐的侧影"。从表面上看,在远离城市之后返回城市之前,甄妮在这个阶段获得了特有的力

---

[①] 冉冉:《催眠师甄妮》,重庆出版社,2022年。本文所引该作品皆出自此版本,不另注。

量，意味着乡村这个神奇场域化解了甄妮的戾气，唤醒了她的生命潜能。但如果进一步分析，就会发现乡村并非惯常意义上那个"城"与"乡"的对立所在，它不是作为城市的逃避或补充而存在的"乡村"，而是有着一种自转的独立性。冉冉所构建的乡村——普旺和米耶——并不是以城市壹江的对立面出现，尤其是她不是描写现实中的普旺、米耶和壹江的区别，而是追问普旺与米耶从过去抵达现在所经过的长时段，恰恰是对长时段的留意，以及把长时段转化为现时世界的这个逻辑，令小说找到了对乡村的新书写方式。

普旺和米耶在作品中的呈现跟裴加庆和新月这两个人物有着密切联系：裴加庆是20世纪80年代中国社会转折期的亲历者，壹江医大医学专业硕士毕业，辞去县医院科主任职位后返乡创办一心诊所；新月则是时代大动荡中遭遇灭族之灾的乡绅后裔，隐居僻远村寨跟乡民共度艰难时世。从新月到裴加庆，小说自然而然地勾连起了大半个世纪中国的乡村建设到乡村振兴之路。小说在处理社会历史演进和个人命运起落时，将新月与裴加庆生命里的重要节点与中国历史百年变迁的背景相叠合，从对梁漱溟、晏阳初等人倡导的乡建运动理念中获得教益启迪，并融合在现实人生的知与行中。而裴加庆创办诊所治病救人和帮助村民起诉污染企业维权，显然又跟20世纪80年代启蒙思潮对他的影响塑造有着密切关系。由此来看，甄妮虽然是在乡下获得新生，看似以此割断了城里的"旧我"，但事实上，这并不是乡下人对城里人的简单改造。

回到小说塑造的这两个"乡下人"形象。新月一生为米耶人的耕读礼乐而穷尽心力，裴加庆大半辈子都奉献于普旺人的身心健康，但他们都不是固守着乡村的原有秩序，将其僵化地保护，而是顺应时势地因地制宜。有一个情节特别值得回味：当绣坊经济窘迫濒临危机时，新月提出售卖自己的古董木床，因为木床的市场行情看涨，便可以此来缓解米耶的一时之难。作家在处理这个细节的时候，不是把卖床作为"新"的压迫与"旧"的羸弱的绝对对立来写作，而是以极其柔缓的笔致写小雨和新月她们在床上对这份物质传承的领受和欣喜，某种意义上，古老木床的精神已经进入新月和更年轻的小雨一代，所以卖与不卖并不是对文化的哀悼。裴加庆也好，新月也好，他们看上去都被动地选择了乡村，被乡村接纳的他们在内心深处从来都没有在城乡之间划出鲜明的界限，一心诊所里面别有洞天的书房和新月私塾中孩子们阅读的课本，都无一例外地证实了乡村的开放性。在普旺人和米耶人的心里，裴加庆和新月并不是"城里人"，因为他们比自己还熟悉和了解自己，但也不是"乡下人"，因为他们始终都在引领和教化自己。所以，对甄妮的改造，根本不能说是城里的抑或是乡下的哪个部分发挥了作用。

那么，裴加庆、新月两人在城乡之间究竟为甄妮自新提供了什么样的可能性呢？无论是逃亡还是移居，迁避乡村为裴加庆和新月两人反思过往拓展了关于人的思索。最初，他们都深信人主导历史的必然，也毫不犹豫地投入了革命与改造，而突如其来的变故与接二连三的打击，使他们意识到生命的有限，以及有限性中的丰富性，因此，他们意识到人不应为外力所捆绑，更加不可能被理性所枯闭，相对于城市和乡村的生活，他们最终创造了一种在而不属于的人生样式，可以说，这构成了对都市中国和乡土中国的双重补充。从17世纪开始，笛卡尔就提出身心两分说，他认为人的心灵操控着身体，所以"我思故我在"。发展到康德时代，人成为理性之所在，阿尔都塞进一步把主体发展为意识形态的结果，总体上看，在笛卡尔这一传统中，就是把人看作被动之物。但是，从笛卡尔的同时代人斯宾诺莎开始，也持续对这一传统作出反省。斯宾诺莎提出人的欲望、心灵的命令和身体的决定"三位一体"的观点，也即是说，情感行为可以将身心统一在一起，因而，人的本质应该是情感存在，是一个永恒发生变化的情感存在。德勒兹把这一观点推进为人是情感的流变过程，即"情动"，他既反对柏拉图主义中的抽象概念的人，又纠正他的同时代人列维-斯特劳斯所认为的人是结构牢笼中的主体，于是，主体就从支配与被支配、统治与被统治这样的等级关系中解放出来。相对简化地勾勒这样一个"情动"的谱系，并非是想把小说绑定在这样一个理论脉络之中，自然，也不是意指冉冉是德勒兹"情动"理论的践行者。在我看来，创作的萌生和理论的发明有一个共性，就是都致力于人类的自我探索与发现，这部小说在处理城乡之间"人"的确立这一话题的时候，已经触碰到这个问题域，换言之，《催眠师甄妮》以文本的形态揭示了前沿理论正在追踪的话题，这也显示了优秀小说所蕴含的品质。

城市和乡村在20世纪的文学格局中处于特定的两极，围绕二者的是现代与传统、知识分子与民间、雅与俗等不一而足的二元标签，越是想强调某一极的重要性而否定另一极，效果却越适得其反。中国文学在寻找自己的创造性，在描述民族的先进经验时，也陷于这两极而难以取舍，甚至在很长时期，知识分子还被塑造为穿着长衫马褂却有着西方精神，或者穿着挺括西服而含蕴着东方灵魂的分裂对象。究其根本原因是，作家在认识本土问题的时候缺乏主体性。背叛或依附是一体两面的产物，唯一的解决方法则是适时地理解中国的城市与乡村，以自身为参照，而不是以欧化或西化为目标，在彼此的短长之间找到完善自我的路径，这才是"中国性"得以建立的前提。在既往的中国文学中我们见惯了城市中的知识分子、乡村里的士绅，文化人和精英分子绑在一起，"礼不下庶人"在现代作品中仍旧通行。不过，裴加庆和新月却成为打通城乡壁垒的新式村人，他们不是靠地域建构身份，更不是靠身份推动理论，而是切实地进入城市与乡村的生活逻辑，在此逻辑中尊重情感的流变，以此来修补城乡所共同经历的变动带来的损害。裴加庆和新月不但改变了启蒙运动以来中国知识分子的文学形象，并且在反思启蒙主义的同时也丰富了启蒙主义。

作品的显在结构依靠壹江—普旺—米耶—壹江的空间转移来实现，城乡空间的预设其实是思考文学处理历史与现实、生活与虚构等等关系，作家写作的依凭要素越来越集中在熟悉的生活里面，即便想象力飞升，也跳脱不出置身的城市与乡村。伴随着城乡发展差距增大，文学写作更是陷于一种今昔之别的状态，尤其是城乡问题不再以西方的现代化为参照以后，如何确立中国的城乡位置就直接关系到创作的定位问题。关于城乡的关系，以往的知识分子视野中有启蒙与被启蒙的关系，有改造与被改造的关系，有先富与后富的关系，等等，总而言之，是一种差序等级的存在。冉冉在处理这一关系的时候，不仅仅是技巧的实现，也并非简单的思想钩沉，而是以情感的生成、流变作为主体的自我认知，改变了既有的标准和判断，探寻了"中国性"的主体自觉。

## 二、道器之间："新知识"的主体

小说的标题是《催眠师甄妮》，但甄妮并非天生的催眠师，成为催眠师前后判若两人的甄妮，是作家刻意经营的变化，值得关注的是甄妮的老师，说到底，就是通过行业师承所要探索的催眠实质。

围绕催眠，出现了两种师承关系：一种是舒那茜和甄妮、薛建芹；另一种是裴加庆、新月和甄妮。同时，在师承关系中，又包含两种类型的学生，便是甄妮和薛建芹，小说尤其刻画了两个学生在一次登台展示时的大不同。具体来看，最初的甄妮承受男友离开、闺蜜病逝、亲人失踪等变故的打击，颓丧绝望，几欲轻生。偶然被发小舒那茜引入催眠修习，并重获生的信心，不料又遭别有用心者构陷，再度堕入身心崩溃的处境。这个阶段的甄妮，正处在找寻生的理由和可能的过程中：她是失眠抑郁访客的倾听者，是对生父继母满腔怨念的叛逆女，是想习得消弭心理创伤技术的追索人。在接受舒那茜的传授过程中，她更多地关心催眠以何种形式施行，将其视为治病的手段。同样，薛建芹更是放大了对技术的关注和重视，把催眠术视为催眠的根本，因而才会把业内职级的晋升作为十年的奋斗目标，并且把入睡作为单纯的催眠指标。小说在呈现上述场景时，透露出作家另有所求。从教和学两个角度来看，舒那茜自己的技术和薛建芹在她那里学习的结果都是催眠模式的习得，而甄妮在遇见裴加庆和新月之后，体悟的是支撑催眠这个行为的精神，甚至在普旺和米耶行催眠之事，已经不是作为一种医疗手段，而是生活的本然实现。小说描绘两类老师和两类学生的差异，就已经把人对催眠的需要以及达到何种程度的需要摆在了读者面前。

当睡眠障碍发展为现代社会的普遍性问题后，催眠也作为缓解疗治失眠的新兴业态蓬勃发展。催眠被视为解决失眠的可靠方式之一，同时也被置于小说的核心，构成情节的关键要素。但作家并不只是讲一个学习催眠方法的故事，更不是讲一个疗治病患的案例，这也是小说标题令人产生误解的原因。多数人可能会认为作家是要写一个新的社会行当，虽然新的行当自有其意义和对应的时代价值，就像一些非虚构作品也开始涉及这个领域，但是作家的意图显然不止于此，且有超拔于非虚构的抱负。

睡着和睡一个好觉，实际上是对催眠进入生活的不同理解和表现，前者更多的是基于催眠的知识，后者却不是孤立地看待这些知识，而是把这些知识扩展为有关自我的认知。关于这种区别，在人类的早期文明中是有所辨识和归纳的，然而随着与科学知识相关的生产技术的膨胀，知识的边界日益模糊了。在古典性的知识中，自我有着内生性和外源性两种管理方式，一方面是内修，个体依靠宗教或类宗教的思想与方法，对自己的肉身或灵魂、语言或行动等施以积极影响，企望达到完美或不朽的状态；另一方面是对外部行为、生存以及生活方式的认知。在原初的认识中，两个方面不是对立的，而是共生关系，但随着对自我本体论的放弃，两个方面就要么变得对立，要么第二方面覆盖了第一方面，人类将自我等同于生活、生活方式，自我则体现为自我如何生活。这个变化在当代社会的直接影响就是制造出了睡眠问题，那么，催眠作为解决方案的出现，便不能只是知识型的对策，而应该成为主义性的方案。

裴加庆和新月不是以催眠老师的身份出现，他们也并不执着于催眠的技巧，因而甄妮从他们那儿体会到的就是一种生活实践方式与自我本体理论的合一。裴加庆和新月更在意的是自身理念学说在日常生活中的落实，理论的要义和生活的要素同等重要，两者的统一便是过一种特有的生活，通过反复地自我修炼达到理想的本体。小说情节表面上看是对乡村建设中"知行合一"的倡议，更深入地探究，则是有关人的生命形式的思考。他们赋予生命一种特殊的风格，使生命具有自己的美学形式，其个人生活就是全部信念的展示。而且，他们也为催眠这个行当提供了传统的底蕴，也即是说，当催眠疗法面临堕入科学主义的窠臼时，他们为催眠引进了反科学主义的元素。由此看，不能把甄妮所受影响简单解读为技艺的精进，我们从情节中也能发现，壹江阶段的甄妮是一位操持"话术"的催眠师，普米阶段的催眠则被淡化，返城后对催眠具体细节的探讨虽大为减少，但读者却体会到催眠的无处不在。不强调技艺而趋向于道，催眠情节似轻实重地刻意为之实际上是为了突出甄妮修习的内化过程，所以意味着告别纯技艺化催眠的普米生活，反而促成了对催眠之道的领悟和对新知识的获得。

这种新知识不是一鳞半爪的寻章摘句，而是体现为一种书卷化的精神底色。惯常的知识人角色往往有不及物的弱点，可裴加庆和新月却体现出前所未有的接地气，哪怕是对先哲语言的征引，也带有自身所在场域的特点。因为从来不是单一地宣扬个人主张或趣味，而是为了与更广大的生命连接，所以他者语言也会成为自我话语，这是生命的风格化过程，也是启悟教化甄妮的过程。往大了看，小说里穿插了加布里埃尔和勃拉姆斯的安魂曲、耶米利的哀歌、张楚的摇滚、荷兰民歌鸽子、秘鲁民歌老鹰之歌，以及朋霍费尔的狱中书简、狄金森的诗歌、史怀哲"敬畏生命"的思想……调用这么多资源，却并无掉书袋的嫌疑，而是营造出某种烘托人物神性和圣性的感觉氛围。如果以中西之别来判断调用的资源，也会误解作家的立场（"盘峰论争"中的知识分子写作危机即与此有关），所以更需要具体分析小说对知识来源的处理。裴加庆也好，新月也罢，他们并未复制所尊崇对象的西式或中式的生活，而是立足于20世纪乡土中国的具体环境，在地化地解决生存问题的知识选择——因为知识并非生活的根本，选择成为哪一种人才是生活。从字面意义把知识划分为中国或西方，是粗暴且简单化的，小说打破了中西二元的对峙，使特雷莎、史怀哲、晏阳初等人类群星闪耀的伟大心灵构成了小说抒情的资源。

中国文学有抒情传统，其中有家国情怀，也有风花雪月，但我们在理解抒情时曾一度偏向"去政治"的审美，那种软弱无力的抒情其实行之不远。催眠处于人类迷失与清醒的中间地带，必须以最柔软的抚慰和最坚硬的勇气，才能把失控的人类摆渡回到正常位置。作者没有停留在对各色催眠术的遍览中，也未将其作为患者的终极解药，而是突出从病人到医生转换过程中对催眠的承担。睡眠和苏醒，是构成人生理环节的基本形态，当这种形态被失眠破坏，对催眠的动态演练沉潜有可能成为生命新生的环节。小说捕捉到的催眠自有张力地运转，恰恰是直面现实而非逃避所达成的一种诗性。这种诗性既包含中国传统诗教与文教的试验性还原，教化和审美合二为一，同时又激发出诗性正义的扩大。在后记中，冉冉提到她自己对"正大从容"审美风格的认同与追求，对"当代正剧"的尝试书写，或可视作对以上论述的验证。

## 三、此岸与彼岸之间："介入性"的实现路径

催眠应运而生的时代是一个精神常处在越轨状态的时代，人类无力睡也无力醒，整个社会在一种亢奋又疲乏的态势中持续运转。对催眠的需要实际上就是对精神归位的需要，可什么样的力量才能做出这样的驱动？人类过去的精神正位依靠许多的"信"，然而随着"信"的瓦解，正位也就坍圮了。社会学家和精神疾病专家也尝试开出处方，但作为药方的替代物却是不稳定的，因为那是局部的，或者即时的对症，而非对因治疗。也有文人学者讨论过主义和信仰，可是缺乏"总体性"前提的探讨，当面临"大写的人"失效与"小时代"普降的并存难题，修复的步骤就显得虚泛而不切题。直指总体性的探索是需要勇气和智慧的，小说对"催眠"的发现和捕捉，却为重提总体性找到了某种中介。

怎样理解社会的"总体性"？既非部分之和等于整体的关系，也非个体反映出整体，而是在混乱庞杂的关系中找到那种隐藏却无所不在的联系——这是今天这个碎片化时代的最大难题之一。这一时代的标签是活在当下，可是，此种活的解释法却并不能够真正体现当下。这部小说无疑反映了各种社会现实问题，从抑郁失眠症患者急剧增加的都市病相，到城市化工业化带来的农村空心化、环境污染等时代痼疾，这些类新闻描述，被有的论者定位为"时代脉搏"。不否认《催眠师甄妮》的确是一部直面现实的小说，但对现实的把握，我认为不仅是这样一些人物或事件的提取，而是以"催眠"来建构这个时代的症候。

什么人能够被催眠？什么人又具备催眠的能量？小说在各色人物塑造中呈现

出独异者，所谓独异，即有着自我观察与自我觉知的能力。甄妮之所以能够取得这样一个观察者的身份，与她归属于这个时代，同时又与这个时代保持距离有关。跟本雅明讲述巴黎街上的游荡者类似，"这里既有被人群推来搡去的行人，也有要求保留一臂之隔的空间、不愿放弃悠闲绅士生活的闲逛者。让多数人去关心他们的日常事务吧！悠闲的人能沉溺于那种闲逛者的漫游，只要他本身已经无所归依。他在彻底悠闲的环境中如同在城市的喧嚣躁动中一样无所归依"。①甄妮从一出现在壹江就是一个都市的漂泊者，到了普旺和米耶也不过是乡村世界的记录者，并没有深入事态的行进中去，她只是坚持着自己的一种独特性，宛若是时代的异己者。这种独异，保证了甄妮既熟悉她所在的时代，又与这个时代彼此陌生。

正是由于这种陌生感的存在，甄妮的身上体现出一种强烈的当代性，一方面她必然是这个时代的产物，就好像鸢尾花之于她，里面形形色色的女性于她而言是了然于心的，但她又与众不同，受着某种圣性的引领，使她有力量去开悟鸢尾花的来客；另一方面她又与这个时代保持距离，像登雅、马新绿这样无力摆脱尘俗的女性，她与她们始终没有重叠，虽在人生轨迹中看似有许多错过的遗憾，但本质是一种和而不同，是由根深蒂固的距离感造成的。可以说，在小说出现的75位有名有姓的人物中，除了甄妮、裴加庆、新月之外，都是过于贴合时代的人，在全部的方面与时代完全的重合，因之并不是当代人。这也是上文谈及不能将这种"重合"视为"时代脉搏"，只有在那三个人的身上才体现为当代性的缘由。如果从人物特性看，裴加庆身上凝结的古典性和新月身上的旧式痕迹，与此时此刻的生活也有着距离，他们生活在这个时代，与这个时代又存在着无法跨越的距离，所以甄妮、裴加庆、新月也构成了特殊意义的"三位一体"，形成立体的"当代人"形象。这一形象的构建，暗含着这个时代的总体性，所以他们也可以被视为这个时代的"新人"。

---

① 〔德〕瓦尔特·本雅明：《巴黎，19世纪的首都》，刘北成译，上海人民出版社，2006年，第205—206页。

通过新月、裴加庆、甄妮所聚集起来的这种"当代性",不但给了周围人以改变,也给了时代以希望。除了保持距离之外,还有一些需要进一步廓清的地方,在这三人的共性中,有一点非常突出,即对于痛苦的接受和担当:新月在遭遇灭族之难以后,不但原谅了曾经对其施加伤害的人,还以一生之力去佑护有各种缺陷的村民;裴加庆自愿肩负起为癌症村人讨说法的责任,身陷囹圄仍然以史怀哲,用"人不能单独谈爱的意义来表现自己,必须做个实践的人,把具体的爱写出来"勉励自己和甄妮;甄妮以最大的善意接纳了以不同方式伤害过她的亲友,甚至以生命来弥补世界的残缺。他们体味着比其他人更深重的黑暗,但他们也竭力去感知普通人所看不到的光,越是感觉到黑暗的存在,越是表现出对光芒的敏锐,这种光明与黑暗的辩证关系在他们的身上形成异乎常人的力量,使他们具有言说时代、导引时代的神性之力。反过来讲,那些习惯了时代光芒的人,他们要么把黑暗与光明进行彻底的对立,无法去探寻特殊的光的存在;要么把普遍主义的光明当成了唯一的光源,日趋陷入同质化,最终也丧失掉个人的判断。而小说里"新人"所昭示的"当代性",不但使人廓清了眼前的现象,还让人在纷繁的现象中有了"信"的可能。

如何"信"呢?甄妮的蜕变其实质就是"信"的过程,但"信"却不是一件容易的事。在壹江的第一个阶段,甄妮是身心分离的,不管是掌握和运用催眠,还是处理自身和他人的关系,甄妮要么把他人的反馈视为自身的存在,要么把记忆的一切当作现实,此时的甄妮尚不具备认识自我的能力,更遑论自我拯救。说到底,这时候甄妮"信"催眠,但并不自信。随着裴加庆和新月在甄妮生活中出现,面对日常的细节和终极的命题,她在各种困境中身体力行左冲右突,她开始接受裴加庆和新月的理念,参与他们的行动,于无形中获得了自身的新的定位。一定程度而言,甄妮在人与人之间的情感感染中形成"信",她终于发现了通向自我的路径。

失败—修炼—新生的三个环节,客观上为读者思考"信"的隐含意义提供了对照性。当告别普旺—米耶时期,甄妮开始真正以"催眠化"的方式把握世界,这种安排从表面看，似乎是黑格尔式的"正—反—合"三段论，也与经典的个人成长小说模式相似，譬如《青春之歌》中林道静的觉醒与成熟，但直面结局中甄妮的死亡，又会发现二者并不相同。通过死亡，甄妮体会到情感的丰富与极致，并在这种体验中发挥主导作用，死亡所诱发的情感串联起来一个共同体。由此来看，死亡就具有了必然性，而且，从这个角度来理解，甄妮自然就不是林道静，尽管她们有着三段论式的相似表象，可林道静处于外力和内力的永远对峙之中，甄妮却跨过内外之别，重建个人与世界联系，抵达了自我的本质。尽管都有"信"，林道静的"信"与甄妮的"信"也并不一样，后者有一种凝视此时此刻的穿透力。福柯在分析康德《何为启蒙》的时候，指出康德提出了"时刻"的问题，一个纯粹的现时性问题，"现在在发生什么？我们身上发生了什么？我们正生活在其中的这个世界，这个阶段，这个时刻是什么？"[①]换而言之，把握住了"现在"，也必然能对"总体性"给出答案。在催眠每一次讲述过程中，我们感受到了心满意足而眠的日常性，同时，也有许多类似神迹的显现。失明者见光，抑或危者脱险，一切都源于"信"就能看见。

## 结语

20世纪80年代中期以来的"文学向内转"，要求文学回到自身，客观上形成文学与现实的错位和脱节，一方面文学愈加难以与社会对话；另一方面，文学以把自身经营为一种隐喻的象征作为标的。21世纪以降，当代作家努力修正这种文学与社会之间的失衡，但修正一种偏失，又难免沦为另一种偏失。因此在精神性小说的写作中，作家很不讨好，在务虚和务实之间很难找到一个支点，既呈现出形而上的思考，同时又踩在时代坚实的大地上。基于这种现象来讨论《催眠师甄妮》就能明确：其一，文学的难题本质上就是时代的难题，要想有文学的突围，必然需要作家对时代的理解有新的突破口：不单是多维中一维的占有，而应

---

[①] 〔法〕米歇尔·福柯：《福柯读本》，汪民安主编，北京大学出版社，2010年，第287页。

是一种总体性的欲求；其二，文学与时代的位置必然需要一种距离，这个距离是由具体的人与事共同形成的，既不是抽象的符号人可以言喻，又不是完全匍匐在生活之中。冉冉的贡献在于揭示出"历史的人"与当下日常的"情动"关系，证实从情感流变的角度来理解人的有效性，翻新"旧时代"，从而为今天的文学创造出"新人"形象。小说以"情动"思考人的存在样式，走出一条不同于20世纪依靠国民性、阶级性、非理性等来划分人、识别人的道路。

时代对于文学已经有着一种迫切，正在发出一种"向内观照"的要求。这部小说依靠催眠划分出两个世界，在这两个世界的关系重建中，文学对于世界不再是一种修饰、模仿和再现，文学变成对装饰的破坏，如同一种极致的还原。在这个还原的过程中，催眠师成为"当代性"的体现者，恰恰是这个新的主体的诞生为我们重建人与时代的关系、文学与现实的关系，提供了知识分子介入社会的特有路径。并且，小说借助催眠这个行为重新联系了精神世界和物质世界，在过去的主客二分之间找到一个中间地带，身体不再被处理成被制约的对象，也获得一种物的转化，使失眠者从扁平的角色划定中找到人与疾病互生的丰富性。也即是说，失眠者最终只能依靠自愈，自愈在一定程度上不单是自身的疾病痊愈，也是中国社会的苏醒与复生。

## 勘探一位作者的写作"前史"
——读宋尾《一个平淡无奇的夜晚》[1]

徐兆正[2]

大约十年前,重庆小说家贺彬为宋尾小说集《到世界里去》写过一篇评论。贺彬在文中指出,集子里的《生日快乐》一篇庶几是"整本书的前传",因为小说既没有落脚于作家长期生活的城市重庆,也不曾发生在他的故乡天门,而是"一个中间地带,一个悬置的时期"。读了贺彬的文章,我又重读了《生日快乐》,其中确已可见宋尾今天不疾不徐的语调。并且,那在故事里嵌套故事的写法,同样也在日后愈发精熟。如果说《生日快乐》是宋尾写作的一个前传,那么宋尾恐怕也会否认这个论断,抑或令它变成卡桑德拉的预言:这篇小说之后,他便很少将小说地点置于重庆以外的地方,转而一心一意地写起重庆的故事。迄今为止,他的两部长篇(《完美的七天》《相遇》)与三部小说集(《到世界里去》

---

[1] 本文原载《文学报》2023年3月9日,略有删节。
[2] 徐兆正,杭州师范大学人文学院、文艺批评研究院教师。

《奇妙故事集》《一个平淡无奇的夜晚》），几乎无一例外以重庆为背景展开，这甚至从小说的标题就可管窥：《那天你在解放碑干什么》《收藏解放碑》《从歌乐山下来》《下半城》……然而，我也正由此诧异这些"重庆故事"与一个"重庆作家"的诞生——他是如何变得比一些本地作家对这座城市更有感觉？为何他没有在自己的小说留下任何故乡的雪泥鸿爪，甚至连影子也没有？宋尾对怀旧的清除看起来是如此彻底。这种诧异，直至读到作家晚近以来的两个作品《一个平淡无奇的夜晚》《下汉口》（收录在《一个平淡无奇的夜晚》），方才堪堪纾解。对于这两篇将目光转向江汉平原的小说，笔者的意图在于探究其中那个"隐含作者（implied author）"的前史。

在《一个平淡无奇的夜晚》中，宋尾克制住了他一直以来擅长的讲故事、造悬念的能力，平淡地讲起一件小事：小鸥回到了"我"生活的湖北小城。两人相识，源于小鸥曾参与"我"的发廊生意，她在此滞留一个月，离开前向"我"许诺会带来两个年轻一点的姑娘。"我"知是客套话，故并未挽留，而且后来"我"也因此进了拘留所。两人的重逢发生在"我"从拘留所出来后不久，彼此境况一仍其旧。"我"珍重与小鸥的感情，维护了"我"最低限度的尊严，至于这点尊严能为那一潭死水的生活带来什么，"我"并不知情。十二天后，一张异地的诗稿汇款单让"我"有勇气重新面对小鸥，却被告知那晚他们已为治安队一网打尽。《一个平淡无奇的夜晚》同宋尾以往披着侦探小说外衣、深描城市人心的作品毫不相同。如果这篇小说也有谜底，这个谜底是直到结尾才被揭晓的：以上乃十数年前的事。

故事写到的当下，"我"从位于上清寺的杂志社驱车回家，等待绿灯的时候，"我"随手扭开汽车广播，听到电台听众正热烈讨论着关于"新世纪盛典"的印象。这则插曲如流弹一样击中了"我"：离开小鸥的2001年冬夜，不正是"新世纪盛典"这一天吗？记忆潮水般涌来。其时，小城的红男绿女都在古城的高处为流星许愿、尖叫，同样年轻的"我"，则因受不了自尊心的折磨夺路而逃。"我"揣着剩下的五元钱与几支香烟，拖着被劣质酒麻痹的身躯，漫无目的在大街游走。同时,"我"也遥望着那些为新世纪呐喊的人,似乎这场庆典仅仅属于他们。得知小鸥下落翌日,"我"搭车来到武汉,随即登上前往重庆的火车一去不返。此刻是"我"在重庆生活的第十六年。"我"早已忘记那些不堪回首的过去,"不知不觉变成了一个看上去也算得体的人,一个似乎还算优越的人"。只是,又"有一种声音不曾放弃对我的提醒":"我"真的将那个生命中独一无二的夜晚——2001年11月19日忘了吗?少年胸膛的虚无、多年后回望的激动,在此以一曲难用文字回述的旋律喷薄而出。

在贺彬看来,那个于爱情中惨败的诗人,在张金镇第一次收获了人世的一丝暖意,而这份馈赠也伴随着他"走向世界"的脚步:"两个带着昔日伤痕的人,以性交易的名义相遇,却有意无意地抵达了相互取暖的终点……可以肯定,他们将永不再见。张金镇一夜的萍水相逢,注定会成为两个人之间秘密的储蓄,总在他们不经意的时刻遥远地致意。"如此来说,《一个平淡无奇的夜晚》《下汉口》《生日快乐》便都是作家朝着往昔的一次回顾:《一个平淡无奇的夜晚》是他重写《生日快乐》的结果,《下汉口》将时间线推得更早,一路追溯到作家的童年。那应该是二十世纪八十年代,某天远居汉口的姑姑发来一函,邀请奶奶到汉口一住,而奶奶将这个出远门的机会让与父亲和"我"。对"我"而言,这既是第一次到异地的经验,也是第一次和父亲长时间地共处。小说涉及父子心思时的笔触细腻无双,如"我"始终规避同父亲讲话,但从小城而来的两人又都惧怕在大城市迷路。并且,平日不苟言笑的父亲,也是在这次旅途,向"我"袒露了他罕见的温情,尽管"我"毫不领受。

很难说是不是过往的创巨痛深让宋尾仅只写下了这不多的"江汉旧事",但也让他在更多时候下意识地选择隐匿自身的文学源头。《下汉口》一样是以当下为跳板,以反顾而收尾:三十年后,姑姑倏然率领她的老年打鼓队造访"我"位于重庆的家,她高兴地向伙伴展示这个有出息的侄子。自然,两人也谈起"我"和父亲三十年前在汉口的那次迷路。姑姑笑言父亲是个"苕","从来就不晓得问个路",敲门也"敲得那么鬼轻,我还真以为是做梦呢!"至于"我",心情不免有些沉重，因为"直到父亲去世，我们再也没有这么单独而亲密地走在一起"。何况那段百感交集的旅途也不曾缓解我们之间的紧张关系。十二岁时，"我"还因为父亲发酒疯与他纠斗。总之，"我们这一生都在对抗。我一直梦想着逃离"，直到"我"前往重庆，变成姑姑口中"神奇的侄子"——"原以为要吃一辈子牢饭的，七拱八拱，居然成了文化人，当了什么杂志的主编呢"，也直到父亲以一种残酷的方式离去，徒留作为人子的"我"思索这段从未讲和的关系。

相较毫无保留地展示，父子关系在作者第三部小说集的《大湖》一篇，还有另一重变体。《大湖》采取的依然是一个俄罗斯套娃的叙事形式：故事最外层，是"我"和几位朋友在一个私家园林聚会，饭桌上我们不约而同谈起自己所知的离奇事件，如张尹讲了一个托梦破案的故事，这则讲述又勾引起席间一位警察的回忆；故事的内层，即是这个警察的自叙，这一部分占据了《大湖》的绝大篇幅。通过他的讲述，我们了解到这个人生命中的某些奇异经历，如在他年幼时父母离异分家，他独自一人跟随父亲生活，后来由于生病，父亲又工作繁忙，他被送往乡下的祖母家。有一次他在故乡湖边溺水，被湖水冲到了一个陶渊明式的渔村，又在翌日被渔民送回家中。祖母知道这件事后，慌忙叫父亲把"我"领走。然而，这段经历又先后被表兄与母亲否认。表兄否认的原因是"我"凭着记忆指认的渔村，在他的印象中从未有人居住，母亲则是断然否认"我"在幼年回过故乡。她说，"我"是被送到了省城的铁路总医院，并且在那里才获得了康复。

此后几年，这位警察又从母亲那里获悉了一些父亲的旧闻，如他总是在夜晚做梦。"问他梦见什么，他就说回了赵家。"纵使如此，父亲又从不愿回家。关于这个细节，后来"我"在表兄、表姐那里得到一些关联性佐证。表兄对父亲从不回家的解释是他害死了自己的父亲，而表姐径直告诉了"我"家族几代人的隐秘：并不是父亲害死了"我"的祖父，而是"我"的奶奶将自己终日酗酒的丈夫捅死，但这件事最终却由父亲背负。"我"也对表姐讲述了幼年那个离奇的梦，她的解释是梦具有遗传性。换言之，"我"所做的这个梦，很可能即是母亲口中父亲经常做的那个噩梦。事情至此全部得到解释，可是这个时候又出现了一些不可解的因素：在父亲留下的物件里，"我"看到了梦中渔村的小伙伴赠予的五枚石子儿……《大湖》的另一外层，重又回到作为倾听者"我"的角度：那次聚会的私人园林在两年后被当作违建拆除，这件事让"我"想起离奇故事的讲述者刘警官——下面这一段是最让笔者感到震惊的地方："我"身边的所有人都异口同声地否认了这个人的存在。他们凭借记忆，认定那天"我"喝得不省人事，早已悄悄离开酒席。

《大湖》这篇小说纯粹是以一连串梦境的描述与对这些描述的否认完成的拼图。刘警官的讲述，以他自身的"现实"经历与将这种经历指认为不可靠的梦结束；作为主人公的"我"，又经历了他人对"我"关于刘警官回忆的回忆的否定。如果前者是现实被指认为梦境，后者就是在指认梦境的现实中又一次地被指认为此乃关于梦境的梦。既然如此，是否还存在一种真实呢？曾和父亲下汉口的人子在成年后时常分不清哪一个父亲的形象才是真的，而《大湖》的结尾回答了这个问题：朋友们不仅否认了"我"关于刘警官的记忆，也把"我"那晚说起的一件异闻在电话中重述于"我"。末了，"我"怔怔握着电话，在镜中又看到了父亲独有的姿态、神情与犹疑。以笔者之见，宋尾这些作品既容纳了对真实并不存在的惶恐，其主旨也十分接近福克纳《修女安魂曲》中所言"The past is never dead. It's not even past."综上，或可谨慎立论如下：那始终在宋尾"重庆故事"中回荡的基调、不变的底色、察觉的真相，其源头都是一位落魄诗人在"走向世界"以前所经历的刻骨铭心的希望与幻灭的二重奏。"过去永远不死，它甚至还没有过去。"

# 第二章

## 诗歌

## 综 述

## 大江之上　　诗歌熠熠生辉

我国是一个诗歌的国度，重庆是中国诗歌的重镇。重庆诗歌的魅力源于这座城市深厚的文化底蕴和悠久的历史沉淀。在这里，诗歌的创作氛围热情活跃，从主城到区县、从机关到企业、从园区到校园、从社区到乡村，都有大批专注于诗歌创作的写作者。在这片土地上，诗歌成为了人们情感表达的重要方式，展现了这座城市的文化底蕴。重庆诗歌的风格独具特色，既包含了传统的韵味，又具有现代的气息；古典与现代相互交融，展现出诗歌的多元风貌。诗人们以独特的视角观察生活，用诗意的方式诠释世界，他们关注社会现象、自然景观、人间百态，以诗歌为载体，传递着对生活的热爱和对美的追求。

这四十多年来，重庆在诗歌创作方面有一定成就和影响力的诗人比比皆是。其中，30年代的诗人有梁上泉、吕进、冉庄等；40、50年代的诗人有李钢、傅天琳、培贵、华万里、柏桦、王明凯、梁平、王顺彬、谭明、吴海歌等；60、70年代的诗人有李元胜、张枣、李亚伟、冉冉、赵野、付维、尚仲敏、蔡利华、燕晓冬、何房子、菲可、邱正伦、董继平、宋炜、虹影、刘太亨、张于、马联、吴岩松、吴向阳、欧阳斌、胡万俊、冉仲景、大窗、王老莽、金铃子、唐力、张远伦、陈家坪、李海洲、刘清泉、泥文、梅依然、蒋燕、宇舒、白月、阿雅、红线女、海烟、安西、姚彬、朱传富、吴定飞、倪金才、张守刚、徐庶、胡云昌、冯茜等；80、90年代的诗人有梅花落、韩甫、王言他、滕芳、又见伊人、杨康、刘东灵、南木子、谭词发、余真、杨不寒、程渝、康承佳、伯竑桥、侯乃琦、隆玲琼、李锦城、黄明洋、钟雪、王渝、游麒麟、曾庆等。自重庆市第五次作代会以来，重庆诗歌创作呈现出老中青三代同堂的繁荣景象。

## 一、诗歌队伍：传承巩固，发展壮大

自重庆市第五次作代会以来，重庆诗歌创作队伍有了一定的发展，其特点是关注老诗人、巩固中间层、扶持新诗人。老诗人积累了丰富的创作经验和深厚的人文素养，为诗歌创作提供了丰富的底蕴；中年诗人作为创作的主力军，他们作品中所展现出的现实主义精神和审美情趣，深入人心；青年诗人则以其独特的视角和表达方式，为诗歌领域注入了新的活力。青年诗人的崛起体现了重庆诗歌创作的多元化和开放性，他们勇于尝试新的创作手法和表达方式，作品风格各异，既有现代都市的气息，也有对传统诗歌的传承。这种多元化的发展态势，使得重庆诗歌创作更具包容性和广泛性。

这种抓两头稳中间的扁担模式，有三个好处：一是重视老诗人，把他们认作诗歌富矿、诗歌酵母、诗歌轴心，让中青年诗人在他们身上得到诗意的启发、吸收和传播的光亮。而中间层，如同一座诗歌大山的山腰，它厚重、坚实，成为诗歌创作的主体力量。如果说把老诗人喻为山顶，新诗人也就是山脚，不容置疑，新诗人是诗歌的未来，重庆诗歌的传承和发展，就必须依靠他们。壮大和发展新诗人的队伍，重庆诗歌才会继续欣欣向荣。

## 二、诗歌活动：形式新颖，效果突显

近年来，重庆诗歌活动丰富多样，如诗歌采风、诗歌朗诵、征文比赛、诗歌研讨会、新书发布等。这些活动旨在推动诗歌创作，发掘更多优秀的诗人，促进诗歌艺术的传承与发展，加强诗歌的广泛传播。在过去的几年里，重庆诗歌在各方面取得了显著的成果，为进一步推动诗歌事业发展奠定了坚实基础。

（一）诗歌纵向走进区县

重庆具有独特地形地貌特征，形成了大城市大农村相结合的区域特色。区县是诗歌发展的重要板块。重庆市第五次作代会以来，诗歌创委会的工作重心放在指导和参与区县诗歌各项活动方面，取得了一定成效。

2021年至2024年，重庆奉节连续举办了第五至第八届"中国·白帝城"国际诗歌节，分别以"好山好水好风光，有诗有橙有远方""长江之歌·诗盛三峡"为主题。诗歌节分别举办了文艺晚会、诗词大赛、学术研讨等丰富多彩的活动，旨在以诗为媒、以文会友，向海内外的诗人和诗歌爱好者全景呈现奉节的诗意山水和人文风情，进一步擦亮"中华诗城"金字招牌。其中，2022年第六届诗歌节开幕式上，启动了长江三峡（重庆段）十大重点项目建设，开启激活长江文化资源，阐发长江文化精神内涵的新篇章。在该届诗歌节开幕式晚会上，"诗词起源""唐诗盛世""词曲芳韵""近代文采""共和新韵"五个篇章通过诗舞融合、古今对话的形式，融入了更多新创意、新元素、新内容，把"古"的元素融合到现代声光电中，打通过去与现在的时光隧道，诗歌多形式、多角度、多维度、多时空地呈现奉节厚重的人文历史和与时俱进的"诗城"新风貌。

2023年6月和11月，诗歌创委会联合渝中区文化旅游委开展"寻迹母城记忆，共话渝中变迁"2023年作家采风春季和秋季活动。20多位诗人走进渝中，探寻母城记忆，感受渝中变迁，积累创作素材，建言文旅发展。采风团实地走访了通远门城墙公园、鼓楼巷、山城巷、贰厂文创园、鹅岭、半山崖线、十八梯等，并创作出反映渝中深厚的历史文化、火热的现实生活的隽永诗篇。

（二）诗歌横向区域联合

诗歌横向互动，加强区域联合，既能找到自身差距，又能借鉴其他地区诗歌发展的经验。市作协五代会以来，加强了周边省市的合作，为推动成渝双城经济圈建设提供了诗歌的精神力量。

2021年12月7日，诗歌创委会联合"少数花园"，举办了少数花园冬日诗会。来自重庆、四川、贵州的40多位诗人参加了这次活动。四川诗人方阵由梁平、尚仲敏领衔；贵州诗人方阵由李寂荡、陈润生领衔；重庆诗人李元胜、王顺彬、唐力、张远伦、金铃子、何房子、吴向阳、白月、刘清泉等参加了活动。冬日诗会分为诗歌朗诵活动与名刊主编的对话活动，在朗诵活动中，众多诗人纷纷登场朗诵诗歌；在对话中，主编们分享了他们的办刊理念、文学审美以及对当下文学现状的思考。自此，川渝等地诗人不断互动合作，青年诗人创作了许多优秀作品，并形成了自己独有的风格，成为当代诗歌的新生力量。

（三）诗歌下沉走进基层

诗歌行走田园、走入社区、走进经济发展的第一线，是开展诗歌活动的重点。

2022年1月，诗歌创委会与永川区作协、《大风》杂志联合举办"诗歌行走田园"活动。组织市内30多名诗人赴永川黄瓜山采风，书写出梨花般洁白的诗篇，抒发了诗人们对美丽乡村的赞美之情。2022年4月，联合市文学艺术作品表演协会，在江北区五宝镇举办了乡村振兴诗歌采风活动。组织40多名诗人深入五宝镇田边地角、院落社区采风，诗人们写了大量的乡村振兴作品。当地的农民诗人和艺术家们在五宝镇文化广场同台朗诵诗歌作品，让诗歌真正走进了乡村，贴近了普通民众。2022年6月，与两江新区寸滩保税港公司联合举办了"诗歌走进园区"采风活动，园区本土诗人和市内30多名诗人参加了活动。诗人们深入寸滩港、保税区、贸易加工区、国际物流交易区等采风，写出的作品收录进开发园区诗歌专辑，讴歌了新重庆开放高地的建设成就。

（四）诗歌跨界合作创新

积极探索与其他艺术领域的跨界合作，如短视频、音乐、舞蹈、朗诵、绘画等形式，为诗歌发展注入新的生命力。

2023年1月，诗歌创委会联合市作协文学成果转化委员会在江津区大地艺术馆举办了重庆首个诗人春晚。本次活动源起于100位重庆诗人以诗歌朗诵形式代言最美重庆，参与拍摄"重庆派诗人团"百集系列短视频。系列短视频从5月23日在渝中区山城巷开机以来，导演组先后对100位重庆诗人进行拍摄。百集系列短视频从2023年8月12日开始播出，至2023年12月17日落下帷幕。100位诗人，100首诗歌，100次朗诵，100个场景，100个视频，100次发布……在重庆、在成都、在全国诗歌界，掀起了一波诗话热潮，产生了积极的影响。

## 三、诗歌阵地：强化建设，不断壮大

重庆市第五次作代会以来，强化诗歌阵地建设，取得了显著成果。

（一）加强刊物指导，推动重庆诗歌发展

各种刊物如雨后春笋般涌现，成为推动重庆诗歌发展的重要力量。《重庆诗刊》《银河系》《几江诗刊》《大风》等都是专注于诗歌创作的诗歌刊物，通过各具特色的栏目，重点展示重庆有影响力的诗人作品，大力发掘诗歌新人，推动重庆诗歌的交流与发展；同时各刊物也通过微信公众号等线上平台，扩大其影响力和互动性。各刊物不但在重庆有着深厚的影响力，也吸引了国内外诗人和读者的关注，成为了推广诗歌文化的重要平台。

《大足文艺》《两江文艺》《垫江文艺》《酉水》《大巴山文艺》《秀》等区县文艺杂志，也开辟了重要的诗歌栏目，这些阵地为诗人提供了展示才华的平台，也为诗歌爱好者提供了学习与交流的空间，为重庆诗歌事业作出了积极贡献。

（二）致力于诗歌教育，创办诗歌创作基地

市作协诗歌创委会联合文学成果转化委员会，积极在中学和大学校园创办诗歌创作基地。市八中和市科技人文学院的诗歌创作基地从2021年至今，每年定期或不定期组织市内著名诗人到学校举办诗歌讲座会、改稿会、分享会、朗诵会。诗歌创作基地常年有诗人辅导、有学生轮流参与诗歌活动。真正让诗歌走进校园，培养了诗歌新生力量。

诗歌创委会联合文学成果转化委员会和垫江县作协在垫江县新民镇创建诗歌创作基地。组织委派诗人蹲点进行一对一诗歌创作辅导，参加学习的农民诗人数量猛增，质量大幅提升，真正实现了诗歌走进乡村的目的。

诗歌创委会联合渝北区作协，从2021年至今，每年在渝北区组织诗歌高研班。来自各行各业的诗歌爱好者参与高研班学习活动，以著名老诗人华万里主讲，每期学员结业时的作品均在全国和地方刊物上发表。

组织著名诗人进校园，进社区，开展诗歌讲座，培养新一代对诗歌的热爱。诗歌创委会联合渝北区和南川区作协举办诗歌创作论坛。创委会主任王顺彬授课、改稿，参与学员最小的是小学四年级学生。

（三）大力发掘新人，激发青年创作热情

为扶持有才华、有潜力的重庆青年诗人，激发他们的创作活力和潜能，赓续重庆作为中国诗歌重镇的荣光，2022年、2024年，开展两届"重庆诗刊青年诗歌奖"评选活动，各评出2个主奖、3个新锐奖、5个提名奖，共有20名青年诗人先后获得各级奖项。这些奖项不仅是对获奖者个人才华的肯定，更是重庆青年诗歌创作力量的整体展示，在重庆诗坛反响热烈，广受好评。

"重庆诗刊青年诗歌奖"不仅为获奖者提供了展示才华的舞台，更为重庆诗歌事业的繁荣与发展注入了新的活力。相信在未来的日子里，重庆青年诗人将继续努力，创作出更多优秀的诗歌作品，为重庆诗歌事业的发展贡献自己的力量。

## 四、诗歌作品：异彩纷呈，琳琅满目

重庆诗歌创作活力充沛，重庆诗人积极投身创作，近几年，涌现出一大批优秀诗歌作品，反映了新时代的精神风貌。

2021年8月，李元胜诗集《不确定的我》由重庆大学出版社出版，是作者2018年至2020年原创诗歌的精选本。2023年5月，李元胜诗集《我和所有事物的时差——李元胜40年诗歌精选》出版，同年9月诗集入选"中国作家网文学好书"书单，诗人代表作《我想和你虚度时光》传诵度极高，使之成为引人注目的诗家；事实上，诗人令人惊艳的诗作绝不止于此，该诗集精选了他40年来创作的200余首诗歌，作为其创作生涯的一个总结。诗人的魅力之一在于，他仿佛一位体察入微的灵魂捕手，善于捕捉日常和人们内心深处最细小的波动，然后用或明朗或隐晦的意象，将之逐一展示。此外，2024年6月，李元胜诗集《渡过自己的海底》由太白文艺出版社出版，收录作者近三年来128首新作，以诗歌跟过往握手言和，向着人生的旷野轻装前行。

2021年12月，冉冉诗集《望地书》由春风文艺出版社出版，共收录诗人近年创作的诗歌作品33首。冉冉作为一名土家族诗人，同时拥有汉语和土家语两种母语语素的语言运用能力，两种语言在冉冉的诗歌中呈现一种交融，其词汇更显得丰富、更有韵味和蕴含，就像评论家所说："其诗意发酵的过程就有了双语基因的碰撞与融和，其诗歌意蕴丰富而绵长，语言凸显出一种意想不到的厚重，加之诗人自身的诗歌语言感知天赋和自我修行的自觉约束，早已形成独特的创作风格及雅逸清丽的语言个性。"冉冉的诗歌，贴近生活，贴近自然，从主题上看，冉冉的诗歌创作以强烈的主题意识和自我重塑精神，从地域、民族、性别等多个维度纵深地拓展了诗歌空间的主题内涵，表现出自觉而鲜明的空间意识，这些维度是冉冉的诗歌创作所独有的。冉冉的诗歌语言沉静、内敛、温润、练达、简约，直抵内心情感。其中第1辑和第5辑为独立的两首长诗，分别为《大江去》和《群山与回响》，展现了诗人非凡的气魄，超于普通诗人的精神内涵和诗歌节奏、生命体悟的控制力，非常大气，是兼顾音乐美、建筑美的史诗性作品。《大江去》刊发于《诗刊》2022年1月上半月刊，广受好评，作者凭借独特的生命体悟、深沉的宇宙意识与文化思索，以丰富的意（物）象建构亦真亦幻的诗境，使作品呈现出宏大而不失细腻的美学品格。

2021年7月，张远伦诗集《白壁》由百花文艺出版社出版，是以城市题材为主的诗歌结集；诗集《和长江聊天》入选"中国少数民族文学之星丛书·

2021年卷",2021年11月由作家出版社推出,诗集以长江为吟咏对象,书写长江之滨的人们的心灵图景和生活场景;诗集《镇居者说》入选诗刊社"新时代诗库",2024年3月由中国言实出版社出版,是一部以"小镇"为主题的诗集,诗歌叙写了乡村振兴和城镇化进程中人们的温暖、幸福和坚韧,重点呈现的是民族文化、地域文化和历史文化,自然风光风情风物,以及小镇人物的劳动之美。总体上,诗人以一以贯之的"日常的神性"为美学引领,在此时此刻中发现诗意,进而实现了肉身、精神、灵魂的超拔,诗歌呈现出干净、澄明、透彻、深邃。2022年11月,诗集《白壁》获得首届谢灵运诗歌奖优秀诗人奖,授奖词写道:"张远伦的创作,在日常细节的象征性、万物的精神性和命运寓言化的特征愈发显豁。他的诗集《白壁》在习焉不察的生存细部中发现了繁复的精神云图,在个人性、现实感和时代境遇的深度对话中折射出更具普遍性和共情力量的诗性空间。张远伦的写作既是审慎的又是开放的,更为可贵的是个人经验和及时性感受能够提升为现实经验和历史经验,在历史、个体和现实三个维度上镌刻了不可替代的个人精神史。"

2021年12月,金铃子诗集《例外》由华文出版社出版。全书分为五卷,第一卷"兽影",第二卷"人面",第三卷"凤兮",第四卷"落木",第五卷"本象"。诗人金铃子以其哲学家般的敏锐洞察力、艺术家般的语言表达,写出了或细腻或决绝的诗句。该诗集收录的诗作意象多变,结构丰富,长短诗节奏分明,长诗如疾风骤雨,裹挟一切;短诗则寥寥几行,简洁明快,直击人心。她对人在当下困境的表达因一种行吟的风格而显得格外瞩目,有深入骨头的痛感,更有举重若轻的云聚云散的飘忽。这种重与轻的对人生的复杂寄寓在她的诗中奇妙地彼此抬举,形成了金铃子独立而独特的诗歌美学。由微而著,由小见大,由个体生命体验的特殊性而抵达生命意识的普遍性,金铃子的诗歌写作在更高的维度上保证了女性写作的尊严和活力。

2021年12月,唐力诗集《大地之马》由江西高校出版社出版。《大地之马》的诗歌,在对自然、环境、历史、现实、时间、生活的诗意呈现和追索中,进行形而上的哲学思考；对生命的价值、生存的价值加以揭示和追问，并表现出高远的精神追求。诗作意象新颖、情感深沉、节奏鲜明，富有表现力和穿透力。作品厚重、开阔、深邃、简洁，以沉思抵达生命的本质，形成了自己独特的风格。2023年10月，《大地之马》获得了由四川省作家协会、南充市人民政府共同主办的首届"嘉陵江文学奖·诗歌奖"主奖。授奖词评价道："《大地之马》对汉语新诗的词语进行了深层次的探索，其诗歌语言精练且有力，富有爆发力。敏锐的洞察力又使得他的比喻往往奇巧，如刀锋般准确地击中事物的本质。"2023年9月27日，在河南郑州举行的第七届中国诗歌节（国家级大型文化活动）闭幕式上，唐力创作的诗歌《大地之上》《祖国奏鸣曲》作为开场和压轴诗歌朗诵，引起热烈的反响。

2022年1月，谭明诗集《闪电与根须》获第九届重庆文学奖。授奖词评价说："谭明的诗集《闪电与根须》，以乌江和长江为产生灵感的不竭之源，潜心构建起诗人诗歌美学系统，表达了对万物的感受和对世界的见解，性情崭露，才情饱满，意象缤纷。作品以精练的短制，展示出大气沉稳的风格。那些隐现着忧患意识的诗句和带着理想主义色彩的篇章，使整部诗集显现出厚重的质感，给人以强烈的美感。"

2022年5月，隆玲琼出版诗集《你住几支路》。收录了诗人隆玲琼近年创作的诗歌近160首，分为"高处的湖与低处的霜""你住几支路""缺角与修补"三辑。第一辑大部分作品创作于2019年至2020年，以小叙事方式讲述作者的经验。在第二、第三两辑中，作者以自身生活为蓝本，多镜头取景，打开更宽阔的时代景深，完成了以自我饰演众生的当下女性多面塑造。在她活泼的直觉查探下，既有哲学内视的"我之追问"，也有生命溯源的神秘追踪，彰显出灵性写作者的书写特质。《你住几支路》入选中国作协少数民族文学重点作品扶持项目和重庆市委宣传部重点文艺作品资助项目。

2023年6月，杨不寒诗集《醉酒的司娘子》由长江文艺出版社出版。本书是诗人杨不寒的一部诗集，精选其2019年以来的新诗作品百余首，全书共分为四个小辑："纸上锦瑟""草木诗学""红尘有奇"和"今古传奇"。杨不寒虽然是一位青年诗人，但已经形成了他独特的诗学趣味和写作风格。他嗜爱古典的情怀和意象，试图在写作中联通古典的韵致与现代人的情思，其诗歌婉约深密，语言典丽。在延续古典诗歌趣味的同时，杨不寒有着敏锐的感受力和表现力。丰沛的情感、细腻的感受，融会在古雅幽深的语言境界之中，体现了一位青年诗人不流于俗的艺术追求。

2023年12月，冯茜诗集《星空下的冰达坂》出版。该诗集收录诗人发表在《人民文学》《中国作家》《野草》《西部》等报刊上关于新疆题材的诗作一百余首。诗人行游天山南北，写出了这些具有浓郁边地风情和地域特色的诗歌。诗人选取了具有新疆标识的人事物和风景，写出了天山的地理性格。诗集呈现的是游牧民族的生活场景和文化符号，给人带来了苍凉、纯净的气息，个性化的素材决定了这组诗辽阔而唯美的风格。冯茜的组诗《火焰的女儿》，获得诗刊社主办的首届李季诗歌奖。这组诗歌发在《诗刊》下半月刊2022年8月号。诗歌从日常的感受中获得诗意，调动各种感官，用个性化的语言描绘了诗人生活中的场景，显示了诗人敏锐的感知力。诗人在语言修辞上有明显的创新，体现了诗人的创造力。

2023年12月，吴定飞诗集《村庄纪》由长江文艺出版社出版，吴定飞曾被评为"诗中国"首届十佳网络诗人，获得"诗歌里的城"全国微诗歌大赛一等奖。诗集分为"马说""蚂蚁歌""中年书""村庄纪"四辑。这是一部充满情感、深刻反思和独特表达方式的诗集，它不仅是对诗人个人经历的记录，也引发了我们对生命、自然和人类情感的深入思考，为读者呈现了一个立体、多元的村庄世界。

2024年9月，王明凯诗集《流淌的时光》由重庆出版社出版，这是他近年来创作的诗歌作品选集，该书分为"节气歌""时光谣""流浪曲"和"咏叹调"四个部分，每一部分都围绕特定的主题展开，形成了一个完整的叙事链条。诗人始终坚守诗歌的品质，尊重自己的内心，透过朴实而机智的文字，写出内在的心路历程和人世间的酸甜苦辣，让人感受到诗人的人生之思、时间之叹和生命之悟。诗集凝聚着诗人对生活的感悟，对人生的体验，对世界的认知，对流淌时光的怀想，对未来生活的憧憬，字里行间流淌着真挚的情感和浓郁的诗意。

2024年12月，李海洲诗集《明月陪》由重庆出版社出版，全书共五卷，收录李海洲近年来具有代表性的诗歌作品，并附有两篇评论文章。他的诗作以唯美高贵、哲学语境、想象力奇诡、诗质高雅而著称，在题材的开拓、语言的表现手法、文本创作等方面都独具特色。一些作品虚与实、雅与俗、温柔与"粗暴"、传统与现代、庸常与精致等元素融汇锻打在一起，在诗行间形成妙趣；时而从容，时而紧致，冷静克制的笔调和奇特诡异的想象力，奇妙地融合在语言之中。

此外，越来越多的重庆诗人，在《人民文学》《诗刊》《十月》《中国作家》《当代》《山花》《星星》《诗歌月刊》《扬子江诗刊》《诗歌月刊》《北京文学》等国家级、省市各级综合刊物、专业刊物发表作品，成为各个刊物重点推出的作者。

综上所述，重庆诗歌队伍、诗歌活动、阵地建设、重点作品及获奖情况均表现出良好的发展态势。

## 五、诗歌未来：前景广阔，大有可为

挖掘地域特色：深入挖掘重庆地域文化特色，以诗歌为载体，展现山水之城的风貌，培育具有地域特色的诗歌品牌。

加强交流合作：加强与国内外诗歌界的交流合作，促进诗歌创作、研究和传播的互动发展。如举办重庆国际诗歌节，邀请国际著名诗人参与，推动重庆诗歌走向世界。

扶持青年诗人：继续加大对青年诗人的扶持力度，通过举办诗歌创作培训班、设立青年诗人创作基金等方式，助力青年诗人成长。

创新推广方式：探索更多诗歌传播方式，如诗歌电影、诗歌动画等，拓宽诗歌传播渠道，让更多人感受诗歌之美。

**强化诗歌评论和研究：**加强诗歌评论和研究工作，推动诗歌理论建设，为诗歌创作提供有力支撑。

回顾过去，我们硕果累累；展望未来，我们信心百倍。中国诗歌在发展，重庆诗歌在向前。新时期给予诗歌新的意义，我们作为新时代新重庆的文学工作者，必须肩负起新的历史使命，扎根生活、扎根人民，为推动我市诗歌事业发展贡献新的力量。让我们携手共进，书写新时代新重庆诗歌的辉煌篇章！

## 评 论

### 感怀、耽爱与共时
### ——评李元胜诗歌[1]

方 婷[2]

阅读一个诗人的作品，有两个基本出发点，也可以说是两个疑问的基座。诗人看见了什么我们没有看见的？他（她）的诗让我们引发了什么联想与问题？读李元胜的诗之前，知道他是一个博物学家，爱好自然摄影，好奇这一视角和身份会怎样进入他的诗歌写作中。读了他的诗，反而更加确认他身上的传统性，他的诗里确实有很多陌生植物的名称，但不是陌生的经验和观察角度。他写的是一类抒情诗，充满劫后余生的温情感，节奏比较慢，里面闪烁着他对自我不确定性的怀疑，会让人不自觉联想到中国古典诗歌的感发传统，以及日本文学的物哀情结，这也许不是他有意选择的，但能看到气息上的接近。尤其在他赠友人的诗里，能感受到他可能是一个极重友情的人，迫切寻找着人与人之间的共时性。这不只是因为他写了很多《给》的诗，且无论写什么，都多少暗藏着对友人的召唤。即便那些不是写给友人的诗里，似乎也有一个潜在友人是他写诗的对象，或

---
[1] 本文原载《诗收获》2021年秋之卷。
[2] 方婷，云南师范大学教师。

者说这些植物对于他也具有友人的性质，就像《天龙寺》结尾略施的禅法，大花蕙兰、野蔷薇、金刚藤这些植物像穿着不同颜色的衣服的云中僧人一样与我做伴。一松一竹真朋友，山花山鸟好弟兄，古典诗也有这个视角。同时他的诗又表现出一种彷徨，在观察者和亲历者这两个身份之间的摇摆，对暂时性的迷惑和永恒性的渴望，以及进入与绕过的无法抉择。其修辞系统和意象系统主要来自自然，尤其是植物、山、水、树、花、寺庙等，是一种类似自然诗和感怀诗的混合。或者说，他抒情的模式是以感怀为主的，自然是他兴发的对象。在当代诗歌中，如果我们把促使一个诗人写作的源头动力，分为信仰、问题、焦虑、感叹等，那么，李元胜的诗可能更多不是来自他精神世界试图解决或解释的某个问题，而是日常片段引发的种种感触和领悟。

感怀诗在汉语诗歌中有很深的传统。从《诗经》开始，其动力系统主要来自诗人对自我身份的认识，在家国共同体这个文化背景下，他们通常是失志之人对自我处境的感发，在民间是征夫、思妇，在士人中多为有德无位之人，同时其抒情中又通常包含着劝慰与振作，以求怨而不怒。今天的时代处境、文化形态、人的身份当然变了，但这一抒情传统在当代诗歌中还存在吗？有没有可能仍然在当代诗歌中以不同内容和面貌繁育呢？这些基于普遍人性和流逝感的抒情能在当代诗歌中也引起读者的共鸣吗？有没有可能，一首诗的语言面貌是完全现代的，但其内在的抒情方式却是古典的呢？或者，即便诗人从未考虑过这些问题，但那些基于自然书写行为的诗歌会不会自觉暗合古典诗歌传统的某些特质呢？在这些角度，李元胜的诗歌给我们提供了一些思考。李元胜诗歌的基调是感怀，其中有一些基本主题。一部分来自寄居、生命的无常感、流逝感、必死性；一部分来自美与人格，在事物身上发现美的闪光以及人格精神，并试图由此获得一种超越；一部分来自诗人自己的生命立场，但关于这一生命立场的很多表述可能是比较模糊的，包含着不确定、犹疑等。

所谓寄居，大而言之，是一个人作为一粒微尘寄生于天地间的命运感；小而言之，是碌碌无为的苦役感，它立足于人的卑微感对人世间的本性或人与人基本关系的思考，也包括诗人自身的使命感。这些也是古典诗常写到的感发，忽如远行客，譬如朝露，或者漂泊如转蓬，用比喻、象征及通感去建立联系。它的参照系统通常是自然界的事物，自然界和人界既成为没有办法彼此跨越的界限，也成为相互见证的存在。李元胜的变通就在于他把这个自然集中在他经常观察的植物上，可能是因为只有在这些真正仔细观察过的事物上才能获得一定的细节和具体性，同时又把这种见证变为与事物相遇时的观察与惊叹。比如野百合，《又见野百合》中诗人目睹了藏于委顿中新生的芽，但他要写的不是野百合也有春天，而是借此在自己身上看到的不可避免性、残酷性，最后又用与友人的此在、共在去缓冲这种关于生死的焦虑。《开满大百合的山谷》从对百合花的白色、球茎、鳞片的观察中，领悟到生命的苦役感和不得不各自领受的艰难。《三尾灰蝶》也是如此，灰蝶双翼上的山丘图案与银线花纹，因为诗人的观察，变成了连接彼此的共性，时间的同一块琥珀或携带的同样金属为这种共性提供了质地，连接起作为诗人的使命和灰蝶彗星似的宿命感。《崇武看海》中一开始诗人展开的是大海万马齐鸣、蓄势而来的节奏，"大海在远处缓慢地弓起背来——／一条黑色的巨鱼"，突然陷入静止，变成对视中的彼此放下，这既是对大海海岸的具体观察，对人与人对峙关系的暗示，其感叹也带有一种顿悟的意味。《在合肥植物园》中诗人从园艺师数鸡矢藤的动作中，看到自己作为诗人的处境和数学，并让"数"的动作回到写作中"剪"的动作，这个动作的变化在这首诗中具有微妙的隐喻色彩，数可以说是增加和积累，剪可以说是破坏和削减，最后李白的剪刀和博尔赫斯的剪刀则昭示着他的诗学来源。

  诗人所选择的这些自然物都来自亲身的观察，有一定细节的描绘，所引发的感怀也各不相同，但感怀的方式却具有同质性，都是从对自然的观察进入发现和觉悟。

  在关于自然的感怀上，李元胜对很多植物，尤其是花，具有一种强烈的审美爱好，并用美的战栗或顿悟去理解植物，和物哀情结有相似性。《古杜鹃公园》中，当诗人看到各种层次的红在盛放时，他从大自然的手笔联想到爱情，再想到时间和自己的过往，再到达关于美的至高性，这里美具有一种壮烈感和超越性，即诗人结尾所写："美在轰鸣，至少，在翻卷而至的花事前夕/ 它被群山举起，高过生与死之间的天平。"这一刻人与花的相遇，使诗人的激情也获得一种审美抬升，超越生死。《绝壁上的报春花》中诗人赋予了报春花一种意志和人格，"拯救与自我拯救""丈量万物的雄心""炽热的尺度"，都是诗人看到绝壁上怒放的报春花时，赋予花的人格形态。这一写法在诗歌中要处理得特别小心，会很容易让人想到古典咏物诗的传统和现代伤痕诗的传统，还好最后结尾"无边的地平线"多少消解了一点，可能诗人要写的是一种生命的质感而不是单纯的人格，但如果没有细节就很难区分。写作感怀诗需要特别小心的地方在于，如果诗人没有一个生命持久的深度和向度，就很容易表现为一时的触动。如果缺乏细节和具体性，感怀又容易变成简单的慨叹，流于空泛的抒情。如果缺乏反思、思辨的逻辑线条，又容易变为概念化或常规的人生经验。如果诗的抒情节奏不寻求变化，也很容易变成一种自负的千篇一律的语调。且这几个方面本身也存在不同的层级和深度。

李元胜对美的理解和对生命本身的觉悟也具有同构性。《黛湖》中，他在万古河山和一枚小得像纽扣的湖之间，发现了一种不对称的美，并将这种关系演绎为短暂与永恒对比中人与自然的基本关系，桃花水母作为一个词、传说和具体事物，具有连接和穿透的意味。《在向田村》中，从听一个老人诉说悲伤往事行笔，最后落在对秋天之美的感叹，"多美的秋天呵，火棘通红/ 铁线莲满头银发/ 红花龙胆如同向阳小学的孩子们/ 一朵就足以照亮灌木丛"，诗人意图在悲伤与美之间找到两者命运上的共性。即使是饮一杯咖啡，也可看到对日常事物审美上的迷恋怎样让诗人成为一个耽美的人，《好吧，我们聊一聊咖啡》中以"落日般的诀别""别的生命惊心动魄的献祭"来看事物，其中的落日和献祭色彩，就具有一种强烈的物哀式咏叹。有时，连神秘事物的牢笼都具有美丽、复杂的特点。但有可能诗人也认识到事物之美下面所具有的腐朽与遮蔽。比如《好吧，我们聊聊蝴蝶》一首中，从没有什么比蝴蝶更让人产生唯美的联想这一点上，引出它的美本身也包含着尸体与肮脏、一种不被看见的污浊，以及《圣莲岛之忆》中各自提炼着毕生的淤泥，不过这似乎恰好也构成了美的超越。

还有一部分诗是关于生命立场的咏叹。登临主题的诗也很容易让人产生虚妄的雄心，《在金佛山》中，诗人围绕走失的自我回到自身这一谜底去展开，最后的"填充着/ 我和世界之间的缝隙"帮助我们看到诗人"之间"的生命立场。《在巩义》中，诗人从实在的景观上划出一条童颜与鹤发的界限，也是地理上南北的界限，怀揣"雪线"的人将那条雪线不断演绎为石刻的线条、石窟的线条、飞天的线条、以及垂柳的线条，线条在此诗中的流动是比较微妙的，突然转到哭泣小男孩的设定上，不知是否意欲与前文从嵩山上下来的人呼应，还是某种新生的暗示，这个人物也具有"之间"的性质。他本身是一个光的会集者，但为什么同时也一定要是万物之冠呢？《狮子峰》从一开始就围绕山顶与山脚之间，以及禅门之前的"逗留"，也表现出诗人似乎难以抉择的生命处境，直到最后回到诗人的明志，"如今，我爱着此间的庸常"，它似乎有意放弃了一个登临者登顶的必要性，只保有内心的警惕。以及《不确定的我》中，身体等待心灵回到自身的短暂时刻，李元胜所写的人间都具有这样一种"之间"的色彩，他一方面赋予这种"之间"以容纳、承受、会集、被困、光的色彩，另一方面又赋予其缝隙、界限、逗留、辗转、空白的意味。

如果说这些感怀在李元胜的诗里有什么主线，就是诗人特别强调诗人与事物相遇时，此时与共时的属性。他经常用在、同一、同样、正、此刻等类似的字眼去强调这种属性，其中包含着肯定、迫切的情绪。《给》的系列诗中，能看到诗人对一个小的友谊共同体的渴望；《三尾灰蝶》结尾"彼此茫然"又"同一""同样"；《金佛山》中的"此刻"。《给》中"和你一起，困在宇宙的这个角落/ 困在此时此刻，不是上一秒/ 也不是下一秒"；《又见野百合》结尾中的"我在，你也还在"；《黄葛古道遇雨》最后强调的"唯有此地，唯有此刻"，均是如此。诗人似乎特别在意相遇或恰好的同时性。这种共时性对于诗人的特别意义究竟是什么？

他们可能就是诗人说的"同一个拱门""同一块琥珀""共一条河流"，但还需要更多修辞上的解释。于是，我们会看到，李元胜的抒情诗立足于人间感叹里，它的人间都具有之间性，并围绕着此间展开。且这种共时性是诗人在看到了生命时差和错位的同时，去发现的共时性。《合肥植物园》中不该出现的地方开出的繁花，它的错误性恰好成为它的美。《给》抒写了使用另一种时间的人。《独墅湖图书馆》中，诗人还发明了一个"海底"的说法，以此连接不同地域、时代和语言。《聚龙山下饮茶记》中，"我静止你赶路，我春你冬，我山顶你山脚，我提前开放，你不肯放弃"等，在一个追赶的节奏和脚步中，发现了所有生命围坐在一起的沉默世界，即"无边剧场"写作的"秘密剧本"。

这个共时性是等来的，也是守来的，是不是恰好像一个耐心的观察者蹲点的身影，他们在等待相遇的时刻，也就是按下诗歌快门的时刻。

## 布老虎里装了些什么？
——读唐力诗歌《布老虎之歌》[1]

蓝 野[2]

一

非常荣幸，我和唐力坐过对桌。作为同事和朋友，诗人唐力特别好相处，他谦和宽厚，工作认真。我总以玩笑的语气说，唐兄是我们身边低调的大师。这话不只是夸他，有时也带着戏谑的意思，因为我们一同见识过太多的装扮、行为和为诗为文都极为酷炫的伪大师。接到著名诗人、编辑家商震先生转来的《布老虎之歌》后，匆匆读过，很是震惊，大师如否暂且不论，放眼当下文学，重要诗人的名分，唐力兄是担得起的。

诗人唐力有着非常丰富的人生经历，他曾是中学数学老师，也是弗罗斯特的译者，更是一位优秀的诗歌编辑，现在又悄悄地在通向书法家的路上，安静地临写着灵飞经、王宠和文徵明。当我们眼前的艺术家们，眼神里和身心形态上闪着

---

[1] 本文原载《当代·诗歌》2024年2月号。
[2] 蓝野，《诗刊》编辑。

一种与这个时代相洽的贼光时，唐力沉稳、安静，有一种和当下生活适当的距离感。根据意大利哲学家阿甘本的理论，完全沉迷于当下的人并不是当代人，而真正具有当代性的作者，是和当下保持着疏离感的人。我们今天面对的诗人唐力，无论在写作上还是生活中，无疑是一位"能够比其他人更好地感知和理解自身的时代"的"当代"人。

不久前，在张家港的一个诗会上又见唐力。他的发际线越发后移，已经戴上了老知识分子那样的绒线鸭舌帽，我又打趣他有点德高望重的样子。但聊了一阵，发现这还是那个老成持重又透彻深刻的唐力，脸上谦和的笑容后面，内心的火焰依然噼啪作响。唐力是懂得分享的人，他总会和我真诚分享对时事的看法，分享他经历的认识的一切，往往不偏不倚，不像我总是有着按不住的偏激。现在，他用这首诗和我们也和世界分享汉语新诗表达的无限可能，甚至分享他平日里温和的表面下藏起来的那些锐利和激烈。

## 二

老虎本来凶悍，却时常出现在性格温和的诗人唐力的创作中。在温和的唐力兄这里，大概凶猛蛮横的老虎这个意象，代替他在诗歌中飞扬跋扈，龙行虎步。新世纪初，他的诗歌《在老虎中间散步》，借用与"老虎"的对比，写出了自己的孤独与骄傲，"不惊动它们，也不/与它们混为一谈/我的颜色并不比它们鲜艳/但我是站立的，我比它们要高/我的孤独，也因此格外醒目"。唐力还有一首被经常传播的《喂虎记》，以超拔的想象力书写了饲喂无形的又处处可见的"老虎"，"我喂给老虎以死亡。老虎/拒绝就食。在浑圆的落日之下/它昂头，张开大口/报以一阵金黄的虎啸"。噢，对了，唐力的个人公号就叫"散步的老虎"，他在这个公号上依然下着仔细功夫，认真选诗，认真编排，将一位优秀诗歌编辑的理想放在了这里。

这样看来，"老虎"在唐力的创作中埋伏已久，唐力沿用着他顺手的"老虎"

意象，放出了他的"布老虎"，有了这首长诗《布老虎之歌》。他的"布老虎"显然比从前的"老虎"装下了更多。

布老虎是一种民间工艺品，正如唐力在诗中写到的，"在时空中旅行：我看见他，白发苍苍的/民间手工艺人，用失传的技艺/保存古老的记忆，以及/最初的训诫"。在诗歌中，他代替了手工艺人，将"布老虎"缝进了填充了更多的记忆与追索。同为艺术品的创造者，显然诗人唐力的手艺比手工艺人技艺更高超。

北方地区多数地方可见漂亮的布老虎。我的老家山东沂蒙山区，布老虎在乡间集市上，在百姓家中，随处可见，它甚至是我童年最具色彩感的记忆。前几年去山西黎城，见到过极负盛名、憨态可掬的布老虎——"黎侯虎"，据说黎城一带对老虎这一形象的热爱，最早起源于周武王还玉虎于黎侯的西周初期，已有三千多年的历史了。作为玩具或者枕头的布老虎，色彩艳丽，温软可亲，使老虎的形象变得不再那么霸道恐怖了，这里面肯定有着图腾崇拜、祈福辟邪等各种复杂社会生活的历史流变，诗人唐力找到的布老虎这个形象，实在是太生动太丰富了。

北方各地的多种布老虎在制作时，填充材料各异，有米糠、麦秸、麦麸、锯末、棉絮、碎布、荞麦壳、高粱壳等等，那么，诗人唐力借用布老虎这个恰当、丰富的"容器"，在他的"布老虎"里装进了些什么？我们不妨撕开一角，窥探一下诗人埋下的隐秘线索。

## 三

在《布老虎之歌》的第17节，诗人使用了当下诗歌特别排斥的排比形式。为什么我不用手法而用形式来做"排比"一词的后缀？因为在唐力奇崛与深邃的笔下，排比几乎不是传统的修辞手段，仅仅成了表面式样。"一只老虎迎着画笔走来：/在颜色的粉饰中，焕然一新//一只老虎迎着糨糊走来：在思想的/泥潭里打滚，让全身污迹斑斑//一只老虎在绳索中走来：绳索自动/成为，身上一条条的斑纹//一只老虎在棍棒中走来：让击打/成为命运的全部馈赠"，这是时代碎片与个人困境的有机拼贴，在纷繁的意象背后，提供了一种复杂艰险的现实生活图景。

布老虎既装下了现实世界，又装下了无限的想象。同时，里面的老虎有时是我，有时又是我对面的猛兽。"……昼与夜的更替，沉睡与清醒的交接/对世界，老虎并不发表意见，只以沉默/守护着万物的秘密"，"……在他的背后/一堵布满老虎的墙，仿佛充满隐喻//他是它们的创造者，又是它们的灵魂的/参展商——仿佛它们都是/从他的身体里逃逸出来"，像这样的精彩表达，在这首诗里俯拾皆是，气韵生动地装下了诗人的想象、思辨，装下了诗人在努力探触的存在与虚幻。

"我自己就是自己的丛林，永远/无法穿越，无法穷尽/当然，更多的时候/我们每个人都是，他人的丛林……"，诗人唐力在探求着世界、当下与自我的因果关系，又故意缓慢地设下了机关，似乎并不急于告诉你真相，而是要告诉你：我，诗人，唐力，在寻找全部真相的路上……

自我、时代与大地上的一切，诗人唐力在《布老虎之歌》里似乎都写到了，还有什么他没能触及的吗？留给读者朋友们一起去填充吧！让我们使这只通过唐力之手创造出来的活灵活现的厚重丰富的布老虎，通过我们的理解与想象，更多地装下万事万物，装下你的世界、我的世界，装下这纷披掩映的无限人间。

## 四

初读《布老虎之歌》，我读得缓慢。大概因为刚接到稿子那天的心境，我没有将自己当作一位评论者或者编辑去读，而是假设了我就是这首诗的写作者。这样，从第5节起，我就开始担心了，后面还能怎么写？！

而在诗人唐力这里，他很快就不再让我们的担心继续下去。本来我想，除了对布老虎外形的描述，并由描述牵引着想象与思辨，这样往下走着会是一条平坦大道。但实际创作中,想象与思辨将走向哪里,落在何处,要拐几个弯,爬几个坡?处处都是险境!唐力显然将一条险绝的道路走通了。

当诗人发现布老虎的嘴角的绒线胡须是天线在接收"世界混乱的信息"后,接着写道,"……如同我们/吸收、接纳,不由自主,只能/让混乱更加混乱,让荒谬更加荒谬/让自己不再是自己",当作者描述布老虎硕大的头颅,"它晃动,整个世界开始晕眩",然后竟然笔触抵达到这里——"用困惑获取明达,用混乱获取秩序/我们和思想的敌人,握手言欢",这些转接、流动与意象逻辑,处处是突发又合理的枢机,意趣纵横,而又浑然一体,意蕴深远。

## 五

我是在福建邵武出差途中躲在酒店里写这个短评的,这里是南宋诗歌评论家严羽的故乡,酒店的桌上就摆着严羽的《沧浪诗话》。严羽在《沧浪诗话》中论及建安时代时说,建安之作,全在气象,不可寻枝摘句。读到这句时,觉得《布老虎之歌》让我最为震惊的地方也是"全在气象",因为通篇读完,感觉元气贯通,虽内涵丰厚宽博,丝毫不觉得琐碎拖沓,气象万千又真切深沉。

从诗行中可见,唐力的案头或者床头是摆放着一只工艺品布老虎的,他就对着它在描摹刻画,就对着它进行诗人的"微雕的艺术"。其实,我宁愿相信唐力的案头是空的,根本没有这一只"布老虎"在那里,因为我相信创造的力量,相信诗人那无中生有的想象力和笔势雄强的描绘能力。

一首诗自有它的命运,如果《当代·诗歌》首发后,这首诗得到足够多的传播、讨论,"布老虎"一词将被唐力丰富起来,甚至会成为新的成语一般的存在。

作为文学编辑,我见过太多写作者面对创作的困境,其中也包括笔者自己。唐力在我个人这里,如一面迎风摇荡的旗子,对我的诗歌写作有着极大的启发。诗歌写作者应该对当下汉语诗歌有着异常的熟稔与把握,写作真不是一蹴而就的事。

当下汉语诗歌也存在着整体的窘境。诗歌评论充斥着稀里糊涂的学术黑话，扭曲、拧巴的分行表达被强硬地贴上诗歌标签，那些常被朗诵和流行起来的诗歌多为陈腐与浅表的书写。还有一种看似巧妙实则矫饰的小情调诗歌，可以和苏轼所言秋蝉时鸣、严羽说的虫吟草间相比，哼唧作态。但我们也同时发现，汉语新诗会时常给我们带来不一样的惊喜，前些年林莽的《记忆》、沈浩波的《蝴蝶》、欧阳江河的《凤凰》、刘立云的《上甘岭》等，还有现在这首《布老虎之歌》，这些长诗或者小长诗，就给了我们黄钟大吕一样的回响和安慰，让我们看到了新诗挣脱纯粹抒情传统的可能，也让我们对汉语新诗诞生《马楚比楚高峰》《太阳石》和《荒原》一样的诗篇，充满了期待。

　　世界时或破烂不堪，幸好有诗歌，幸好有《布老虎之歌》这样的诗歌，缝补着缺憾，让我们得以和诗人一同感受到这世界有机会趋于完整。诗人唐力在《布老虎之歌》结尾处写道，"在这个明亮的清晨，我们相对而立/它的灵魂，伸出了双手，拥抱住我的孤单"，当孤单被拥抱，我们便不再是伶仃前行的人！

第二章　|　诗歌

## 只要有一匹豹子，群峰便开始走动
——华万里诗作掠影[①]

齐凤艳[②]

　　语言激活感知，诗意升华万物，是我拜读华万里诗歌的强烈感受。他赋予语言和万物以活力和神韵，我想这定是来自他自身的学识、经历、个性和精神面貌的生机勃勃。于我，华万里是四十多年如一日笔耕不辍的长者，是一位诗龄大于我年龄的前辈。但是他的诗年轻，文字充满活力与生机，词语组合特殊，彰显唯美追求与理想主义。很难想象，这一切竟然出自一位年已八旬老人的诗想和笔端。华万里被誉为"中国诗坛常青树"，这不只是就时间跨度而言，更是就他诗歌的生命力和长久性而喻。

　　华万里认为最好的语言是鸟，能够飞翔。诗歌是语言的最高形式，是文学的灵魂。评论家陈仲义在谈论现代诗歌语言的时候说："它是生命实体最生动的掠影，是自由意义的最大挥发，是有限人生的最大精神可能。"多年的诗歌写作，造就了华万里诗歌语言表达的炉火纯青。持久的创造力，让他不断开拓着语言的

---

[①] 本文原载《中国诗人》2022年第1期。
[②] 齐凤艳，大连工业大学图书馆馆员。

疆域，将万物从固化的陈念中解放出来，凸现了诗歌语言非理性肌理的能量。他在《我写着》一诗中说："只要有一匹豹子/群峰便开始走动。"诗歌赋予生活、生命和万物以灵动、灵气和灵韵。诗人在想象中垒起词语的柴薪，并将其点燃，火焰跳动闪烁，照亮与幻化着诗人的创造与发现。

请读《看山过程》：

在茫茫云雾中
我突然喊出了一座大山

它的那一点青
最先浮现

接着，山的轮廓
醒了一半

接着，山的面目
渐渐完整

接着，山上的瀑布挂了出来
溪水声响起

接着，白色的石头上
一只红雀，让叫声跳了几下

接着，草亭中
两位古人在捻须对弈

> 接着，乳白色的云雾弥漫过来
>
> 遮住了整座大山

从云雾中来，到云雾中去。灵感倏地降临，定义刹那解体，禅意蓦然而生。这不是无中生有，而是有中生无，有无内外交融又互换。华万里主体迅捷的反应能力，是长期训练有素的见证。写诗的过程将情志的普泛性和朦胧性转化为非具体的抒情，形成鲜明生动的意象和感叹。最后形象隐去，余下诗味袅娜。感性、激情和想象是显，哲思是隐。就如《文心雕龙·神思篇》所说："意授于思，言授于意，密则无际，疏则千里。"这些话阐明了语言创生和注意结构的重要性、技巧性和到达性。而华万里诗作中的六个"接着"构成一条情感线，以协调的音节相串联，让意境的整一性水乳相融，移情与共感神秘地抵达。这是语言之功，也是意象之美。

诗歌的创作及存在以语言为载体，但是诗不是有些人所说的到语言为止。耿占春讲道："曲调比词句保持得更久远，意味着曲调的创造比词句更缓慢，像结晶物一样有一种时间的结构。当词句中蕴含着自身的曲调时，就是话语为自身赢得了一种时间。"这个曲调是什么？我想它是一个复合体。就这首诗而言，云霭、山色、水声、鸟鸣、隐者相继出现，一起唤醒主观意识，摆脱理性思维的羁绊，甚至唤起无意识和潜意识的超验感受，在语言结束的地方，让语言天空，云舒云卷，自在地，自如地，变化万千。

当我向华万里请教他的诗歌色彩时，华万里讲到他的诗歌语言的特征之一就是对色彩的注重。我想这个色彩是总体明亮，豪放与婉约并举，艳丽与庄重同行，统一于内景与内力的一致，得到了灵均自得的活法。在一次采访中，华万里讲到他看重"给人以唯美和理想主义的感染"，从一个"染"字，也可悟及他色彩的涵浸，对此，我是颇为受益。

历尽悲欢肝胆热，齿牙吐慧艳于霜。华万里一生经历了很多坎坷，但是他的诗中没有怨愤之气,狂澜都在他心里。他一生的色彩,偏蓝;他语言的色调,斑斓。

请读《别碰我》:

> 别碰我的名字,别碰我下午和夜晚的爱情
> 别碰我的左手,百灵鸟在指间留有墓志铭。别碰
> 我的暗伤,和暗伤中的敌人。它和他惊动后
> 会猛烈地啸叫,有时像狼,有时像人。别碰我的父亲
> 和母亲,他们生得朴素,死得简单。别碰我
> 内心的海,我常常在深夜
> 面对它沉默,同时,用小刀
> 在骨头上刮下红霞和涛声。别碰我的1987
> 一碰,它就会掉泪,虽然泪水中还有翠绿的鸟鸣
> 别碰我的乐谱,上面的音符带有闪电的细末
> 像哀歌后明亮的奋争。别碰我的狂澜,它想平静地
> 散去。别碰我的敏感处,那儿虽然缺少主义
> 但玻璃珠子会响,野百合的花瓣瞬间便香了一地
> 别碰我的诗句,它刚刚在推敲,刚刚在为
> 草莓准备好的颜色。别碰我的沉思,其中多刺
> 别碰我的身世和经历,爱我的太阳总在后退。
> 别碰我的心脏,乌云不在那里,73把生命之火
> 将我炼成了宠辱不惊的苍鹰。别碰我呵别碰我,因为
> 我侧身的时候,右手提着的冰块,正在耀眼地融化

这是华万里73岁时写的一首诗,诗人有悲苦,有伤痛,有爱憎,有原始的情绪和现代的抒吐。华万里多情,是情感的驭手。他反复动用一句"别碰我",

领悟和总结了自己的大半生。他说:"内心的海,我常常在深夜面对它沉默,同时,用小刀,在骨头上刮下红霞和涛声。"是的,不要碰"我"的伤痛,我会流泪,但是如果你翻开"我"的诗集,在"我"的词句中你会看到"我"的爱情、父母、宠辱不惊的苍鹰;如果你仔细聆听,"我"文字里的乐音会让你闻到闪电的细末,那是哀歌后的闪光;如果你探秘"我"的精神深处,你会看到"我"对美好的信仰。乌云休想占据"我"的心,那里有晴空万里,而当"我"浑身是火,任何冰雪一靠近"我",就会融化,并且谁都会分领一份"我"的光和热。别碰"我"的狂澜,这不是拒绝,而是邀约。这是语言的碰撞,命运的浩叹。

  诗人的内心永远是敞开的,时刻倾听着世界:"诗人不只通过花朵照亮自己/诗人还要用鸟鸣提醒/用河水洗濯/用阳光特别是月光的宁静/安抚常常浮躁的心绪/诗歌真正开始的时候/诗人已经透明。"华万里如此写,如此清澈。

  诗人谭明认为华万里是"一位能够用闪电照亮诗句的人,在照亮自己的同时,也照亮了他人"。这闪电带有语言之光,雷霆之音,花香之静。

  请读《这个上午》:

> 这个上午,我在原野上行走,我在原野上访亲
> 我可以把这株青草称为兄长,可以把那滴露水
> 叫做妹妹。这个上午,悬念不在悬崖之上
> 它随同平坦的溪水平静地流。它蛇一样游进
> 野花乱开的草地。神神秘秘,不知所终。这个上午
> 几枝桐花,在风中轻轻晃了一晃,它们背后
> 沉重的青山便微微动荡。这个上午,二月刚走
> 三月刚来。我是夹在欢乐中的一天,既旧
> 又新,且有一点点庄重的气味。这个上午,天蓝了
> 一阵又一阵,陪同我的太阳,并不老些
> 这个上午,没有谁将我的欢乐当作沉疴治疗。那些

跳来跳去的小青蛙，像我内心的繁灯。这个上午
又宽又窄，我的爱情居中，我的双手在左右
平衡着幸福。这个上午，就要被下午
接走了。我如辞别故乡的蝴蝶，依依不舍

一首比春光还明媚的诗。一句"我在春风里访亲"，就将我暖风扑扑地包围。当青草成为兄长，滴露成为妹妹，这个原野之中的上午必然是美丽的，满浸情谊的。诗人徜徉着，目光所及，都是心动的发现。春天年年相似，但是诗心时时簇新，所以故景常态，在诗人善感而敏感的眼中都是悬念。"悬念"与蛇之间的隐逸关系秘密而恰切，与草地间的溪流妙合无垠，既写出了溪流的伏与动，也带出了小溪的蜿蜒和水声，引领我发现了春天的中心腹地。而哪些是可见的，哪些是不可见的？诗人是不是看见了我妩媚，抵达了不可见之隅？

整首诗，物与物连通，物与人神交。诗人不经意间写下的"庄重"二字，内涵是丰富的。当这个上午被凝视，被感知，被书写，它就是一个与众不同的上午。它在诗中被铭记，"我"的此次行走也异乎寻常。这就是语言的力量，它言说，它赋意。这让我想起最近读到的评论家霍俊明的一段话："在日常经验泛滥的整体形势下'现实'是最不可靠的。唯一有效的途径就是诗人在语言世界重建差异性和个人化的'现实感'和'精神事实'。"同时这首诗也是哲思包孕的。"我是夹在欢乐中的一天，既旧/又新。"每一天都是开始，每一刻都是节点，都在通向美好。诗人确信，他依旧少年，他身体里有无数"跳来跳去的小青蛙"，那是他内心的繁星，爱情与幸福的照耀。

阅读这首诗，无论是行文的涓涓水流，还是意象的灵动清新，都让我愉悦而安详。但是诗中"疯狂"一词提醒我，这个上午诗人的内心是激动的，情感和情绪是饱胀的、波澜起伏的。这就涉及了诗人如何表现情感和如何营造诗意，以及读者如何倾听诗人内心的问题。这些都促使我这个后学，需要认真向华老先生学习。

在一次访谈中,华万里说:"我写诗有一个追求:新。我在追求新的时候有个自己给自己提出的要求:诗中一定要有陡峭的句子,往往第一句就要出人意料地陡峭,如同把一首诗当成一座山,那么写诗就是爬山,爬山时面对的第一匹坡也许就充满了陡峭,谁能爬上去,谁就有本领。陡峭是一种修辞,陡峭是一种美学。陡峭不同于怪拔,陡峭也有别于突兀,陡峭更不是犷悍和粗野的高。陡峭如同出鞘之刀,冷然凛然地立在眼前,看看你如何去对待。这时,如果刀侧飞来一只蝴蝶,那它是想来一次刃之吻。这时,如果有一只蜻蜓立在刀尖,那它一定是打算镇住这把刀的锋芒。"写得多么尖锐可亲,多么好啊!

"2013年中国·星星年度诗歌奖"在成都颁奖。时年71岁的华万里以组诗《不敢轻易转过身去》夺冠。这是一首充满隐喻的诗歌。它的意义来自对传统乌鸦意象的剥离。诗人是勇于挑战固有概念的,从而实现了一种高度陌生化的效果,与常识观念相忤。20世纪美国后现代主义诗歌流派新超现实主义(或称深度意象派)的领袖人物罗伯特·勃莱说:"流水只有在遇到抵触时才呈现出织物褶皱一般的曲线。诗歌中的形式也是如此,有赖于抵触。"诗人凭借顽强的诗歌力量,造起抵触,又破解抵触,打破了旧禁锢,开创出新疆域。于是,乌鸦成为了华万里的好友,悖论中的被赞美者。

并且这是一首关于诗和诗人的诗,是有元诗意义的。诗人的立足、诗人的眼界、诗人的心胸、诗歌的神性,都在诗中巧妙而诗意地被言说。"乌鸦的尖喙,比它盯住的方向/更为尖锐。/乌鸦的眼睛,是黑暗中/比梦稍高的灯盏。"我忽然想到,这乌鸦就是纸上乌黑的字,发亮的词。乌鸦是诗,是诗人,也是华万里。从这几行诗中,我看到诗在华万里心中是有方向的,是有高度的,是有自喻的,是有光的。白纸上的黑,显得格外亮,有一种沉思涌出,那就是乌鸦哲学。

华万里再一次说,他的诗是有色彩的。在《我要拿几天来写诗》这首诗中,华万里给予七天每天一种颜色,分别是:黑色、粉色、黄色、蓝色、紫色、金色、银色。而黑色被他放在第一天,也是有深意的。"头一天,在一张白纸上,我不/泼墨,我只用毛笔/写出最好看的黑。黑如雪山前,把往事/站热的乌鸦。黑如梨花中/亮在蕊里的夜色。"我们看到，这只乌鸦，是把往事站热的乌鸦。一改传统文化中乌鸦被诅咒的不吉祥形象。如何对待识见，是事关心态和智慧的问题。这几行诗写下了最好看的黑，最富有哲理的黑。细细品味，我感到黑色的美丽是我，而不是她。语言对想象力的调动增强了读者的审美感知，不落实处的幻象中多姿多彩，最为美妙迷人。

是的，想象，在语言的引领中，以言志为本。我相信语言能够创生另一个世界，诗人要以最大的热情抓住事物和表象，让其变形。这是诗人们追求自由的结果：灵魂的自由和语言的自由。在《有一只鸟叫》这首诗中，华万里写道："有一只鸟叫/总像从记忆中涌出的一个小小的海/当我指认它盛满幸福时/它突然变得很大很大。"这几句诗同雪莱说的"诗人是未经公认的世界立法者"可以并肩，媲美。华万里写着，指认着，他有自己的鸟，个人的翅膀。

在这篇文章里，我反复强调了语言在诗歌中的重要性，灵动性，完美性，以及在华万里写作里的圣洁性。华万里的语言睿智、明朗、干净、高远、深邃、旷达、唯美，充满理想主义，魔幻而超现实，带先锋性。他打动了我的生命体验和生命情调，让我激情汹涌，文字荡漾，时不时地吟唱。我最后还是选择该文的标题来作结尾——只要有一匹豹子，群峰便开始走动。

# 第三章

―散文―

# 综 述

## 舟出夔门　破茧化蝶

　　散文是人类精神生命的最直接的语言文字形式。回顾新时期以来的重庆散文，虽诞生过如莫怀戚的《散步》《家园落日》，李钢的《仙境》《高原随想》等有一定影响的作品，但整体上乏善可陈，不像重庆诗歌，既源源不断地涌现出了一大批实力诗人，还催生了一系列诗歌佳作，令人称道。

　　可喜的是，自重庆市作协第五次代表大会以来，重庆散文整体上呈飞跃之势，老中青三代作家共同发力，以激情迸发的探索勇气，安静持守的写作心态，悲悯苍生的人文关怀，昂扬奋进的个人笔致，反映城乡新貌，记录社会变迁，讴歌伟大时代，创作出了数质并重的散文佳构。其气象与活力，劲头与力道，如舟出夔门，劈波斩浪；似破茧化蝶，迎春翩跹，彰显出重庆散文的特色和标高，令人振奋，给人期待。

## 一、蓝青相继，文脉不辍

　　独木难成林，枝花不成园。重庆散文要想在中国散文界占有一席之地，不能仅靠作家自己单打独斗，需要大力发扬"传帮带"精神，壮大创作队伍，以群体的面貌集束闯关，方能引起外界的广泛关注。

重庆市作协高度重视散文创作与队伍建设，以市作协散文创委会和市散文学会为抓手，搭建平台，整合资源，集中力量培养、扶持本土散文作者人才。重庆市作协散文创委会不辱使命，真抓实干，于2021年春成立了工作小组，由主任吴景娅任组长，副主任吴佳骏和赵瑜任副组长，配合作协中心工作，齐心协力，充分发挥各自优势，鼓励、带动全市散文作家多出作品，出好作品，让重庆散文百花争艳，欣欣向荣。与此同时，还建立了"重庆散文创作骨干群"，遴选确有创作潜力和实力，有可能为重庆散文争光的作者加入该群，不定期开展创作经验交流，评鉴名篇佳作，以帮助作者扩大视野，更新创作观念，明确创作目标，激发创作活力，营造健康的文学环境和良好的文学生态。

2024年7月，重庆市散文学会换届，刘德奉担任会长。新一届班子成员创新工作，履职尽责，着力为重庆散文的繁荣添光增彩。目前，学会成立了专班，梳理重庆散文30年来所走过的艰辛历程，总结经验教训，谋划远景蓝图，最终将形成一本书出版，向市散文学会成立30周年献礼。

市作协散文创委会与市散文学会的积极互动，形成了水乳交融、风清气正的创作氛围。重庆散文创作队伍越来越团结，通过彼此间有效的沟通和交流，老中青三代作家相互激励，蓝青相继，文脉相续，呈现梯队式发展格局。

（一）第一梯队"宝刀未老"

这个梯队主要是"40后""50后"作家，如王雨、许大立、刘建春、李显福、阿蛮、蒋春光、杨耀健、刘运勇、吕岱等。这批作家拥有丰富的生活阅历，见多识广，其作品血肉丰满，情感、见识和体验都较独特。文笔老辣，特别是他们作品中彰显出来的家国情怀，以及蕴含着的对人生、人性的深层思考，直击心灵。近年来，这批作家以极大的激情投入散文创作，经常在一些报纸和网络平台发布作品。或钩沉历史，或记游山水，入情入理，情景交融，散发出"老树新芽"之态。

## （二）第二梯队"气势雄健"

这个梯队主要是"60后""70后"作家，他们成长于中国改革开放最风起云涌的四十年，有着较为成熟的文学准备，是重庆散文创作领域的中坚力量。在这个群体中，有纯写散文的人，也有主要写小说和诗兼及散文创作的人，如张于、杨犁民、何炬学、刘德奉、陶灵、吴景娅、郑劲松、何鸿、杨柳、张远伦、文猛、赵瑜、罗毅、程华、唐利春、马拉、嘎子、杨永雄、贺芒、陈泰涌、兰世秋、李晓、汪渔、杨箬、简云斌、常克、雷学刚、敖斯汀、梁奕、苏发灯、戴馨、张鉴、陈晓莉、红尘、张潜、张刚、唐晶晶（五瓣花）、周玉祥、印林、徐华亮、任桑甲、唐道伏、张儒学、祝绘涛、万承毅、文红霞、宋燕等，这个庞大的创作队伍如满天繁星，辉耀着重庆散文的天空。这批散文作者，创作题材各异，表现手法多样，文体驾轻就熟。无论是深挖生活之井，还是触探地域文化，都独具特色，找到了属于自己的句子，拥有属于自己的文学"根据地"。他们创作的作品，有些已在《人民文学》《散文》《人民日报》等杂志和报纸发表，还曾荣获骏马奖、重庆文学奖、冰心散文奖等，如张刚在2023年出版的散文集《时光边缘》，就曾获得第十届冰心散文奖。

值得提及的是，在"60后""70后"散文作家群体中，女性作家的创作不容小觑。她们以女性独有的敏锐，感性的视角与笔触，书写都市人群的挣扎与坚韧，成为一道色彩斑斓、诗意盎然的风景线。如教授贺芒，教师文红霞和有媒体人背景的兰世秋、唐晶晶（五瓣花）等作者，这几年，无论是她们在报纸上发表的散文，还是已出版的关于特殊人生经历和长江流域故事的作品，都底蕴厚实，文学含金量高，令人刮目相看。

## （三）第三梯队"锐气勃发"

这个梯队主要是"80后""90后"和"00后"作家。以吴佳骏为代表的重庆青年散文作家群体，是重庆散文界最具朝气，闪烁着希望之光的一代人。他们普遍接受过良好的教育，文化素质高，兴趣广泛，阅读量大，眼界开阔，知识结构完备，文学观念超前，善于借鉴和吸收先锋技法，充满了活力和锐气。而且，这个群体中的一些作者，要么在杂志社、出版社和高校供职，要么在国内外攻读硕士、博士，这些工作或生活经历，无疑都多维度丰富了他们的散文创作。如卢鑫、何春花、李立峰、郭大章、张昊、沈歆昕、瞿庭涓、范圣卿、余依然、谭鑫、孙涵彬、吴一汀等人。他们的作品，多半都能在全国性公开刊物上发表，有的作者还出版了一部或多部散文集，获得各种奖项的频次也在逐渐增多。

令人欣喜的是，重庆市作协主管、主办的《红岩》杂志，在2024年第6期以"新锐·重庆青年作家散文小辑"的形式，集束刊发了黎子、陈诗梦、谭瑞丰、重李、付书波、窦娟霞六位年轻作者的作品。这六位作者有一位"80后"、两位"90后"、三位"00后"，年龄最小者仅为17岁。他们的名字虽不为读者熟知，但其作品所流露出来的才情和实力，却昭示着重庆散文的新生力量。

杂志出刊后，红岩文学杂志赓即策划了"张开散文的翅膀飞翔——《红岩》杂志青年散文作者恳谈会"。会议在重庆文学会客厅举办。著名作家、教授李钢、张于、张育仁、魏巍，以及《红岩》杂志全体骨干编辑，与六位青年作者进行对话交流，肯定创作成绩，提出中肯建议，启迪文学理念，激发创作热情，助力他们张开翅膀走远飞高。此次恳谈会的召开，搭建起了著名作家和文学新锐、资深编辑与青年作者之间沟通的桥梁，通过不同代际作家、编辑的心灵和思想碰撞，不同视角和学识的交融，激发新鲜文学活力，集合后备创作力量，让更多本土优秀散文人才浮出水面，走向全国。

## 二、立足本土，开枝散叶

文学创作需要根据地，也需要大视野。没有根据地，作家的创作就没有根，会成无源之水，无本之木；缺乏大视野，纵使有根，也难成参天大树，木秀于林，故二者不可偏废。

近些年，重庆散文作家深刻意识到这一问题的严重性，他们调整各自创作的方向，仰望星空，脚踏大地，立足重庆，面向全国。以手中之笔，写山河故园，深挖重庆这座魅力之城深厚的文化底蕴，注重文学审美层面的建构；贴近生活、贴近自然，找到了自己的文学栖息地，其作品渐渐形成有着中国西南深山、丘陵、河流等神秘气息的美学风格，以及大开大阖、敞亮硬朗的文本气质。如吴佳骏、陶灵、阿蛮、马拉、吴景娅、赵瑜、陈泰湧、张儒学等人的作品，均不同程度引起过国内文化界和读者的高度关注。

2023年3月，由外文出版社和重庆出版社联合出版的《重庆传：大江东去唱渝州》，问世半年时间不到，即印刷第二次，还被转化成有声读物和电子书。该书虽为集体创作，但其文化价值和意义是非凡的，不仅深受读者青睐，还获得国家外文局、重庆市委宣传部的充分肯定。

吴佳骏的散文创作，不只是重庆散文界的一个现象，其影响力已覆盖全国。最近几年，他精耕细作出版的系列散文"微尘三部曲"，好评如潮。著名作家叶辛、张抗抗、张炜、贾平凹、阿来、刘醒龙、池莉等，著名评论家施战军、李建军、陈晓明、张柠、谢有顺等人，都曾撰文推荐。2024年，吴佳骏又推出散文集《行者孤旅》和《舍斯托夫的往事》，更是让人眼前一亮。作为一个"80后"散文作家，能如此频繁出版质量上乘的著作，在全国同龄作家中也不多见。更难能可贵的是，吴佳骏除了创作散文，还从事散文研究和批评。他的一本关于散文理论评论的书，目前出版社正在编校中，将于近期面市。

陶灵虽已不算年轻，但他最近接连出版的《川江博物》《川江广记》两本散文集，给重庆散文界带来了惊喜。他专注于川江流域文化的研究与发掘，长期进行田野调查和文献查证，结合自己的生活经历和思考感悟，其文章展现出江湖儿女的生活甘辛与勤劳智慧，带有厚重、凝练和深邃的气质。这样的写作是可贵的，也给更多重庆散文作者提供了书写视角和思考维度。

记者马拉，于2023年出版散文集《口述重庆——从母城到江湖的民间生活史》。该书写重庆人物及重庆生活，深入骨髓，庄重锋利，诙谐幽默。这种带口述史的写作，于重庆作家来说，是一种比较新鲜的文字记录形式，它没有宏大叙事，只聚焦于重庆的众生百态，让我们看到重庆和重庆人的魅力。

还有不少未在近年内出版散文集的作家，他们发表的单篇散文作品，照样引起外界的关注。如文猛发表在《北京文学》上的散文《记着地名好回家》，就被该刊副主编王虹艳评价为文字真诚，格局阔大，构思独特，作品有个性和辨识度。再如同样身为记者的陈泰湧，近几年以诗意的语言，写出了颇具影响力的散文《我在重庆上空爱你》《三峡之巅》。后者获得《作家文摘》"筑梦新时代奋进新征程"全国征文三等奖。

无论是散文集，还是单篇散文，都是重庆散文这片树林之树上结出的硕果。这些成绩的取得，充分证明重庆散文这片大树丛根系发达，水分充足，枝干粗壮，正在阳光下开枝散叶，迎接美好的未来。

## 三、多元共生，融合发展

时代在变，文学形态也在随之发生变化。作家不能固步自封，只有走出舒适区，与时代俱进，创作出来的作品才有生命力。重庆作家在这方面意识强烈，积极尝试纸质文学作品向多媒体输出与转化，勇于探索如何使散文实现立体化、多元化融合共生。打开散文的多扇窗户，以适应当代人的阅读方式，从而扩大作品的受众面。

早在此前，吴佳骏、阿蛮、徐华亮、吴景娅、杨柳等作家，都有作品被转化成有声读物，深受听众喜爱。最近，吴景娅的散文《世间有座叫重庆的城》，由重庆人文科技学院播音主持专业学生诵读并参赛，获得了全国第七届大学生艺术展演活动艺术表演类比赛二等奖，还成为中国传媒大学课外诵读课的辅导教材。她的另一本散文集《山河爽朗》，2023年被改编成舞台剧在重庆网红地山城巷和解放碑重庆百货大楼上演，反响不俗。

文猛的非虚构散文《大江之上清漂人》，在《特区文学》刊登后，又被《收获》杂志和"酒鬼酒"联合主办的"无界漫游计划"改编为纪录视频，让"清漂人"突破文字走向更具立体形象的屏幕，让本来就生动、隽秀的文字与摄像机的镜头叠加，使散文有了更加丰富广阔的表达空间和传播渠道。该作品获得了《收获》杂志入画散文二等奖。同时三峡融媒体中心根据该文改编拍摄的纪录片《三代清漂人》，也在社会上引起反响，让更多的人关注长江、关注清漂人。这种跨界转化的尝试，对于散文创作和多元的呈现皆具开拓意义。

## 四、揽镜自照，攻坚克难

写散文貌似门槛低，但它易学而难工，要写好殊非易事。重庆散文近年来虽呈上升趋势，也收获了累累硕果，但我们应该看到，重庆与全国其他省市相比，散文的差距还是相当明显的。比如四川、云南、江西、广州等地，都有一批全国知名的散文作家，以散文作品摘得鲁迅文学奖和骏马奖的人亦不在少数，而重庆仅有杨犁民散文集《露水硕大》获骏马奖。重庆散文作家数量多，真正有全国影响力的人凤毛麟角。因此，重庆散文作家如何突围，从重庆走向全国，是每个重庆散文作家必须面对的难题。我们唯有揽镜自照，知己知彼，才能整装待发，实现质的飞跃。就当前重庆散文的现状来说，主要存在以下问题。

（一）观念守旧，缺乏大视野和大格局

重庆散文作家对中国新时期散文发展历史的了解和认知不足，对人类正迎来的智能时代所需求的文学表达缺乏洞察与前瞻，不少作者仍是按20世纪90年代末，甚至更早的传统思维和手法来从事散文创作。

在写什么上，喜欢主题先行，并非叩问自己真实的内心。站位较低、较窄、较小，没能站在更高远广阔的视角，比如关于国家、民族、人类和人的命运等去发现、挖掘，突出有意义和价值的题材与主题。容易跟风，看到什么题材的书火爆就立马去追逐，以至于从题材的选择上就难以让人眼前一亮。重庆散文作家的创作题材多囿于乡愁、怀旧、新旧生活的对比等方面；且在写作角度与语言上没有个性，容易成为一堆克隆他人思想、同质化严重的作品。

在怎么写上，许多作家对散文该如何去处理非虚构与虚构、技法与审美等，还缺乏充分的认识和把控，容易把散文写成一种"在新闻稿上插满些漂亮形容词"的文稿，写成有一说一、无法撒开去和飞起来的"板结"文章。"老老实实"地谋篇布局，毫无创新的遣词造句，丢掉了散文本该拥有的真诚倾吐、自由不羁的灵动和丰富。丧失了既能撩拨人间烟火气，又能揪住人心灵深处诗性感触的那种力量。

因此，坦率地说，重庆还缺乏像东北的鲍尔吉·原野，新疆的刘亮程、李娟，湖北的李修文，湖南的沈念，广东的塞壬，四川的蒋蓝等这样在全国具有影响力，形成个人风格的作家。目前，在全国散文界有知名度，得到外界高度关注与肯定的重庆散文家太少，与这座城市所应有的文化体量、文化影响力极不相称。

（二）技法老套，缺乏思想深度和力度

在从事散文创作时，重庆作家容易写得顺手，稍不留意，就写成了套路，题材重复，内容重复，情绪重复，细节重复，技法重复，不愿去追求有难度的散文写作，甚至自娱自乐，以搞着玩儿的心态写散文。写作动机不是源于对文学的热爱，有着太多文学之外的欲望和盘算，所以就显得过于着急，甚至功利，缺乏对散文文体的敬畏，缺乏深厚的文学、文化准备；缺乏对创作题材及表达方法的充分探究和思考，这才是重庆散文作者为何都浅尝辄止，难以创新、超越自己、超越别人、冲向全国的关键原因。

重庆从事散文写作的作家，很多人满足于有感便写，写就便发，小打小闹，草草成章，不给自己提更高的要求，不苦苦思索创作一篇文章的必要性、独特性；不清楚自己到底可以走多远……有时，一些该闪光的散文选题，由于没有深入思考、挖掘、策划，仓促完成，粗糙不堪，难以更上一层楼，非常可惜。

要解决这些问题，重庆散文作家们必须戒躁戒骄，沉心静气，苦练内功，才能绝处逢生。

## 五、对症下药，有的放矢

望闻问切，把脉查症，剖析、分析问题的目的，是使重庆散文走远飞高，出人才，出精品，与重庆这座城市的文化内涵、气质相匹配。我们不能讳疾忌医，自我麻痹。基于此，我们实施了一系列提升重庆散文创作质量的举措。

（一）思想触碰，刷新观念

解决问题，首先要找准问题，唯其如此，才能对症下药。2023年，红岩文学杂志社与市作协散文创委会，在重庆书城共同举办以"重庆散文的现状与突围"为主题的文学公开课，邀请市里众多作家、评论家，尤其是散文创作骨干围桌而坐，开诚布公地从不同角度、层面出发，分析重庆散文所面临的问题和危机，同时就如何去突围探讨了新的契机和途径。接着市散文创委会又与巴南、綦江、万盛、南岸、九龙坡等区作协合作，共同举办了中青年作家的作品研讨会。2024年，又在重庆嘉瑞酒店举办了"重庆散文如何以创新突围"主题座谈会。参会嘉宾各抒己见，直指问题，互相碰撞和启发，对创作者观念的刷新作用巨大，增强了散文作者的文体意识。

（二）传经送宝，指点迷津

写作需要独立，也需要交流。别人的一句话，可能让写作者茅塞顿开，醍醐灌顶，为自己带来瓶颈的突破。2023年，我们邀请著名作家王干来渝举办讲座，2024年，又邀请《人民文学》原副总编宁小龄为骨干散文作家讲课。两位名家毫无保留地贡献自己的写作经验，让听讲的作家大受教益，纷纷表示拓展了自己的思路，开启了散文写作的心门。

（三）扎根生活，激活热情

文学来源于生活，高于生活。作家只有永葆对生活的热情，才能激发创作灵感，写出感人至深的佳作。近年来，我们先后组织作家深入基层，到万盛、大足、重庆市射击射箭运动中心等地参观考察，了解社情民意，并与基层作家进行交流、座谈，以此来获取新的写作资源、灵感与激情。这些活动的开展，让作家们深入新的写作领域，挑战自我，撰写并发表了不少高质量的作品。

## 六、潜心静气，勇攀高峰

"路漫漫其修远兮，吾将上下而求索。"重庆散文若要取得更大的成绩，需要散文作家们团结齐心，操练技术，提升审美，加强修养，摒弃浮躁之气和急于求成的功利心。要写好散文，先得做一个纯粹的人，与文学肝胆相照、相濡以沫。对文学忠诚之至，不离不弃。同时要建立信心，拿出气魄，从容沉稳地来创作出一些有质感、有分量、有创新的作品。

下一步，我们将围绕重庆市作协的中心工作，满腔热忱地去打造、维护一支高质量的散文创作队伍。一是要传承"40后""50后"对文学执着坚守的精神，学习他们拥有的认真严谨的创作态度和扎实的基本功，这些都是重庆文学极大的财富。二是要发挥好"60后""70后"中坚力量的作用。他们正处于人生经历与文学经历都比较丰富和成熟的阶段，还有着可以沸腾的能量。要帮助他们正视问题，摒弃问题，提升自己，取得更多临门一脚射球成功的胜利。三是要重点关注、扶持"60后""70后""00后"作家的成长，了解、掌握他们的创作动态、计划和方向，为他们创设发表作品、出版作品的平台。对于成熟的、有实力的作品，及时召开作品改稿会、研讨会等，以多种方式解决他们所面临的困境。此外，还要用心去发现苗子，把更多年轻人吸纳到重庆散文的创作队伍中来，帮助他们实现文学的梦想。

散文是心灵的事业。精神生命的质量决定了散文创作的品格，我们愿与广大重庆散文作家一道，为这心灵的事业而共同奋斗。

# 评 论

## 故土与重生
### ——评吴景娅散文集《山河爽朗》[1]

杨 耘[2]

　　故土亦称故乡。人们对故土最难以释怀的情愫是乡愁，因而，古往今来为故土代言成为诗歌散文最常见的主题，无以数计的打动人心的文字和意象，都可以执念为故土无可侵犯的理性与逻辑。这也许是人世间最奇特的由感性到理性的无条件转换。

　　新近获得第九届重庆文学奖的《山河爽朗》（吴景娅著，重庆出版社2020年12月出版），是吴景娅近年创作的散文结集，其每一篇作品的标题，都标记着作者对她的故乡重庆的爱意。吴景娅自称《山河爽朗》是写给重庆的情书和礼赞：它们"像诚实的星辰和嫩芽，迫不及待地向这方天空与水土表达着感激；也像无法行走的兀崖与树木向奔跑着的重庆献上爱情"——这是此时中年的吴景娅对于故乡炽热的抒发。

　　然而，青年的吴景娅却有过对故乡的"遗弃"，逃往异乡广西北海。那是

---

[1] 本文原载《文学自由谈》2022年第2期。
[2] 杨耘，重庆出版社原重点基金室主任。

1993年,"我对这座城已嫌弃之极,包括它的山高路不平、飞扬跋扈酷冷酷热的气候、烂朽朽的街道、战吼似的说话方式、总是摆脱不了大县城氛围的那种style"。从植根农耕文明的内地,去沐浴海洋文明的北海,吴景娅是浪漫的、决绝的,跨度很大。"至少能让我看到一些广阔和舒展的东西,譬如沙滩和海,渔民修长结实的腿部和从巉岩上扑向深渊的仙人掌……我需要年轻空气和文化的刺激,包括永远也听不懂的当地话。我开始在那里落脚谋生,不只是我,还有我的家人。"(《很幸运,我活在了重庆(代后记)》)——这是彼时青年吴景娅的心境。

但是,吴景娅竟然在1998年2月坐着火车回到了重庆。是什么触动了她毅然放弃异乡回到故乡?她这样描述:"突然在一个深夜,月光照着镜中的一张脸,它像有了涟漪的一泓水,它在思念和惦记,刻骨铭心!我对自己说,该回重庆了,我的父母之邦。原来其他的地方我都只是在途经、打望,然后找回家的路。"

为什么远离又回归?或许地域文化冲突带给她某种孤独和无助?但首要的是故乡的吸引力。这时重庆已升格为直辖市,故乡和异乡在吴景娅心中的分量因冲突而彼此成就,她的生活阅历和文学视野已大大拓展了边界。因了这份拓展,她坦言"很幸运,我活在了重庆";也是这份拓展,让我们对《山河爽朗》这样一部"献给重庆的情书"有了不一样的期待。

深刻的反思,甚至批判一直伴随在《山河爽朗》左右,它保持了一个作家应有的警觉。从吴景娅本人当年远离故土到回归,从行走到歌吟,她对故土展开了若即若离的审美批判。

对于故乡文化建设中存在的问题,吴景娅痛心疾首。为了寻得傅抱石在重庆曾有的寓所,她问了数不清的路人,但没人知道,"最要命的是,偌大个歌乐山竟无人清楚傅抱石为何许人也"。她不由得感慨:"从一九四六年到如今,才半个世纪过去,一些经历那个岁月的人还健在。但已有一把无形的刀,把我们与这个城市的过去分割。我们患上了集体的健忘症,该死的健忘症。"(《一个人与一

座山》)

对城市扩张破坏了人与土地、人与自然的联系，吴景娅发出了抗议："为何中国当下的一些县城会变得不伦不类、毫无特色地恶俗呢？或许便是有太多的人，尤其是那些县城的管理者们从来都未解决好如何从乡村来、如何到城市去的问题吧。"但她也有惊喜：荣昌的道路"像是从自然之树上生长出来的根须，小心翼翼地向城市延伸，带着自己应有的敬畏与察言观色的懂事。它们几乎是很轻地把自己放在了大地上，生怕惊了自然的酣睡或小憩"。(《海棠悬念》)

城市病也在吴景娅的关注中。置身于朝天门批发市场，她百感交集——在她眼里，它就像个"硕大无朋的奇妙机器"，"吞进了无数吨的渴望、欲求、汗水、痛苦的泪以及拼搏时的呼喊，吐出的也许是财富、胜利的笑容，也许就是无奈与绝望"，而"更多的人仍选择不撤退"；它又像一列"单程列车"，"阅尽重庆城这四十多年的光阴，走过春色也走过苦寒天，对每一个被挤下车的旅客都抱以同情却又束手无策，只顾着无所畏惧地前行、前行"(《大门无形》)。

不只关怀身边的世界，吴景娅还经常检视自己。她得意于记者生涯中仗义执言的勇敢，也揶揄年轻的自己在敢作敢为背后的窘迫："我登上索道车，往返……往返，一趟又一趟。检票员一次次检我的票，表情从疑惑到怜悯，'这女人疯了吧……'他眼睛在说。""而我也看见自己的脑袋晃动在其中——她低着头，两眼苍茫，真的像个疯子……哐当一声，索道车撞击到站台的墙，检票员正告我：下班了！"

读者从《大门无形》《住在诗韵中的鹅岭》《少女之城》《古指纹》《衲袄青红》《黄桷坪悠远的担当》《写诗的时候　你叫南岸》《从黄桷垭出发的人》《重庆的眼神》等诸多篇目中，赫然见到从古至今翩然而至的重庆人。他们或坚毅执着，或勇猛无羁，或才艺惊人；男人顶天立地又深情款款，女人柔情似水又志向天成，好一个群英会！在《重庆的眼神》中，吴景娅写了各种各样的重庆人："这些眼神或许来自阅尽岁月底色的八十九岁，或许来自刚刚打开奋斗课本的十九岁；或许来自共和国新一代的女将军、重庆长江轮船公司总船长、享誉国家级

95

荣耀的服装设计大师、川剧艺术家、科学家、歌唱家、大律师、文物修复专家、南丁格尔奖章获得者、重庆第一位鲁迅文学奖获得者、前女子国足队长……或许又来自一位城市守护者的警察，生如夏花的抗癌英雄母亲……"

像在《红桥少年》中解剖自己一样，吴景娅让许许多多的平凡人"出镜"，使读者对当代重庆人有了直观的了解。有个外地朋友对她说，你们重庆人说话嗓门大，斩钉截铁的，中气充足。"我握住他的手，感激又感慨，视为知己。重庆人嘛，从小到大都是肝精火旺的，再老，也是崽儿兮兮！"

重庆一日千里的变化出现在1997年直辖之后。作为最年轻的直辖市，重庆成了"网红城市"，美誉度很高。直辖二十多年来，重庆可谓在困境中重生。吴景娅从异乡回到故乡，参与了这座城市的建设，与它共成长，因此能准确地、个性十足地表现出重庆人的精气神："这些眼神就是这座英勇之城、坚韧之城的某种logo，永远向外，充满着好奇，接纳一切，兼容一切；也是这座魔幻之城最个性的细节：平平仄仄的石梯，逶迤狭窄的小巷，面朝大江贴崖而立的吊脚楼，上天入地穿楼而过的轻轨……"（《重庆的眼神》）

从这里，我们不难看到重庆这座伟大城市浴火重生，也不难看到与它共振的作家吴景娅文学之路如何拓展和开阔。

散文素有"美文"之称。《山河爽朗》思绪饱满、笔法灵动、语言唯美，当得起这样的美誉。把如此美文作为写给故乡的"情书"，焉能不打动人心？

《山河爽朗》有这样几组美学形态——

首先是爽朗与含蓄。

吴景娅这样解读重庆的山河有多么爽朗：重庆山河常为云遮雾罩，一出太阳，举城欢腾，故为"太阳出来喜洋洋"。然而，愈是苍天吝啬，愈是反弹激烈。该地子民勤劳、吃苦、热忱、耿直，从来都是前不惧狼后不怕虎，点燃山河，彼此爽朗。在吴景娅笔下，重庆是一个幻梦与现实共生的孩子：它是一个巨硕的惊叹号，山河奇异险峻，横空出世，箭在弦上，不得不发。

这是独特的女性视角，可它又分明笔力遒劲、毫端万象。

《渝之北　城之口》《芙蓉之下，江之上》《绝色巫山》《向神话致敬》等篇章，均有大兵压境、大破大立、气势如虹的笔锋。如《渝之北　城之口》："城口的山水更接近铁血丹心的汉子气。尤其当你站在三面皆为万丈悬崖的将军台上，抬眼望，仰天见，却是被四周的奇峰怪石围困。而它们就在你作困中兽时，轰隆俯冲而下，像是来自苍穹的天兵天将。这番景象，让你立马魂不守舍……"在类似的描写与抒发中，如果读者试图与吴景娅的文思"对垒"，恐难有招架之功、还手之力吧。

至于与爽朗相对的含蓄，吴景娅也写得出人意料："竹海的吐故纳新，梧桐叶的焦脆作响，都是梦呓，说着唐诗宋词般的语言，谁也无法复制的语言。小城人的眼睛就顾盼生辉，性子却淡泊，出诗人，前潮后浪般地涌出，无怨无悔地爱着自然与文学，让小城离乡村很近，离优雅很近，离一切的形而上很近。"(《少女之城》) 真是美得不可方物。

其次是华丽与朴实。

吴景娅对于文字近乎苛求，首要标准便是"美"，美得独特。如《红桥少年》："一条条的斜拉索整齐有序排列而成，宛如主塔伸出的一只只手在抓住大地，又如蝴蝶长出的薄薄翼翅。并且，它更是位懂得衣着色彩搭配的时尚达人：主塔是银灰色，桥梁为橘红——燃烧的火焰中，银凤凰涅槃而出……"华丽婉转的美声固然激荡风云，清澈见底的小曲却能照见人心。

而朴实也是吴景娅的追求。"金砂与他的老师刘雪庵一样，皆属天才型的艺术家、音乐痴迷者。应该说，他们二人的相似度达到了百分之八十以上，包括他们的文质彬彬、略带忧伤的面容，以及病梅瘦鹤的气质，甚至他们沉浮、绝望、柳暗花明的人生经历……"(《对面山上的姑娘》) 如果没有这样朴实无华的铺陈，你会对这师徒二人便是创作了《何日君再来》《对面山上的姑娘》《红梅赞》等经典名曲的音乐大师，印象如此深刻吗？

第三是凌厉与微弱。

凌厉者，气势猛烈也。用这样的词形容一位女性作家的作品风格，是不是令人匪夷所思？看看这样的文字："突然，乌江南岸李家湾一带山峦摇晃、大地颤抖，来自地狱般的巨大声音轰然大作，如烈焰一样地在天地间蹿来蹿去，那是魔鬼的合唱。上天开始用它毫不怜悯与颤抖之手，一层一层拔拉下峭壁、悬崖、岩石和人类的任何侥幸心理，凌空把这些地球上足够巨大的存在一股脑向乌江上扔去——那是成千上万吨的巨石或泥土，顷刻成了这只手任意戏弄的玩具，想怎么扔就怎么扔。"（《你不知道上天何时翻脸》）是不是称得上凌厉雄健，"一吟天地起神风"？

与凌厉相对应的微弱，却也是吴景娅所擅长的。微弱，也许就是人类面对大自然的无奈吧，真实表达胜于任何掩饰。"有那么一瞬，这一河大水，竟让我的眼睛湿润——它们，是作为个体的我短促生命中难得目睹的河山之变。见过它们前世的我，会情不自禁地问候：一切可好？这些年每次路过巫山，我都有这种请安的冲动：向长眠于水下的历史、房舍、墙垣、城门、家园……突然掉下去的深渊，深不可测的人的命运……"（《绝色巫山》）这是文学表达，也是哲学思考。

爽朗与含蓄，华丽与朴实，凌厉与微弱，它们不仅分别是技巧，是风格，也是美学原则和艺术理念。它们在对立中靠近，在绽放中重生。

## 直面"生命悖论"的灵魂自语
——读吴佳骏四部散文集近作断思

黄桂元[①]

### 之一

《小魂灵》《小街景》《小卜卦》和《我的乡村我的城》,是北岳文艺出版社重磅为吴佳骏集束出版的四部系列散文集。而此前,他也曾有十余部集子相继问世。作品如此密集,对于擅长于虚构和讲故事的小说家,或许不算什么,而对于散文作家,仅仅解释为才思敏捷,勤奋过人,未免有些简单。特别是吴佳骏,如果你见过本人或端详过他的照片,会注意到一张与其年龄不相符的肃然面容,和深嵌其间的一对凝思目光。那样的面容和目光,显然与这个娱乐至上价值失衡的时代风气格格不入,由表及里,多少可以窥见其内心与个性的某些秘密,结合阅读文本,你进而会相信一个事实:写作之于吴佳骏,不仅是栖居于世的一种生存方式,还是其灵魂自语的需要。

"80后"作家吴佳骏来自巴渝乡村,成长于"全球化"背景,他从不掩饰自

---

[①] 黄桂元,天津市作家协会原副主席。

己的农耕出身，无论居于何处，都将故乡安放在精神深处。他茫然于故乡的模糊乃至沉沦，又难以真正融入城市，灵魂始终在岁月风尘中寻寻觅觅，跌跌撞撞。于是可以理解，吴佳骏何以自带早熟、笃定的忧患气质和缠绵的悲悯情怀，坚持使自己的生存与写作形成某种"互文"状态。尼采曾回忆自己的早年经历，"在我幼年的生涯里，我已经见过许多悲痛和苦难，所以完全不像孩子那样无忧无虑、天真烂漫"，并承认"从童年起，我就寻找孤独，喜欢躲在无人打扰的地方"。吴佳骏亦如此。他习惯于深居简出，孤独冥想，自谓"奉行简朴生活和农夫哲学"，红尘中的肉身可以委曲求全，高蹈的灵魂却拒绝随波逐流。他对于残缺的世界，幽暗的存在，破碎的梦想，畸态的人性，生命的低矮，有着近乎本能的敏感与疼痛，他所能做的，就是如推动命运滚石的西绪弗斯，决绝地走上一条理想主义者的不归路，如此写作姿态，环视当下文坛，凤毛麟角，寥若晨星。

## 之二

四部系列作品各有聚焦点，其中多为"小"系列的"微散文"，吉光片羽，撒豆成兵，皆关乎对生命迷途的追问和透视。如其夫子自道，"有时候，单就写作来讲，你选择上的狭窄，恰恰是另一种宽广"，很显然，定义作品的大与小，重与轻，厚与薄，篇幅或体量绝非唯一标准，许多看似生活的边角料，一经体味精细，表达传神，完全能以小博大，见微知著，滴水映日，引爆生命瞬间，定格辉煌永恒，形成万千气象，令人惊鸿一瞥，神思游动。

吴佳骏的散文尽显人间"浮世绘"的斑驳真相与庞杂景观，蒋子龙给出"'小魂灵'，大文气"的结论，就是读懂了其中深味。我还注意到，这些散文因注入了思想随笔的元素而密度加大，这是思想的密度，情感的密度，想象的密度，隐喻的密度，如涓涓细流汇成大江长河，光影粼粼，暗潮涌动，深不见底，力道十足。这种小篇幅写作，在日本前辈作家写作中很有传统，我的书架上，随手就可翻出中江兆民的《一年有半》、荻原朔太郎的《绝望的逃走》、谷崎润一郎的《阴翳礼赞》，以及池田大作的思想小品等小册子，它们有个共同特色，对于人自身的生命疑惑与存在困境，具有针刺般的点穴效果和醒脑作用。吴佳骏是中国散文界一位执着的思考者、忠实的记录者和坚定的殉道者，他的作品与底层众生同气相求，同类相应，长歌当哭，短歌当诉，微言当泣，皆可曲径通幽，直抵读者心灵。

## 之三

"我只喜欢有灵魂参与的写作。"吴佳骏如是说。

有智者把哲学归纳为四个板块，即"我能认识什么？""我应当做什么？""我可以期望什么？""人是什么？"在吴佳骏笔下，几乎都可以发现与之对位的伦理关切与人文诉求。人这种社会动物，并不像莎士比亚戏剧中哈姆雷特说的那般神乎其神："人是一件多么了不起的杰作！多么高贵的理性！多么伟大的力量！多么优美的仪表！多么文雅的举动！在行动上多么像一个天使！在智慧上多么像一个天神！宇宙的精华！万物的灵！"应该说代表了欧洲文艺复兴时期一批启蒙者觉醒后的心声，事实证明，这种巨大自信和傲娇的背后，深隐着人类自我认识的局限、盲点和误区。帕斯卡尔认为，人最难以理解的就是自身，"因为他不能思议什么是肉体，更不能思议什么是精神，而最不能思议的则莫过于一个肉体居然能和一个精神结合在一起。这就是他那困难的极峰，然而这就正是他自身的生存……"人何以会有"困难的极峰"？这与个体生命中的种种"悖论"有关。比如，人的生命起源于自然界，又受制于自然界；人向往本真，又难以全真；人希望良善，又无法至善；人追寻幸福，却难以摆脱与生俱来的苦难。这一切，人又往往容易陷入集体无意识，见惯不怪，麻木不仁，吴佳骏却具有感同身受的超常悟性和笔墨表达能力，使其尽显红尘弥漫，人间苍茫，世事沉浮。

## 之四

　　人的"生命悖论",被文学史提炼出几个具有终极意义的永恒主题,首当其冲的便是"死"。散文不拒绝"重复"表现死亡主题,就怕没有独特意蕴,写不出陌生化的效果。吴佳骏不放过一次次与亡灵对话的机会。那个男人不解,"为何野地里的其他花都开了,唯独她坟头上的花朵却迟迟不开。去了多年之后,他总算搞清楚了这不关雨的事,是她自己太贫瘠了,她的白骨变成的腐殖物根本养不活一朵小花——就像一场雨养不活一个春季,一个梦想养不活一个人的肉身"(《甘雨》)。还有个人,走在多年没有走过的一条小径,遇到了一个从身后突然冒出来的孩子,"我不认识这个孩子,但又觉得很面熟。我怀疑他是从我的记忆和印象里跑出来的,专为来小路上与我相遇"(《小径》),这时候,人的灵魂之殇,已经成了如影随形的附体。

　　不仅限于人类,《小魂灵》的所述对象,是共存于这个世界的各类植物、动物和人。在这里,所有成员都是生命共同体,其生存权利都应该平等,并无大小、尊卑、高低、贵贱之分,称其"小魂灵",是因为他们活得不起眼,永远隐匿在幽暗的角落,荣枯由命,自生自灭,"静悄悄地来,静悄悄地去,连名字都未曾留下就化为了尘土和齑粉。但我有一千个一万个理由相信,它们跟那些大魂灵一样,都是不该被忽视、遗忘、践踏和伤害的"(《小魂灵·自序》)。《燕忆》《飞虫》等作品借助非人类的视角透视人间,寓言味道浓郁。《风笛》犹如凄美童话,一个丧子的老人常常与竹笛寂寞相伴,"只要老人的笛声一响,整片山野都会变得异常幽静——聒噪的鸟雀禁声了,在风中舞蹈的树枝停止了摇曳,泥土里发芽的种子暂缓了生长,就连那蓬勃的野草和娇嫩的野花也低垂着头……倘若老人哪天没有到山野来吹笛,它们就会焦躁不安,天地之间也会骤然失去秩序和和谐",笛声造就了仪式感,大地显圣,物以类聚,万象归春,却同样奈何不了"悖论"的制约。

## 之五

　　散文写作因人而异，有的作家善于从书本汲取营养，举一反三，有的作家喜欢在忆旧中寻找话题，吴佳骏则认同日本作家水上勉的一个观点："作家要为普通的、无名的人留下墓志铭。"他习惯于穿透神秘的红尘雾霭，叩问生存底色，并适时调整写作视角，"从写我转向写我们……这一转变，使我变得豁然开朗，犹如在黑暗中走路的人忽然看见万盏灯火"。《小街景》中的"他"或"她"，影影绰绰，恍如幽梦。《苔》的"他"叫"虫苔"，这可以是苔的名字，也可以是虫子的名字，更可以是他的名字。《风》中的"他"，居然被一场风刮跑记忆，"他再也认不出自己生活了大半生的小街，认不出陪伴了自己大半生的老伴儿，认不出周围的一切，连同他自己……他的记忆走了，现在剩下的只有肉体"。《灯》中的"他"是一个瘫痪的孩子，"一出生，背上就扛着一口棺材"，"他多么希望变成一只老鼠，钻进床底下那个深深的洞穴里去，一辈子不要出来"。《椅》中的老太太，"每天下午坐在藤椅上等那几个孩子的到来。她的衣兜里时刻都装满了糖果，却再也没有奖励出去一颗"，最终她"找到了新的听众，它们比那些孩子们更尽职，更忠诚，……有时是一只小狗，有时是一只小猫——它们在小街上流浪得太久了，没有家，没有归宿"。《花》写到某人的死亡仪式，"有条不紊地在进行着，只有死亡本身躺在死去的人的体内呼呼大睡——人的死就是死的活。没有人知道死是何时躲到死者的体内去的"。《雨》中的"他"，终于盼来三年来的第一场雨，"他摇摇晃晃地端着碗推门出去接雨，仰头看时，才发现那雨是上苍流下的泪。他接了满满一碗泪雨，将碗里的肉泡上。待他再次将被泪雨泡过的肉放入嘴里咀嚼时，那肉竟然变咸了"。

　　《小街景》中，已死，将死，即使还在活着，也不过是未死而已。那些夜与昼、晴与阴、人与事，肉身挣扎，阴影不散，有如默片中的黑白世界，真实却朦胧。"写故乡人事，让我内心踏实。这种书写让我知道自己是从哪里来的"，《小街景》便是吴佳骏故乡写作的延伸。有朋友问过他为什么从来不写自己寄生的这

103

座城市？他的回答是，"城市还没有我灵魂的参与"，就如沈从文一直坚称自己是"乡下人"，两代作家代际遥远，灵犀相通。

## 之六

　　《小卜辞》由数百则短章组成，吴佳骏称其为"日记式的文字"，深邃哲味有之，激情感性有之。集子以四季为目录，却打乱了正常的时序循环，依次为"秋叙""冬命""春占""夏验"，他的解释是，"当我在观察中看到人间或自然万象时，我跟它们是融为一体的，难分彼此。我不知道是它们在借我的文字发声，还是我在借它们的存在作自我反省。这使得我笔下的自然都不是客观的自然"。《小卜辞》中仍有无数的"他"或"她"，兜兜转转，神出鬼没，其说出的话做出的事自相矛盾，匪夷所思，又无比虔诚，深信不疑。一个人，用一个搪瓷脸盆对着天空，不听任何人的劝阻，"他一直梦想接住一盆黄金，因为他的一生太穷了；他一直梦想接住一盆馅饼，因为他的一生太饿了。又据他孙子说，他一直梦想接住一盆白糖，因为他的一生太苦了；他一直梦想接住一盆药丸，因为他的一生太痛了"（《冬命121》）。那些杀过鱼、羊、兔子和狗的人，"一生欠下了许多的命债，却在家中的香案上长年供奉着佛像。他们在夜里总是做噩梦，却在白天里谈笑风生。他们的身后跟着无数的冤魂，却爱在初一或十五请道士来做法事"（《冬命132》）。某女被确诊为"幸福晚期"，医生建议她在"幸福"里灌入各种苦难，可扼制"幸福细胞不蔓延、不扩散、不转移"，她没有听从，"三个月时间不到，她最终还是幸福死了"（《春占174》）。

　　《小卜辞》的写法自由灵动，能指表征丰富，内蕴弹性十足，反讽、怪诞、变形、放大、显微，不一而足，令人称奇。在这里，蚊子"基本都是上夜班的医生，一般不会在白天跑出来干扰病人。它们既懂得要留给病人充足的休息时间，也懂得要留给自己充足的业务培训时间。故当病人们躺在白日的木床上昏睡时，蚊子们正躲在草丛或竹林里分析病例。只有到了晚上，它们才急忙飞出来，给病人们挨个打针、抽血,并将病人的血样装进肚子里,冷冻起来,作为日后研究人类疾病的标本。若遇到病危的人,蚊子医生们也会慌神,只晓得围着病人团团飞,像是在会诊,又像是在观摩专家亲自动手术抢救病人。假使这样仍不奏效,它们就会纷纷拿出最后的祖传秘方——嗡嗡嗡地集体给病人唱起了'渡亡经'"(《冬命112》)。一个人,"用儿女给他的孝心钱,建了一座'乡村殡仪馆',先后发送过成百上千种死去的动物"(《春占178》)。有的篇什似哲语箴言,道破世相,修辞瑰美,深意存焉,"他"列举剪断的脐带和剃掉的胎毛,遗落的乳牙和吸干的乳汁等等,感慨"这些替我们死去的事物,我们一生都没有对它们说一声感谢,但它们却用自己的死,馈赠给我们一生的福祉"(《夏验243》)。他相信"只有伤口与伤口才能和谐相处"(《冬命108》)。奇思妙想,应接不暇,神来之笔,比比皆是。他自问自答,自说自话,坚持"写出的每一个汉字都是真诚的,还用血泪净过身。你们可以随时捧着这些文字去供佛,或拿到太阳底下供奉天地。这些诞生于黑暗中的文字,个个都散发着灼热而滚烫的光芒"。

## 之七

与"小"系列相比,《我的乡村我的城》写作注入了小说笔法,由暗示走向敞开,从隐喻转为实录,人物命运跌宕起伏,显示了吴佳骏不俗的叙事能力。散文叙事,不同于报告文学的新闻性,也异于小说的虚构性,自有规律可循,不做赘言。

古希腊斯多葛学派认为,人的所谓幸福,就是身体的无痛苦与灵魂的无纷扰,在这部集子里,此幸福状态有如天方夜谭。他写"我的乡村",不以"空心化""老龄化"的挽歌为主调,他写"我的城",也没有面对脱缰野马般的城市化进程大做怀旧文章,而始终关注人性在生存压力中的种种扭曲、异化和沦落。《夜晚知晓一切秘密》,以租客的视角,记录来往过客的飘零无依,悲欢聚散,出租屋深嵌于人间一隅,既是镜像,也是隐喻。《关于垂钓的痛苦和哲学》,写从姨夫吃鱼反胃，滴酒不沾，到任职乡政府后的垂钓上瘾，热衷于"给鱼开追悼会"，继之号称酒神，在官场染缸中发生蜕变。《像野狗一样生存》，写一个叫路野的男人，人生落魄，屡败屡战，众叛亲离，却并不认赌服输，以类似堂·吉诃德大战风车的劲头与命运继续角力。《天空上有鸽子在飞翔》，以第二人称的叙述视角，将一个以训鸽为生的男人的内心挣扎写到极致。这些人物的命运畸形，踉跄，没有面纱，没有道具，更无人喝彩，吴佳骏的笔有如精准的手术刀，深入其肌理与脏器，从中找出游丝般的生命轨迹，灵魂喘息，令人唏嘘不已。

## 之八

关于文学的本质，高尔基曾有过"文学是人学"的经典表述，就具体的文学写作而言，与"人"打交道最直接的莫过于散文。其他文学体裁，都可以运用各自特有方式大显身手，自我藏匿，自我遮蔽，自我虚构，自我塑形，乃至自我神化，都是允许的，唯独对于散文是禁忌。散文作家必须是生存的"在场者"，命运的承载者，以诚为本，以真为镜，笔下传递出的个人生命底色必须具有可信度，一旦让读者觉察出了掺假，卖弄，夸大，哪怕是蛛丝马迹，其审美信用就会大打折扣。吴佳骏深谙其道。他永远不会揽镜自照，顾盼生辉，笑谈人生，指引迷津。鸡汤不属于他，闲愁不属于他，调侃不属于他，戏谑不属于他。甚至可以说，散文与吴佳骏之间的关系是一种命中注定，很难断言谁选择了谁，也就不难懂得，他何以自言，"倘若有一天，我不再有过多的精力去写作，我希望自己的文章会更短，短到只剩下两个字：'慈悲'。如果还能更短些，我希望只剩下一个字：'爱'"。

也因此，吴佳骏散文的写作坚持，越来越彰显出一种鲜明、独特的辨识度，即哲学上的求真是必然的，文学上的求善也是必需的。他身居城市，心扎土地，魂系乡村，置身红尘，神游旷野，即使"世界的晦暗从未趋近澄明"（海德格尔），也会直面"生命悖论"而义无反顾，在灵魂的喃喃自语中，虔诚与激情并进，孤独与悲悯同生，哲学与诗意互融，混沌与希望俱在。

# 从生活"原型"找到精神"原乡"
## ——评陶灵的散文集《川江博物》①

吕 岱②

陶灵的《川江博物》是写川江的"过去"或正在成为"过去"的一部书，却是他为未来留下的。无论怎样的大江东去，长江就在那里，川江就在那里，从远古、现在到未来，怎会"过去"呢？

正如《易经》所含"不易"与"变易"之理，长江已然变化，川江已然变化；而我们生活在巴蜀、饮水在川江的人，却麻木如常，茫然不知，惯看大江日夜流去而无"逝者如斯夫"之喟叹。所幸还有陶灵，几十年来，行船数峰，听江淘浪，筛沙捡石，成为一个真正的川江记录者，用一点一滴的生活书写和历史书写，让我们真切感受到过去时光中的川江实景。

陶灵生于长江边张王庙对面的云阳县城，小时又在古代以产盐兴盛的大镇云安生活嬉戏，光着脚看女孩，也看云安镇脚下的汤溪河流入川江。他第一篇散文

---

① 本文原载《文艺报》2023年8月7日。
② 吕岱，西南政法大学教授。

就写了汤溪河，从此，他的写作也跟汤溪河一样汇入川江。可以明确的是，小溪边和大江边的生活为他刻下了写作的第一道痕迹，也成为他内心的第一个原型。后来，他从公家单位辞职下海，在陋城建新房，在山乡挖堰塘，潮起潮落中，生意成了生活的奔忙。闲暇之时，其实是喘息之时，他仍爱听江上和江岸的人"散吹"。他长期跟边缘人厮混，成为跟他们一伙的"川江人"。他由边缘获得了自我解放和写作自由——不去跟风、不去赶趟，逐渐形成卓尔不群的主体意识。

那些被岁月忘却和忽视的"边角余料"就这样被陶灵打捞出来，通过民间叙事的角度进入他的文章。一些以"边角余料"为主体的文章也曾被质疑、被不喜欢，还被认为进入不了散文的主流。文坛的怪风也犹如行船的"排头风"扑面而来。然而，川江的一风一帆、歌谣号子、水摸渔获、扎水扎雾、筏排火轮、孤灯野魂、土物俗语，还有桡胡子、屠宰匠、捞尸人等很多我们完全不了解的人事景物进入文字，日积月累，构成一部风格独特的"川江志"。

不过，这不是什么"大历史"，其中没有什么大人物、大事件、大场面，更无历史的因果、规律、性质、趋向、影响、教训之类。我们只能把它看作"微观历史"，或命名为"细小历史"。它就是历史长河中一个个有弹性的细胞、有呼吸的毛孔、有张力的毛细血管，是大江之手不知何时抛下的、沉潜或飘浮的记忆胶囊。

《川江博物》分《水志》《航录》《岸闻》三部分，陶灵通过田野调查与文献查证，纠正某些说法、名称，辨别容易混淆的事物，同时提出了他的看法。如究竟是桡胡子还是桡夫子，桡胡子什么时候拉纤，纤绳和纤藤有何讲究，拉纤是否全身赤裸，四川的桡胡子与湖北的桡胡子穿着有什么不同，等等，经陶灵一说，让人明白了不少。又如世界大河号子中的川江号子，陶灵说，真实情况是，开船叫开头，因为开船恐怕船破，故而忌讳；喊号子最重要的作用是使力气的时候不能憋着，喊出来是为防内伤；川江号子在很多时候简洁、明快，特别是在劳动中"众和"时，为防"碰脚"，基本是在四个字以内，喊的也没有实际内容，而且不会采用长句子；等等。他认为，应将真实的川江号子与艺术创作、艺术表演区别开来。

陶灵的有些篇什也容易引起阅读"反感"。例如《水打棒》中的捞尸人及传奇故事，《牛志》中的杀牛人及传奇故事等。对此，我有不同看法。长江年年要发水，发大水时冲毁房屋、冲走人和财物难以避免，由此产生了非常特殊的职业——捞尸人。这类从"江上讨生活"人过去很难被人关注，也很难进入文学殿堂。《水打棒》中，写到古代官府对浮尸的察验及捞埋规则，写了捞尸人熊老匠一家人的生活命运，也写了川江老船长行船时看见"水打棒"绕开走，防止螺旋桨将"水打棒"打成碎片时内心的不安。这不是"嗜痂"，而是文中所述的"对亡灵的一种敬畏"。这些文章饱含着悲人、悲物、悲世情怀，不能以常人眼光论。

《川江博物》是具有个人印记或风格特点的散文集。虽说"川江志"，可它并非那类大历史散文的写法，居高临下、天上地下、纵横捭阖。它也不是找一点川江人事景物的由头，上升哲理的散文；不是散文新潮中回到内心、表现空灵的散文；更不是那种技术门槛低、人人都会写的抒情散文。《川江博物》在写法上可能更接近中国古代的笔记体文章。陶灵喜欢郦道元、陆羽、徐霞客、张岱、袁宏道、李渔等作家的作品，更喜欢郦道元、陆羽、徐霞客这类在中华大地、山河田野游历、考察而得的文章。当然，西方的自然描写与世界的游记，特别是涉及中国内容的文章也是他的写作滋养。

陶灵的文章由于"稀奇"变得"好看"，经常给人"吃一惊"的感觉，但绝不是"快销品"。记得叶圣陶说过好文章的一个特点是"真诚"，我以为，陶灵的文章对得起"真诚"两字。陶灵的文章内容扎实、信息密实，川江航运领域的专业、生僻的术语不少，语言简洁、生动、形象，更注重表达的准确性。文章的生活味浓，口语运用自然，表达到位，也很克制。《川江博物》的写作其实是有难度的，必须把实物、文献和田野调查有机融合起来，把历史沉淀之物提炼出来，形成有内涵又具有审美意义的散文作品。

陶灵的妻子说，陶灵只要听见汽笛、看见江、看见船就莫名兴奋，就两眼放光。他眼中川江是独特的，他迷恋川江的每一个细节。川江，使陶灵从生活的"原型"寻找到了他精神的"原乡"。

# 第四章 报告文学

# 综 述

## 杂花生树　欣欣向荣

　　报告文学是一种在真人真事基础上塑造艺术形象，以文学手段及时反映现实生活的文学体裁。它兼有新闻和文学特点，运用文学语言和多种艺术手法，通过生动的情节和典型的细节，真实、及时地反映社会生活事件和人物活动。

　　重庆的报告文学（纪实文学）创作曾在全国比较有影响，老一代作家以黄济人先生为突出代表，他以长篇报告文学《将军决战岂止在战场》蜚声文坛，轰动海内。2003年，黄济人又出版了长篇报告文学《命运的迁徙》并获第十一届全国"五个一工程"奖，作品关注人民命运，关注三峡建设，是作家全身心投入创作的又一部报告文学力作。老作家舒德骑、许大立等从20世纪80年代初开始写作，创作了大量反映时代的有影响的报告文学作品，至今活跃创作一线，不时有新作出现。

　　随着社会、经济的发展，特别是新时代以来，在"中国梦""乡村振兴"等重大时代课题的召唤下，全国的报告文学出现回暖之势，重庆报告文学也呈现出蓬勃发展、欣欣向荣之势。

　　重庆的报告文学作家们千方百计贴近生活、深入生活，在创作上取得不俗的成绩，在全国报告文学创作方阵具有一定影响，创作队伍亦不断壮大，涌现出一批渐有影响的作家，涌现出一批颇受好评的作品。

## 一、紧贴时代脉搏，成果丰硕

专注于报告文学的李燕燕是重庆目前报告文学创作活跃、成绩较大、获奖较多的作家，在《中国作家》《解放军文艺》《北京文学》《山西文学》《南方文学》《红岩》《飞天》《啄木鸟》《人民日报》《光明日报》等报刊发表报告文学、散文、小说作品60余篇，并被《新华文摘》《中华文学选刊》等转载，入选人民文学出版社《21世纪年度报告文学选》、中国作协创研部"年度报告文学选"等多种选本，进入《北京文学》主办的"当代文学最新作品排行榜"等重要榜单，于2024年1月获得第五届茅盾新人奖。

《无声之辩》于2020年9月由《北京文学》发表，并由天津人民出版社出版发行。这是一部题材独特、具有陌生感和新鲜感的报告文学作品，完整地呈现出"中国首位手语律师"的成长和辩护之路，作家通过对唐帅的关爱精神和情感行动的描绘，以文学给弱势群体一种诚恳切实的抚慰，表现了社会对聋哑人生命生活的认真看护。该作品入选"2020年当代文学最新作品排行榜"，于2021年5月获"北京文学"优秀作品奖，被重庆市委宣传部评为"书香重庆十大年度好书"。2021年12月获第九届"重庆文学奖"，获奖评语写道："作者以女性特有的执着和坚韧，探寻一位手语律师的成长之路，表现出对聋哑人群体的真挚情感和对他们尊严、权利的维护。作品材料真实，视角独特，闪耀着人性的光辉，显现出独特的艺术魅力和道德力量。"2024年12月，该作品入选"第六届中国传记文学学会优秀作品"。

《社区现场》于2021年4月由重庆出版社出版，从新兴直辖市重庆的数个城市社区着眼，以小见大，通过深入挖掘，聚焦社区百态，展现人间烟火，温暖而又不失细腻，生动叙述重庆直辖、改革开放多年来的城市发展的深度故事，讲述社区工作在全面建成小康社会中的积极作用。该作品被评为"重庆市庆祝中国共产党成立100周年主题出版重点出版物",2022年11月获重庆市第十六届"五个一工程"奖。中国报告文学学会原常务副会长、著名评论家李炳银认为:"作品注重'以小见大'……紧扣记录全面建成小康社会和脱贫攻坚战工作中的关键节点、典型人物、重要事件、重大成就,展示城市社区极具烟火气且罕为人知的百姓故事,既丰富多彩又凸显时代感。"

《我的声音,唤你回头》于2021年5月由《啄木鸟》发表,2021年9月由四川大学出版社出版。该作品是非虚构文学与民法典的首次"遇见",也是法治时代文学普法的生动注脚。通过九个有共识性的个案故事,九种女性命运,直击法典的精髓;又通过这些故事所链接的权益保护法条,奏响了新时代法治社会对女性权益的尊重与关切。该报告文学作品获《啄木鸟》2021年度奖。中国报告文学学会副会长、著名评论家丁晓原评论:"题材的初次性、题旨的人民性以及文本的非虚构性,奠定了李燕燕这一民法典文学叙事的重要价值……作者在国之民法典与家之民生图之间,沟通了重大国法与人民生活的联系。因此,这样的写作与优秀的宏大叙事作品一样,也具有重大的主题价值。"

《三峡彩虹》(与许晨合作)于2022年11月由《中国作家》(纪实版)发表,2023年9月由重庆出版社出版。作品以"云阳环湖绿道"为抓手,以小见大,小切口大立意,对云阳县环湖绿道的前世今生进行深度挖掘,生动绘制了云阳环境治理、生态治理、经济发展、民生改善的鲜活画卷,展现了云阳实现人民对美好生活的向往的奋斗精神。该长篇报告文学获中国作协2022年定点深入生活项目扶持,2024年8月被评为首届"重庆报媒好作品一等奖"。2022年12月,《中国作家》在北京和云阳召开了线上研讨会,中国报告文学学会会长徐剑,《文艺报》总编辑、中国报告文学学会常务副会长梁鸿鹰,中国作协创研部主任何向阳,中国报告文学学会副会长李朝全等10余位全国著名专家学者深度研讨。徐剑评价:"以宏阔而温润的笔触,写了一部三峡岸畔的新城传,一曲长江大保护的生态颂词。"

《创作之伞——中国文字著作权保护纪事》(与张洪波合作)由《啄木鸟》于

2023年10、11月长篇连载,重庆出版社2024年3月出版。该作品以2021年6月1日施行的《中华人民共和国著作权法》的诞生、修订及最新版出台背后的故事为主线,以作家们所经历的版权故事、典型案例为副线,用报告文学的方式,"法普"融媒体发展业态下大家鲜少了解但又非常重要的版权"重点"和"冷知识",是别具一格的"文学普法"。该长篇报告文学入选2023年中国作协重点扶持项目,在第九届国际版权博览会(成都)首发。2024年2月,近4万字内容由《新华文摘》转载并做封面推荐。2024年6月13日,由中国作协重点作品扶持办公室、中国文字著作权协会、重庆市作协、重庆出版集团和《啄木鸟》杂志社联合主办的《创作之伞——中国文字著作权保护纪事》研讨会在中国作家协会举行。中国作协原副主席、中国文字著作权协会原会长陈建功认为:"专业的案例,文学的讲述,使原本生硬的法律条文,找到了直抵人心的入口。"丁晓原称赞该书是一部具有创新价值、文学与法律相结合、教育意义深远的作品,具有重要的时代主题价值。

此外,李燕燕还有一些极具影响的报告文学作品发表,如《疾病之耻》2023年3月发表于《北京文学》,入选"2023当代文学最新作品排行榜";《校园之殇——关于"校园霸凌"的社会观察》2024年9月发表于《北京文学》;《杂病记》2020年1月发表于《山西文学》,于2023年11月获2020—2022《山西文学》奖,授奖词评价道:"作家并没有把文字耗在病痛本身上,她对背后的隐疾更感兴趣。那些来自田野,从民间涌动出来的生命体验,总与更为宏阔的背景勾连。"

## 二、拓展纪实内容,形式丰富

立足长篇小说创作的布谷夫(本名刘东),近几年来在纪实文学的创作上实现重大突破:历史叙事长诗《又见小平》(3.3万行),完整地刻画了邓小平同志七十七载漫长的革命生涯。诗作以他的革命活动为主线,从《时局图》起笔,以日俄战争引出邓小平出生,以"五四运动"开启鸿篇叙事,浓墨重彩抒写中国共产党的成立、发展、壮大，一直吟咏到邓小平同志逝世；最后专门一章，以2020年为节点，概述邓小平同志逝世后的时代特别是"十三五"时期的辉煌成就，构成完整的百年党史画卷。梁鸿鹰以《百年风云谱史诗 长幅画卷颂北斗》为题，从"作品的文学价值高：抒写的内容和表达的形式，在新中国文学史上独树一帜""作品的史学意义深：诗意化艺术性彰明了'四个自信'""作品的表现手法巧：不局限于文学领域，时空上将产生跨越"等三个方面，撰写了万言评论，高度评价作品所取得的不凡成就。《新渝报》从2024年7月12日到10月18日，连续选载了正文约35%的内容，社会反响较好。

布谷夫在纪实文学功能和内容的拓展上进行了有益探索，创立"美丽中国行"文学品牌。创作报告文学集《大足漫记》，全面客观、生动形象、全方位地描绘了大足的山川风物、人文历史、资源禀赋和发展成就、特色产业、现实图景、发展前景，绘制成一幅笔墨饱满，线条优美的长卷"大足形象图"，该作品于2024年1月起在《新渝报》不间断连载（共40篇约45万字）。曹凤、秦秋琳发表了《乡村历史风貌和现实蝶变的诗意化表达——兼评〈大足漫记〉在拓展报告文学功能和内容上的创新》的长篇评论，国家乡村振兴局对这一成果的推介十分重视。

此外，布谷夫讴歌三线建设的《红岩车魂赋》于2023年10月20日在《新渝报》发表，该赋通过描绘红岩汽车的发展历程和三线建设的伟大成就，展现了中国人民面对困难时的坚韧不拔、奋勇前进的精神风貌，弘扬了中国人民艰苦创业、无私奉献、团结协作、勇于创新的精神。作品发表以来，反响热烈，《新渝报》连续发表34篇评论文章，汇集印刷了《〈红岩车魂赋〉评论选萃》。

## 三、聚焦重大题材，作品丰厚

舒德骑是重庆有代表性的中老年报告文学作家，聚焦重大题材，作品丰厚。长篇报告文学《大国起航——中国船舶工业战略大转折纪实》2018年8月由人民出版社、研究出版社联合出版。全书40万字，再版3次，印数2.8万册。作者长期在军工行业工作，亲身经历了中国船舶工业打进国际市场惊心动魄、艰难曲折的整个过程，作品真实记述了改革开放之初，中国船舶战线破釜沉舟、背水一战、百折不挠、突出重围，顽强打进国际市场，赶超美、英、日、韩，成为世界第一造船大国，实现战略大转折的整个过程。这是中国改革开放的一个重要组成部分，是波澜壮阔的民族发展史中一个精彩的篇章，同时也是一部实现中国人海洋强国梦，令整个世界震惊的民族复兴史。作品融思想性、真实性、文学性为一炉，可读性极强，扣人心弦，读后令人荡气回肠。该书入选中宣部主题出版重点出版物、中国好书榜、长安街干部读书会必读书目、重庆市重点扶持作品，获2024年3月"重庆纪实"首届报告文学奖。

2021年9月，吉林文史出版社出版纪实文学集《岁月不会枯萎》，收入作者公开发表的纪实文章21篇。

2022年12月，在中国作协、工业和信息化部组织的第三届中国工业文学作品大赛中，长篇报告文学《深海丰碑——中国核潜艇诞生纪实》获三等奖；中篇报告文学《彭士禄的传奇人生》获二等奖。2022年4月，由重庆出版社出版的长篇人物传记《当今奇人周兴和》，由中华文艺出版社翻译为英文出版，在国外发行。人物传记《铁血长空》列入纪念抗战胜利75周年《家国春秋》丛书，由成都时代出版社出版。

此外，在《人民日报》《解放军报》《中国船舶报》《中国人物传记》发表报告文学《一生甘当"拓荒牛"》《倾尽此情付长空》《永远闪亮的勋章》《三线建设轶事》《读书圆我作家梦》《陈独秀的最后岁月》《草原上的救命菩萨》《永不褪色的军功章》；在《神剑》《军工文化》《中国兵器报》《成都日报》《重庆日报》《重庆晚报》《重庆晨报》等报刊发表纪实散文42篇。

《大国起航》《苏联飞虎队》《鹰击长空》等10本纪实文学书籍被中国作家协会签名珍藏馆收藏。

## 四、拓宽写作视野，题材多样

报告文学作家们或立足本职工作、或深入生活，拓宽写作视野，去发现、去挖掘现实生活中的具有典型意义人与事，产生一大批作品，题材多种多样，内容丰富多彩，展现了时代的精神和风貌。

张鉴的《信仰照亮生命——伊莎白与兴隆场》2024年4月由重庆出版社出版，是一部国际题材的长篇报告文学。主要讲述了中华人民共和国友谊勋章获得者、环球英才功勋人物、国际共产主义战士、新中国英语教学园地的拓荒人、璧山荣誉市民伊莎白·柯鲁克（中文名饶素梅）的一生，并重点描写了她与璧山兴隆场的深厚情缘，特别是20世纪40年代初她受平民教育家、乡村建设家晏阳初之邀，来到兴隆场（现璧山区大兴镇）参加乡村建设实验项目以及退休后六次重回兴隆场，成立"伊·柯基金"，资助大兴镇贫困学生，关心大兴镇发展变化的动人故事。该书图文并茂，情感真挚，语言生动，立意高远，厚重大气，生动诠释了信仰与主人公百年人生的紧密关系，歌颂了她一生对国际共产主义事业的无限忠诚和对中国共产党、中国人民的热爱与奉献，凸显了一个国际共产主义战士谦和友好、无私奉献、充满大爱的人格魅力，彰显了"人类命运共同体"的思想，以此激励青年一代，为实现中华民族伟大复兴的中国梦而奋斗。该书出版后，黄济人、李炳银、王明凯、周晓风、蒋登科等联袂推荐，著名作家黄济人评价说："张鉴这本报告文学，表面看讲述的是一位外国友人与一个中国乡村的故事，实际上以伊莎白信仰照亮的百年人生为载体，展现了以兴隆场为样本的中国乡村变化，可以说，既是一部人物史，又是一部乡村发展史。"

程华的公安题材比较有影响，《千万里我追寻着你》入选2022年《新时代中国法治文学精选》系列丛书，《中成，你是我们的兄弟》入选2023年《新时代中国法治文学精选》系列丛书。2023年由上海文艺出版社出版公安题材报告文学集《峥嵘》，收录了程华近年来在各类报刊发表过的报告文学14篇，涉及的人物包括英雄的妻子、法医、排爆手、刑警等等，被称赞为"群英谱""正气歌"，情怀真挚、构思精巧、笔触灵动，2024年3月获得"重庆纪实"首届报告文学奖。中篇报告文学《渝水绿剑——重庆市公安局南岸区分局食药环支队纪事》发表在《啄木鸟》2023年第7期，被中国作家网等门户网站转载，中央政法委《法治周末报》、司法部《法治与新闻》杂志等选载；中篇报告文学《不畏浮云遮望眼——重庆市公安局渝中区分局食药环侦支队保护知识产权纪事》发表在《啄木鸟》2024年第8期。近年来，她还在《法治周末报》《法制与新闻》《重庆日报》《重庆晚报》《重庆晨报》等报刊陆续发表报告文学作品。

周鹏程创作的长篇报告文学《大地回音》被列入重庆市脱贫攻坚优秀文学作品选，2021年3月由重庆出版社出版。作品记录重庆市扶贫脱贫攻坚战役，作者深入重庆市十多个贫困区县、乡镇及村社，翻山越岭，走村串户，采访了一大批贫困户、扶贫干部及脱贫典型，掌握了丰富的第一手资料，以大量真实、鲜活的事例，生动记录并形象展示了重庆市从市到区县、从区县到村社的广大干部群众，响应党中央号召，全力打赢脱贫攻坚战的历史画卷。作品刻画了一批心系困难群众，尽心尽力为贫困农民脱贫致富而奋斗的优秀共产党员；一大批人穷志不穷，艰苦奋斗，用自己的智慧和勤劳，攻坚克难，终于脱贫致富的普通农民。该作品2024年3月获得"重庆纪实"首届报告文学奖。长篇报告文学《天地之间》，被北碚区委宣传部列为2021年度创作资助文艺精品。长篇报告文学《藏地心迹》，2019年由西南师范大学出版社出版，获重庆市第十五届"五个一工程"奖、第九届重庆文学奖。

张奎创作的报告文学《爱倾扶贫路》2020年7月由言实出版社出版，2023年获金融文联主办的第四届金融文学奖。长篇纪实小说《大山的承诺》，获全国扶贫印记一等奖。

何鸿牵头完成了市委宣传部委托创作的长篇报告文学《时代楷模王红旭》，并选入2022年12月重庆出版社出版的《王红旭：用生命托起师魂的"四有"好老师》一书。报告文学《拓荒者》获第三届冶金文学奖报告文学一等奖。

苏治银的历史纪实组诗《党史在我们心中闪光》，在全国31省市自治区和新疆生产建设兵团等一千多个单位诵读、表演，被教育部、全国关工委列为新时代好青年主题教育阅读作品，并在中央电视台教育频道展播诵读。杨辉隆的《邱少云：烈火中的永生》收入由团中央指导，中国青年出版总社出版的《人民英雄——国家记忆文库》中。

同时报告文学作家积极参与主题采风，深入生活。市作协报告文学创委会、市报告文学学会积极参与市作协乡村振兴文学作品采访创作活动，李燕燕、刘东、杨辉隆、黎美剑、周鹏程、张鉴等作家的作品被《红岩》杂志选用。

2021年以来，纪实文学作家先后有张鉴、庞国翔、何鸿等会员加入中国作协，创作队伍不断壮大。

## 五、展望未来写作，砥砺前行

### （一）迎难而上，砥砺前行

在互联网时代，纯文学受到的冲击，对文学各个门类都有很大的影响，报告文学也面临更加复杂的处境。

这主要与报告文学的文体特性和创作环境有关。报告文学作为一种非虚构创作，从内容上讲，必须尊重事实、忠实抒写，至少比历史小说创作"大事不虚，小事不拘"的创作原则更严格，这给作家们增加了写作的难度；从写作上讲，必须将写作内容充分地形象化，必须将"事件"发生的环境和人物活生生地描写出来，让读者如同亲身经验，且从具体的生活图画中明白作者所要表达的思想。也即是说写得生动，富有感染力，富有文学性，这也给作家增加了写作的难度。

题材选择和写作技巧即"文学性"，是当下报告文学急需解决的难题。关于题材选择，"国之大者"非常重要，"一叶知秋"就在身旁，重庆是个埋藏着题材"金矿"的地方，不仅仅是"红色故事"，陆海新通道、数字重庆、川渝故事、和美街镇、乡村振兴等等，可写可挖掘的东西数之不尽。关于写作技巧，报告文学容易出现仅有"报告"而无"文学"的现象，在报告文学评论中，少见对写作方法及技巧的评述，多在讨论题材本身的价值意义。事实上，报告文学写作对文学基础训练要求甚高，要有勇于创新的文学意识。

但是，重庆报告文学作家近几年的创作实绩，足以说明他们是有勇气、有担当、有作为的，这是他们走出重庆、走向全国的底气，也是重庆报告文学创作重新崛起的坚实基础和希望所在。完全有理由相信，重庆的报告文学创作在全国的分量将越来越重，影响会越来越大。

（二）共同努力，打造"渝军"

从劳动过程而言，文学创作的确主要是作家的一种创造性的个体劳动，但我国社会主义制度优越性的一个体现就是设立了党领导的各级文学组织，为作家提供指导、服务，这为报告文学的写作提供了制度优势，因此，我们应充分发挥制度优势，积极探索发展的方法和路径，把工作抓得更实际、更有效，以新的观念，新的创造去推动重庆报告文学的繁荣发展。

一是发现、培养基层报告文学创作人才，扩大创作队伍。发现基层创作人才，既有益于扩大创作队伍，也有益于以第一手的资料直接、迅速、主动地记录和反映基层富有感染力的社会现象和人民生活，展现社会的进步和发展，充分发挥"文学轻骑兵"的作用。

二是拓宽选题，聚焦重大历史、现实题材，为时代画像。除作家们的自主选题、选材外，也要发掘一些富有典型意义的社会生活事件和人物，重大历史、现实题材，充分发挥各级组织的作用，积极联系、协调、立项、创作，让重庆报告文学参与国家的"宏大叙事"，展现时代价值。

三是加强服务，为报告文学作家们搭建平台，在指导、扶持、联系、推介、资助等方面提供有效服务。

四是注重对报告文学创作新人的培养。从社会学、历史学的层面考量，报告文学创作对作家的综合素质要求非常高，必须有相当的社会阅历和生活积累，这对年轻人也是一个挑战。因此，引导年轻作家在报告文学创作上实现"成熟"，帮助他们处理好选材，解决创作中的种种困惑、矛盾和偏差，是中老年作家们的职责与义务，也是一种传承、一份光荣。

　　总之，通过文学组织机构和作家们的共同努力，让一批有影响力的作品脱颖而出，让一批重庆作家在全国更加活跃，促进重庆的报告文学创作水平整体提升，使报告文学队伍更加富有创作力、战斗力、影响力，为新时代的文学事业贡献更多的精品力作。

# 评 论

## 别具一格的"文学普法"
——读《创作之伞——中国文字著作权保护纪事》[1]

陈建功[2]

群众出版社主办的《啄木鸟》杂志，是很有影响的公安法治文学月刊。至今还记得它刊发过《追捕"二王"纪实》《抉择》《人民的保护神》等作品，这些作品的影响力不只于文学界，一时被各界读者广为关注。最近该刊又有长篇报告文学《创作之伞——中国文字著作权保护纪事》（李燕燕、张洪波著，《啄木鸟》2023年第10、11期）刊发，便更有先睹为快的期待。首先，忝为中国文字著作权协会（下称"文著协"）的会长，关注这一话题是题中应有之义。再者，在我的视野中，纪实类文学题材多样，但以此为选题的作品，却极为少见。

著作权法颁布实施三十多年来，我国的著作权保护取得了长足进步。著作权法为保护文学、艺术和科学作品作者的著作权，以及与著作权有关的权益，为鼓励有益于社会主义精神文明、物质文明建设之作品的创作和传播，促进文化和科学事业的发展与繁荣奠定了基础。著作权法保护并激发了创作者的创作积极性，

---

[1] 本文原载《文艺报》2023年11月15日。
[2] 陈建功，中国作家协会原副主席。

对营造创新型社会是巨大的推动。应该说，著作权法的实施过程，是一个不断完善不断修订的过程，也是广大著作权人不断加强对著作权法的了解和认知的过程。

有过维权经历的人，对著作权法的某些方面，或许有所了解，然而对大部分人，甚至是著作权人来说，关于著作权维权，虽粗知者渐多，但具体到自身的权利和义务，却都不甚了然。至于对"证据保全""技术保护措施"以及"版权登记"等维权手段，未必都了解。而某些版权合同，少的三五页，多的十几页乃至几十页，枯燥的法律术语、专业词汇，绕来绕去的条文，搞不清的权利、义务关系和法律责任，令很多作家头痛。进入网络时代，我们又有更多陌生的话题了。比如：知识资源平台传播、影视作品改编、有声读物制作等，都有哪些法律规定？签署图书出版合同、影视改编合同、有声读物许可合同等各类版权合同需要注意哪些问题？应防止哪些版权陷阱？电商平台销售盗版图书，知识资源平台不告而取，有声读物平台擅自录制传播作家作品，网络转载瞒天过海……面对越发复杂的版权问题，说它每每使人"一头雾水"并不为过。

由此观之，著作权普法工作真是任重道远。

做好这工作，不仅需要不遗余力、持之以恒的服务精神，而且需要深入浅出、生动有趣的实践案例，及条分缕析的剖析和直抵人心的描述。

这就是我读了《创作之伞——中国文字著作权保护纪事》，为之欣喜的原因。

我以为，这部长篇报告文学具有如下几个特点：

第一，专业版权问题，文学语言表达，故事性强。张洪波主持文著协秘书处工作十五年，直接参与推动著作权法第三次修改、推动国家制定教材法定许可付酬办法和提高报刊转载稿酬标准，参与经办的"谷歌数字图书馆侵权门""百度文库事件""苹果应用商店事件"等案例、实例，都具有很高的社会关注度，他版权实务经验丰富，经常有文章见诸报刊，是很有影响力的版权实务专家。李燕燕是近年来国内颇具影响力的青年女作家，以非虚构写作见长，尤其关注社会热点、焦点、难点问题，近年来注重开掘法治题材，推出了《无声之辩》《我的声音，唤你回头》《"赢了官司"以后》等一系列社会反响良好的纪实文学作品。她善于叙事，文字清新优美。二人作为作者，可谓优势互补，非常难得。

第二，版权案例知名度高，很多是作者亲自处理或采访的，有很强的代入感。剑网行动是国家版权局、公安部、工信部、网信办联合开展的网络版权专项治理行动，至今已经十九年，被四部委挂牌督办的都是具有较大社会影响的案件，文中也多有介绍。文著协处理或参与处理的很多案件对提振作家维权信心、规范行业发展具有典型社会意义，作者采访的案例也很有代表性。

第三，案例丰富多样，涉及图书出版、法定许可、影视改编、抄袭剽窃、洗稿、合作作品、公版作品、网络转载、数字教育、版权交易平台等领域，既有对案例、事件的通俗易懂的分析，也有作者独特的观点见解与思考，还不失时机地介绍了新修改著作权法的亮点，有利于读者从具体的案例中理解著作权法的具体条文。

第四，文学普法。这部作品的最大特色，是以著作权法的诞生、修订及最新版出台背后的故事为主线，作家们所经历的版权故事、典型案例为副线，用报告文学的方式，"法普"融媒体发展业态下大家鲜少了解但又非常重要的版权"重点"及"冷知识"，是别具一格的"文学普法"。一个个熟悉的版权案例、版权热点事件经过作者的梳理，以严谨而又轻松的故事，展开于我们面前。这些故事，把三十年间发生的许多重要的版权案件和事件原委，交代得清清楚楚，分析得丝丝入扣，让我们切实感受到中国在文字著作权保护方面所做的努力；这些故事，基本勾勒了中国著作权法实施至今的历程，也可以说以一窥全，见证了当代中国日益进步的法治进程。专业的案例，文学的讲述，使原本生硬的法律条文，找到了直抵人心的入口。就我的阅读感受而言，关于著作权保护的不少疑惑，也从这些故事中获得了某种豁然开朗的欢喜。

这应是著作权普法与文学表达的成功相逢。

屈指算来，我担任中国文字著作权协会会长，已经整整十五载。其间，很多作家向我反映版权困惑、维权遭遇，因为不是专业人士，只好敬谢不敏并把问题直接转给协会秘书处处理。应该说，文著协对作家们的帮助，是真诚的、热情的，为此也使我愧领了许多谢忱。尽管文著协秘书处团队都很敬业、专业，但是仍有很多版权问题的解决不能尽如人意。其中自然有诸多原因，如有的版权问题不属于文著协的法定职责范畴，有的属于法律法规不明确或执法层面问题，有的属于取证难、诉讼时效的问题，等等。看完文稿，我感觉，二位作者已然付出了极大努力，成果是可喜的。但对我国乃至世界各国在著作权保护领域的发展历史，似乎还可展开更宏阔的视野，对现行著作权法及其施行中问题的思考，似乎还可展开更深入的探讨。期待二位作者以及更多的作家继续关注文字著作权保护，因为这关系我们个人以及作家群体的切身利益，关系文艺工作的创新发展。

　　文字著作权与每个创作者息息相关，与文学事业繁荣发展息息相关，是一个社会文明程度的重要标识。

　　期待着，广大创作者和读者通过这部作品能重新认识文学作品的版权价值和版权的作用。

　　期待着，广大创作者在版权之伞的呵护之下，创新体现价值，劳动获得尊重，作品传播更有意义。

# 乡村历史风貌和现实蝶变的诗意化表达
## ——论《大足漫记》在拓展报告文学功能和内容上的探索[1]

曹 凤 秦秋琳[2]

布谷夫以文学家的情怀和史学家的严谨，把自己对重庆大足这方热土的深厚情感和发乎内心的尊重，融入诗化语境中，字字珠玑，倾情创作了内容丰富、情感真挚的报告文学系列作品——《大足漫记》，全面客观、生动形象、全方位地描绘了大足的山川风物、人文历史、资源禀赋和发展成就、特色产业、现实图景、发展前景。作品在《新渝报》连续刊载后，读者反响强烈，好评如潮，引起了文学评论界的高度关注，特别是在拓展报告文学的功能和内容的创新方面，成为"现象级"研究对象。

作者感情真挚丰富，以细腻而深刻的笔触，每句话都流露出对大足这方土地的挚爱和颂扬。用饱蘸赤子情怀的笔墨，绵密绘制出最新版的"大足形象图"。计划创作40余篇，约45万字，分镇街、行业两大板块，目前已发表的20万字虽在总体上还未过半，但作品的艺术风格已形成，展现出一个立体、多彩和富有文

---

[1] 本文原载《新渝报》2024年6月14日，有删节。
[2] 曹凤，重庆交通大学外国语学院教师；秦秋琳，四川省理县政府办公室副主任。

化底蕴、朝气蓬勃向上拔节的大足。笔者趁热进行"事中"跟踪，与读者简要分享自己的阅读感受及阅读过程中获得的审美体验。

阅读《大足漫记》，跟随着作者的步伐，仿佛穿梭于大足的青山绿水间，感受其丰厚的历史文化和现实魅力。在我们的心目中，布谷夫不仅是历史的挖掘者、现实的记录者，也是文化的赋美者，还是资政辅政的实践者，他倾情奉献的《大足漫记》既是一腔高亢悠扬的地域赞歌，又是一部激情四射的现实史诗，还是一组河山抒怀的美学散文。

## 美颜工程——如诗如画的山川风物

在自然风光与地理特征方面，布谷夫以诗人的敏感、细腻的笔触，绘声绘色地描绘了大足区的山水之美。诚如他在开篇之作——龙滩子篇中开宗明义所写的"遍访大足的山山水水，完整的大足地图在胸中铺开，犹如欣赏一幅幅色彩斑斓的丹青画卷，真是一饱眼福似解馋，一路欣喜一路歌，那多姿多彩的田园风光，那祥瑞和美的富饶景象，真真一方浪漫的热土"。谱写出一曲又一曲和美乡村建设的乐章。

现实世界并非缺少美，而是缺乏发现美的眼睛。作者用真善美的眼睛去发现美、审视美、书写美和表达美，具有对美的独家洞察与深度感悟，不仅将大足的自然之美、历史之韵如实呈现，让读者仿佛置身于一幅幅动人的自然画卷中，也将他对环境保护、生态文明的深刻认识传达给读者，感染和熏陶读者。

在正文书写的文本格式上，每篇之间既有一致性，也有较大的差异性，犹如百花齐放、多姿多彩，《渝西大地那颗璀璨的"龙珠"》采用一山、一水、一城、一文等"四个一"来统揽，《"大足的西藏"在蝶变》和《山乡强产业 农家焕新颜》则不分章节，靠气韵贯通和绵密逻辑来推进，读者目不暇接，作家创作也更辛苦，因此在随后的各篇中大多采取扁平化结构，但《守护世界石窟艺术巅峰绝唱的千年宝地》采用的是递进格式。这些独具匠心的设计皆作者有意为之，从而带给读者更多阅读愉悦。

文学作品讲究交响乐式的合奏齐奏，"开头"相当于定调，决定乐曲的方向和方式。《大足漫记》每篇作品的开头，总会给读者带来"惊喜"，出乎读者意料，总体上确定作品基调，或打造一个格局，有时也营造一种氛围。比如，玉龙篇从大足作为名副其实的"水上博物馆"、拥有星罗棋布的水库写起，展示大足人民战天斗地的精神；石马篇从设置的一个悬念讲起；高坪篇则对照沈从文先生的名篇《边城》，使高坪戴稳"边城"的帽子；棠香篇从海棠作为一种文化象征起笔；雍溪篇从其美称"小香港"、浪漫而热情的特质开头；铁山篇的开篇特别"霸气"，坐实了"千年大足石刻"的时间坐标，精确地说大足石刻的起源已有1374年，而非一般人所认为的"南宋时期"，南宋从1127年开始，满打满算未超过900年，说"千年"就未免浮夸……

布谷夫是描绘田园风光和自然美景的能手，眼力、心力、笔力强，不仅是技艺高超，更源于他对这片土地的欣赏和喜爱。如在古龙的多彩田园中"可以聆听山水的和声，乘一股清风，前往广阔天地；可以吸吮晨露的甘甜，煮一壶山峦，放飞尘世心境""把生活过成诗，把岁月织成歌"，这样优美的佳句，在篇什字间比比皆是，可以信手拈来，不再进行枚举。

## 纪史工程——挖掘求真的史学文献

布谷夫作品的一个重要特色是给读者以强烈的历史纵深感和沧桑感，犹如"言多从史来"。在《大足漫记》中，他将每个镇街的历史沿革、来龙去脉娓娓道来，对历史人物、历史事件和名胜古迹徐徐讲述，让我们兴趣盎然、意犹未尽。如作者概括"龙岗之美，在幽美自然风光，在多彩民俗风情，在厚重人文风韵"，展开写透后，龙岗的鲜明形象在读者心中立马就活了起来。

文化与历史密不可分，在漫记大足时，布谷夫对"三线建设精神"情有独钟，特别推崇，先是撰写的《红岩车魂赋》发表后，《新渝报》连续刊发了34篇评论文章，汇集印刷了评论选萃。在涉及三线建设的镇街中，作者继续大书特书，对这段历史和三线建设精神深表敬意。作者深入探讨了宝顶山石刻的历史背景和文化意义，对其承载的宗教、哲学和道德价值十分尊崇，对宝顶山石刻的艺术价值和美学成就给予了极高的评价，致以深深的敬意，用了"世界石窟艺术巅峰绝唱"等词汇形容其在世界文化遗产中的独特地位。作者高度评价雍溪川剧文化的传承和发展，如对古戏楼的描述、川剧文化艺术节的举办等，显示了他对川剧文化的推崇，对其在地方文化中重要性的深刻认识。他还如数家珍，把每个镇街的特色美食、风味小吃不厌其烦地娓娓道来，把一幅"大足美食地图"绘制得密不透风、活色生香。

布谷夫的笔触注重深入文化保护和传承，用饱含热烈真挚感情的笔墨书写各个层面在此方面的实践与探索，旨在通过多种方式保护和弘扬地方文化，推动当地文化的创新发展。

农文旅融合在当下是个热门话题，既是乡村振兴的重要内容，也是乡村振兴的主要抓手，不管是旅游还是投资都要避免同质化（雷同化）、追寻差异化，即个性化的风土人情、资源禀赋，才能打动人、吸引人。作者深谙此道，洞幽烛微，精细比较，筛选出最具特色的亮点来，形成新的"地理文学"。有些镇街，特别是相邻镇街在自然条件、风土人情、产业结构等方面高度相似，但他耐心寻求他们的历史沉淀度、地理辨识度，在特情、特点、特色等上狠下功夫，创作时始终突出"特"字。大足区各界人士纷纷表示，作者创作态度非常严谨，去伪存真，去粗取精，小心求证，精心书写，这部作品就是大足地方史的定型、权威范本。

## 资政工程——精准全面的发展报告

报告文学便于直接表达作者的观点，承载资政功能就是其非常高或最高的境界和追求。布谷夫笔调端庄、浓墨重彩地书写了大足区在经济发展、民生保障等方面的担当和作为，特别是发展特色农业、工业和文化旅游业以推动经济增长、强区富民的成就，书写特色产业、重点产业的文字一般要占一半篇幅。

布谷夫是经济学专业人才，对大足区的经济工作坚持赞赏与支持态度，在高升篇中明确写道："大足在追求高质量发展的征程中，最鲜明的特色是强工业、稳农业、活商贸，且颇具'江苏模式'特色：均衡发展、多点开花，共同富裕、稳健致远——有'大起'的潜质，无'大落'的隐患。农业农村方面抓住了乡村振兴的牛鼻子——因地制宜、扬长避短发展各区域的农业产业。"

因此，他以经济工作者的严谨和文学语言，细致地书写了大足经济发展的方方面面，既不足为奇，更顺理成章，同时也是"发展是党执政兴国的第一要务"这一重大战略问题在文学上鲜活、生动的反映。在大足区27个乡镇街道中，季家是布谷夫最后一个且首次到访的镇。季家曾因交通条件最差、经济发展最落后而被称为"大足的西藏"。他在走访、调研和督导工作的过程中，为季家的同志干事创业的饱满激情和冲天劲头而感动，为季家特色产业发展和经济、社会、文化快速进步而欣喜。

他走在季家的乡间街头联想到自己的家乡，一个跻身全国经济发展"百强县"的县级市，辖区面积、人口规模、资源禀赋与大足接近，但农村仍是单纯的传统种植业，人口外流严重，青壮劳动力大量外出务工，到处人去屋空，房前屋后的良田杂草丛生，山野田间几乎看不到牛羊、果树等。仅仅依靠几个独大的工业门类而号称经济强市（县）。布谷夫敏锐地觉察到单一的经济结构下潜伏的发展危机，据调查，规模最大的那家企业受国际市场波动影响，2024年1月份就亏损38亿元。带着对季家发展成就的欣喜之情和对故土的热爱之心，他在走访季家时当场就邀请镇党委书记、镇长到自己的家乡去传经送宝，给全市的镇街、部门主要负责人上一堂启蒙课。他当时就下定决心要把季家的思路、做法和作为进行系统的总结，"大足的西藏"都能办到的事，四川盆地的其他乡镇也能办到。此外，大足的每个镇街都各具特色，荟萃起来，对其他地区的乡镇，不就是洋洋大观的"发展大全""规划指南"吗？而且，这本是大足区各镇街的文化挖掘、历史总结、现实描绘、前景展望，兄弟镇街之间可以相互交流与互补借鉴。中国的其他镇街亦可按图索骥，实现共同富裕、文化繁荣。这一本翔实的"投资指南"，对有意向的投资者就是现成的考察报告；资源禀赋相似的镇街，可以到这里来就地招商。

布谷夫以独特的视角敏锐捕捉到各镇街抓特色产业发展的亮点，用精练的文字总结概括，形成点状结合的大足特色画廊。这些特色产业立足于大足丰富的自然资源和深厚的文化底蕴，也促成大足推动经济社会发展的成就。大足发展特色产业，正逐步构建起多元化、高质量的经济发展模式，为地区经济的可持续发展奠定了坚实基础。

## 教育工程——荡气回肠的英雄赞歌

大足"荟萃山川风貌之精华，呼应河湖灵秀之神韵"，如此地灵，必定人杰。历史人物、文化人物、现代人物都形象鲜明、活灵活现地出现在布谷夫的笔下。

遗忘历史的民族是一个没有未来的民族，是一个可悲的民族；不崇尚英雄的民族，是没有脊梁的民族。中华民族英雄辈出、崇尚英雄，每个时代都呼唤英雄或英雄般的人物。

作者笔下三驱镇的刘天成"大器早成、刚正不阿、清廉质朴"，他少年时代在青山书院读书的情景，功成身退、教书育人、感化乡里的传说和品格，在布谷夫和广大百姓的不断讲述中逐渐聚集成大足独特的人文传统和精神样态，长久滋养着这方土地。按照时序，谨守臣节又忠于唐室的韦君靖、弘扬佛法以求普度众生的神僧赵智凤、红军名将唐赤英、玉龙山剿匪"八金刚"烈士、在上甘岭战役壮烈牺牲的孤胆英雄杨国良、革命女杰赵宗楷等，都在布谷夫的笔下血肉饱满起来。他们对国家民族的热爱、对真理道义的追求、对美好生活的向往已经成为百万大足人民的家国情怀。

布谷夫对英雄群体充满敬意，泼墨似的表达对英雄人物的敬仰和缅念，呼吁更多的关注和良好的纪念，以传承和弘扬英雄精神。作者满怀爱国激情、历史责任感和对主人公的崇敬之情，以《中国饶氏兄妹 满门忠烈谱系》这一"霸气"而贴切的标题，洋洋洒洒两万五千余言，栩栩如生地再现了饶国梁、饶国模兄妹的英雄形象，树起了两座用热血和信仰铸就的历史丰碑！这是一曲用生命和灵魂谱写的英雄赞歌，是一份用深情和敬意编织的精神遗产。

作者以独特的作家眼光、文学视角，把饶氏家族的革命故事融入中华民族抗争与复兴的宏大历史叙事中，让我们得以窥见在风云激荡的年代无数有志青年为了信仰和理想，如何奋不顾身地投身于时代浪潮和革命斗争。作者高超的叙事技巧，让我们在阅读时能清晰感受到那个时代强烈的脉动、看到波澜壮阔的画卷、听到民族的呼求和英雄的呐喊。

大足是英雄辈出之地。作者用细腻又柔情的笔触，将历史的细节与人物刻画得淋漓尽致，同时又将敬仰与怀念之情投射到每位英雄身上。它是历史文献，是一曲英雄的赞歌，是一场激情燃烧的诗篇，是一次心灵触碰、一场精神盛宴。

今天，大足人民在培育新的经济增长极、发展乡村文旅产业、脱贫奔富的伟大事业中前仆后继、精准发力。在对大足人杰的书写中，作者展现出深厚的历史功底和文化情怀，不仅记录了历史，也展现了大足人民在文化传承与文化创新方面的努力和成就，更对大足在现代化进程中的积极探索和取得成就给予了高度评价，通过对特色农业、工业发展和乡村振兴战略的详细书写，不仅展示了大足的活力和潜力，对在这片土地上默默耕耘、探索发展的民众更是表达了深深的敬意。他沉静而激情的讲述，激发了读者对传统文化的自豪与兴趣，为增强民众对文化经典的保护意识贡献了文学力量。他的书写，再次凝聚了大足的精气神，感召大足人在文化经济共同体之下作出自己的贡献。在笔墨之间，读者能感受到作者对先哲英雄的瞻仰、对历史的敬畏、对传统文化的自豪和对人民群众的赞赏。布谷夫是记录者、是观察者、是讲述者，更是传承者。他对自己的这种身份定位，贯穿于《大足漫记》的每篇作品中。

## 探索工程——报告文学的功能拓展

报告文学必须真实性与文学性相统一，这道"双门槛"很束缚作家的手脚。作为较小区域的"地理文学"，《大足漫记》在作家的"娘胎里"已被规定了如下气质：一是相邻镇街高度相似，创作时突出"特"字还真不容易；二是各个文本之间不要"似曾相识"或雷同，包括标题、正文的用词、用意等，更不能有"重复"；三是切入点也要有所区别，增加各镇街的"辨识度"；四是必须真实，即事实要清楚、数据要准确，对相同产业在不同镇街发展的程度与成效的把握，必须不偏不倚、客观公正；五是作者只到过大部分镇街一两次，有的甚至只有一次，作为小说家虽有非凡的想象力，但报告文学毕竟是非虚构创作，无疑对作者构成严峻的挑战和考验；六是要争取让读者阅读后有较深的印象。出生后的《大足漫记》恰如作者的设计，确实做到了虽"一母所生"，但性格各异、亮点独特。

布谷夫认为，报告文学必须尊重事实、忠实抒写，至少比历史小说创作"大事不虚，小事不拘"的创作原则更严格。尤为重要的是，作者必须传播正能量，于是他将大足人民在经济建设、脱贫攻坚、文化传承方面所作的贡献挖掘和记录下来，用于鼓励更多的创业青年、返乡青年和长期工作在一线的所有劳动者。他认为作家应该是浪漫的，是热情的，是充满理想和英雄情结的。因此在《大足漫记》中，我们方能从真实的描写中觉察到布谷夫对大足土地、大足人民、大足文化的深情厚谊。

报告文学的意义还不止于上文提到的真实记录性、审美愉悦性和正能量传播性，它还具备其他文学种类所不具备的功能——资政、辅政的实用性。布谷夫把这一功能发挥到如此酣畅淋漓、臻于极致的地步。他用高超的文学文本结构驾驭能力，把大足每个镇街从历时性与共时性、工具性与审美性、科普性与教化性、资政性与情感性等方面，一揽子进行了全盘布控和深刻书写。

实在真诚、有风骨、有担当，是一个浪漫现实主义作家应有的素养。布谷夫正在路上，一如既往地坚持做一个持续并跨界的写作者、积极且浪漫的关心者、严肃又热情的思考者、低调而谦逊的讲述者。

《大足漫记》书写了大足的地理特征、经济发展、特色产业等，深入挖掘了当地的文化传统、民间故事、历史遗迹等，为读者呈现出一个多维度、立体感的大足形象，这部作品值得我们每个人去细细品读，去深深感悟，去久久传诵。

## 为时代而歌
——读周鹏程长篇报告文学《大地回音》[1]

段吉荣[2]

重庆知名报告文学作家周鹏程的新书——反映重庆脱贫攻坚工作的报告文学《大地回音》，在建党100周年之际，由重庆出版社出版发行。

本书40万字，是周鹏程"大地三部曲"的第二部（第一部《藏地心迹》，第三部《天地之间》）。可以说凝聚了作者的心血，体现了他用真心、真情去写作，体现了他对党的扶贫政策的衷心拥护和对党的无比热爱，体现了他对广大扶贫干部的无限崇敬。

王国维说："能写真景者、真感情者，谓之有境界。"《大地回音》甫一出版发行，就在有关部门及广大读者中引起强烈反响，一致认为，首先，《大地回音》紧扣了时代的脉搏：在第一个一百年之际，出版反映这个伟大时代的伟大壮举——脱贫攻坚、全面建成小康社会——的作品，既是真心实意为时代而歌，又是对这个时代取得的辉煌成就的忠实记录；同时，也是给建党100周年献上的一

[1] 本文原载《重庆晚报》2021年10月13日。
[2] 段吉荣，重庆市轻工业学校副教授。

份厚礼。近几年来，我市反映脱贫攻坚、讴歌党的扶贫攻坚政策、赞颂广大扶贫干部无私奉献精神的作品很多，但是能用长篇报告文学的形式来表现这个题材、活画出我市扶贫干部的群像、传达出广大人民群众对党的政策由衷拥护和对党的衷心热爱，这部作品独具匠心。

重庆市乡村振兴局认为，《大地回音》道出了广大人民群众及扶贫干部的心声。为此特别感谢重庆作家协会主导这次选题，特别感谢作家周鹏程在深入采访和写作中付出的辛勤劳动。

曾经和周鹏程聊到采访和写作这个话题，"最初，我是抱着完成任务的态度去采访，心想可能用10来天的时间就差不多了，"周鹏程说，"但是，随着采访的不断深入，我每天都被扶贫干部的事迹感动着，这时，我意识到我最初对扶贫的认识是何等肤浅，对扶贫干部的了解是何等贫乏。于是，慢慢地，我沉下心来，认真细致地观察、体会……不知不觉间，一个多月的时间就过去了，在这段时间，我既进一步地了解了农村农民的贫困过去及他们脱贫后的由衷喜悦和发自内心对党的感恩，也更感动于广大扶贫干部舍小家为大家的无私奉献精神。这一个多月，我既是在为写作搜集材料而进行采访，也是受到了一次次生动的教育和精神的洗礼！我觉得，用我的笔抒写这个时代、把这一切记录下来、为时代而歌，是我义不容辞的责任！"

正是怀着这样的责任感和使命感，始终运用真心、倾注真情，周鹏程在采访的过程中，他既站在客观的角度去观察，又融入主观的感情去体悟。因此，呈现在笔下的人物才如此鲜活、生动。比如，在本书的序章"王贞六进京前"，作者对王贞六这一年届七十、退伍几十年的老兵、曾经的建卡贫困户、靠着利用自然资源优势养蜂脱贫又帮扶一众村民脱贫奔小康、荣获全国脱贫攻坚先进个人荣誉称号、即将进京受奖的人物，将其置于中国全面建成小康社会这一广阔的背景下，对其语言、动作、神态、心理进行刻画，使得人物形象跳出了其本身的个人范畴，而具有了鲜明的、典型的时代意义。用血肉丰满的人物形象向世人昭示：中国共产党为什么能？因为她全心全意为人民，她领导中国走向光明。社会主义制度为什么好？因为它巩固了人民当家作主的地位，它具有集中力量办大事的优越性。中国共产党为什么赢得人民群众的衷心拥护？因为她始终以人民为中心，永远把人民对美好幸福生活的向往作为自己的奋斗目标。

《大地回音》一书中，还刻画了一系列的扶贫干部的群像，这里就不一一列举。

总之，《大地回音》是一本紧扣时代脉搏、充盈着正能量、有温度、有深度、高质量的报告文学作品。诚如重庆市作家协会党组书记、副主席何浩所说："今年是中国共产党百年华诞，习近平总书记代表党和人民庄严宣告，经过全党全国各族人民持续奋斗，我们实现了第一个百年奋斗目标，在中华大地上全面建成了小康社会，历史性地解决了绝对贫困问题。《大地回音》其书，是大地的回音，时代的回答，文学的回响。鹏程同志走遍了重庆18个贫困县的山山水水，本书是他坚实足迹在这片土地上的回音。"

我们祝贺鹏程《大地回音》新书的成功出版发行，也期待着他的"大地三部曲"第三部作品《天地之间》早日面世。

#  第五章 少数民族文学

# 综 述

## 且教桃李闹春风

2022年至2024年，是不平凡的三年，重庆市少数民族作家笔耕不辍，佳作频出，取得了不俗的成绩。

### 一、长篇小说：书写山乡巨变，湖山尽收眼底

这三年，重庆少数民族作家创作的长篇小说气度不凡。既有"山乡巨变创作计划"下乡村现实主义题材的重量之作，也有"讴歌计划"下重大题材的主题之作。既有关注都市新型困境，在困境中自救和救赎他人，展现阔大仁慈的新型女性形象的《催眠师甄妮》，也有在孤独苦闷中自我修炼精神高度以抵抗平凡琐碎的《大堰看水人》，还有通过几个家族在20世纪前半叶的兴衰更替探讨家国天下的《天理良心》，更有置身于国家共同富裕的宏大叙事背景下，认真贯彻落实党和政府乡村扶贫脱贫振兴政策的人物群像《梅江河在这里拐了个弯》和《瓦屋村》。

2023年3月24日上午，作家冉冉的长篇小说《催眠师甄妮》研讨会在北京中国现代文学馆隆重举行。能够引起广泛关注，当然是由作品本身质量决定的。

这是一部"能使自己变得更善良、更纯洁,对别人更有用"(巴金语)的杰作。作者历十载寒暑,深入乡村、社区、医院、心理咨询室,面对面接触催眠师、心理咨询师、医护工作者,甚至抑郁症和睡眠障碍症患者本人,用向善崇雅的叙事风格,直面时代之伤,试图在描述社会复杂性之一侧面的同时,寻求某种良方,医时代之痛,这真正体现了一个作家的社会良知和职业担当。

评论家刘大先认为,《催眠师甄妮》的可贵之处是没有简单地将精神问题精神化,而是综合化:甄妮的每一次精神创伤总是和他人、外部社会密切关联。小说的治愈性体现在,作者是让甄妮通过与医生裴加庆以及新月婆婆的交往,打开了更为开阔的生活空间后得以重振旗鼓,是亲情、友情的关爱和人际关系格局的重新塑造,治愈了孤独的个体。因为,形而上的感受本身并不能治疗形而上的痛苦,只能进入更为复杂、不同圈层的他人生活才可能打开新的局面。

另外,《催眠师甄妮》在审美上呈现出健康明朗、正大从容的美学风格。叙写有分寸、有礼仪及有荣耻感的正常人过正常社会生活,让人看到生活本美,每一个人物都在正常的生活之中,有烟火气有人间温暖,这于立体多维而复杂的人世间,保持了一种清醒。

与冉冉的《催眠师甄妮》相比,何炬学的《大堰看水人》同样在探讨人物的内心世界,都有主人公对命运的抗争。所不同的是,催眠师甄妮的抗争,从精神到现实,有特别实际和特别及时的行动,又用现实种种遭遇来成就精神成长,可感可知可行,而看水人苏叫天,他的抗争只存在于精神世界,缺少实际行动,所以没有普世的现实意义,只对自己起到抚慰的作用,不过,他在安于命运之大手安排时,能坚守职责,五十年如一日,成了另一种精神向度。

小说由序篇和十二章组成,十二章主要以《诗经》之《豳风·七月》中代表时令的诗句为章目,搭建起叙述的时空结构。看到这样的结构方式,我以为还是作者原来那诗意散淡、舒缓飘逸的写作风格,可是我错了,这个长篇有了新变化,一种紧张感和传奇性在作者典雅温润成熟老到的叙述中暗流涌动,行文静水流深般充满张力,饱满而压抑着内心的呼唤。

有道是时代的灰落在个人的头上都是一座山。苏叫天的一生都被时代的"大山"挤压，自己几无还手之力。高中时被父亲勒令退学从军，正在部队如鱼得水时却被误解转业，安置到绝壁间的看水所，生活就像开玩笑，种种打击并没有使其失败，他用一生诠释了如何在无法抗拒的时代之压下保持个体生命的丰盈充实。更让人唏嘘的是，时代的发展，让很多事情莫名其妙，原以为的时代之"大"却变成了"小"，苏叫天的生命意义却逐渐变成了"大"，这一对矛盾在任何人的生命中都会存在，作者给出的解药就是：时间，让时间去化解"大"的森严与压制，用顽强深沉的方式扩大自己的生存空间。

总之，《大堰看水人》完成了作者对人性的思考，对时代洪流中小人物命运的探讨，也体现了作者用发展观来看待时代和人物。

与《大堰看水人》以单个人物为线说时代之变不同的，是土家族作家钟天珑创作的《天理良心》。作品以20世纪上半叶黔江濯水古镇为背景，透过李、龚、汪、余、徐、樊等六个家族沉浮兴衰变化，塑造了李春晖、汪雨虹、李璧臣等古镇精英人物群像。该作品共37章，约34万字。作者用如此巨大的篇幅，并以一章巧妙引出另一章的上下紧密勾连的手法，表现主人公以天理良心为座右铭，荡气回肠地演绎着他们的悲歌与传奇。主人公的道德观念与家国情怀，无不闪烁着诗意和理想的光辉。

《天理良心》是一部以小说的形式反映武陵山区、濯水古镇历史文化、民族文化、民俗风情、时代变迁和家族兴衰的重要尝试，作品构思奇巧，用情节的推进来带出文化背景，将各种黔江文化特色纷纷展现出来，是谋篇布局精巧、文笔细腻传神、人物形象丰满、故事情节完整、境界恢弘大气的作品。

尤其值得一提的是：小说以习近平总书记系列关于文艺工作的论述为指导，特别注重守正创新。守正的是：作家尤其注重传统文化的传承，浓墨重彩地书写了其中精华的部分，加以发扬和歌颂，通篇显得正气十足，能量充沛，理直气壮地将我们地方文化中的精髓呈现给读者，起到文而化之的作用，这是一部内功深厚的作品，是一部作家深厚文化涉猎之下的匠心之作。创新的是：作家如何将文化特色融汇在小说之中，历来都是个难题，这部小说做得很成功，用一个个家族、一个个人物、一个个故事，自然而然地承载某种或者某几种文化，非常巧妙。这是一大创新，值得借鉴。

"文章合为时而著，歌诗合为事而作。"在党中央、国务院大力推进脱贫攻坚乡村振兴时，我们的少数民族作家陈永胜和谭建兰应时而作，作品《梅江河在这里拐了个弯》和《瓦屋村》应运而生，体现了作家应有的历史使命感和时代担当。

《梅江河在这里拐了个弯》是一部扶贫题材的长篇小说。作品以重庆秀山的总体扶贫政策及实施办法为核心理念，以全县轰轰烈烈的脱贫攻坚战役为故事大背景。以能代表秀山地域文化的母亲河——梅江河沿线为故事发展的主线索，分别从梅江河上游映格沟、梅江河中游英树村、梅江河下游两河湾三个乡镇的三个村为主要切入点，涉及第一书记、大学生村官、驻村干部、村支部书记、村主任、村妇联主席、记者、贫困村民等二十多个遭遇不同、性格各异的正面人物形象，集中反映通过政府扶持走向致富之路以及不等不靠自主创业脱贫摘帽的典型人物事例。

作品较为成功地塑造了驻映格沟村第一书记林仲虎、两河弯村支部书记欧阳旬旬和彭老支书、向左、刘新发、李香水、顾因因等正面人物和石四十、黄毛狗、顾笑水、高晓丽等转变人物的群像。作品基础扎实，立意宏远，既有大氛围的渲染，又重视细节描写和人物的心理刻画，是一部具有较强的现实意义和较高的艺术品位的小说作品。

《瓦屋村》全书36万字，分为二十个章节，展现了渝东南的一个国家级贫困县的贫困村，在脱贫攻坚和乡村振兴的过程中，人们在思想、经济、精神面貌上的变化过程，以及村庄自然生态风貌的挖掘、展示和提升。小说作者谭建兰，是一名业余作者，本职是重庆市石柱土家族自治县的一名企业家，她结合自身参与乡村脱贫攻坚的真实经历，根据搜集、掌握的大量一手素材，完成了这一部带着"泥土气息"的作品。整部作品线索脉络清晰，形象塑造扎实、生动、鲜活，特别是大量使用重庆方言和描写民俗风情，让作品极接地气，成为一幅反映渝地乡土风情的隽美画卷。

陈永胜在《梅江河在这里拐了个弯》的后记中写道："写现实题材，写扶贫题材，写正能量题材，歌颂我们的党和我们的人民，这是我作为一个作者的初心和使命。"这种正面积极的态度值得肯定和赞扬。

## 二、短篇小说：根植地域沃土，别是一家春色

近三年来重庆少数民族作家短篇小说创作也有亮点，尤其是在讲好"重庆故事"方面有所成就。苗族作家第代着冬是重庆少数民族文学创作中一颗闪亮的老星星，从1983进入文坛开始，笔耕不辍，发表大量的文学作品，涵盖了长中短篇小说和散文随笔，都有不俗的成绩，尤其近年来，集中于短篇小说创作，是重庆少数民族文学创作短篇小说的颜值担当，不但每年都有发表，而且多次被转载。

纵观第代着冬近三年发表的短篇小说，我们发现，他笔下的人物都是普通人，而且都是乡下的普通人，无论是《渡鸦出没的地方》里的苏米兰、石小路，还是《逢场作戏》中的庄之旦、吕朝松、李小猜，或者是《跑单帮》里的毛妹、小呆、文学，这些小人物生活在烟火之中，既喜剧又悬疑，同时还带着幻想的色彩，再加上作者对乡村生活的节奏感和氛围感把握得极具功力，使乡村生活的场景得以典型化。即使如《玉米地里长鲫鱼》的扈远秋，跳出了农村，但体现矛盾冲突的情节也是他回到老家处理邻里纠纷的场景。把小说人物放置在日渐变化的乡村背景中，我们可以理解为是作者对生养自己的故土的回望；而小说人物都生活在个体紧张之中，与环境紧张，与人紧张，与自己紧张，也与命运紧张，他们与这些紧张撕扯、冲突，但无一例外的，作者都给予了他们温暖和希望，让他们在琐碎自嘲之余，生发一种内在的生长力，这种生长力，可以抵抗生活的平庸，能给读者的某种生活迷津以指点，不能不说这也是小说的一种社会功用。

一个成熟的写作者，每天都会在生活中搜集资源，也可以说这种搜集是写作者个体自觉，把每天看到的、听到的、想到的各种碎片：也许是一个词语，也许是一段笑料，也许是一个有趣的人，杂乱地堆放在记忆的仓库中，当某一个契机点燃了作者写作的种子，他们就会兴趣盎然地去仓库中找养料，把这颗写作的种子培育起来，直到长成一个个丰满的故事。马伯庸说他11天写好了《长安的荔枝》，可是写之前构思了11年，也正是这个道理。第代着冬的《火车来了》也莫不体现了这种种子成长的缓慢，文本以两个手艺人面对时代带来的山乡巨变表现出的种种行为，在新希望和新冲突中纠结又巧妙和解，培育了一个有料有趣有味的故事。这种山乡巨变，用作者自己的话说是因为"道路的敞开"，而这种道路的敞开是在作者十岁时发生的，那时，作者所在的乡场通了一条公路到县城，随着道路的敞开，村庄就不由自主地发生了变化，随着道路敞开得越来越多，变化越来越大、越来越多，先是外面的新鲜事物进来，后来是村庄的人出去，甚至越来越多的人一去不回，当现在当此时，高速公路和铁路通达村庄时，村里只剩老人。这种现代文明下的村庄空虚，点燃了作者写作的种子，十岁时的碎片就被有效利用了。

特别赞成评论家刘大先对第代着冬的定义，他认为第代着冬的小说并没有被族裔、地域、文化的外部规定性所局限，或者说那些东西已经内化为他的精神无意识，从而使得他的作品既带有某种一目了然的清爽特质，也具备了普遍的情感共通。

## 三、散文随笔：呈现民族精神，推篷且惊且喜

近三年来重庆少数民族散文创作尤其注重呈现巴渝文化、民族风情和山城特质。诗人张远伦的诗意随笔集《野猫与拙石》是近三年重庆少数民族文学创作中散文类的重要收获，对作者而言，却是个意外，属于妙手偶得之。

当然，作者的写作主张一定是浸透到骨子里，生发在笔端。《野猫与拙石》

足本14篇，均是现实介入和精神参与的产物，至于说是现实多一点，还是精神强一点，都在作者的拿捏之中。现实感来源于三个场域：诸佛村、彭水县城、重庆市区，这是作者肉身的生活轨迹，三个场域中任何的小动物、小植物、小物件、小事件，都是鲜活的，被作者感知并讲述，讲述的过程神秘而圣洁，由此及彼、由表及里、以小博大，用丰富的联想推高了场域的意义。精神性主要表现在两个方面：一是灵魂的提升，二是对生命的追问。作者有着强大的心理现场，他指挥着文字，在脚踏的大地和仰望的星空以及高蹈的灵魂之间，以万物为密码，接通心灵和神灵，我把这理解为诗意的神性，这神性里有喜悦、有痛苦、有隐忍、有悲悯、有爱善、有倔强、有血泪、有情怀、有担当。这是现实的神性，生命和灵魂的安宁在于铺张的羽毛慢慢收拢。

《日常的神性：拙石颂》首发于《雨花》，后入选张莉主编的《2022年当代散文20家》；《日常的神性：灵魂的封面》《日常的神性：局部》被小说选刊选载。

另外，值得一提的是，石柱土家族作家谭岷江2021年3月推出的纪实散文集《春天向上》。通过对石柱县中益乡及石柱县、重庆市各区县各村帮扶贫困户产业脱贫致富故事的讲述，勾勒出一幅幅以石柱山区土家族人民为主、重庆其他地区人民为辅的在新时代努力奋进、积极乐观地追求幸福的壮美画卷。

全书以中益乡、华溪村的近年可喜变化为主，结构脉络为华溪村、中益乡、石柱县、重庆市，共分四篇，其中《华溪篇：春天向上》以纪实散文《春天，我想告诉你一个新华溪》开头，以15个中益乡华溪村脱贫致富人物为单篇，写了《解说记》等15个人物纪实散文短记；《中益篇：山河向前》以纪实散文《跟着春风去看大地的奔跑》开头，以《懒人记》等10篇纪实短散文，写了中益乡除华溪村外其余村的10个致富农民的故事；《石柱篇：大地向美》以纪实散文《仰读一朵云的鸟瞰和记录》开头，以《盛世记》等9篇纪实散文写了石柱县黄水、金铃、六塘、枫木等9个乡镇共9个农民的致富故事；《终篇》以抒情散文《从巴山渝水到神州大地》开头，以《孝悌记》等3篇纪实短散文写了潼南区、云阳县、巫溪县3位致富农民和重庆日报记者彭瑜采访致富故事的故事。

作者自述为纪实散文集，也有媒体报道时称为"报告文学"，正在于全书的构成颇具匠心：一是在37个人物短记中，以概述性的人物诗歌（约10行至30行）开头，实现诗歌与散文共享；二是视野由小及大，重点写华溪村，通过华溪村再扩展到中益乡、石柱县以及重庆市，结构比较清晰；三是在每篇前面的概记中，注重抒情，在每篇人物故事短记中，则注重细节与场景描写。

## 四、诗歌：绘就空间图谱，百花渐迷人眼

少数民族文学创作中的诗歌创作，是重庆诗坛花团锦簇的存在。据不完全统计，三年中出版了六部诗集，10余人次在国家级重点刊物发表组诗，在省级及以下公开刊物发表的难以计数。非常可喜的是，无论是老诗人还是崭露头角的新作者，无论是身居大都市还是偏处一隅，无论是处庙堂之高还是去江湖之远，他们都有敞开的视野，观念和技艺上都持开放的状态，既不妄自菲薄，也不恃才傲物。

无独有偶，冉冉和张远伦这两位"60后"和"70后"代表性诗人，同时将如椽大笔伸向长江，为存在的万物找一个精神的脐带，让真实的再现有一个当量的线索，而且把这种再现上升到信仰的高度，作品就向最高的审美意义出发了。古希腊诗人赫西奥德说："诗歌的目的是通过揭示真实而接近真理"，这恰好能支持我们这儿的论述。

冉冉的诗集《望地书》2021年12月由春风文艺出版社出版，即引起国内诗坛关注。冉冉的《望地书》追求的真理，是诗意奔流中自带哲学和宗教的真实，是沉思者探寻本真的有意识。书名即含有深意，望地即返回，人们抬头望天太久，有时会负了初心，目光重回大地，与更低视觉的"狗"形成呼应，消解了时空、物我，留下了有别于日常的经验和形象。

当然，这部诗集的核心和灵魂是其中的长诗《大江去》，"去"是一种精神指

向，作者"还不熟悉的肉身"从"长江"的源头出发，以长江流经的地理标识和人文城镇作为书写的空间结构，还在空间架构的同时融入了时间，时间也不是线性向前，而是循环中有往复。尝试用灵魂之旅的方式以一条江河的流变呈现中国民族精神，是这首长诗留给诗坛的意义，也正是题记"失去的一切又回来了"的指代，去来之间，是一滴水与一条江的依存，是生死的辩证，是"是其所是"的书写。

张远伦的《与长江聊天》与冉冉的《大江去》不同之处在于：《大江去》是从源头写到入海，从过去写到将来，把一个民族的精神追求赋在对一条河的书写上，而《与长江聊天》是截取长江的一个切面，站在时间、精神、历史的角度说出自己对诗意语言的求真意志。用霍俊明的话说，围绕长江，张远伦重新提供了一份精神测绘意义上的空间图谱。

《与长江聊天》的写作契机是作者移居九龙坡，阳台面江，又恰逢二孩子学步，除领着孩子到阳台看远山落日之外，又时常到江滩遛娃，看微涛拍岸，孩子乖巧时就在手机上画字写诗。日积月累，不成想居然有两百多首了，遂结集出版。

2022年11月4日晚，首届谢灵运诗歌（双年）奖颁奖典礼在温州举行。张远伦携《白壁》获"优秀诗人奖"。

《我碰到过侧身走路的人》是倪金才二十多年首部诗歌精选集，2023年2月，由小众书坊收入"20年代书丛"出版，分为"忽略的事物""群峰之上""住到风暴里去""独坐山野"4辑，共计170多首，诗歌简单直接，有着一种水到渠成的自然，语言清新质朴又不乏趣味，其中诗人对近处的农村生活景象的描写尤为深刻动人。

2022年5月，入选中国作协少数民族文学重点作品扶持项目的隆玲琼诗集《你住几支路》正式出版。诗集收录了作者近年创作的诗歌156首，共3975行，全书分为"高处的湖与低处的霜""你住几支路""缺角与修补"三个小辑。作者打开更宽阔的时代景深，落笔于不同的生活细部，以自身生活为蓝本，多镜头取景，完成了以自我饰出众生的当下女性多面塑造。

2022年10月，土家族诗人袁宏诗集《云涌峰顶》由太白文艺出版社正式出版。袁宏是近年在诗坛崭露头角的一名优秀的少数民族诗人。诗歌创作从简单的叙事抒情转而关注诗歌架构，注重哲学思考和生命体验，实现灵魂抒写与深情歌咏。诗集《云涌峰顶》由"蝉鸣深山""故土风物""异域风情""骨肉情深"四辑组成。这些诗歌既有浓郁的生活气息、真切的生命体验，也有宽泛的创作视野和较高的艺术水准。诗作情感真挚动人，语言朴实灵动，意境深邃丰厚，具有现代多重指向性，直抵人性和生活的根本，是一部值得关注和讨论的文学作品。

曾以散文集《露水硕大》获得十一届全国少数民族文学创作骏马奖的杨犁民，其实是个老牌的苗族诗人。这三年间，除组诗《迎迓日出》发表于2022年第5期《民族文学》而外，在2022年第1期《红岩》重点栏目"重庆诗集"一次性推出37首，并附创作谈和评论。还在《散文诗》两次重磅推出组诗：第一次是2022年第4期"第一文本"栏目以《把我用旧的人》为总题推出14首，附创作谈和评论；第二次是2023年第2期"在现场"栏目以《山石云语》推出组诗7首。

土家族诗人冉仲景写完叙事长诗《米》之后曾沉寂了一段时间，如今归来，到处都能看到他的身影，这身影熟悉而又陌生。

发于《朔方》2022年第10期的组诗《腴地》是民谣的冉仲景，是他者的冉仲景，是《土家舞曲》的冉仲景。发表于《红岩》2021年第12期的78行小长诗，是《米》一样的冉仲景，摒弃自己的语言才华，将高超的修辞技巧通通扔掉，用平实的词语绘制芙蓉江240公里的画卷；发于《民族文学》2022年第10期的组诗《无处不家乡》和《红岩》2023年第5期的组诗《穿行》，是熟悉中夹杂着陌生的冉仲景，看到了可喜的变化，虽依然有地域性写作的美学追求，有雪原组诗的纯美明净，但是，节奏感明显慢了下来，变血气为内敛，变高远向上为沉静向下，忍住了自己的语言天赋，娓娓道来。

而同为酉阳诗人的弗贝贝秉持"一切美好皆来自众生，而一切运动、静虚的事物都将是诗画的本身"(《碰撞》),诗集《尉犁》取材于真实生活,将川渝民工赴外(主要是新疆)打工的情景诗意再现的同时,超脱于表现个人艰辛的底层叙事,拒绝镜像式描摹和事事表态,更多地观照他人和异域风情,在情怀上自高一格,是精神现象学的高度还原。

最后要谈到的是居于彭水的土家族诗人阮洁,她在《民族文学》2023年第1期发诗6首,在《星星》2022年第12期发两首,《草堂》2023第5期发两首,《延河》2023年第2期发3首,《红豆》2023年第2期发7首。这批作品可以明显看出,诗人已由多年的清新灵性写作向着深刻内蕴写作进化,找到了生活与自我、日常与精神相通的密道,其写作状态安静,语感流畅,节奏平缓,既深入场景,又抽身而外,娓娓道来,诗如其人,生活中的懒映照到诗中,成就了一种从容安详的气度。

## 五、展望:新的增长喜人,天外群星闪耀

### (一)年轻作家不断冒头,形成"酉阳现象"等良好的创作氛围

渝东南少数民族地区有着积淀深厚的文学创作传统。以酉阳县为例,就有冉庄、李亚伟、冉冉、冉仲景、张万新、杨犁民等为代表的一大批优秀作家,近年来,野海、何春花、弗贝贝、倪金才等更多年轻作家迅速成长起来,形成了可喜的"酉阳现象"。其中土家族作家何春花的短篇小说《望远镜里的母亲》发表在《红岩》2022年第3期上。用解套式的结构方式植入了日常性的荒诞,以孩子的视觉探寻成人世界里的孤独和艰难,呈现出来的痛苦,是人性中的劣根性造成的,所幸,每一个人都是坚韧向上的。何春花总是在进步,我们有理由相信,她下一部小说会更加成熟完善。

江河的奔涌固然让人心情澎湃,溪泉的回环也着实蜿蜒可人。在刚才谈论成熟作家和诗人优秀作品的余兴中,一部分正在成长的少数民族诗人,比如土家族的袁志新、李小云、陈国华、张义,苗族的郑若君、朗溪、李举宪,等等,有着

良好的创作状态，好作品只待时日。

另外，渝东南少数民族地区聚集着一群少数民族民间诗人，他们以口诗为主，注重日常的情趣，时有反讽，也能和独特的意象相结合，既是目击事实，也是意象再造，而且不乏洞悉人生穿透生死之作。最典型的代表有麻二（苗族）、听太阳升起（土家族）、吴明泉（土家族）、于行（苗族）、鹜羽（苗族），还有类口语的杨见（苗族）、李司军等人。他们很有创造力，诗都很有质地。

散文作家周灿，久居乡下，创作不懈，《夜听阳雀鸣山间》一泻成形，发表于《民族文学》2022年第6期，后入选《2022年重庆作家优秀作品选》。周灿写得慢，作品很少，但发笔就能保证质量，慢工出细活，值得期待。

西兰的作品，为读者们保留了一片诗意丰盈而又激情澎湃的自然之境，在这里有存放梦想的星星树、编织好梦的食梦貘、梅江河里的无私奉献的青瓦鱼、寻找温暖木屋的小女巫……正如作者在《青瓦鱼》一文中写"这个世界什么都是变化的，你在遇见的地方等待，或许等不到，不如出去找找，也许就能找到"。去找寻自己的内心之境，自然之原，宁静之心。

（二）短板正在补齐，各种体裁有望齐头并进

重庆市少数民族文学创作有着较为明显的短板现象。近三年来，虽然也有作家和诗人获得过谢灵运诗歌奖、李叔同国际诗歌奖等奖项，但是重要奖项如茅盾文学奖、鲁迅文学奖等，未能实现零的突破。从具体的题材看，诗歌有一定的全国影响力，但是小说、散文、儿童文学等影响力还不够。从创作的题材内容来看，地域文化方面的挖掘较多，但是更具普遍意义的题材涉及不多。从创作队伍来看，年龄结构有待改善：老中年作家占比80%左右，而青年作家较少，需要以更大的力度发现和培养青年作家。但是，重庆少数民族作家守正创新，不断开拓视野，提升水平。冉冉在小说创作和诗歌创作上都有建树，第代着冬的小说创作在全国都有影响，张远伦的诗歌和散文创作颇具辨识度，正在引起全国性关注。张远伦入选"新时代诗库"的诗集《镇居者说》2024年4月由中国言实出版社出版，是第一位入选这一品牌诗库的重庆诗人的作品集。张远伦入选中国作

协定点深入生活项目，其诗集《白玉朱砂》即将出版。这些作品丰富了重庆市少数民族文学创作题材库，必将为重庆文学整体繁荣增添亮色。

我们相信，在习近平文化思想的引领之下，在各级作协的努力工作之下，重庆市少数民族作家们定能发挥优势，弥补不足，奋力书写新的篇章，取得新的成就。

# 评 论

## 江水·市井·神启：张远伦诗歌的"三重奏"[1]

蒋雨珊　蒋登科[2]

近年来，苗族诗人张远伦的名字受到越来越多的诗人、读者和评论家的关注。2015年，诗集《两个字》获得第五届重庆市少数民族文学奖；2016年，张远伦参加《诗刊》社举办的第32届青春诗会；2017年，组诗《白鼻》获得《诗刊》社2016年度陈子昂青年诗歌奖，诗集《那卡》获得第七届重庆文学奖；2019年，组诗《我有菜青虫般的一生》获得2018年度人民文学奖；2020年，诗集《逆风歌》斩获第十二届全国少数民族文学创作骏马奖。熟悉张远伦的人或许会认为这是他长期默默探索的收获，而不熟悉他的人，可能会追问：连续几年获得文学界认可的大奖，这究竟是一个怎样的诗人？

按照年龄计算，张远伦属于"70后"。他出生在乌江边上的重庆彭水苗族土家族自治县，并在那里生活了较长时间。张远伦其实不是一个突然冒出来的诗人，他从事诗歌创作的时间已经超过了20年。在诗歌探索的历程中，他可以说

---

[1] 本文原载《民族文学研究》2024年第1期。
[2] 蒋雨珊，上海交通大学人文学院博士研究生；蒋登科，西南大学教授。

心无旁骛，全身心投入，先后出版了诗集《郁水谣》《野山坡》《那卡》《两个字》《逆风歌》《白壁》《和长江聊天》等，并在《人民文学》《诗刊》《花城》《星星》《红岩》等众多刊物上发表过作品。张远伦的个性比较内向，为人谦逊，做事低调，很少主动宣传自己，而是默默沉浸在诗歌的世界里，悉心揣摩怎样写出内心中最隐秘、最揪心的那种体验。

诗歌创作需要经验和作品的积累，也需要天赋，并不是写得越多就越会有影响。一个诗人如果无法写出自己独到的、别人难以取代的诗篇，即使写得再多，恐怕也会被淹没在更好的作品之中。张远伦写出了自己的特色，写出了属于自己的诗篇，在这个到处充满浮躁的氛围中，在这个更关注功利性的结果而很少追溯探索过程的语境之中，他的成功，或许可以为青年诗人的成长提供一些有益的参照。

## 一、"水"的译者：村寨与都市的流动间

自20世纪90年代开始诗歌创作以来，张远伦走过"乡村伪美""城市迷乱""后城镇化幻觉"三个创作时代[1]，他将写作追求归纳为"幽邃、深远、妥帖、温润"[2]，这四点均契合着水的特质。在明确自我目标后，张远伦创作的"'强化'便有了，自觉写作的意识就更强了。而后我觉得建立自己的诗歌语言体系和题材体系都很重要，便会在寻找到自己的'口吻'（即语言表达习惯和方式）之后，成系列地写作，每一个系列加在一起，形成一个'整建制'的方队"[3]。水系写作正是张远伦的写作建制中最引人注目的部分，从郁水河、诸佛河、乌江到长江，张远伦笔下江水流的痕迹也是他生命的轨道，印证了其"生命之源和写作

---

[1] 张远伦：《两个字》，作家出版社，2015年，第2页。
[2] 张二棍、张远伦：《诗歌是诗人的寻人启事——张远伦访谈》，《新文学评论》2020年第4期。
[3] 张二棍、张远伦：《诗歌是诗人的寻人启事——张远伦访谈》，《新文学评论》2020年第4期。

之源的同一关系"①。以水为媒，勾连出了张远伦诗歌创作在乡村与城市之间的图景建构。

张远伦自称"乡村诗人"，视民间为诗的母体，故乡是其诗歌的主语，也是其创作的坐标原点。20世纪70年代，诗人出生于重庆东南一个名为郁山的小镇。乌江流经小镇，被称作郁水河，两岸"比泉水的叮咚高八度，比一片涟漪更懂得回旋"②的山歌民谣为诗人带来了儿时的声律启蒙。2011年张远伦出版的《郁水谣》就是以当地民歌为灵感的作品集，《鲤鱼梭》《拖船号》这样的诗一看便出自傍水而居的土壤。河水孕育出"郁水河，大面坡，一条草绳两头搓"的谣曲，又化为诗歌中"打开郁水的两条岸，/我在她睫影下的血丝里/迷路已久"③里的情意，以及苗族女儿哭嫁"后院栽/不发苔/隔河渡水/拿不来"④的离愁别绪。以郁水为名，诗集勾勒出村寨原始的生命力和张远伦早期创作的乡村景观。

张远伦笔下故乡的形象是贫苦而美好的，虽然连盐、米筛都要从邻居那里借用，但正因穷困年月里的物资匮乏，《醪糟罐子》《煤油灯》那样留在记忆里的为数不多的甜头，其滋味才格外珍贵。然而清苦单调的日子在张远伦笔下却别有生趣，《央的沉寂》里以诸佛河水位降至最低点为时间标志，写冬夜瓦檐下村民的生活"默契"，乡村生活的俚趣活灵活现。与此类似的还有《悬崖上的羊群》："我的村庄边缘，悬崖有一个错层/逼仄的平台上有一条小路/站在白云的角度才/看得清它，有多么柔软/替每一只羊留足了蹄花开的位置。"⑤由诗名便透露出张远伦善用的平衡之法。"悬崖"的柔软在于为"羊群"留了一足之地，让"蹄花"开在它逼仄的错层之上，于悬崖而言，羊群是柔，于"我的睡意"而言，羊群是可能"踩"碎梦境的力量因子。但"没有一只逃逸的羊/敢于从我的睡意上踩过

---

① 张二棍、张远伦：《诗歌是诗人的寻人启事——张远伦访谈》，《新文学评论》2020年第4期。
② 张远伦：《〈郁水谣〉自序》，《郁水谣》，重庆大学出版社，2011年，第11页。
③ 张远伦：《河·坡》，《郁水谣》，重庆大学出版社，2011年，第40页。
④ 张远伦：《哭嫁（5）》，《郁水谣》，重庆大学出版社，2011年，第28页。
⑤ 张远伦：《悬崖上的羊群》，《逆风歌》，中国青年出版社，2019年，第12页。

去"①又将危险化解开。再到《春意深深即为倦意》一诗，人迹已全无踪影，白菜抽薹，青菜开花，黑山羊偷吃菜芯，春天里的生物恣意灵动，见不到一个砍菜、昏睡、赶羊的人，建构了一则安逸闲适的山野童话。

当张远伦离开村寨，"返乡"书写又成为重要题材，于他而言"最精美的是下一首诗/却不足写出村庄精美之万一"②。诗人从长江"逆流"回到故乡，村庄的形象已经变得"安详而又孤寂"。田园将芜是现代乡村的困境，物象与人象相对照，勾勒出城市化洪流中被抛下的孤独一角。《桉树孤立的村庄》不仅是写桉树的凋零变化，也是整个故乡的缩影："村庄里原有四株桉树/我离开时剩下两株，我回去时剩下一株。"③而《白鼻》中凋敝萧瑟更为直白，起笔说"村庄里人越来越少/一只香狸子，独对枯死的酸枣树"，"我的村庄我不守/香狸子死守"④，人可以离去，草木动物却仍在，守与留的对立之间丛生凄凉。担任《红岩文学》杂志编辑后，张远伦从彭水到了重庆主城生活，在他的诗中，乡村从过去的切身体验变成了用于追回的对象，且看《回村辞》："故乡，我正在走向微弱的你/而不是走向环球//我正在走向你的孤独终老/而不是走向你的劫后余生。"⑤

生于斯长于斯，面对不可追的消逝，张远伦是以悲悯之心来挽留、抚慰故乡的。即使桉树只剩下孤独的一株，他的第一情绪不是难过，而是说"你要看，还来得及"。而这种挽留的心态在"水系书写"中，有着更为鲜明的呈现。在《挽留》中，诸佛河一个废弃渡口上的滩石，"春水中，它拦截过废柴/夏潮中，它挽留过浮尸"⑥，这是对衰败事物的截留；"它让一个凫水的少女，扶住片刻/它让一个洗菜的母亲，蹲上半天"⑦，这是对人的休憩、救赎。"坐滩"的石头是唯一恒定不变的，一切流动的事物到它这里都要停靠，仿若诗人的内心寄托的化

---

① 张远伦：《悬崖上的羊群》，《逆风歌》，中国青年出版社，2019年，第12页。
② 张远伦：《那些精美的……》，《逆风歌》，中国青年出版社，2019年，第41页。
③ 张远伦：《桉树孤立的村庄》，《逆风歌》，中国青年出版社，2019年，第68页。
④ 张远伦：《白鼻》，《逆风歌》，中国青年出版社，2019年，第29页。
⑤ 张远伦：《回村辞》，《逆风歌》，中国青年出版社，2019年，第48页。
⑥ 张远伦：《挽留》，《那卡》，中国青年出版社，2016年，第30页。
⑦ 张远伦：《挽留》，《那卡》，中国青年出版社，2016年，第30页。

身。《别错入这死寂》通过视角的转换，诗人将自我物化成村庄，村庄本身不会衰竭，但却面临着"空无一人"的尴尬，期待与现实的错位令诗人感到害怕，他深知想象中静谧美好的村庄已消失，人们迷信的是城市之外的一个"桃花源"，而这个幻想"终将是虚无"[①]。现代的村庄只是一个符号，它的肉身早已与都市人的幻想相违。

张远伦从熟悉的郁水河起笔，从诸佛江写到跳蹬渡、石笋河、汉丰湖、川河盖……直到2021年《和长江聊天》出版，以"收养漩涡的人""星群隐居在水中""预言连绵经过我""追风逐雨""和长江聊天"五辑编织成张远伦"整建制"写作实验的象征之旗。霍俊明评说："围绕着长江，张远伦重新提供了一份精神测绘学意义上的空间图谱。……这使得'长江'同时携带了个体性、现实感、历史性以及语言诗性的精神载力。"[②]确然，在这部诗集中张远伦的江河已不再绕着村寨，我们可以见到更为广阔的图谱，长江的水位、水纹、漩涡、滩涂、孤岛，江上的缆车、货轮、鸣笛、渔获等等，这些都是诗人献给读者的江景。透过这些物与景，我们发现诗人的位置不再仅仅是长江的"观看者"，而是与长江"聊天"的互动者，这种心境的转换使张远伦的诗境极大开阔。《连线》里"在江畔的阳台上，我用巨大的心胸/养着一个单纯的女儿/和一枚高悬的星球，还有两盏/警示之灯，代替我/向所有夜航船发出无声的问候"[③]；《两个半岛》一诗他要以大河作胸针，甚至要做九龙半岛和渝中半岛的证婚人。同时，这种"沟通"还更直接地影响了张远伦关于自身诗艺的思考，譬如《一个诗歌命名者的困境》里提到"满江"还是"半江"都是前人的"江"，只有"元"的事物是属于自己的。《沙的注释》里注释①到注释⑤的转变，是"我从偏重于风，到偏重于水/实现了古典措辞的/淘汰，换场，重新启用诞生"[④]，到最后"化巧为拙""汤汤而

---

[①] 张远伦：《别错入这死寂》，《逆风歌》，中国青年出版社，2019年，第30页。
[②] 霍俊明：《精神测绘与诗歌认知学——关于张远伦的"长江抒写"》，张远伦：《和长江聊天》，作家出版社，2021年，第3页。
[③] 张远伦：《连线》，《和长江聊天》，作家出版社，2021年，第3页。
[④] 张远伦：《沙的注释》，《和长江聊天》，作家出版社，2021年，第165页。

去"，可以视为张远伦二十余年来个人写作"代谢"的投射。这些"变"与"通"，种种都有赖于江河的智慧，而不单体现在他与女儿在江边玩耍时所得的创作灵感。江水滋养之地生长的汉子，他的生命与诗篇反复抒写着江水的情意与智慧，面对江河之浩荡，诗人既感到羞耻，又有"战栗的幸福"，因为有"长江之无穷"作为"他者"，提醒着一个创作者自审与自省，在不断地涤荡中见真章。

因而，我们可以见到张远伦的诗如乡土与人文析出的温和盐晶，站在真实的土地上，吸收丰沛的民间经验，不断刮除语词的陈垢，倾听身体内部的声音，并秉持村寨文化的虔诚与文人矜傲的写作操守。他以中年赤子之心，捧出了干净纯粹的诗作，既浸透着摩围山滋长的朴实，也倒映出长江水淘洗的剔透，独具泠然之美。张远伦书中反复提及"水往高处走，时间倒着流，你若孤独，便可违反真理"①的叛逆宣言，他不是一位奋力开疆拓土、抵达边界的诗人，他知道自己河流的向度，逐心而泳，甚至逆流而上，以诗为刃反抗着市侩危机。

## 二、"市井"之歌："菜青虫"的人间观察

张远伦是从乡间泥土里走出来的内敛诗人，家里长辈称呼他"闷龙"（重庆方言），"内向的、沉默的、笨拙的"②是他给自己的侧写。在他的许多作品中，贫困岁月打磨下的"我"常常以受苦的形象现身，自比的喻体也总是微小而有封闭性质。诸如："众多卑微的虫子/在亿万年前选择了幽闭……害怕见光，害怕痛苦/小事物，她们像我这样/做完庞大的梦，然后在石头内部醒来"③；"我甚至看到了小贝壳，被挽留在石头上/我像这些来历不明的幽微之物……与卑微的我，在封闭的村庄/相互换气，相互透过对方的胸廓"④。"卑微"是张远伦诗歌语言

---

① 张远伦：《野猫与拙石》，广西师范大学出版社，2022年，第27页。
② 张远伦：《两斤半》，《野猫与拙石》，广西师范大学出版社，2022年，第4页。
③ 张远伦：《古生物化石》，《野猫与拙石》，广西师范大学出版社，2022年，第34页。
④ 张远伦：《河心洲之石》，《逆风歌》，中国青年出版社，2019年，第10页。

中的常客，他自嘲"长相猥琐，身份卑微"[①]，"这日子好像都在别人那里/被我抢来过/因此我常怀羞耻和自卑"[②]。其中最具代表性的自比是"菜青虫"——"那附在菜叶的背脊上，站在这个世界的反面/小小的口器颇有微词的，隐居者/多么像我。仰着头，一点一点地/咬出一个小洞，看天"[③]。"菜青虫"是卑微者的理想，也是自谦者的姿态。诗人将自己定义为现代的"隐居者"，不爱热闹交际，守住自己的天地，创作之路也如他的自述，不急不躁，稳步向前。

生于平凡带来的原生自卑性格，使得他在面对已逝的乐园而无力挽回的窘困时，只能调转向内，寻找独善其身的内在秩序。步入中年的张远伦，终于找到破局的法门：

> 我恍然，抽身而出
> 定义了自己卒子的身份
> 在这个城市中的乡场上
> 获取市井气
> 身后攻击声、争执声、辱骂声
> 依稀渐弱。我像被一步悔棋
> 挽救的诗人。赶在成为弃子之前
> 成为市侩之前，写出一句
> 救赎之诗，为了达成
> 和虚无这个对手的妥协
> 我允许死亡，可以后撤一步
> ——《死局》[④]

---

[①] 张远伦：《醪糟罐子》，《逆风歌》，中国青年出版社，2019年，第40页。
[②] 张远伦：《打一个比方》，《两个字》，作家出版社，2015年，第30页。
[③] 张远伦：《我有菜青虫般的一生》，《逆风歌》，中国青年出版社，2019年，第5页。
[④] 张远伦：《死局》，《逆风歌》，中国青年出版社，2019年，第124页。

张远伦诗歌的温度正是来源于这股市井气，是属于乡村的稻米炊烟，亲人挚爱相伴的人间烟火，而非都市的万家灯火。这个喜留长发，看似自由不羁的诗人，身上却有川渝男人的居家特性，他自言是"市井小人，一个养家糊口买菜做饭的人"，但又有"市井而不市侩"的自身要求①。正如他所自比的菜青虫，眷恋于脚下的土地，一餐一食的温暖，随处可见的寨子、木瓦楼、庄稼瓜果、家禽野兽皆被慧心入诗，让他的语言有贴于泥土的亲切朴实。但这并不意味着他写作视野的窄化，张远伦善于在日常的细节中去呈现对生活的观照与热爱，他的诗中最常出现的人物形象是四个女人：母亲、爱人、两个女儿。《风车坝》是张远伦人情味最足的一部诗集，爱情里的心动烦忧、婚姻里的甜蜜磕绊，初为人父的手忙脚乱都跃然诗行，清晰地为读者展现出一个活生生的西南汉子形象。入世的血肉生动及平常人性的呈现让他的诗"地气"十足。

张远伦笔下的母亲是大多数善良、勤劳乡村妇女的普相，她心灵手巧、泼辣能干，摸黑也能熟练地劈开苎麻皮，生气也会用"挨千刀"来吓唬儿子。但当多年以后，遭受病痛折磨的年迈母亲要开刀手术，她却"忍着再/也没有对一个中年儿子//进行这样温柔的凌迟"②，诗中写母亲的"忍着"，实则是儿子的"不忍"。已至中年的诗人写《故岳考》时，甚至生出幼稚而执拗的想法，"我是不会写故显考、故显妣了/父亲和母亲就会一直活着"③。这样一个老实又朴素的诗人，凭着热烈的爱与诚胜过了万千藻饰，轻松就摘取了情诗最珍贵的质素。年轻的姑娘打着赤足，手拿撬刀剥桐子米，成为他一生的缪斯，这一形象在《桐子和桐子的火》一诗中得到神化的展现："楼道里的小门/吱呀一声开了/探出的脸/让我的词典/找不到形容词/让我的明喻和暗喻失去意义/让这个寨子/有了主语/和诗歌的眼睛。"④诗人列举了种种美好事物去贴近她，却又一把推翻，判定再美

---

① 张远伦：《顶点》，《野猫与拙石》，广西师范大学出版社，2022年，第63页。
② 张远伦：《挨千刀的》，《逆风歌》，中国青年出版社，2019年，第113页。
③ 张远伦：《故岳考》，《逆风歌》，中国青年出版社，2019年，第78页。
④ 张远伦：《桐子和桐子的火》，《风车坝》，重庆大学出版社，2015年，第15—16页。

"也只能是像她/而非她/她是她的骨骼/她的血肉/她的灿笑/组成的一次意外"①。恋人即将步入婚姻的浓情时分，他也不直言山盟海誓，而是托给小小的梳妆柜："它会在斗室里/见证一个容颜//从青春到衰老……它镶嵌着的镜子/会照出两个人/灰白的鬓角。"②以静定不变之物，来作时光的节点，满是长相依的缱绻，虽然口袋空空如也，但诗人金子般的心熠熠发光。

女儿的出生，为张远伦的诗歌打开了一片新的天地。从此张远伦诗歌的主语，常常以"父亲"形象出现。小小的婴儿，却身藏开辟鸿蒙的能量——"这世界被她挤开了一尺"，喜悦和珍惜之情冲破了他内向的情感禁锢。向来用语朴实的诗人，不吝惜将世间最圣洁的词语赠予女儿：她是"带着《圣经》的诗意"，"她长的样子就是天籁的样子/毫无疑问这是村庄最大的吉祥"③。张远伦对女儿的爱，深邃而无言，他将自己的处世哲学拆碎之后融合在诗行里，默然地与女儿交流："我的女儿，要给你建造一道墙壁/并不难/难的是，内心有焰火/却从不燃到别人家//我一辈子都在建造那面墙壁/我想你也是。"④提及女儿，他总是格外温柔，家人相伴的自足自乐使人读来心肺皆暖："北极星是孤星，再亮也没有意思/北斗七星是群星，黯淡一点也没关系。"⑤当女儿渐渐长大，张远伦近年来的诗歌出现了双声合奏的新乐章，中年人的沉静与深远，与孩童天真、稚趣的言行形成反差又奇妙地共存，《捉迷藏》《同框与满屏》《喊月亮》《画水》《逢春》等作品都充满了鲜嫩的生命力。《问候》一诗"嗨"占掉一半篇幅，末尾"清亮如她/沙哑如我"⑥，很好地概括了此类诗歌中的两种声部。

张远伦笔下的小人物也鲜明有趣，他以一种抽离的姿态去叙述，隐去了诗人主体情感的掺入，世间相的展开直白利落。《一个农村少妇的城镇生活》将乡村

---

① 张远伦：《桐子和桐子的火》，《风车坝》，重庆大学出版社，2015年，第17页。
② 张远伦：《关于梳妆柜》，《风车坝》，重庆大学出版社，2015年，第81—82页。
③ 张远伦：《这个世界被她挤开了一尺》，《风车坝》，重庆大学出版社，2015年，第140页。
④ 张远伦：《镇子再无封火墙》，《那卡》，中国青年出版社，2016年，第74页。
⑤ 张远伦：《给女儿再讲讲北斗七星》，《逆风歌》，中国青年出版社，2019年，第7页。
⑥ 张远伦：《问候》，《和长江聊天》，作家出版社，2021年，第142页。

妇女在城镇化进程中的超现实主义生活无情剖开,"不会太浑浊,也不会随意被煮沸"①,这种得过且过、全无趣味的宣判陈词,无奈又残忍犀利。与此相较,《老代摆的除夕夜》一诗戏剧张力颇足,诗里大段铺垫老代摆尖厉的男高音,除夕夜里反复推拒家人邀请回去的忙碌说辞,连同"三十的火十五的灯",装点出除夕夜晚温馨挂念的场景。末句却以旁观者的身份似无心调侃一句:"这个老鳏夫代摆,打一个假电话像是真的一样"②,画面陡然扭转,喧哗归于清冷无声。

张远伦通过语言勾画事物本质的能力很强,但是,无论是直接表达自己的挚爱,还是揭示他所面临的现实的假象,我们都可以从中感受到诗人对家人和对这个世界的深深的热爱,只是在现实之中,他不善于直接表达出来,而在其诗歌的字里行间,我们到处都可以体会到这种爱的深情。

## 三、日常神性:微观神启下的虚静美学

张远伦的大部分诗歌都围绕乡村与市井的日常生活展开,并没有着意对少数民族身份进行刻画,但其作品中民族特质的闪光,为诗凭添了神话般的神秘和瑰丽。诗集《白壁》收录的七首长诗里就带有浓厚的民俗传说色彩,如《白羊劫》中傩神的面具;《花点灯》中"我"在掌心修炼,灵魂要求做人,而身骨要求做妖;《白壁》中"我"用汉字制作巫蛊等。其中,《九黎》一诗是张远伦诗歌中民族特性的汇集之作。所谓"九黎",传说是蚩尤氏族的九个部落联盟,《国语·楚语》《战国策》《风俗通义》等传世文献都有相关记载。相传以蚩尤为首领的九黎部族是苗族的先祖,张远伦的家乡重庆彭水还建有"蚩尤九黎城",《花点灯》里也写到"蚩尤也在我们命运的右侧,默哀和肃立"③。《九黎》中的"战神"形象,跪祭四方的仪式感,"巫师""武士"间人与巫之间的变幻,都可以看出张

---

① 张远伦:《一个农村少妇的城镇生活》,《两个字》,作家出版社,2015年,第108页。
② 张远伦:《老代摆的除夕夜》,《那卡》,中国青年出版社,2016年,第71页。
③ 张远伦:《花点灯》,《白壁》,百花文艺出版社,2021年,第144页。

远伦在这首诗中有意识地融入民族史诗的实践。张远伦诗中关于苗家神性的描写，还可见诸短诗《手法》《面具》里的老法师、傩戏班子，《采耳：祷辞》中祈求的大巴神等，但他更为得心应手的是隐身在日常的"泛神化"。《拜井》中"每一处沙地里的水井/都有一个神"[1]；《在中天门下遇到一个神》中偶遇的乞丐也可以是"丐神"，把垃圾袋看作他"秘密的衣钵""沉重的黄金"[2]；《拜谒》中甚至直接自渡为神，供奉自己的身骨。

随着"经历、履历、病历"的叠增，张远伦近年来的作品中的"神性"更多地伸向了生死、未知的时空领域，真正做到了小诗写出大格局。《逆风歌》拟的四组关键词"光源与星空""追忆与冥想""仪式与颂辞""推送与回望"可以看作是张远伦写作转向的一种信号。霍俊明在该书的序中说，张远伦"在根部寻找着隐匿的光源，甚至有时还在时间的暗部和世界的反面寻找诗性的正义和内部的存在法则……平行和独立的世界得以产生了交叉和对话，这既是对诸物的幽暗纹理的勘察又是对自我命运的叩访。物同己身达成的是一道道擦痕，人性、物性和神性得以交互往返"[3]。在这些作品中，他辗转腾挪人与物、空间与时间场域，曲径通幽处散射出神性之光，带给读者丰富的诗美享受。《扬尘扫》以物质轮回搭建出科幻色彩的浪漫，尘埃化身"最细微的飞行器"，星辰的最终归宿也归结于此，然后"被母亲慢慢聚拢，慢慢埋葬"[4]。诗中"我"的位置是"躺在簸席上"观看"星辰挤对星辰"，俨然负手静观万物轮回的超然之姿。诗人起笔扬尘扫下的灰尘，遥指星河的尘埃，宇宙之高远、人类的微小、物质的消亡，在寥寥几个诗行中，归结为一个有迹可循的"圆"，这其中有着诗人对生命轮回的体验。

这类主题的写作深刻却危险，十分考验诗人对于"度"的把控。张远伦善于运用这样的装置去左右作品内部的平衡——以琐碎事物为盛托神性的底座，既削

---

[1] 张远伦：《拜井》，《那卡》，中国青年出版社，2016年，第148页。
[2] 张远伦：《在中天门下遇到一个神》，《白壁》，百花文艺出版社，2021年，第80页。
[3] 霍俊明：《仿佛是时间的透光器——关于张远伦的诗》，参见张远伦：《逆风歌》，中国青年出版社，2019年，第8—9页。
[4] 张远伦：《扬尘扫》，《逆风歌》，中国青年出版社，2019年，第18页。

减故弄玄虚的造作嫌疑，也使微小之物获得祝福。如《瓦事》一诗，开头写瓦为炊烟让路，铺陈的是村庄的人间烟火气，才愈发显得父亲特意揭开的瓦片地位非凡。光束照向神龛上的牌位，画面瞬时被庄敬之光点亮，而他的笔力却不仅仅止于祖先崇拜。瓦片仿佛是沟通两个世界的法器，将村舍的堂屋点化成神圣的庙宇："在我的村庄/让出一片瓦，就会/亮出一个安详的先祖来/保持着树木的肃穆/和天堂的反光。"①张远伦的深刻不在于哲理的寄寓、阐发，在于高蹈的冥思场域与最易共情的现实地点的有效聚合。

回顾张远伦的创作轨迹，《郁水谣》苗歌悠扬，《那卡》透彻洗练，至《逆风歌》《白壁》《和长江聊天》，诗人已经将自身推送向恒久的时间美学。他写俚俗百态，却能于细微处提炼出空明寂静的美，臻于廓无一物的高远状态，写雪的作品中这一点尤为突出。故乡彭水的摩围山是重庆有名的雪景地，雪景是山城弥足珍贵的冬日景观。漫山洁白，盈满天地的纯净肃穆，正是张远伦所执着的"空"："我迷恋这几乎不存在的死寂，就如同/迷恋几乎不存在过的欢乐。"②《飞水盐泉》的末句同样显示出他对空明、寂灭之美的虔诚："然你干干净净，我徒生薄凉/天远至此，我已无雪意可跪。"③

空间的纯净为诗歌带来冷寂之美，而时间维度则更体现出虚空静笃。《山坡羊》中的几个主要意象茅草、风、羊、坟互相对峙、交织，草坡藏住风声的哀乐，坟头挡住风的去路，又再次回到茅草。等这些动态堆积到顶点，"奶奶"的出现再将言说层级向上推进："一个秋天，奶奶都在理下羊角上的草/一根根地像在清理坟头草/缓慢而精细，生怕/它们带起细微的风声/吹到奶奶那旧坟一样的额头。"④苍老的形象、缓慢的动作与坟头、茅草迅速关联回环，几次写到声音，最后落入不敢呼吸的沉寂，读者亦"怕"惊扰画面的平衡。与此诗类似，张远伦写村庄小景，往往佐以温柔自如的表达，追求"道法自然"的和谐。人类活动、

---

① 张远伦：《瓦事》，《逆风歌》，中国青年出版社，2019年，第2页。
② 张远伦：《雪地上》，《逆风歌》，中国青年出版社，2019年，第26页。
③ 张远伦：《飞水盐泉》，《那卡》，中国青年出版社，2016年，第6页。
④ 张远伦：《山坡羊》，《逆风歌》，中国青年出版社，2019年，第69页。

情感退居甚至隐身，通过乡间万物各行其是的画面，达成互不相扰的默契秩序。在《相安》一诗中，同一片水田里白鸭子与白鹤，圈养与野生各据一方天地，老妇人的出现并没有打破这种平衡，她只与白鹤"彼此张望，漠视，低头"[1]。人、景、物置于同一场景，却又若即若离，距离与分寸的拿捏反向延展了作品的空间。

"诸佛"这一地名，给了张远伦得天独厚的恩赐，不费力地让意象收获诸天神佛的加持。《一声狗叫，遍醒诸佛》一诗，题目便是张远伦托神于俗的体现。犬吠醒的仿佛不仅是一个村庄的清晨，而是庇佑这方土地的万千神明，村庄的狗恍若成了天上神兽，却又在诗的末尾将它还归凡尘："这是一只名叫灰二的纯黄狗。她新生出的女儿/名叫两斤半，身上的毛黑里透出几点白。"[2]《佛和符》中也同样借故乡的名义为岳父祈福、祷告："那里是诸佛寺/岳父，就埋在诸佛俯瞰的眼光中。"[3]诸佛关照下长大的孩子，内心自有一尊神明。在《无名》《石头》这样的作品中，张远伦又如同四大皆空的隐僧，他不断推翻固有的认知，看格桑而非格桑，虚实的界线在铺陈的否定中破裂，将文本推向诸法无相的境界："无牵无挂，无有寂灭/无名无姓，无所谓遍地死讯。"[4]但他又深知人是造神的胚胎，所以并不期待从天而降的救赎：

  人们都在内心，依照自己的样子雕刻新的菩萨
  每一块石头都是半成品
  你看，那个秋日暖阳中，微微闭上眼睛的人

  一定是在最适合自己的石头上

---

[1] 张远伦：《相安》，《逆风歌》，中国青年出版社，2019年，第31页。
[2] 张远伦：《一声狗叫，遍醒诸佛》，《逆风歌》，中国青年出版社，2019年，第28页。
[3] 张远伦：《佛和符》，《逆风歌》，中国青年出版社，2019年，第75页。
[4] 张远伦：《无名》，《那卡》，中国青年出版社，2016年，第22页。

模仿救世主①

　　这其实是诗人对现实与虚无、苦难与救赎之间的复杂关系的独特感悟与诗化阐释。张远伦曾将释放子弹头的过程，比作诗歌写作的过程："最后通向诞生和死亡、存在和虚无之境的，具有哲学意味的子弹头，更堪从身体里取出来，置于掌心，玩味一番。然后，会想到子弹壳，跌落在诗歌出发的地方，那是一种避免诗歌孤立和线性的怀想，是你和我的联系而非决裂，是自我和他我的呼喊而非折断。"②近些年，他不断打磨"哲学意味的子弹头"，这种"弹壳"在诗集《逆风歌》《白壁》《和长江聊天》中俯拾皆是。"死亡、存在、虚无"，如同串起他人生履历与心灵感悟的丝线，将文字摆荡于至柔与至刚之间，提手便击穿纸背。

　　荷尔德林在《面饼和酒》中问："在贫困时代诗人何为？"他的回答是"诗人就像，你说，酒神的神圣的祭司，/在神圣的夜里，走遍故土他乡"③；海德格尔回答说诗人的本质是"吟唱酒神，追踪着远逝诸神的踪迹"④。张远伦以故土村寨为原点，将江水与生命同步流动，透过生活细微来承接诗人的神圣使命。他生性腼腆、沉默，面对守不住的"旧"，态度却早已分明："我逆风而走，便是走向光源/走向草根，走向声带//便是，走向大风的子宫/仿佛听到神在说：孩子，起风了。"⑤以诗的方式，以不断向内的方式，以打量细小生命的方式，揭示了诗人逆风执炬的孤勇之心。这其实也是他对待诗歌艺术探索的心态。正是这种心态和追寻，造就了张远伦的与众不同。

---

① 张远伦：《石头》，《逆风歌》，中国青年出版社，2019年，第109页。
② 张远伦：《子弹头论》，2017年7月5日发表于网络平台。该文前身为《红岩》2015年第6期编前语《诗歌的节奏像子弹飞》，后经作者完善为随笔。
③ 荷尔德林：《面饼和酒》，《荷尔德林诗选》，林克译，四川人民出版社，2018年，第79页。
④ 参见海德格尔：《海德格尔选集》，孙周兴译，上海三联书店，1996年，第410页。
⑤ 张远伦：《逆风歌》，《逆风歌》，中国青年出版社，2019年，第4页。

## 书写乡村巨变　讴歌时代精神
### ——品读谭建兰长篇小说《瓦屋村》有感[1]

张柏华[2]

谭建兰生在农村，长在农村，田土里的活儿样样能。她当过教师，做过小生意，闯过大世界，一种恋乡情怀让她毫不犹豫地选择回到家乡做辣椒产业。她创建了石柱三红辣椒专业合作社，注册并打响了土家香菜"谭妹子"商标，建立了石柱三多湖生态农业有限公司红脆李基地，带领百姓村民共同增收致富。二十几年打拼，有泪水，有欢笑；有失落，有收获……这些都是常人难得的创作财富。"没有用心用情的投入，就没有眼里的不舍；没有留下希望的土地，就不会有心中的眷恋。"谭建兰把自己创业的艰辛历程链接成文字，于白天劳作之余、夜晚静谧之时创作出了一部近四十万字的长篇巨著《瓦屋村》，这也是她的处女作。

《瓦屋村》描写了渝东南一个国家级贫困县的一个贫困村——瓦屋村在新一届村委会班子领导下，从一个落后村、告状村一跃成为县里先进典型村，瓦屋村人依靠党的精准扶贫、精准脱贫政策，在生活、物质、精神各方面都由穷变富，

---

[1] 本文原载重庆"上游新闻"2023年7月20日。
[2] 张柏华，石柱土家族自治县第四小学校高级教师。

并取得巨大成果的长篇故事；讴歌了村主任刘冬麦带领村民百姓艰苦创业，建立三红辣椒、红脆李专业合作社，从而实现村民百姓共同增收、脱贫致富的伟大梦想的时代精神。该小说以瓦屋村辐射当下山区农村，正如该书的腰封上所写："是一幅西南大地脱贫攻坚的生动画卷，是一部巴盐古道乡村振兴的奋斗史诗。"京东平台在推荐《瓦屋村》时更是用了这样的宣传语："《瓦屋村》记录历史变迁，讴歌时代精神，脱贫攻坚的故事堪比《山海情》的神奇之作。"《瓦屋村》倾注了谭建兰对"瓦屋"的浓浓深情，书中内容丰富，故事情节跌宕起伏，引人入胜，读后让人啧啧赞叹。

《瓦屋村》故事情节逻辑严密，连贯性强，可信度高，可以说《瓦屋村》在故事叙述中的伏笔和照应上做到了无缝对接。都说作家是创造生活的，而不是记录生活的，谭建兰在这部小说中就充分做到了这点，她所插入的土家哭丧、哭嫁、巴盐古道文化、秦良玉文化、桥头传说、土家言子等民俗风情、文化，都是为了更好地呈现小说的地域特色、故事情节、人物形象而精心设计安排的。

对小说而言，人物就是载体，人物就是一切。《瓦屋村》主人翁的形象塑造个个都有血有肉，性格鲜明：比如村委会主任刘冬麦看似是个大大咧咧的"儿马婆"，其实她聪明伶俐，爱憎分明，有思想，有魄力，不和稀泥，敢为敢当，处事讲方法，做事讲策略，办事讲原则，在重重阻力面前不畏惧，不退缩，以一村之长的大担当，带领瓦屋村"脱贫摘帽"；以企业家的大情怀，带领辣椒合作社走上富裕路。又如"遇事烂"向胜麦，他喜欢挑事，烂事，吹牛，说大话，喜欢日嫖夜赌不说，还常把那种女人领回家里过夜。他妻子气极，用开水将他泼醒，从此洗心革面，发奋图强，真正做回了"瓦屋村人"。小说中还有如老支书、谭丽华书记、刘书芝、刘成米等众多人物形象也都刻画得栩栩如生，活灵活现。

《瓦屋村》语言生动幽默，特色风趣：比如"几掀盘就扬到了1.7元一斤的价格""你杀个猪连粪都是肉嘎""只要本钱保住了，麻雀还在窝窝里头""那坨烟锅巴上的火石炭已经落在刘冬麦脚背上了""六月间穿棉袄——各自有""鸡屎藤做裤腰带——臭名在外""牛皮纸糊灯笼——死不亮敞""母猪没有下崽，我们瓦屋要下崽子了""在摆尾巴了就不会咬人了""还要各自屁股坐得稳""这回被我踩住了尾巴，吃过西瓜自然有冷病""你们各自也在养儿抱孙，屋梁水滴现窝窝""'石柱红'品牌，像脚上绑大锣，走一地响一地，更加名震四方""农村工作就好比剞猪嘎，剞好了就没有问题，剞不好嚯就是公不公母不母的了""看来人一旦有了奔头，死水就变成活水"等方言、俗语、歇后语等的运用，让小说更接地气，通俗耐读。

小说虽为虚构作品，但每个虚构的场景、人物，都来自作者对现实生活的积累和经验。《瓦屋村》对人物心理、场景细节各方面的描写都可谓是笔触细腻：比如"话说默默走掉的老支书，走得大汗淋漓，他也理不清各自此时是欢喜还是难过，他好像是需要发泄情绪，是欢喜吗？有点儿，他想：这个刘冬麦不晓得天高地厚，以为各自了不起，以为翅膀硬了不是？这回摊上事了，场背后落雨——该背时（湿）。我汪明高几十年艰难地守护着瓦屋村，你嫩台台才当几天干部居然说我不作为，敢瞧不起我，你能作为你试回嘎？"这段心理描写淋漓尽致地剖析了老支书对刘冬麦的"服"与"不服"的矛盾心理。小说中这类成功描写比比皆是，比如对缺八腔刘四米说话时的语言腔调的描写，对向东田思念妻子的心理描写，尤其是对刘冬麦第一次感受到不一样的瓦屋村的心理描写，她受委屈或遇到工作压力后的所思、所想以及场景烘托的描写等。

小说的故事情节是通过语言来叙述表达的，所以，语言是小说的血脉气息，甚至于灵魂。《瓦屋村》营养丰富的语言，随处可拾：比如"只要心中的灯亮了，生活也就不再黑暗"，告诉了我们要心向光明，无惧黑暗的道理；"只要保住商品价值就可以提高抗风险能力"，告诉我们商品价值的极其重要性；"我们走过的地方都是过客，唯有瓦屋村一直在心里，他乡留不下灵魂，故乡安放不了躯体"，告诉我们故乡才是我们魂牵梦绕的地方，才是我们灵魂放松、栖息的地方；"一个产业前期肯定是种植技术、品种、品质更关键，后期就是品牌建设更关键"，告诉我们做企业前期和后期的辩证关系；"得到群众中去调查，才能找到产业发展的方向"，告诉我们做工作要注重调查研究；"人生什么是不悔？就是我曾经努力过，奉献过，没有虚度年华"，告诉我们要珍惜光阴，拼搏努力，不负韶华等。

谭建兰是土家山寨走出的企业家、重庆市劳动模范、第十三届全国人大代表，她不仅有着深深的企业情怀、百姓情怀，还有着浓浓的文学情怀。有人说《瓦屋村》是石柱文学"草原"跑出的一匹"黑马"，是作者优雅而不失豪爽，文静而不失个性，让自己的倔强与大地碰撞出的时代因子和奋斗诗篇。乡村振兴，产业是重点，文化是灵魂，相信《瓦屋村》定能发挥其文学的力量，助力瓦屋村壮大产业优势，赋能百姓村民在乡村振兴的幸福路上，阔步前行！腾飞吧，瓦屋！

# 第六章

## 儿童文学

# 综 述

## 守望童心，根植大地，拥抱文学的星辰大海

乘着市第五次作代会的春风，重庆儿童文学进一步开拓进取，蓬勃发展，呈现出花繁果硕、清香远播的喜人景象。老中青儿童文学作家遵循党的文艺政策，潜心静心创作，不断提升艺术水准，走高质量发展路线，在新时代文艺大潮中表现出良好的创作状态：目光聚焦于"中国故事"和"重庆故事"，创新性书写儿童生活和民族文化，刻画新时代精神风貌，展现新征程的壮丽图景，不断拓展着儿童文学的审美疆域，为小读者献上了众多富有童趣的暖心之作。在遵从儿童文学市场规律的同时，作家们也在始终不渝地捍卫儿童文学的思想性与艺术性。

在儿童小说、童话、童诗、儿童散文、儿歌、儿童戏剧等众多领域，重庆儿童文学均涌现出一批代表性作家和作品。这些作品，既有题材的拓展，也有艺术的创新，还有时代精神与民族文化的开掘。初步统计，共出版著作123部，在各类文学期刊发表作品460余篇（首），荣获全国奖项数十项，引起了评论家、阅读推广人的广泛关注，具有良好的反响。其中一些佳作"走出去"成绩喜人。多部儿童文学作品参加国际书展，并被译为多种外国语言在多个国家出版发行，受到读者和市场的双重认可。

## 一、创作风貌与艺术风格

### （一）守望童心：以儿童为中心，点亮童趣之光

坚持儿童本位的儿童观，是重庆儿童文学的灵魂。这既保证了儿童文学的儿童性，也保证了儿童文学的文学性。儿童文学作品，从题材到结构到语言到思想，皆应推崇儿童主体性，皆应符合儿童的审美心理。当然，这也考验作家的心性、才气与技艺，真正做到尊重儿童，吸引儿童，引领儿童。

以童心童趣统摄作品，一派天真，诗性洋溢，是儿童文学佳作的一个特征。李姗姗《器成千年》穿越三千年时光，将读者带入了一个充满神秘和奇幻的世界——古蜀国三星堆的青铜世界，有梦想的小泥巴团"堆堆"，开启了一波三折、峰回路转的"成器之路"。书中涉及大量的硬核知识，诸如古蜀国的文化风貌、神圣的祭祀礼仪、专业的制陶工艺和青铜器制作流程。经过作者儿童视角的过滤与妙手编织，这些三星堆文化成为推动情节发展的重要元素。同时，作品的语言简洁、稚朴、富有诗性，风格淡雅，契合儿童读者的语言审美趣味。知识融化在童趣里，如盐入水，无形而有味。因为这些原因，这部以三星堆文化和考古发现为主题的作品，魅力十足，奇光异彩，深受读者喜欢，不但成为各大学校推荐阅读书目，进入畅销排行榜，还出现在了一些孩子语文期末试卷阅读题中。

儿童文学佳作，总是巧妙地将各种知识、思想性与教育性融入精彩纷呈的故事之中。多位重庆儿童文学作家相继尝试科幻和科普文学创作，"寓科学于文学"，将科学知识融入故事中，弘扬科学精神，在儿童读物市场中取得了可喜的成绩。王维浩多年来始终保持着旺盛的文学激情，其编绘的作品以读者为着眼，寓教于乐，图文并茂，出版少儿科普作品《花狗探长皮里斯》等数十本，涉及安全教育、生物学、医学多方面知识。张雨荷将科普知识和汉字知识融入儿童绘本，出版了《好玩的汉字》《魔法偏旁侦探》《捏着鼻子看的趣味科普绘本》《好玩的水果蔬菜》等系列作品，生动有趣，受到小读者的喜爱。李锡琴儿童自我成长小说"一起长大"系列（《围嘴乐》《小冤家》《天使淘》《宝贝仨》）用儿童

熟悉的语言讲述故事，润物细无声中，让儿童学习社交知识，懂得如何在各种矛盾中相互理解、包容、支持，一起健康、阳光地成长。蒋文芹创作的科普绘本《我们的身体启蒙认知绘本系列》，针对低幼读者特点，以拟人手法创作，深入浅出、风趣幽默地解析人体知识。

童心是诗心之核。在儿童视角里，一草一木都闪烁着诗意的光辉，日常之事里隐藏着无穷的快乐和美丽的幻想。"诗歌重镇"的重庆童诗和儿歌取得了令人瞩目的成绩。以张继楼、钟代华、蒲华清、刘泽安、李姗姗为代表的童诗作家，在全国儿童文学领域有着重要地位。钟代华在童诗领域深耕多年，近年来硕果累累，出版《春天是个大舞台》《太阳的孩子》《大风的嘴巴》等多部诗集。其诗作清新、纯净、高雅、大气，富有想象力、趣味和哲思，具有独特的艺术美感。他的《跟太阳商量一下》将童心当作感知诗性世界的钥匙。在《树上的声音》里，诗人听到了云朵绕过树木的声音、鸟儿落于枝头的声音、蚂蚁爬行于树皮的声音。这些声音，成人之耳是听不到的。但在童心之耳里，它们既细微却又撼人心魄。一本诗集，就是一片童真的大海。蒲华清著有诗歌自选集《蒲公英飞呀飞》《山城的雾》《生活中有一颗糖》，面对儿童，他似乎有"读心术"，用童趣去构造了一个美妙的"诗世界"。他的儿歌自选集《狐狸考小鸡》则展示出浓郁的清新自然之美和浅语文学之美。小作者汪昭余的《谁带小猫去散步》，在诗集中俯拾即是珍珠一样灿烂的童言诗语，把日常生活变得熠熠生辉。

在儿童文学创作中，童心既作为一种原则，又作为一种方法，堪称"点石成金的手指"。因此，作家们帮助小读者完成了一种可能的、理想的童年，给成人读者提供了一种诗意视角去观察世界。李姗姗相继出版的唯美童话系列、魔法童话系列，表现方式无拘无束，诗意语言俏皮灵动，童趣想象天马行空。其中的代表作《面包男孩》被著名童书出版人海飞先生喻为"当代童话的小高峰"。杨小霜的儿童散文诗意盎然，以清丽的笔触去追摹童年，以温暖的旧时光抚慰心灵，如《外婆的眼泪》《李花开》《屋顶上的鸢尾花》。杨康、祝绘涛、左秀英、刘明康、梁继平、李小云、卢光顺、张毅的儿童诗、童谣，黄继先的儿童剧都是这类以童心童趣为底色的作品。

以儿童为中心，关注儿童成长。曾维惠连续出版多部儿童成长小说，如《给爸爸的礼物》《我要好好地长大》《无声的爱》等。其主题聚焦爱、温暖、蜕变等，用世间温情与真善美抚慰儿童的心灵创伤，字里行间洋溢着爱、理解、梦想，生动地描摹了儿童成长过程中的喜悦与烦恼，传达出一种积极向上的人生观和价值观。蓝钥匙的《灯塔和六个故事》写的是一个男孩在海上的奇幻冒险故事，展示了一个极具魅力的想象世界，这里有美人鱼、寄居蟹人，还有古怪船长、海上图书馆……作者寓真于幻，奇特的故事里浸透着深沉而真实的父子感情，是一首关于心灵的"教育诗"。晏菁的《我是一棵树》以童心为笔，以母爱为墨，绘制出一幅既富有诗意又充满教育意味的画卷。她的散文集《女儿，我想把世界讲给你听》是一部娓娓道来的深情之作，也是一部心灵成长之书。书写了一位母亲给女儿高质量陪伴，打开女儿的视野，传授给女儿追求梦想的方法。重庆儿童文学作家深深关切当下儿童的生活现实与精神现状，为此"开药方"。对于儿童文学作品来说，这是一个挑战。但是，因为有儿童趣味、幻想元素的加持，作品避免了枯燥的说教。一场春风化雨的童话之旅，让读者悄然了悟成长的真谛。

（二）根植大地：汲取自然灵气，绘就地域风貌，传承民族文化

重庆儿童文学之根，深深扎入祖国大地，有自然的灵气，有民族文化的底蕴。无论是现实题材儿童文学还是幻想类儿童文学，都呈现出这个良好态势。这是如何讲好"中国故事"的一个良好探索。

曾维惠多年来致力于自然主题的儿童文学创作。《大窝铺，小档案》，展现了江津区四面山大窝铺原始森林的神秘之美以及护林员的精神之光。《竹海寻踪》，通过一个羌族少女的视角讲述了一个保护大熊猫的暖心故事，谱写人与自然和谐共生的动人旋律，荡漾着清新的草木之气。于爱全的《夜游少年》则以儿时的夜游经历为写作资源，书写在黑夜里巡游的动物和精灵，童趣飞扬，妙趣横生，传达出对自然万物的喜爱、对童年的怀念以及对母爱的赞美。李姗姗的绘本《落叶

变变变》，通过毛毛虫与落叶的故事，将自然气息与哲学韵味巧妙融合，让人感受到自然的深邃与"无言之智"；绘本《我和爷爷的森林》，文字清新诗意，记录了"我"、爷爷与森林如同亲人一样相偎相依的情感。南风子的《我的露珠国》以露珠为线，书写水乡山村的风物，串联起一个个充满温情的乡村故事和令人泪目的亲情，让自然之美与人间之情闪烁在一颗颗露珠里。

地域童年书写领域，是新时代中国儿童文学创作的热点之一。刘泽安的《爷爷的唢呐》，巧妙地将乡村、青少年与非遗编织在一起，展开了一幅关于国家级非物质文化遗产永城唢呐吹打传承的绚烂画卷。作品兼具地域色彩、时代气息和人文关怀，启发读者思考如何在现代社会中传承传统文化。蓝钥匙的《星星不说话》，以其鲁东小镇为背景，用回忆和写实手法，如实再现故土少年的童年记忆，散文化的叙述中呈现着淡淡的伤痛和伴随着伤痛的成长。张雨荷《鱼水谣》的灵感，源自她童年生活过的长江古镇。古镇的风俗习惯、风土风貌、民间信仰点缀其中，使得作品洋溢着浓郁的巴渝小镇气息。曾维惠的《长腰山，十八锅》以生动的叙述和感人的故事展现了江津区长腰山的美丽风光，聚焦非物质文化遗产古法红糖制作工艺，展示了非遗传承和乡村振兴融合的一种可能。刘辉的《梦里天宫有多远》，是一部现实主义儿童长篇小说，讲述乡村孩子铛铛的航空梦。铛铛是大巴山的留守儿童，对山外充满好奇，通过书籍、电视及父亲寄的电子播放器迷上航天，自制火箭模型。科学课王老师发现其天赋并给予鼓励。故事展现了乡村孩子的追梦之旅与社会助力，激励有梦想的孩子勇往直前。南风子的《月光一碗一碗落下来》以柔软的笔触回忆童年的乡村生活，饱蘸深情地书写乡土美食。在月夜，他与姐姐、母亲一起制作米豆腐，挑水、泡米、磨浆、蒸煮、划块、烹饪的全过程串联起许多暖意浓浓、童趣童真的吉光片羽，传达了"时光易逝，记忆永恒""幸福的童年治愈一生"等素朴观念。

深度融入民族文化元素，负载国家认同、民族标识、文明特征，是新时代中国童话及儿童小说发展的一个趋势。蓝钥匙的长篇童话《三月的沃野国》是从《山海经》中走出的奇幻之旅，充满了上古神话元素，呈现出一种既古典又现代的韵味，构建出一个中国气派的充满奇想的沃野国。晏菁的长篇儿童小说《邮票里的旧时光》，以细腻的笔触描绘了元元与邻家戴爷爷之间温馨动人的情谊。融汇了广博的国粹元素，如方寸邮票中的文化瑰宝、古典神话的奇幻韵味、音乐艺术的悠扬旋律以及民俗风情的斑斓画卷。南风子的童话《大头蚂蚁与露珠男孩》书写了一个露珠男孩、大头蚂蚁与小哭孩相互守望，相互温暖的奇幻的心灵故事。用诗性的笔触，将中华文化里的修身养性、悦乐精神、天人合一、中和之美等文化元素，以悬念迭起、曲折有致的故事呈现。

（三）拥抱辽阔的星辰大海：与人民同频，与时代共振

儿童本位不意味着"只写儿童"，理想的儿童本位，应当是以儿童感兴趣的、可以理解的方式，引导儿童去感受辽阔的时代、无限的"我们"的精神世界，其关键在于找到时代精神、英模人物和儿童个体成长之间的契合点。于爱全的《左手敬礼》从每个儿童心中的或隐或现的英雄情节这个"切口"入手，以童年视角审视成人世界，用细腻的情感，讲述独臂英雄——全国公安一级英模、重庆网红刑警陈冰如何战胜逆境，用左手书写忠诚与担当。陈冰每与苦难斗争一次，就让读者受震撼一次，被感染一次。左手敬礼，是陈冰独特的致敬方式，也是他对生活的独特态度。儿童在阅读中感受到英模的精气神，受到了新时代的红岩精神的熏陶。曾维惠《王顺友——大凉山的希望信使》写的是"最美奋斗者"王顺友的故事。他将一生燃烧，把所有的光与热奉献出来，平凡的邮政工作被他做到了极致。

处理好儿童文学与时代命题之间的关系，是每一位儿童文学作家的必修课。李姗姗的长篇儿童小说《羊群里的孩子》从一个彝族男孩的童真视野反映脱贫攻坚，讲述了一个彝族男孩吉木惹科从一个放羊的小男孩成长为顶天立地男子汉的心路历程，为山乡巨变留下文学记忆。人工智能（AI）正在不断刷新人类的想象力，是时代发展的一个重要方面。2022—2024年，李姗姗的《机器女孩》《机器女孩：AI使命》丛书惊艳亮相。书中巧妙融合了故事性、科学性与前瞻性，旨在激发孩子们对人工智能等尖端科技的兴趣，并培育他们的科学探索精神。在

紧张刺激、引人入胜的情节背后，深刻探讨了"人与机器人，是取代还是共生"这一宏大的时代命题，展现了作者对未来科技与人类关系的独到见解与深刻反思。

优秀的儿童文学作品，应当能够反映时代的风貌，传递时代的价值观，同时又不失其艺术性和趣味性。戚万凯创作的《我是小萝卜头》，通过第一人称的叙述方式，让"小萝卜头"亲自讲述自己的故事，带领读者走进那段充满艰辛与希望的岁月。其亮点在于叙事方式的创新，把"小儿歌"做成"大儿歌"，从红色经典《红岩》中取材，以红岩英烈宋振中"小萝卜头"为视角，重新审视革命历史故事，帮助青少年传承红色基因，在展示形式上具有一定的探索创新。曾维惠的《中国妈妈》生动讲述了具有代表性的60年来一代代中国援非医务工作人员默默奉献、医者仁心的感人故事，诠释了国际人道主义精神，是一曲中国妈妈的赞歌，同时也将典型的中国文化、中国价值观播撒到了全世界。

以儿童文学滋养童年，传承红色基因，赓续红色血脉，播下真善美的种子，是近年来重庆儿童文学的一个亮点。南风子创作"少年红军传奇"长篇儿童小说《红宝石口琴》，以重庆酉阳南腰界革命根据地为背景，通过割漆少年黑阳雀的纯真视角，讲述了他与新来的音乐教师白鹤之间的传奇故事。两人因为音乐，由格格不入到相互温暖，再到守望相助，最后亦师亦友，成为南腰界红军文艺的"双璧"，张扬了一种阳刚之气、浩然之气，有益于当下小读者的心灵成长。

## 二、队伍建设和良性发展

市作协五代会以来，市作协持续加大儿童作家挖掘和培育力度，打造巴渝儿童文学长廊，组织开展巴渝儿童文学作家交流活动，邀请儿童文学评论家方卫平先生来渝办讲座，帮助青年作家召开新书发布会，用一系列丰富的创研活动为作家搭建交流平台，以实实在在的措施帮助儿童文学作家拓展发展空间。我市儿童文学作家队伍规模不断扩大，实力不断增强。经全面摸排统计，目前，在重庆儿童文学领域，具有一定影响，并能持续输出作品的作家，将近50位。其中，17位已加入中国作协，刘辉当选区作协主席，于爱全、张雨荷等儿童文学作家相继当选区县作协副主席。

整个作家队伍，老作家持续耕耘，中坚作家持续发力，新作家崭露头角，呈现蓬勃发展之势。从年龄来看，上至97岁的张继楼，下至年仅14岁的汪昭余，完整涵盖了各个年龄梯队。老一辈作家、批评家，如蒲华清、彭斯远等，虽年事已高，但依然偶有佳作出版发表，有作品选集出版，仍在儿童文学领域发挥余热。"50后""60后"作家，如钟代华、戚万凯、刘泽安、王维浩、李锡琴等仍然保持高昂的创作热情，佳作迭出。处于中间层的"70后"作家，如曾维惠、雨馨、祝绘涛、蒋文芹、唐家玲等，正值盛年，经验与精力俱佳，也具有旺盛创作力。"80后""90后""00后"青年作家，如李姗姗、蓝钥匙、于爱全、晏菁、张雨荷、南风子、杨康、杨小霜、李航等，正处于开拓进取、激情昂扬的创作阶段，具有较强的创新意识和探索精神，每年均有较多作品出版发表，是各种文学奖项的积极参与者和有力冲击者。就读于西南大学附属中学的学生汪昭余，年仅14岁，便已在《人民文学》《诗刊》等名刊发表百余篇作品，创作潜力可喜。

## 三、创作现状与未来展望

随着老中青三代作家，不断开拓、推陈出新，重庆儿童文学作家频频露面，涌现出一大批精品佳作，在行业里的影响力逐渐提升。重庆儿童文学作家，如张继楼、蒲华清、钟代华、戚万凯、李姗姗等，在儿童文学领域的权威地位逐步得到认可。

李姗姗、曾维惠、于爱全、蓝钥匙、晏菁、张雨荷、南风子、蒋文芹、杨康等作家相继荣获中华优秀出版物奖、陈伯吹儿童文学奖、少儿科幻星云奖、冰心儿童文学奖、张天翼儿童文学奖、曹文轩儿童小说奖、青铜葵花儿童文学奖、"长江杯"现实主义儿童文学奖、重庆文学奖、四川省精神文明建设"五个一工程奖"大自然原创文学奖、谢璞儿童文学奖等一系列奖项，涵盖了众多国内儿童文学领域重要奖项。张继楼、蒲华清、钟代华、李姗姗的作品被选入教育部统编的语文教材及同步阅读，蒲华清、钟代华、李姗姗等作家的作品相继入选百年百部中国儿童文学经典、新中国70周年儿童文学光荣榜、《童诗百年》等名家名作书系、中国名家经典童话书系等，逐步成为儿童文学领域的经典。李姗姗、曾维惠、于爱全等作家的作品入选中国作家协会重点扶持项目、中国作家协会定点深入生活项目。钟代华、李姗姗、曾维惠、蓝钥匙等作家的作品入选中宣部主题出版重点选题、国家新闻出版署农家书屋重点出版物推荐目录、云南省委宣传部"书香云南"全民阅读推荐书目、安徽省暑期"读一本好书"推荐书目、全国百班千人阅读活动书目以及百道好书、中国好书、桂冠童书等图书榜单，产生了极为广泛的社会影响。以戚万凯为代表的巴南儿歌，成为重庆儿童文学的一个重要品牌，在全国儿歌领域产生了重要影响。巴南区面向全国征集法治主题儿歌，先后征集来自全国作家的作品近千首，汇编出版了《法治儿歌》作品集。老作家黄继先坚守儿童剧本创作，相继创作《外公好帅》《夜郎国的传说》《机器人上户口》等多篇作品，为此，《中国教育科学》杂志专门推出了《黄继先儿童剧创作60周年剧本选集》增刊。

与此同时，重庆儿童文学研究也步入了迅速发展的快车道。众多评论家、作家、行业专家及童书书评人，诸如高洪波、海飞、方卫平、徐鲁、崔剑锋、翌平、刘颋、陈香、徐峙、李利芳、崔昕平、杨雅莲等作家、评论家，纷纷将目光投向这片文学沃土中的书写者，撰写出一系列精彩纷呈的评论文章，这些佳作频频亮相于《人民日报》《光明日报》《文艺报》等权威媒体，为重庆儿童文学的蓬勃发展注入了强劲动力。与此同时，重庆本土的评论家也持续深耕，成果斐然。老一辈代表如彭斯远先生，尽管年岁已高，但对重庆儿童文学的关注与热爱丝毫不减，而年轻一代，如付冬生、吴晓云、王欢、文红霞、高博涵、南风子等专家、书评人，正以饱满的热情投身于这项事业之中，做了大量的研究工作。如付冬生撰写的研究重庆儿童文学的评论文章，在业界引起了一定的反响。南风子的儿童文学评论集《新时代重庆儿童文学研究》入选"重庆市文联2023年主题文艺创作扶持项目",对新时代的重庆儿童文学作家及其作品进行了全面而深入的研究。

如今,重庆儿童文学的发展景象亮点纷呈,成果喜人,在这片生机勃勃的文学沃土上,老中青作家正用笔墨描绘着童年的斑斓色彩,为孩子们的精神世界筑起了一座座梦幻的城堡。然而,我们也应清醒地看到,重庆儿童文学仍存在着一些有待完善之处,尤其是在创新意识与精品意识的培育上,还需进一步加大力度。

创新,是文学的生命之源,也是重庆儿童文学持续发展的不竭动力。作家们要勇于跳出舒适区,敢于挑战写作高峰,摒弃陈词滥调,力求每一部作品都能超越自我,写出"人人笔下无"的独特风采,从而提升作品的辨识度和艺术价值。在这个过程中,长期主义精神显得尤为重要。作家们应坚守原创底线,拒绝模仿与复制,让艺术创新成为推动自身艺术成长的关键所在。

与此同时,精品意识的树立也是重庆儿童文学迈向更高层次不可或缺的一环。作品的质量永远胜于数量,一部能够经得起时间考验、深深触动人心的佳作,其价值远胜于十部平庸之作。因此,作家们要致力于创作出既能广泛传播,又能历久弥新,能够触动孩子心灵深处的优秀儿童文学作品。这样的作品,才能真正做到"立得住、叫得响、传得开、留得下",成为孩子们成长道路上的宝贵财富。

在数字化阅读平台迅速崛起的当下,重庆儿童文学的跨媒介传播也显得尤为迫切。为了触及更广泛的受众群体,必须积极拓宽传播渠道,利用多元化的媒介平台,让优秀的儿童文学作品以更加便捷、生动的方式走进孩子们的视野。

此外,加强儿童文学的理论研究及作家作品的推介工作同样至关重要。这不仅能够为重庆儿童文学的发展提供坚实的理论支撑,还能够促进作家之间的交流与合作,共同推动儿童文学事业的繁荣。

总而言之,重庆儿童文学作家是一群"童心守望者"。他们细腻地捕捉儿童世界中的纯净情感与丰沛想象,创作出了一系列具有时代感、开拓性和价值引领性的人物形象,传递着人间温暖与大爱,以美打动、感染、启悟儿童。他们正用手中的纸和笔,为千千万万小读者写出心中真善美的一页。

# 评 论

## 自然、哲思与成长的交响
### ——评钟代华的儿童诗集《跟太阳商量一下》[1]

朱慈怀　付冬生[2]

作为儿童文学的瑰宝，儿童诗以其天真烂漫、充满想象的特质，深受孩子们的喜爱。可以说，它不仅是孩子们心灵的食粮，也是成人回味童真的窗口。2023年10月，钟代华的第12部诗集《跟太阳商量一下》由重庆出版社出版，这也是他的第10部儿童诗集。诗集共收录了80首儿童诗，读后，笔者发现诗集与其所倡导的儿童诗创作理念相吻合：向小读者以及大朋友们传达"美的语言、美的画面、美的情感、美的音乐、美的意境、美的想象，乃至美的哲思"。此外，诗集精装出版，内页设计十分用心，每一首诗都配有精美的插图，让孩子们在欣赏诗歌的同时，也能够随着插图感受生动的画面，增强阅读体验。至于其儿童诗的内容主题，可谓丰富多彩。

---

[1] 本文原载《重庆文学》2024年第3期。
[2] 朱慈怀，重庆师范大学文学院2023级硕士研究生；付冬生，重庆师范大学文学院、重庆市抗战文史研究基地副教授、硕士生导师。

## 一、自然：探童心世界

自然，是这本儿童诗集中一个重要的主题。钟代华以富有想象力的语言，不仅展现了儿童对自然界的独特感知与赞美，同时也表现了儿童世界的纯真与美好。正如泰戈尔所言"孩子的眼睛里找得到天堂"。

孩子们天生对大自然怀揣敏感与好奇，他们观察树的生长，感受风的轻抚，聆听鸟的歌唱……他们通过与自然的互动，与其建立起深厚的情感纽带。这种情感不仅仅是对外部世界的认知，更是他们内心世界的映射。钟代华巧妙地将儿童的视角与大自然的景象相融合，创造出了充满生机和想象力的诗歌世界。"大山睡着了/枕着山泉的流淌/铺上满山的花香/星星爬上山顶/悠悠晃晃/挠着山头的痒痒"（《大山睡着了》）。这是一幅孩子眼中的夜晚山峰图，大山沉睡、夜星挠痒，他们眼中的自然仿佛有着生命。又如《山泉山雀的家》："山泉吹响集结号/一滴滴泉水/合奏出山谷里的交响乐。"将山泉涌动的声音比喻为吹响的集结号，形象地描绘出山泉水滴汇聚的景象。钟代华的儿童诗充满着对大自然的想象，仿佛与法国诗人儒贝尔的名言"想象是灵魂的眼睛"不谋而合，他通过"美的想象"，将大自然的景象与儿童的内心世界紧密相连。他的儿童诗，不仅是对大自然的赞美，更是对儿童心灵世界的深入探索和表达。

大自然的魅力远不止于其外在的美，更在于其深深触动人心的情感力量。在这片广袤无垠的自然天地里，儿童能寻找到源于大自然的情感与温度。在《怕》一诗中，钟代华通过"怕太阳滚下来把花儿烫伤""怕月亮落下来把嫦娥摔伤"等细腻的笔触，让读者窥见儿童对自然神秘面貌的敬畏与好奇。同时，钟代华还刻画了儿童的天性——与自然亲近，他们习惯于将自己的心灵融入周围的环境中，倾向于从自己的视角出发，去关心和理解自然界的万物。如《树是站着睡觉的吗》："树站了一天/跟云雾阳光一起/玩了那么久/疲不疲劳"，孩子们好奇树木是否也会感到疲惫，是否也会像自己一样需要休息。钟代华以问句的形式，不仅描绘了儿童的天真无邪，更体现了他们对自然的细腻感知和细致关怀。这种对自然的体贴入微，正是儿童与大自然之间最真诚的情感纽带。

美国著名诗人惠特曼曾言："有一个孩子每天向前走去，他看见最初的东西，他就变成那东西。"钟代华的儿童诗是用孩子们的眼睛，去观察世界，去感受自然，并以生动明快的语言，描绘出了一幅幅有趣的自然画面，让孩子们在欣赏诗歌的同时，也能够感受到自然的美好与温暖。而正是这些诗歌中情感的表达，能够将自然的美好融入孩子们的内心，成为他们成长道路上的前行动力。

## 二、哲思：悟生命真谛

当儿童的话语体系跳脱出成人的语法规则时，往往更靠近哲学的世界。在这本诗集中，读者不仅能看到儿童与自然的和谐共生，还能看到儿童与哲学的微妙对话。

钟代华敏锐地观察到了儿童对世界独特的哲学思考方式，正如加纳·莫尔·洛内在《哲思的幼童：如何与儿童讨论哲学问题》中所言："儿童能够对自己于其中出生的世界进行深刻而持久的反思，与其他领域相比，儿童的这种反思是最正确的。"与成人相比，儿童往往更加直接和纯粹地看待世界，他们的思维方式更加自由和无拘无束。如《看与听》这首诗中，儿童在思考着："眼睛和耳朵/难道在捉迷藏/看见的/来无踪/听到的/去无影。"虽然眼睛能追逐光影，耳朵能追寻声音，但这两者所感知的世界都有其局限性，都是看似存在却又难以捉摸的事物。虽然孩子们的头脑中尚未形成完整的哲学体系，但他们的思维方式和提问方式却充满了哲学的意味。钟代华似乎明白这一点，好奇心驱使他们不断地提出问题，寻找答案，这正是哲学思考的重要过程。

随后，钟代华不断揣摩儿童的心灵，以诗歌为桥梁，引导他们继续发展这种初步具有哲学意味的思考过程。如《大和小》通过对比大山与小山、大河与小河、大树与小树的大小，启发孩子们思考事物的相对性和事物的价值不在于大小，而在于内在。"大河很宽/连着彩虹大桥/两岸之间/奔流着滚滚浪涛/小河很窄/弯弯月亮弯弯石桥/清清小溪/边唱歌边闪耀",诸如此段的描写性诗句,都让儿童在获得"美的语言"的熏陶下,更在无形中培养了他们"美的哲思"。在《最高》一诗中,钟代华亦是如此,通过对自然环境中的树尖、树下草地和小鸟的描写,启发儿童对事物的相对性的思考。小鸟落在草地上时,树尖当然"最高",但当小鸟飞起来超过树尖时,小鸟转而处在"最高"的位置。亚里士多德认为:"求知是人类的本性。"热切关注儿童的钟代华深谙此道,将哲思融入诗歌之中,并化为童趣的语言,以此引领着渴望探索未知、寻求知识的儿童走进充满哲理的世界。

　　金波先生在《儿童诗创作札记》中写道:"我希望儿童诗能在感情上给孩子们带来营养,使他们获得心灵的健美、思想的闪光,儿童诗应该能让孩子们从小在美的享受中,不知不觉地接受教育,犹如雪花在不知不觉中融化于土地,变成绚丽的色彩。"他道出了儿童诗的教育功能,认为儿童诗不仅应该具有美感,更应在无形中传递智慧与知识。这同时也契合了钟代华的儿童诗创作理念。在钟代华的《玻璃里的自己》中,他巧妙地借用了"玻璃"这一意象,让儿童在自我与镜像的对话中,探寻自我与世界的联系。"对着你的脸和嘴/亲过来亲过去/怎么就亲不到/玻璃里的自己"(《玻璃里的自己》),"玻璃"作为一种象征性的隔阂,阻止了"我"与"玻璃里的自己"的亲密接触。这种隔阂可能来源于对自我真实面目的模糊认知。虽然存在着"玻璃"的阻隔,但自我与世界之间的本质联系是无法被割断的:个人的思想、情感、行为都会受到周围世界的影响,同时个人也在不断地影响着周围的世界。在钟代华的儿童诗的世界里,孩子们不断深化对自我与世界的理解,如同种子在土壤中悄然生根发芽,最终绽放出"美的哲思"的花朵。

## 三、成长:绘心灵轨迹

　　儿童文学学者谭旭东在《儿童文学的多维思考》中提道:"儿童成长除了需

要成年人的帮助之外，他们也有自我成长的智慧。经典的儿童文学作品都要表现儿童成长这一主题。"可以看到，在《跟太阳商量一下》中，除了自然与哲思的主题，钟代华还通过细腻入微的笔触展现了儿童在探索、体验与领悟中所经历的成长过程。

孩子们天生充满好奇，他们渴望探索未知的世界。爱因斯坦说过："我没有特别的才能，我只是保持了我持续不断的好奇心。"在《挖》一诗中，钟代华将孩子们的好奇与热忱融入字里行间，他写孩子们在挖洞寻宝："花园里/树林下/小路边/找块空地/放个桶/摆个篮/打洞/挖坑/蹲下身/睁大眼/小铁锄/小铁锹/一阵刨根问底/那个神秘的宝藏/会不会闪现"，在充满好奇的挖掘中，孩子们不仅寻找着宝藏，更在无形中挖掘着成长的真谛：或是学会了耐心与专注，又或是懂得了团队合作的重要性……哪怕最后的结果只有空空的洞，那份对未知的渴望与好奇，那份面对困难时的勇敢与坚持，都将成为他们心中强大的力量。这种对儿童成长中"美的情感"的挖掘，正是钟代华诗歌创作理论的生动体现。

当然，在孩子们成长的过程中，他们还会经历各种各样的体验。钟代华深入孩子们的真实生活，捕捉他们成长过程中的每一个瞬间，用质朴而生动的语言呈现出孩子们的真实感受。如在《小演员化装》一诗中，钟代华描绘了孩子们为了完成角色而付出艰辛的努力，在这个过程中，他们体验到了多种多样的情绪："一动不动/任大人涂抹/脸蛋/眉毛/鼻梁/一朵新花闪亮飘香"是化妆过程中的专注和期待；"还没上场/心里已有点慌张"是准备上台前的紧张和激动……每一次的体验都是孩子们成长过程中的必经之路，它们积累成他们人生中宝贵的财富，帮助他们逐渐成长为一个完整的人。

在探索与体验的过程中，孩子们逐渐领悟到何为"成长"。"人类被赋予了一种工作，那就是精神的成长。"列夫·托尔斯泰道出了成长的真正含义，它不仅是生理上的发育，更是心理、情感和认知的全面发展。钟代华的儿童诗创作中，描绘了儿童成长的多种情境，以展现他们心灵的成长足迹。例如，在《我长大了》一诗中，孩子渴望能像大人一样自由行动，驾车驰骋、攀爬树木："什么时候/我能开来开去/什么时候/我能爬上爬下/是不是/我已真的长大。"这种渴望背后,是他们对成长的向往与追求。又如《界线》这首诗,钟代华通过对"界线"的多维度描写,引发读者对儿童教育中自由与限制的思考。他先是描述了母亲叮嘱中的界线,那是一种保护和规范的象征:"别再过去/那边危险/你的界线就在那里/别再上去/上边危险/你的界线就在那里。"接着,他又将视线转向自然现象,描绘出"界线"在自然界的模糊与多变:鸟儿自由飞翔,水与风形态各异,它们似乎没有固定的界线。最后,钟代华以孩子的疑问作结:"望来望去/走来走去/我的界线究竟在哪里"这一疑问,既是对个人成长中自由与界线的探寻,也是对儿童教育中平衡两者关系的深刻反思。

　　钟代华说:"真诚地做孩子们的朋友,走进并深入他们……我的儿童诗力求挖掘儿童的本真,力展原生态的蓬勃、鲜活、苦恼、忧伤。"阅读钟代华的儿童诗,可以看到他对儿童世界的潜心探索和对儿童文学的真挚热爱。他的儿童诗创作,以自然为底色,以哲思为灵魂,以成长为主题,深入孩子们的世界。他以真诚为笔,描绘出儿童本真的生活状态,捕捉原生态的蓬勃生机与鲜活情感。在自然的画卷中,孩子们自由奔跑,感受生命的韵律;在哲思的指引下,他们思考世界的奥秘,探寻生命的意义;在成长的道路上,他们经历苦恼与忧伤,却也收获坚韧与智慧。钟代华的儿童诗,不仅是儿童的诗歌,更是对自然、哲思与成长的深刻诠释。他的儿童诗穿越了年龄的界限,让每一个读者都能在其中找到自己的影子,感受到那份纯真、那份好奇、那份坚韧与那份智慧。

# 以美丽童话讲述灿烂文化[1]

海 飞[2]

四川广汉三星堆的发现、发掘和研究，为璀璨的中华文明增添了一抹神奇壮美的色彩。作家李姗姗扎根这片家乡沃土创作的童话《器成千年》，以一团泥巴跨越时空的"成器"之旅，展现三星堆的文化魅力，折射出五千年中华文明的丰富多彩。

《器成千年》是一部以三星堆文化和考古发现为主题的长篇童话，与文化普及类少儿读物相比，该书另辟蹊径，在中华文明大背景下结构故事，以童话写文化。作者大胆地用童心想象，跨越三千年历史长河，生动书写三星堆考古发现，把神秘的古蜀国与神奇的想象结合起来，用美丽童话讲述神秘文物的故事，让收藏在博物馆里的文物动起来。

《器成千年》以童话人物奇遇关联三星堆文化，将有关历史和考古知识巧妙融汇在充满童真童趣的故事中。如对古蜀文明中青铜器制造方法"范铸法"的描

---

[1] 本文原载《人民日报》2023年3月28日。
[2] 海飞，国际儿童读物联盟中国分会原主席。

写，对当代考古工作者运用科学技术提取古代象牙的描述等，让小读者对三星堆文物发掘、保护和修复有更深认识。此外，对考古人员生活日常的描述，也增添了阅读趣味。

作者充分考虑小读者的审美诉求和理解能力，泥巴的成器和孩子的成长暗合交融。主人公"堆堆"是一团泥巴，源自古代神话中大禹治水用到的息土。从古蜀国到三星堆，这团有梦想的泥巴展开了一场跨越三千年的"成器之旅"。小读者只要带着一颗好奇心，和"堆堆"一起踏上这段旅程，就会不知不觉沉浸到三星堆文化中，并进一步追问："三星堆出土的大量青铜器、金器、玉器、石器、象牙等文物，为什么那么神秘又与众不同？中华民族五千多年文明因何绵延？"从而潜移默化地把探索历史文化的种子埋在小读者心里。

儿童文学想出好作品，同样需要作家扎根生活沃土，把生活细节创造性转化为童真童趣。《器成千年》是有雄心、有敬畏心的写作。作者长期扎根在三星堆遗址考古现场，吃在当地、住在当地，用整整一年时间一边采风一边创作，写出的作品风格自然就不一样。在采风过程中，作者敏锐洞察并从儿童视角理解文物保护修复工作，发现了很多有趣细节，把它们变成了动人的文字。作者曾深有体会地说："不到三星堆，不知道自己的想象力有多匮乏！"书中主人公"堆堆"这一名字，也正是来自考古人员对三星堆的昵称。文物修复师使用的刷子有的比手掌宽，有的比筷子还细，就连喝汤用的勺子、改造过的棉签、无菌绷带、超声波洁牙器都成为文物修复工具。这些来自现场的有趣发现，在小读者看来十分新奇。又因得知考古人员曾在发掘过程中发现过蝼蛄、蚯蚓等小动物，于是"蝼蛄""蚯蚓"都被写进书中，成为主人公"堆堆"在童话奇遇中的朋友。正是因为长期深入生活，作者才能将文化现场转化为文学表达。

《器成千年》对中华文化的思考、对童年心灵的关注和对崇高精神的追寻，拓宽了儿童文学的创作视野。至于本书有没有达到作者的创作预期，还应当交由小读者来判断。

# 两代援非医生的大爱故事[1]

徐 鲁[2]

> "那一簇簇椰枣花,盛开在高大的椰枣树上,每一小朵都很不起眼,但是上千朵汇聚在一起,便成了无比美丽的花穗。"
>
> ——摘自《中国妈妈》

半个多世纪以来,中国援非医疗队在遥远的非洲大地上,与非洲人民亲如一家、守望相助,谱写了一个个可歌可泣的大爱故事。这些故事,是当代中国的大国担当、大国风范和推动构建人类命运共同体有力、动人的见证。

《中国妈妈》(希望出版社)讲述了程医生和高楠母女二人两代援非医生的故事,但叙事重点放在年轻一代的高楠身上。

程医生是在女儿高楠8岁时,参加援非医疗的一位妇产科医生,到了女儿10岁时才回家一次,然后又重返非洲。当地的孩子和乡亲们都亲切地称她"妈妈

---

[1] 本文原载《中国出版传媒商报》2024年8月23日。
[2] 徐鲁,湖北省中华文化促进会副主席。

程"。不幸的是，程医生在非洲工作期间，染上疾病殉职。几年后，带着妈妈留下的一本《援非日记》，同是妇产科医生的女儿高楠也沿着妈妈的足迹，毅然走进妈妈工作过的那个非洲小镇。在这里，她见到了妈妈当年亲手接生和抢救下来的双胞胎兄妹"程中"和"程华"。在这里，高楠也遇见了跟自己经历相似的中国小男孩林思齐，思齐的妈妈也是援非医疗队成员，在10年前援助非洲抗击埃博拉病毒的前线牺牲，他的爸爸擦干眼泪，也来到了非洲大地上……

作者曾维惠是一位很会构思故事的作家。她在书中设置了两条叙事线索，一条是"主线索"，也是"显线索"，就是讲述年轻的高楠沿着妈妈的足迹，在非洲亲身经历的故事，以及从自己的亲身经历中，真正理解了妈妈那一代医生，忍痛舍弃一己的幸福与欢乐，毅然踏上遥远的路途，不畏艰苦、救死扶伤，甚至不惜献出宝贵生命的那种大爱无疆的中国医疗队精神；另一条是"潜线索"，或者说是隐形的"次线索"，就是用妈妈的《援非日记》摘录的形式，写出了程医生那一代人在非洲的经历。这两条叙事线索先是并行推进，最后形成交叉和合拢，巧妙设置使这部小说有了一种自然流畅、浑然天成的结构之美。

这部小说从"中国妈妈"这个书名到小说故事融入了诸多中国传统文化元素，这些中国文化元素，正在吸引和影响着一代代非洲儿童和年轻人，他们不仅对伟大的中国心向往之，而且也亲身感受到了来自中国的无私的爱，以及中国文化与文明的魅力。

作者在小说里设置的这些细节，有意无意之中，把这部小说的主题蕴含扩展和提升到了一个新的高度，那就是，中国援非医疗队带到非洲的，不仅有救死扶伤的高超医术，也不仅有大爱无疆的中国医德，还有中华智慧与中华文化。

在小说里，椰枣花是一种自然景观，也是一种美丽的象征。中国一代代援非医疗队的队员，不都像这美丽的椰枣花一样，一小朵一小朵地汇聚在一起，变成了非洲大地上无比美丽的花穗吗？

"一带一路"的广阔通道正在向着世界各地伸展。构建人类命运共同体的动人的故事将会越来越多、越来越精彩。中国与非洲国家和人民源远流长、肝胆相照的友谊，也在继续谱写新的篇章。儿童文学作家如何去讲好这些大爱无疆的中国故事与人类命运共同体的故事？《中国妈妈》是一个很好的范例。

# 第七章

## 文学翻译

# 综 述

## 服务文明互鉴战略，传播世界文学经典

### 一、基本概况

习近平总书记在2022年8月25日给外文出版社外国专家的回信中，从文明进步的高度肯定了历史上重要的跨文化翻译运动。吸收世界优秀文明成果，提升中国文化软实力，离不开翻译。文学翻译在中外文明互鉴和文化传承创新方面发挥着重要作用，促进了人类命运共同体的构建。

重庆文学翻译有着优秀的传统，曾出现过两位获得中国翻译协会翻译文化终身成就奖的翻译家——德语专业的杨武能教授和英语专业的何道宽教授，另外，孙法理、杜承南、刁承俊、杨开显等前辈也为中国的文学翻译事业作出过杰出贡献，董继平、陈英、李永毅、宇舒等后起之秀在国内翻译界也有相当影响。

如今，重庆正在打造内陆开放高地，成渝地区双城经济圈建设也在提速，新时代的重庆文学翻译事业也迎来了发展的契机。自2021年以来，重庆的文学翻译工作者殚精竭虑，为中外文明交流互鉴付出了辛勤的劳动，不仅翻译出版了外国文学的许多经典作品，也积极服务"中国文化走出去"的国家战略，将中国的优秀文学作品译成外语，推向海外图书市场，获得了国际重要翻译奖项，也在国

内外赢得了良好的口碑。重庆文学翻译的主要特色和优势：一是聚焦小语种汉译，在德语、意大利语、拉丁语、法语等语种的文学翻译中取得了重要成果；二是诗歌翻译水平较高，杨武能、杜承南、杨开显、董继平、李永毅、宇舒等译者都擅长诗歌翻译；三是翻译的学术研究成就斐然，与文学翻译相互支撑，四川外国语大学的翻译学科在国内地位颇高，董洪川校长在2022年当选中国翻译协会常务副会长，祝朝伟副校长当选常务理事，截至2024年该校共获得14项中华学术外译项目。

重庆的文学翻译成就在中国西部居于靠前位置，但与北京、上海、江苏等翻译重镇相比还有差距，这是由多种原因造成的。首先，京沪苏等地有北京大学、北京外国语大学、上海外国语大学、复旦大学、南京大学等培养外语人才的顶尖高校，翻译人才储备丰富，传统深厚。其次，上述省市有商务印书馆、上海译文出版社、译林出版社等高水平翻译出版机构，还有《世界文学》《译林》等著名文学翻译期刊，译著出版和传播有优越的平台。再次，这些地区的读者外语素养普遍较高，为文学翻译的发展创造了良好的文化环境，形成正向互动。历届鲁迅文学奖文学翻译奖得主大多来自京沪苏，绝非偶然。重庆需要向这些地区学习，努力改善文学翻译的整体环境，力求取得新突破。

## 二、工作回顾

（一）建立了一支学术水平高、责任感强、小而精、起点高的文学翻译队伍

与文学其他门类相比，文学翻译对外语水平和学术背景要求较高，主力一般是高校教师。重庆的文学翻译队伍以四川外国语大学、西南大学、重庆大学等高校从事外国文学研究和翻译研究的教师为主，也有少数独立的文学翻译者，总体规模较小。主要原因是高校教师的岗位考核一般关注的是教学和科研，翻译工作通常不被视为科研工作的一部分，或者在工作考核中分值很低；另一个重要原因是与原创文学作品相比，文学翻译稿费偏低，有些带有学术色彩的文学翻译甚至

没有稿费。所以，文学翻译者主要是凭着对文明互鉴事业的热爱和责任感从事这份"业余"的工作，但这并不意味着他们的水平业余。事实上，重庆的文学翻译队伍小而精，起点高，成就斐然。在过去三年，四川外国语大学的陈英教授就两次问鼎意大利外交与国际合作翻译奖（意大利国家层面最高的文学翻译奖），并荣获意大利共和国总统颁布的"意大利之星"骑士勋章。著名翻译家董继平在2022—2023年间出版美国自然文学代表作9部，诗集1部，其他文学译著3部，为重庆文学翻译作出了重要贡献。宇舒的法语汉译诗集《在冬日光线里》在2022年获得第九届重庆文学奖。重庆大学李永毅教授继译作《贺拉斯诗全集》获第七届鲁迅文学奖之后，拉丁语汉译著作《奥维德诗全集》在2024年又获得首届金隄翻译奖优秀奖，并在海外引起关注。

（二）开展中外双向兼顾、实践与理论互补的文学翻译活动

在重要的译著出版后，重庆的文学翻译者都会举行图书分享会，例如宇舒的译著《在冬日光线里》、李永毅的译著《奥维德诗全集》和《物性论：拉中对照译注本》出版后，都举行了线下或线上的活动。由于多数译者身在高校，他们也将文学翻译与翻译研究的活动结合起来，重庆翻译学会和重庆翻译家协会的历届年会都有文学译者参加和发言，李永毅在2023年的第八届翻译认知国际研讨会上做了题为《文学翻译中的"理解"意味着什么？》的主旨演讲。重庆的文学译者还积极对接国家需求，重庆大学外国语学院组织年轻的文学教师承担了两项国家高端文学翻译项目。陶叶茂博士签约翻译国家新闻出版署"经典中国国际出版工程"2023年计划中的《千里江山图》，这是孙甘露获第十一届茅盾文学奖的长篇小说；孙玉晴博士签约翻译中宣部立项的"丝路书香出版工程"（中国新闻出版业唯一进入国家"一带一路"战略的重大项目）2022年计划中的《暖夏》（作者王松），两部英译本都将在英国独角兽出版社出版，进入国外主流图书市场。这是重庆文学翻译界在主动服务国家战略方面的重要突破，有助于中国当代文学经典走向世界。

### （三）加强机构建设，创办资源网站，巩固文学翻译阵地

重庆文学翻译有三个主要机构——重庆翻译家协会、重庆翻译学会和重庆市作家协会文学翻译创作委员会。重庆翻译家协会于2009年成立，依托西南大学外国语学院，依靠高校的力量为后续发展提供了稳定的人才、资金和制度保障。重庆翻译学会成立于1985年，2003年召开重庆直辖后首次代表大会，成为省级学会，至今已举办23次年会，汇聚了全市各高校数百名文学翻译和翻译研究人才。重庆市作家协会文学翻译创作委员会负责规划和引导全市文学翻译的发展，与上述两个机构均有密切联系。

重庆文学翻译创委会的主要阵地是三个资源网站：（1）"文学翻译资源网"，设有译文选萃、文本资源、视频资源、译家剪影、翻译杂谈、图书资讯、项目评奖和文翻活动等栏目；（2）"世界诗歌网"，收录了古今中外数十万首诗歌，包括各国诗歌的汉译，并提供众多诗集下载；（3）"欧洲语言文学网"，为欧洲的五十门语言编辑整理了语言类和文学类的资源，包含世界各国文学的汉译图书和原著。

### （四）传播中外经典作品，关注世界文学前沿动态，推出文学翻译精品力作

近三年重庆译者出版和发表的主要文学译著如下。

小说《微型世界》，意大利作家克劳迪奥·马格里斯著，陈英译，上海译文出版社2020年出版，2021年获意大利外交与国际合作部外国文学作品翻译奖。马格里斯是当今世界最重要的作家和文化哲学家之一，曾获斯特雷加文学奖、奥地利欧洲文学奖、卡夫卡文学奖等文学大奖。《微型世界》是一部充满哲思与人文趣味的游记式小说，陈英的译文准确地复现了原作的特质，受到业界高度认可。

诗集《相遇与埋伏》，意大利诗人米洛·德·安杰利斯著，陈英译，人民文学出版社2022年出版，2023年获意大利外交与国际合作部外国文学作品翻译奖。安杰利斯是当代最有影响的意大利诗人之一。翻译了众多意大利小说的陈英对这部诗集的处理非常到位，体现了她多样化的翻译才能。

董继平2022年在青海人民出版社翻译出版了美国自然文学家、"洛基山国家公园之父"埃诺斯·米尔斯的5部随笔（《在动物中间》《追踪野生动物》《山巅乐园》《山林的情歌》和《森林故事》），2023年在青海民族出版社出版4部美国自然文学代表作（约翰·巴勒斯的《醒来的森林》、亨利·大卫·梭罗的《瓦尔登湖》以及约翰·缪尔的《山野考察记》和《夏日走过山间》），极大地丰富了自然文学的汉译库。此外，2023年他还在百花洲文艺出版社出版了法国诗人伊凡·哥尔的诗选汉译，在新蕾出版社出版了海伦·凯勒的《我的老师》《假如给我三天光明》和《我生命中的故事》。

诗集《在冬日光线里》，瑞士诗人菲利普·雅各泰著，宇舒译，2019年人民文学出版社出版，2022年获第九届重庆文学奖。雅各泰是著名诗人和翻译家，曾获蒙田文学奖、法兰西科学院奖、荷尔德林诗歌奖、彼特拉克诗歌奖和龚古尔诗歌奖等文学大奖。重庆文学奖官方授奖词称："雅各泰的诗歌充满神秘气息，语言逻辑与具象描写常常是要突破的对象。译者以敏感的笔触捕捉到了雅各泰诗歌的精髓，以诗人的气质将法语诗歌再现于中文，犹如冬日光线穿透了语言迷雾，呈现出异样却同质的美。"

译诗《诱惑宇宙（二十一首）》，法国诗人安德烈·维尔泰著，宇舒译，《世界文学》2023年第2期发表。维尔泰是当代著名诗人，曾获得马拉美诗歌奖和龚古尔诗歌奖。《世界文学》自创刊以来，一直是中国发表外国文学翻译的顶刊。宇舒的译作在该刊发表，值得祝贺。

诗集《奥维德诗全集》，古罗马诗人奥维德著，李永毅译，中国青年出版社2021年出版，卷二单行本曾获第八届重庆文学奖和第十一次重庆市社科成果奖二等奖。华盛顿大学古典系克劳斯教授认为该书是"了不起的成就"，美国奥维德研究权威海因兹教授称赞该书是"重要的成就和开拓性的著作"，伦敦大学古典系在社交媒体发文推介。

诗集《物性论：拉中对照译注本》，古罗马诗人卢克莱修著，李永毅译，华东师范大学出版社2022年出版，入选当年"思南书单·年度诗集"。马克思曾高度称赞卢克莱修"勇敢的、雷鸣般的诗歌",翻译家袁筱一如此评论此译本:"需要感谢译者李永毅教授精心的译与注,我们能够领略到诗与哲思的巧妙结合,领略到传承跨越时间的历史意义以及跨越语言的地理意义。"

诗选 *Trees Grow Lively on Snowy Fields*,郑敏、童蔚、蓝蓝、杨键、莫非、余怒等著,李永毅、斯蒂文等译,美国 Twelve Winters 出版社 2021 年出版。该书力求让英译本在英语文学中达到原诗在中国文学中的水平,书中的不少译诗曾在美国顶级文学期刊上发表,出版后入围 2022 年 Big Other 翻译奖终选名单,《北美文学评论》和新加坡网站《无界新加坡》都发表了书评。

外国文学经典系列译著,西南大学罗益民教授译,包括泰戈尔的《园丁集》和纪伯伦的《先知》(河南人民出版社 2022 年出版)以及《莎士比亚漫画版》五种(贵州人民出版社 2023 年出版),这些著作都体现了译者精深的英语水平和深湛的学术修养。

儿童文学《黑暗中的守护者》,新西兰作家玛格丽特·梅喜著,西南大学胡显耀教授译,新蕾出版社 2021 年出版。梅喜曾获得儿童文学最高奖安徒生奖。胡显耀的译文流畅生动,极富文学性。

(五)斩获多项文学翻译奖项,引发国内外关注

2021 年以来重庆文学翻译最值得骄傲的成就是陈英教授在三年内两次获得意大利国家层面的最高翻译奖——意大利外交与国际合作部外国文学作品翻译奖。此奖项含金量极高,奖励将意大利语文学作品翻译成其他语言的全球译者,每年获奖者仅四到五人,每个语种仅有一位获奖者。陈英在 2021 年和 2023 年都是唯一的汉语获奖者,不但为重庆争光,也为中国尤其是中国的意大利语研究者赢得了荣耀。陈英译介的意大利作家有埃科、马格里斯、费兰特、斯塔尔诺内、巴里科、格罗西、玛拉依尼、皮佩尔诺等,译著"那不勒斯四部曲"《我的天才女友》在国内读者中有很大影响。由于翻译成就卓著,她在 2021 年获得意大利共和国总统颁布的"意大利之星"骑士勋章。该勋章是国家级荣誉勋章,每年颁发给为推动意大利和其他国家的友好关系作出杰出贡献的外国人士和海外意大利

人，以表彰他们在促进意大利与其他国家之间友好关系方面的突出作用。

此外，重庆文学翻译者近年获得的重要奖项还有李永毅获首届金隄翻译奖优秀奖（奖励范围为1964—2024年六十年间的外译汉和汉译外著作）；陈英获第六届单向街书店文学奖；宇舒获第九届重庆文学奖；李永毅获第九届重庆艺术奖。

## 三、规划展望

目前，重庆文学翻译仍存在一些问题。第一，由于译者主要为高校教师，虽然语言水平和知识素养高，但科研和教学工作任务较多，难以在文学翻译以及翻译活动上投入太多时间，因此文学翻译队伍规模较小。第二，虽然重庆文学翻译已出现一批在国内外有影响的翻译家，但总体来说，名家名著仍然不多。第三，由于重庆地处内陆，历史上对外交往不及东部沿海地区活跃，阅读译著的群体比例也偏低，文学翻译的氛围不浓，难以开展有深度的讲座和分享会等活动。第四，由于出版机构的规模化策划和推出文学译著的传统和机制不同，本地译者倾向于在京沪苏等省份出版著作。第五，外译汉著作比例过高，汉译外著作严重缺乏，不太利于中国文学以及重庆文学的对外传播。

为了解决上述问题，文学翻译创委会准备在未来采取以下措施。一是与重庆翻译家协会和重庆翻译学会密切合作，吸引更多高校译者进入作家协会；二是借助重庆高校和重庆作协的相关政策，积极扶持有潜力的年轻译者，培养新的文学翻译中坚力量，特别是鼓励更多小语种师生投身文学翻译，因为与英语相比，小语种翻译人才更容易脱颖而出，继续翻译出版外国文学经典，形成规模效应；三是利用现有的资源平台传播和推广文学翻译，多在高校举办活动，让外语水平相对较高的学生群体参与进来；四是与重庆本地高校和出版机构合作，联合策划翻译丛书；五是借助重庆本地高校的力量，招募外语水平高的老师，成规模地将重庆作家的优秀作品译成外语，并在国外主流出版机构出版。

展望未来，随着"一带一路"、西部陆海新通道和成渝地区双城经济圈建设的不断推进，重庆在中国对外开放版图中的地位将日益重要，这将极大促进重庆外语人才的培养，改善重庆文学翻译的土壤。原有的中坚译者仍处于创作的高峰状态，新锐的译者不断涌现，合理的梯队正在形成，重庆的文学翻译事业将进入稳步发展、蓄力突破的时期。

# 评 论

## 译者惯习与修辞选择的互动与互补关系
### ——以陈瘦竹译《欧那尼》一剧为例

陶叶茂[①]

南京大学中文系教授陈瘦竹（1909—1990）在戏剧理论研究领域建树非凡，著有《论悲剧与喜剧》（1983）、《戏剧理论文集》（1988）等重要理论作品，曾译《康蒂妲》（*Candida*, 1898）、《欧那尼》（*Hernani*, 1830）等戏剧名作，产生了较大影响。学界对其戏剧理论进行了深度研究，但对其戏剧翻译的探讨却较为匮乏。作为研究陈瘦竹戏剧的重要起点，其戏剧翻译具有重要研究价值。

20世纪60年代以降，西方翻译研究迅速发展，随着翻译研究从语言内延伸至语言外，这一学科不断呈现出跨学科特性。在其演进历程中，社会学转向的翻译研究也随之发展起来，"社会学理论逐渐在翻译研究中显现理论张力"（李忠辉 2021: 89）。译学界从皮埃尔·布迪厄（Pierre Bourdieu）社会学理论着手，陆续取得了较为丰硕的研究成果，王洪涛（2016）等学者已对此进行细致

---

[①] 陶叶茂，北京大学外国语学院博士研究生。

梳理，此处不赘。本文主要对布迪厄"惯习"概念的无意识性做详细探讨。[①]"惯习"概念由布迪厄在1972年出版的《实践理论大纲》（*Outline of a Theory of Practice*）一书中提出[②]，在社会学界产生了很大影响，此后，这一概念的内涵不断发展，其中对无意识性的认识尤其值得探究。虽然布迪厄曾表示"惯习的反应可能会伴随有意识的策略计算"（1990：53），但"伴随"一词明显指示"惯习的反应"不等于"有意识的策略计算"。在社会学研究领域，谢立中也在引用布迪厄所言"习性（惯习）反应首先是排除任何计算"（1990：53）时，特别阐释指出，"布迪厄认为，在习性（惯习）引导下做出的行动反应过程与在意识引导下做出的行动反应过程非常不同。虽然行动者在习性（惯习）引导下对外部刺激做出反应时，也有可能伴随着一种运算过程……但行动者在习性引导下所做出的反应是排除有意识地计算这类过程的"（2019：150）。而且布迪厄明确指出，"惯习是具有无意识性与无意志性的自发性"（1990：56）。简言之，虽然惯习这一概念是"出了名的难以给予清晰界定"（李楠 2019：9），但在无意识性与有意识性这一维度上，惯习本身具有清晰的指涉范围，即惯习是无意识的。

由于惯习是无意识的，无法涵盖译者因为特定的修辞目的而作出的特定的修辞选择，因此译学界研究者在引入该社会学理论进入翻译研究时遇到了一定的困境，如"译者惯习"定义不明、"译者惯习"与"翻译策略"概念混淆不清（如将前者扩大或等同为后者）、惯习"无意识性"与"有意识性"论述前后矛盾、理论阐释与实践分析相互脱节等问题，因而有时难以有效运用翻译惯习的本质特征来展开深入研究。

因此，本文认为有必要将修辞选择引入译者惯习研究。修辞是"人类共有的、可用在彼此身上产生效果的所有资源。修辞产生的效果包括与人格修养相关

---

[①] 北京大学申丹教授指出译者惯习与译者的修辞选择之间存在本质差异，需要加以区分，不可用翻译惯习涵盖翻译策略和有意识的翻译选择，这一观点对本文有重要启发。也在此感谢申丹教授对本文初稿提出的宝贵建议。

[②] 布迪厄在20世纪60年代的文章中已经开始使用"惯习"一词，但没有正式对此进行严格界定。

的伦理效果，与政治事务相关的实践效果，与审美体验相关的情感效果和与学术领域相关的智识效果"（Booth 2004: xi），其核心在于通过特定的修辞选择实现特定的修辞目的与效果，这种修辞选择会随着译作受众群体、原作思想艺术、译作审美效果等的不同而发生变化。就其本质而言，修辞是一种"精心设计的语言表达（planned utterance）"（Rothwell 1971: 3），是"根据一定的目的精心选择语言材料"（张志公 1982: 3）的过程，修辞也是一种"具有策略性的语言使用（the strategic use of language）"（Swartz 1998: 9），"通过对语言材料的选择、调整、修饰，使语言美化，更好地交流思想，表情达意"（杨鸿儒 1997: 11）。和惯习这一具有延续性和规律性的"性情倾向系统"（Bourdieu 1990: 53）不同，修辞"通过打破旧规则或创造新规则来修正常规情形下的语言冗余"（Dubois et al. 1981: 40）。可以发现，修辞选择由意识引导，为实现特定修辞目的与效果而精心设计。在无意识性与有意识性这一维度上，修辞选择是有意识的，这与作为"持续性的性情倾向系统"（Bourdieu 1990: 53）的无意识的惯习形成鲜明对照。

本文认为，由于译者惯习是无意识的，修辞选择是有意识的，二者本质不同，如将其混为一谈，会使得研究者无法看到译者惯习与修辞选择作为双重影响动力对翻译实践所起的交互作用。申丹认为，"我们应关注作者如何运用特定的文本资源来跟读者交流，以达到特定的修辞目的"（2021: 139）。同理，由于在翻译实践中，除惯习之外，往往是译者有意识的修辞选择更能保障译作再现原作的主要特征。因此，在翻译研究中，也应当明晰译者在特定场合中如何通过特定的修辞选择从而达到特定的修辞目的。

在陈瘦竹的戏剧翻译活动中，既有资本和场域对译者惯习的塑造，又有译者惯习对修辞选择的互动影响，还有译者惯习与修辞选择的互动和互补作用，他对雨果名剧《欧那尼》的翻译就能很好地说明这一点。《欧那尼》写于1829年，这部悲喜剧"推倒新古典派之势力，奠定浪漫运动之基础"（陈瘦竹 1947a: 175），是法国浪漫主义戏剧的重要代表作，1830年在巴黎上演后，"几为法国戏剧史上空前绝后的一大盛举"（陈瘦竹 1947b：19）。因此，本文从社会学视角出发，厘清译者惯习对修辞选择的影响以及二者的本质区别，考察二者的互动与互补作用如何帮助译者取得《欧那尼》翻译活动的成功，关注影响翻译实践的无意识与有意识的双重动力，以及修辞选择对释放戏剧剧能的直接影响，从而增强从惯习视角出发展开的翻译研究的说服力与全面性，同时为社会学视角的翻译研究拓展更为清晰的研究思路。

## 一、资本与场域影响下陈瘦竹的译者惯习

"惯习"是"持续性的、可转换的性情倾向系统"，"由其生成和组织的实践和表现能够客观地适应自身的意图，而不用预先设定有意识的目的和特意掌握达到这些目的所必需的行动"（Bourdieu 1990：53）。惯习除了具有无意识性和自发性（Bourdieu 1990：56），也具有延续性和规律性（Bourdieu 1990：54）。惯习既具有普遍性，也因个体社会轨迹的不同而具有差异性（Bourdieu 1990：60）。下文将首先简要梳理在资本与场域的影响下，陈瘦竹的三大译者惯习。

（一）文化社会资本对译者惯习的形塑：忠实翻译与深度批评

布迪厄将资本分为经济资本、文化资本与社会资本三种根本形态（1986：243）。经济资本"可以立即或直接转化为金钱，也可能以产权等制度化的形式体现"（1986：243），文化资本"在一定条件下可转化为经济资本，也可能以教育文凭等制度化的形式体现"（1986：243），社会资本是"个人或群体凭借所拥有的相对持续，又在一定程度上制度化的相互熟悉与承认的关系网而积累起来的实际或虚拟的资源的总和"（Bourdieu 1992：119），"在一定条件下可转化为经济资本，也可能以头衔或象征等制度化的形式体现"（Bourdieu 1986：243）。

陈瘦竹儿时爱看锡剧，读高等小学时看了许多京剧，再后来看了大量的话剧，在戏剧方面具有一定基础。同时，他1933年毕业于国立武汉大学外文系，具有深厚的外文修养。这些文化资本为他进入翻译场域和戏剧研究打下了坚实基

础，有利于他后期引进、译介西方当代戏剧理论。同时，他在国立武汉大学就读的经历也为他积累了社会资本，如学习期间结识了后来在戏剧领域颇有建树的夫人沈蔚德，毕业时被老师陈源推荐至南京国立编译馆工作等。陈瘦竹的成长学习经历为他走入翻译和戏剧领域积累了一定的文化资本与社会资本，而随着工作场域的变化，从南京国立编译局到江安国立戏剧专科学校，真正走进戏剧研究、戏剧翻译的场域之中，他又不断通过课程教学、戏剧批评、戏剧翻译等多种途径积累文化资本，逐渐形成其译者惯习。

首先，他毕业后在南京国立编译馆期间的翻译工作令他再度积累了文化资本，逐步形成了"忠实翻译"的译者惯习。工作期间，他曾翻译发表过多种文学作品，如萧伯纳戏剧《康蒂妲》等。如赵康太所言，"长期的外语实践，使他……译笔也日益精美和华丽……取得了不能问津外语的人所无法取得的成绩"（2000：157）。陈瘦竹强调翻译需要忠于原著，认为翻译"稍一疏忽就会出错"（1988：157），通过工作中的文化资本蕴蓄，他形成了"忠实翻译"的译者惯习。

其次，陈瘦竹1940年应余上沅之邀，前往江安国立戏剧专科学校（简称剧专）任教，在此，他又积累了更多文学创作、研究、翻译等方面的文化资本。如到剧专后不久，余上沅就请他翻译出版Allardyce Nicoll的《戏剧理论》（*The Theory of Drama*, 1931），该过程不断促进他对民族戏剧的思索。同时，陈瘦竹夫人沈蔚德精通戏剧，具有丰富的戏剧表演与创作经验，在沈蔚德的帮助与剧专氛围的熏陶下，陈瘦竹对戏剧有了进一步认识。此后，他发表了多篇戏剧研究论文，建立起了对剧作家、剧作与戏剧理论的系统研究模式，逐步形成了"深度批评"的译者惯习。

（二）戏剧翻译场域对译者惯习的影响：关注演出效果与读者接受

"场域"指"一个独立的社会空间，拥有区别于政治与经济的运作法则"（Bourdieu & Johnson 1993：162）。随着民国中后期西方戏剧汉译活动的蓬勃发展，该时期戏剧翻译场域主要呈现出以下几大法则和特点：第一，随着戏剧运动的兴起，群众对戏剧的需求增加，因原创剧作不足，翻译西方戏剧成为满足当时演剧需求的重要方式，戏剧翻译活动随之快速发展。其中不乏大量从英译本转译而来的外国戏剧，陈瘦竹的《欧那尼》译本就是一例。第二，此时的戏剧翻译场域中，许多译者既是名学者也是名作家，对戏剧文学认识深刻，能够较好地保证译本的思想性与艺术性。当时胡适、田汉、梁实秋等多位名家均参与了戏剧翻译活动，能够较好地再现戏剧文本的思想艺术特色，陈瘦竹的翻译也是如此。第三，随着戏剧运动的展开和人民热情的高涨，戏剧在全国各地得到广泛发展，成为宣传思想、启迪民智、激发热情的重要方式。戏剧翻译场域中的受众发生变化，普通群众逐渐成为戏剧的主要观众。陈瘦竹认为，"一部剧本，不仅需要一群演员来演，而且必须要有一群观众来看。所以剧作家在创作时……必须时刻将观众放在心上，处处为观众着想"（1999f：14）。同时，他指出"戏剧既为演出而作，则其对话……务求便于上口为主"（1947：175），在戏剧翻译场域读者/观众发生变化与深刻认识戏剧与演出的相互关系之后，结合时代趋势与受众需求，陈瘦竹形成了"关注演出效果与读者接受"的译者惯习。

如前文所述，在资本与场域的共同作用下，陈瘦竹形成了三大译者惯习，而这些译者惯习及有意识的修辞选择对陈瘦竹的戏剧翻译产生了重要影响。1945年，陈瘦竹认为曾朴的《欧那尼》译本艰深难懂，于是选择重译。其重译本大获成功，"公认为比曾朴译本适合于演出"（黄丽华 1992：184）。下文将结合《欧那尼》陈瘦竹1947年译本、曾朴1927年译本与许渊冲2013年译本[①]展开比照分析，深入考察译者惯习与修辞选择的互动与互补关系对陈瘦竹《欧那尼》翻译活动取得成功所起的重要作用。

---

[①] 曾朴与许渊冲主要依据《欧那尼》法文原本进行翻译，陈瘦竹主要依据Mrs. Newton Crosland的《欧那尼》英文转译本进行翻译。

## 二、忠实翻译的译者惯习与修辞选择的互动与互补

忠实翻译是陈瘦竹在多年的学习工作实践中形成的基本译者惯习，已成为其性情倾向，具有无意识性。同时，在这一译者惯习影响下，陈瘦竹产生了少量有意识的修辞选择，对译作具有积极影响。在该译者惯习与修辞选择的互动与互补作用下，陈瘦竹保证了译剧的完整性与准确性，有效保障了译剧情节的可靠性。

### （一）保证译剧信息的完整性与准确性

出于忠实翻译的译者惯习，陈瘦竹译剧保证了原剧信息的完整性。如第一幕中，老公爵询问国王是否会讲拉丁文，表示"日耳曼贵族最喜欢别人用拉丁文跟他们谈话"（雨果 1947：54），而国王则回答，"用西班牙文跟他们谈话，他们也就心满意足了……只要谈话时候，声音洪亮，用什么文字都是无关紧要的"（雨果 1947：54）。这段对话与下文主线情节发展无关，曾朴译本将其删除，但此处对话偏离主线，雨果显然别有用意。而陈译本完整地保留这段对话，能够让读者清晰地看到雨果意在呈现的狂妄而鲁莽的国王形象。

在完整性之外，受忠实翻译的译者惯习影响，陈瘦竹产生了有意识的修辞选择，更为准确地传达出了戏剧故事信息。如老公爵询问卡洛王（Carlos）是否想过做日耳曼帝国皇帝，他回答"Constantly"[①]（Hugo 1909：25），陈瘦竹在此不仅忠实翻译，且将该词有意识地扩展为"这个念头，时刻在我心上"（雨果 1947：51），更突出渲染了卡洛对皇帝宝座的欲望。正因在卡洛的价值排序中，权力居于首位，到第四幕他成为皇帝时，才会愿意放手成全欧那尼与素儿的爱情。借助有意识的修辞选择，陈瘦竹有效确保了戏剧故事信息的准确传达与人物行为的逻辑自洽。

### （二）保障译剧情节的可靠性

由于忠实翻译的译者惯习，陈译本戏剧情节比曾译本更具可靠性。如在本剧结尾，素儿与欧那尼相拥而亡，此时老公爵的目的已然达成，人生了无遗憾，于

---

[①] 此句法语原文为："Toujours"（Hugo 1987：38）。

是选择自杀。陈瘦竹将此译为"现在该我入地狱了！（他自杀）"①（雨果 1947：174），对其死亡方式描述得较为准确，而曾译为"我是地狱里的鬼！李亦死"（雨果 1927：225），则显得仓促模糊。相比而言，陈瘦竹忠实翻译了老公爵的死亡方式，这符合该人物的行为逻辑，有效保障了故事结局的可靠性。

受忠实翻译的译者惯习影响，陈瘦竹还有意识地作出了精确的修辞选择，提升了译剧情节的可靠性。如第三幕开场，素儿与老公爵的婚礼在即，此时素儿心事重重，一则担忧情郎欧那尼或已被国王逮捕遭遇不测，二则谋划如何实施自杀来拒绝完成婚礼。因此，此时的舞台说明中写道，"Doña Sol, pale, and standing near a table"②（Hugo 1909：47），陈瘦竹将其译为"素儿小姐脸色苍白"（雨果 1947：79），而曾朴和许渊冲分别译为"全身衣白"（雨果 1927：74）和"全身素白"（雨果 2013：435）。三位译者均在此有意识地对"苍白"这一颜色词的对象进行了具体化，对比而言，因受忠实翻译的译者惯习影响，陈瘦竹此处的修辞选择不仅暗伏了本幕开场欢乐祥和氛围下女主人公悲伤绝望的面色与情绪，又与该幕后文"素儿依然面色苍白，态度严肃"③（雨果 1947：87）相合，使得情节信息更加可靠。

## 三、关注演出效果与读者接受的译者惯习与修辞选择的互动与互补

关注演出效果与读者接受的译者惯习使得陈瘦竹以演出为纲，以观众为要，翻译时增添了丰富的句末语气助词，运用了适量的四字格词汇以及大量的动词。

---

① 此句法语原文为："Oh! je suis damné! ... Il se tue"（Hugo 1987：171）；英文译文为："He kills himself"（Hugo 1909：126）。

② 此句法语原文为："DOÑA SOL, blanche et debout près d'une table"（Hugo 1987：69）。

③ 此句法语原文为："Il va présenter la main à doña Sol, toujours pâle et grave"（Hugo 1987：78）；英文译文为："He offers his hand to Doña Sol, still pale and grave"（Hugo 1909：54）。

语料库统计发现，这些翻译行为具有一定的稳定性和规律性，其性情倾向符合惯习"在实践中形成，并趋向于发挥实践功能"（Bourdieu 1990: 52），且具有"延续性和规律性"（Bourdieu 1990: 54）的特征，因此也属于关注演出效果与读者接受这一总惯习影响下的分惯习，共同呈现出一定的无意识性。同时，陈瘦竹出于关注演出效果与读者接受的译者惯习，在提升译作口语性与动作性的同时，也通过一些有意识的修辞选择，凸显了人物性格、故事情节与剧作语言特色。

（一）提升译剧语言的口语性

首先，受关注演出效果与读者接受这一总惯习的影响，陈瘦竹译剧呈现出增添丰富句末语气助词的分惯习，全面提升了译剧语言的口语性。借助CorpusWordParser对三译本完成分词处理后，使用 AntConc 3.5.9 对三译本语料进行分析发现，陈译本中约有20类句末语气助词（见下文表1），主要为译者自主添加，其使用频次共计1283次，为三译本之最，远高于曾译本，略高于当代语境下生成的许译本，这也进一步证实了陈瘦竹具有超越所处时代的戏剧语言掌控力，惯用大量句末语气助词来提升语言口语性，总体趋势呈现出一定的无意识性。

而在具体使用句末语气助词的过程中，陈瘦竹又借助有意识的修辞选择，突出了人物性格与紧张情节。如第一幕开场，老保姆开门看到来者并非欧那尼时，惊呼"What now? —not you Signor Hernani!"[①]（Hugo 1909: 9），陈瘦竹将其译为"怎么？您不是欧那尼老爷呵！"（雨果 1947: 32），有意识地选择增添了"呵"这一不同寻常的句末语气助词。与曾译本"怎么。你不是欧那尼爵爷！"（雨果 1927: 3）和许译本"怎么，你不是艾那尼老爷？"（雨果 2013: 404）相比，陈译本有意识地增添特定的句末语气助词，在提升译剧口语性之外，更能引起读者/观众的注意，更加烘托出了紧张气氛和老保姆的大惊失色。

---

[①] 此句法语原文为："Quoi, seigneur Hernani, ce n'est pas vous!"（Hugo 1987: 18）。

表1 《欧那尼》三译本句末语气助词使用概况

| 版本<br>类型 | 曾朴译本<br>(1927年) | | 陈瘦竹译本<br>(1947年) | | 许渊冲译本<br>(2013年) | |
|---|---|---|---|---|---|---|
| 类型 | 语气助词 | 频次 | 语气助词 | 频次 | 语气助词 | 频次 |
| 1 | 了 | 217 | 了 | 358 | 了 | 375 |
| 2 | 吗 | 160 | 吧 | 226 | 吧 | 264 |
| 3 | 的 | 90 | 吗 | 158 | 的 | 177 |
| 4 | 呢 | 77 | 的 | 139 | 呢 | 107 |
| 5 | 着 | 56 | 呢 | 134 | 吗 | 97 |
| 6 | 罢 | 47 | 呀 | 100 | 呀 | 42 |
| 7 | 呀 | 8 | 哪 | 51 | 哪 | 35 |
| 8 | 哩 | 7 | 的话 | 36 | 是的 | 21 |
| 9 | 地 | 6 | 着 | 21 | 着 | 17 |
| 10 | 是的 | 5 | 罢了 | 19 | 的话 | 13 |
| 11 | 也好 | 4 | 是的 | 15 | 哩 | 12 |
| 12 | 罢了 | 3 | 咯 | 6 | 也罢 | 5 |
| 13 | 得 | 2 | 似的 | 4 | 啦 | 5 |
| 14 | 而已 | 2 | 也罢 | 4 | 而已 | 3 |
| 15 | 也罢 | 2 | 来着 | 3 | 着呢 | 2 |
| 16 | 哪 | 2 | 啦 | 2 | 似的 | 2 |
| 17 | | | 也好 | 2 | 来着 | 2 |
| 18 | | | 呵 | 2 | 也好 | 1 |
| 19 | | | 罢 | 2 | 得 | 1 |
| 20 | | | 着呢 | 1 | 罢了 | 1 |
| 总计 | | 688 | | 1283 | | 1182 |

此外，在关注演出效果与读者接受这一总惯习影响下，陈瘦竹译剧还呈现出适量使用四字格词汇的分惯习，这不仅有利于演员上口与观众/读者接受，也有意识地贴合了戏剧人物身份与成长背景。许渊冲翻译首推一个"美"字，认为"文学翻译就是三美、三化、三之的艺术"（2006：3），在该惯习指导下，其译本文字优美，富有诗性，如他将欧那尼夸赞素儿所言"Thy speech but seems a chaunt with nothing human mixed"①（Hugo 1909：114）译为"此曲只应天上有，人间哪得几回闻"（雨果 2013：491），而陈译本则为"你说的，像是天堂里的仙乐，不带一点人间烟火味儿"（雨果 1947：159）。就整体文风而言，和许译本相比，陈译本更加口语化。该特点在二者译本的四字格词汇使用中也对比明显，研究发现，许译本中采用了318种四字格词汇436次，而陈译本仅使用206种四字格词汇258次。②与许译相比，陈译本四字格词汇的丰富度和总使用频次都更低，更口语化，也更能说明欧那尼从小浪迹天涯，缺乏贵族教养的成长背景。

（二）增强译剧语言的动作性

出于关注演出效果与读者接受的惯习，陈译本运用大量的动词，提升了译剧语言的动作性，还原了剧作语言特点，同时通过有意识的修辞选择，促进了戏剧情景再现与人物形象塑造。通过 Free Claws web tagger 对陈瘦竹所用《欧那尼》英译本进行标记处理后，采用 AntConc 3.5.9 统计发现，英译本中实义动词总数为3560词。同时，去除趋向动词、联系动词、能愿动词后，在曾、陈、许三个中译本中，实义动词数量总计分别为4961词、5721词和5409词。对比发现，《欧那尼》三个中译本的实义动词总量均高于其英译本，其中陈译本实义动词使用频率最高，其戏剧文本的动作性更强，这也符合其一贯的戏剧理念，"使语言带有动作性，然后才能产生戏剧效果"（陈瘦竹 1999a：1456）。同时，陈

---

① 此句法语原文为："Ta parole est un chant où rien d'humain ne reste"（Hugo 1987：154）。

② 此处数据由 CorpusWordParser 对原文进行分词处理后，再借助 AntConc 3.5.9 进行词频统计分析后得出。

译本动词使用精确传神，如老公爵前来索取欧那尼性命时，说"Die-die you must"①（Hugo 1909：123），对此，陈瘦竹译为"喝吧，喝吧，你非死不可"（雨果 1947：170），此处曾译为"应该死"（雨果 1927：218），许译为"死的时辰到了"（雨果 2013：498）。对比发现，陈瘦竹借助有意识的修辞选择，增添并重复使用"喝吧，喝吧"两个动词，在增强了译剧语言动作性的同时，呼应了英译本重复使用"die"的这一文学修辞，更将老公爵内心的妒忌与希望索取欧那尼性命的迫切心情淋漓展现，更有利于人物形象塑造。

## 四、深度批评的译者惯习与修辞选择的互动与互补

陈瘦竹认为，"文学剧本的高度思想性和艺术性，就是演出获得成功的先决条件"（1999d：72）。"深度批评"是陈瘦竹最具特色的译者惯习，受此影响，他在翻译时不是笼统地将原剧视为一般文学作品，而是从戏剧的独特性出发，识别剧作的本质特性，从而采取了更多更加有意识的修辞选择，译文甚至产生了一定程度的偏离，这样的翻译选择更加体现出译者强烈的意识。正是陈瘦竹受惯习影响而在翻译过程中采取的有意识的修辞选择，使其真正由表及里地再现了剧作的思想性与艺术性，释放了戏剧剧能。

（一）还原戏剧思想性

深度批评的译者惯习及其影响产生的修辞选择使得陈译本有效还原了《欧那尼》的思想性，这主要体现在对戏剧的思想情感倾向与雨果的人道主义思想的还原上。

第一，在深度戏剧分析后，陈瘦竹通过有意识的修辞选择有效还原了戏剧思想的情感倾向性。如剧中卡洛之所以能当上皇帝，是由于其竞争对手萨克逊公爵放弃了皇位，在旁白中，卡洛讲述自己最终成为皇帝的原因时表示，"I am

---

① 此句法语原文为："Il faut mourir"（Hugo 1987：166）。

Emperor—By the refusal though of Frederick Surnamed the Wise"① (Hugo 1909: 99), 此处后半句曾朴译为"可怜弗来特烈克勒沙治竟落了选"（雨果 1927: 171），许渊冲也译为"而英明的弗里德里希却落选了"（雨果 2013: 478）。而陈瘦竹则译为"那位贤人萨克逊公爵自愿放弃，我就做了皇帝了"（雨果 1947: 139）。从戏剧开场卡洛意欲凭借王权强抢素儿，到欧那尼讲述祖辈与卡洛家族的血海深仇，在正面与侧面描写中，该剧始终都将卡洛塑造为一位昏庸暴君。因此，若将竞争对手的"放弃"译为"落选"，则无法较好凸显卡洛本身的无能，反而损伤了原作的思想情感倾向。而陈译本不仅准确译为"放弃"，且有意识地添加"自愿"二字进行突出，生动再现了卡洛的胜之不武与窃喜之情，有效还原了剧作的思想倾向。

第二，受其深度批评的惯习影响，陈瘦竹有效把握住了戏剧高潮，借助有意识的修辞选择，突出了雨果的人道主义思想。在第四幕中，反王党人通过抽签决定由谁去刺杀卡洛，欧那尼抽中后热血沸腾。而老公爵也想争取这一机会，但欧那尼拒绝说，"Not on my life!"② (Hugo 1909: 94)，此句陈译本为"那怕要我的命，我也决不让给你"（雨果 1947: 134），而许译为"那怎么行"（雨果 2013: 475）。虽然刺杀之路危机四伏，面对这天赐的机会，无论是出于其为亲情与爱情展开复仇的核心诉求，还是其勇猛果敢与嫉恶如仇的人物性格，欧那尼都绝无可能有丝毫退却。作为本剧的一大高潮，此处许译稍显平淡，而陈瘦竹通过有意识的修辞选择，借助"要我的命"、"也决不"等词，凸显了欧那尼血性男儿的舍生取义与宏大气魄，有效还原了戏剧的思想性，其译本"从语言形式与主题意义的关系入手来探讨问题"（申丹 2002: 12），译出了雨果对平民欧那尼高尚品质与英雄气概的颂扬，映射出了雨果英雄不分身份高低贵贱的人道主义理想。

---

① 此句法语原文为："J'y suis! —et tout m'a fait passage! Empereur! —au refus de Frédéric le Sage!"(Hugo 1987: 133)。

② 此句法语原文为："Non, sur ma vie!"(Hugo 1987: 128)。

### （二）再现戏剧艺术性

作为引发"欧那尼之战"的杰出浪漫主义戏剧代表作，《欧那尼》打破了法国古典戏剧恪守的陈规旧矩，展现了浪漫主义戏剧艺术的颠覆性、喜剧艺术的幽默性与雨果戏剧艺术的怪诞性。而陈瘦竹深度批评的译者惯习及其影响下的修辞选择则有效保障译本忠实再现了这些艺术特性。

第一，受深度批评的译者惯习影响，陈译本借助有意识的修辞选择再现了浪漫主义戏剧艺术的颠覆性。陈译本中，卡洛谈及其祖父的仙逝时表示，"日耳曼帝国皇帝马克西密爷死了"（雨果1947: 49），后文又说"皇帝死了"（同上: 51）。而许译本前后两次均采用了"晏驾"（雨果2013: 415）一词。因为受过良好教育的国王谈及此事时不会毫无顾忌，所以陈译本用词似乎与国王身份完全不符，但这种不协调正是陈瘦竹对浪漫主义特色的深刻把握。如他所言，"国王出言粗俗，一如平民，深犯古典派所谓得体与明辨之忌，于是嗤笑声大作"（陈瘦竹1947b: 20），这是雨果对法国古典主义戏剧的颠覆，陈瘦竹则通过有意识的修辞选择，选用颠覆性的用词，准确还原了这一艺术特色。

第二，陈译本突出了《欧那尼》作为喜剧的幽默效果。陈瘦竹认为，"幽默和机智像讽刺一样是喜剧性的重要因素"（1999b: 430）。如陈瘦竹将卡洛对"官迷"下属李嘉图（Ricardo）所言"Enough-enough! ［to DON RICARDO. I let the title fall; but pick it up"（Hugo 1909: 32）］译为"得了！得了！（向李嘉图）我不小心把伯爵的封号掉在地上，你快去捡了吧"（雨果1947: 61）。他不仅再现了雨果对小人物的生动刻画，又通过有意识的修辞选择，增添了"不小心"、"快去"等动作，在原剧基础上，进一步渲染和夸大了本剧的幽默讽刺效果，通过鲜明的人物形象，实现了"审美教育"（陈瘦竹1999e: 390）。正如陈瘦竹所言，"一个具有幽默才能的作家"，能对戏剧人物的缺点"毫不放松，非但给以鲜明的描绘，而且加以合理的夸张，使人一见，觉得这些不正常不合理的现象实在滑稽可笑"，从而实现"纠正和改善"（1999c: 398）。

第三，陈译本完好再现了雨果戏剧的怪诞艺术性。在其深度批评的惯习影响下，陈瘦竹深刻识别出雨果的怪诞艺术论，指出其"以怪诞（Grotesque）二字为其骨干。盖古典派偏重形式，严守诗体义法（Species of Poetry）……喜剧情节不应插入悲剧，次要故事不得附属正文"（1947b：12）。《欧那尼》在第四幕以喜剧收尾，然而最后一幕中，欧那尼却因与老公爵先前的誓言而只得饮毒自杀，素儿与欧那尼相拥而亡，老公爵也随后自杀。该剧在喜剧中接续悲剧，体现了雨果的怪诞艺术思想。然而，陈瘦竹认为，"《欧那尼》虽名为浪漫悲剧，实则……不过为一情节悲剧而已……第五幕诚属蛇足……观众并不盼望有此悲惨结局，故其悲剧性缺少必然基础"（1947b：26—27）。《欧那尼》越剧演出版——《英雄与美人》就对该剧结局作出了修改，在越剧版的最后，"卡洛反悔前约，送公爵上断头台，斯时群众暴动里应外合，杀卡洛于阶前，欧那尼素儿亦得脱危成婚焉"（南薇 1950：6）。但是，即使陈瘦竹对雨果在《欧那尼》中的怪诞艺术论实践持有异见，认为此剧悲剧性缺乏基础，由于其对雨果戏剧艺术特性的深刻识别，他仍有意识地保留原剧情节，完好地呈现了雨果的怪诞艺术论。

总体而言，深度批评的译者惯习影响译者产生了更多更加有意识的修辞选择，这是保障陈瘦竹译剧高度还原戏剧的思想性与艺术性的重要动力，对译者释放戏剧文本的剧能起着决定性作用。如王东风所言，诗歌翻译中"有没有识别出原文的声音设计……都会对译者的语言选择产生直接的影响，译文也会因此而释放出不同的语能"（2020：134）。同理，在戏剧翻译时，由于戏剧的思想与艺术之中蕴藏着丰富的戏剧剧能，多大程度地识别出戏剧的思想性与艺术性，都会直接影响译者在文化位移过程中能够多大程度地再现戏剧的本质特性，译剧也会由此释放出不同的剧能。因此，将译者惯习与修辞选择进行区分，有助于厘清翻译过程中的双重影响动力，探明有意识的修辞选择对释放戏剧剧能起到的直接作用。

## 结语

本文从社会学视角出发，以惯习的本质属性为起点，指出惯习的无意识性使其无法涵盖译者在特定语境下作出的有意识的修辞选择，因此译学界引入该理论展开翻译研究时遇到了一定的困境。鉴于此，本文将修辞选择引入惯习研究，爬梳了陈瘦竹戏剧翻译的实践历程，以陈瘦竹《欧那尼》翻译活动的成功为例，结合陈瘦竹的三大译者惯习，逐层深入地考察了译者惯习与修辞选择的互动与互补关系。本文认为，在翻译研究中，有的译者惯习会影响译者的修辞选择，这是此二者间的互动关系，但译者惯习与修辞选择在无意识性与有意识性维度存在本质不同，因此二者分别作为无意识与有意识的双重影响动力，也对翻译实践的成功起着互补作用，而这一点目前尚未有人关注。此外，复杂的戏剧翻译活动中，译者受惯习影响而在翻译过程中产生的有意识的修辞选择是影响戏剧剧能释放的直接因素，有利于戏剧思想性与艺术性的位移与还原。在进行戏剧翻译研究时，确实需要对译者惯习与修辞选择加以区分，才能更好地明晰与译者惯习相关的修辞选择在戏剧翻译过程中对释放戏剧剧能所起的重要作用。

# 冬日光亮
## ——评宇舒译《在冬日光线里》

李永毅[①]

我是在2019年一个冬日的下午，读到《在冬日光线里》这本诗集的，当时，冬日的光线照在那些闪亮的诗行上，让我眼前一亮。

从2014年《巴别塔诗典》问世以来，我就开始关注这个系列丛书。到2019年底，这套丛书已出了几十本，在诗坛已颇具影响力，译者中更是不乏范晔、余中先、汪剑昭、树才这样的翻译大咖，以至于有诗人说，遇到"诗荒"，读《巴别塔诗典》就够了。

而2019年10月出版的这本《在冬日光线里》，其作者菲利普·雅各泰，可以说是在世的法语诗人中影响力最为广泛的一位。

加之，这本诗集的译者，是我二十多年前就知道的一位重庆女诗人，一位法语和英语两种语言的译者，还是一位纪实文学书写者。

这几点，令我有了认真阅读这本诗集的兴趣，而阅读下来，它也没有令我

---

[①] 李永毅，重庆大学外国语学院教授。

失望。

  我想起最近的一个夏天，当我再一次走在乡间，"欢乐（joie）"这个词，从精神上经过我，使我惊奇，如同有时一只鸟穿过天空，并不在人们的期待中，也没能立即被人们指认那样。开始我觉得，有一种韵脚来给它制造出回音，就是丝绸（soie）这个词。不只是随意联想，因为这一刻夏天的天空，如同以往一样亮、轻和珍贵，让人想起巨大的丝绸旗帜，带着银色的投影，飘浮在树和山丘之上，而这时候，总也看不清的蟾蜍在让自己从芦苇蔓生的深沟往上蹦，而蛙声，尽管用力，却像镀了银，像来自月亮。这是一个幸福的时刻，但和"欢乐（joie）"一样的韵脚并不因此就是合理的。

——散文《快乐这个词》

当我随便翻一页，翻到这篇散文《快乐这个词》时，我立即被作者雅各泰字里行间的隐士气质，和遥远的法兰西乡间那静谧的美，以及诗人行走其间的哲思所吸引。

菲利普·雅各泰1925年出生于瑞士穆冬，曾获蒙田文学奖、法兰西科学院奖、荷尔德林诗歌奖、彼特拉克诗歌奖等多项文学大奖，2004年荣获法国龚古尔诗歌奖，同年入围诺贝尔文学奖候选人。他还出版了许多译著，翻译了荷马、贡戈拉、荷尔德林、里尔克、穆齐尔、翁加雷蒂和曼德尔斯塔姆等，是一位享誉欧洲的翻译家。

"七星文库"是法语文学领域里"先贤祠"一般的存在，被这个文库选中出版其全集的作家，都可谓法语文学里的巨匠大师。他们大多在逝世后入选，但也有少数人，生前就拥有了自己的七星文库版全集，这些人中，就有瑞士法语诗人菲利普·雅各泰（Philippe Jaccottet）。

雅各泰是在2014年将近九旬高龄时得到这份殊荣的，在他之前，只有圣琼·佩斯（1887—1975，1960年诺贝尔文学奖得主）和勒内夏尔（1907—

1988，伟大的超现实主义诗人），在生前即成为"七星诗人"。

得到这份至高荣誉之后七年，2021年2月25日，雅各泰在法国逝世，享年95岁。

在一生的大部分时间里，雅各泰都是一位隐士，正如他极为认同尼采的一句话——"你不可能既是作家，又是文化英雄"。

雅各泰13岁时就写诗作为圣诞礼物送给父母，在破败的家乡小城穆冬生活了8年之后，他去到了洛桑。从瑞士洛桑大学文学专业毕业后，雅各泰就在巴黎出版界工作。1953年与画家安娜-玛丽·海泽勒结婚时，雅各泰已经在瑞士和法国的诗歌圈有了些名气，他出版了他的第一部诗集《恐惧》，得到了众口一词的赞誉。评论家乔治·尼考勒说，书中的诗句可以和魏尔伦、雅姆、阿波利奈尔这批19世纪后半叶到20世纪初最杰出的法语诗人的作品相媲美。他还认识了像让·鲍朗、弗朗西斯·蓬热这样当红的作家和诗人，以及伽利玛这样实力雄厚的文学出版商。

尽管如此，1953年，婚后的雅各泰夫妻却做出了一起移居普罗旺斯的决定，那是法国南部德隆山上的一个小村庄格里尼翁，他和妻子都认为这个僻静避世的地方，应该是他们安放灵魂和肉身的地方。

尽管诗人勒内·夏尔和小说家让吉奥诺也曾定居在不远的村里，但那时，迁居普罗旺斯，仍然意味着离开主流视野。

而在雅各泰看来，里尔克也并没有和他的贵族邻居们混在一起，他的作品却比其他人的更深入。

在雅各泰已经"跨进诗坛"的1957年，他就对"跨进诗坛"这个概念做了极为透彻的反省，他不想仅仅因为"跟很多诗界名人都有了来往"，才被人视为"诗坛新锐"，他牢牢地把自己固着在德隆山的一个小村庄——格里尼翁，和他的画家妻子一起，过着深居简出的生活。

在这里，他一边翻译着穆齐尔、荷尔德林、居斯塔夫·胡、曼德尔斯塔姆、但丁，一边和他们对话，以及向这个世界提问。

他花了三十年的时间，翻译了穆齐尔的《没有个性的人》，而对他有着巨大影响的一位思想家，是法国的西蒙娜·韦依。他的诗歌笔记《播种期（一）》至《播种期（五）》中，不时出现但丁的《新生活》《写给卡瓦尔坎蒂·圭多的十四行》、曼德尔斯塔姆1921年的诗句"我用夜晚洗涤自己，在院子里"、荷尔德林的"充满幻象的沙漠"、莱奥帕尔迪的月亮、彼特拉克的爱情诗、贝克特的《等待戈多》、陀思妥耶夫斯基的《白痴》中阿格拉雅"清晰而新鲜的笑声"、儒贝尔的《冥想集》中的句子……

雅各泰行走在普罗旺斯乡间的巨大诗意，由宇舒的译笔传达到中国来，这译笔中所传达出的诗意，和宇舒本人也是一个诗人有关。

我最早是在20多年前的界限诗歌网站读到宇舒的诗歌的。

界限诗歌网站，是由鲁迅文学奖得主、著名诗人李元胜兄弟俩在1999年11月24日正式推出。当时，凭借丰富的栏目，十多个省的数十位知名中青诗人比较整齐地在网上亮相，成为了互联网上的第一个中国当代诗歌的公共事件。

"界限诗歌网站的问世极大地刺激了关注诗歌的人们的热情。之后的2000年，是诗歌网站和论坛疯狂诞生的一年。'诗生活''灵石岛''或者''诗江湖''扬子鳄'等优秀诗歌网站或论坛都在2000年相继横空出世。中国网络诗歌运动正式拉开了序幕。"李元胜在《重庆：那十年的诗与酒》一文中这样写道。

其中，他所提到的"灵石岛"，为敝人所创建。当年的我，在北师大一边攻读博士学位，一边痴迷于在灵石岛上为古今中外各路诗人修建属于他们的房间——新诗资料库、古诗资料库、译诗资料库等八个资料库，每天会迎来无数诗歌兄弟的拜访，而我本人，又忙于时不时去诗生活、界限诗歌论坛等帖自己的作品，并与各路诗友争相发帖，激扬文字。

那时候，宇舒也是界限论坛的一个活跃人物，还担任过版主，更被称为论坛的首席朗诵。李元胜那篇《重庆：那十年的诗与酒》中有这样的记载："2002年，重庆诗人张于创办了酒吧大田驿站，董继平策划了洛尔迦之夜诗歌朗诵活动。这是界限早期活动中最精彩的一次，在张于的吉他伴奏下，宇舒的朗诵征服了现场的所有人。"

后来，论坛逐渐被博客所代替，宇舒的诗歌，逐渐散见于《诗刊》《十月》《人民文学》《星星》等大刊。2019年至2021年，她在《十月》的《科技工作者纪事》栏目发表了一系列两万字左右的中篇纪实作品，有写时任清华大学副校长薛其坤的，有写我国"探月工程"总设计师吴伟仁的，还有紧扣时代的科技发展，书写百度"决战AI时代"的，当我阅读到那些文字的时候，我明显地感觉到宇舒和重庆大多数女诗人的不同，那就是除了是一个诗人以外，她还对科技怀有浓厚兴趣和精准的理解力。据《十月》的资深编辑谷禾说，看到宇舒的首个中篇纪实文学《超越欧姆定律》时，包括主编陈东捷老师在内的《十月》杂志同仁，都很惊喜，大家都感叹：没想到一个新手，能用如此极具文学感染力的语言，既将一个科学家的故事讲述得津津有味，又将一系列高深的量子世界里的科学原理掰扯得一清二楚。

除了写诗和写非虚构，宇舒从新世纪的第二个十年开始翻译。她翻译法语和英语两种语言的诗歌。在《诗刊》先后译介了瑞士法语诗人雅各泰、加拿大法语诗人杜普雷、法国诗人安德烈·维尔泰、法国诗人达伊诺。2023年，《世界文学》发表了21首她译的安德烈·维尔泰的诗歌，以及一篇有关这位法国诗人的约两万字的评论文章，这篇评论文章是由诗人本人提供给译者宇舒，是诗人本人最首肯的评论文章，而译诗中的每一个用典，即背后的故事，都由诗人本人讲述给了译者宇舒，所以可以说是一次非常扎实的译介。

除了这些法语诗人，宇舒还用法语翻译过法国诗人博纳富瓦，用英语翻译过布考斯基、阿特伍德、美国桂冠诗人莱文等的诗作，发表在《汉诗》《诗歌月刊》《诗江南》《延河》等刊物上。

"翻译是最好的阅读"，热爱着文字、热爱着诗歌的中国女诗人宇舒，用翻译阅读着大半生隐居在法国南部德隆山上格里尼翁小村庄里的雅各泰，感知着诗人雅各泰对衰老的恐惧：

229

一个老去的男人是生命里
满满横陈着铁一般僵硬画面的男人,
不要再期待他用这些喉咙里的钉子唱歌。
以前光喂养了他的嘴,
现在他理性而自制。

——《在冬日光线里》

传递着雅各泰对死亡的描述:

哑了。词语间的连接也开始被
拆解。他从词语中出来。
临界线。有一会儿
我们又看见了他。
他几乎再也听不见。
我们要呼唤这个陌生人吗,如果他忘记了
我们的语言,如果他不再停下来听?
他有别处的事。
他和任何事都无关了。
即使转向我们,
我们也像只看得到他的背。

——《在冬日光线里》

毫无疑问,这一次远行者们
经过了最后一扇门:

他们看到天鹅星座在他们之下

闪烁。

——《给亨利·普赛尔》

以及，雅各泰在不得不面对衰老、死亡的年岁里，在这样的悲戚中，那依然闪现的怦然心动，这更像是一个诗人不愿老去的生命，与时间、岁月的抗衡：

一边暴露出那乌木
和水晶的女人，穿黑丝的高个儿女人
她的目光仍为我闪耀
她或许已熄灭了很久的双眼。
白天的光线隐退了，随着时间经过，
以及我在花园里，被时间驱使着，
向前走，她暴露着另一些东西
——越过被不停跟随的美人，
越过这舞会上的皇后（从未有什么被邀请到这舞会），
随着她再也钩不住任何裙子的金搭扣——
更加隐秘，却更加近的其他东西……

——《在冬日光线里》

《在冬日光线里》出版两年之后，应《巴别塔诗典》出版方"九久读书人"之邀，宇舒着手翻译跨度为雅各泰一生的诗人自选集《墨水或许来自阴影》。今年上半年，这本书终于要问世了。对这本厚达570页的近乎全集的作品的翻译（其中不止诗歌，还有笔记和散文），令宇舒对雅各泰有了更深的理解。在她看来，死亡，对死亡的忧虑，以及死亡漫长的预告片——衰老，构成了雅各泰老年时期文字的几大主题。每一天，诗人、翻译家、评论家雅各泰，都和世间每个上了年纪的人一样，面对着日渐到来的衰老、越来越多的亲人朋友的离去和对总有一天会到来的死亡的忧虑，他的诗集《有着消失面孔的风景》，基本上是写给那些已经从他生命中离开、消失、不在场的人们。

也许生命的过程，确实就是与衰老、死亡的抗衡。人们用爱抗衡，写作者、艺术家、译者，除了用爱，还用倾听世界和在书页之布上翻译抗衡。

在这样的一生之后，2021年2月25日，菲利普·雅各泰去到了那个注定会去的世界。在他为自己，和已经消失在他生命中的人们，在写下了诗集《有着消失面孔的风景》，写下了诗歌《死者之书》《葬礼守夜》《给亨利·普赛尔》，为遭遇车祸的朋友A.C写下了随笔《空旷的凉廊》等文字之后。

这一生，"写作，仅仅'为了让它轻声歌唱'。修复性的词语，不是为了震撼，而是为了保护、温暖、消遣，即使是短暂的。"[1]

当我们谈论《在冬日光线里》时，也让我们期待《墨水或许来自阴影》的出版，毕竟，这是对诗人雅各泰终生写作的囊括。

---

[1] 引自雅各泰《沟壑笔记》。

第七章 | 文学翻译

# 米兰的声音
## ——关于《相遇与埋伏》

陈 英[①]

米洛·德·安杰利斯（Milo De Angelis）像他同时代的诸多诗人一样，具有很深的古典人文修养，他除了是诗人，也是译者，他从拉丁语翻译的卢克莱修的《物性论》是备受推崇的版本，另外他也精通法语，翻译过波德莱尔、梅特林可等人的作品。安杰利斯深受象征主义影响，他的诗艺成熟很早，二十五岁时，已经擅长用一种清澈具体的意象，抽象、晦暗而强烈的类比，探索个人与现实之间的神秘关系。他的诗歌根植于米兰的城市风光和当代人的精神风貌，代表了意大利20世纪下半叶诗歌创作的最高成就和最新方向，被收录进各种版本的文学教材之中，在读者中广为流传。安杰利斯是一位中学教师，后来在监狱中教书，这是他接触世界的一种方式，这也是他后期作品中出现那些富有冲击力的"相遇"，涌现众多边缘人物的缘由。

安杰利斯1951年生于米兰，童年时期他在母亲的家乡蒙菲拉托（Monferrato）度过的时光对他影响深远。蒙菲拉托的自然风光在他诗歌中时时

---

[①] 陈英，四川外国语大学教授。

浮现，也是他诗歌世界的原型之一。诗人早年就读天主教学校，少年时对体育有独特的爱好，这也说明为什么他后来的诗歌中会出现和体育相关的主题和语言。安杰利斯年轻时在华沙学习过一段时间，他痴迷阅读波兰诗人莱希米安（Bolesław Leśmian），而这位波兰诗人的诗歌中，主要的意象就是"天空""空洞的苍穹"。安杰利斯1977年和几个友人在米兰创建了诗歌杂志《天空》（*Niebo*），对意大利诗坛影响深远。

1976年他出版了诗集《类比》（*Somiglianze*），这本诗集得到了著名文学评论家兰博尼（Giovanni Raboni）的青睐和推崇。在这本诗集出现之前，意大利诗坛有十几年都是由实验主义和先锋派主宰，同时代的米兰诗人毛里奇奥·古琦（Maurizio Cucci）认为：这本诗集和其他几部作品一起，打开了意大利诗歌新的一季，他们可以定义为一个诗歌时代。《类比》后来在评论界引起了极大反响，成为意大利当代诗坛最有影响力的诗集之一。诗集中已经出现了安杰利斯诗歌的基本主题：生活之恶、对日常事件和人们行为的速写、死亡、体育、少年生活的快乐。安杰利斯早期的诗歌语言延续了之前隐逸派的艰涩性，但富有张力，很多时候都营造了一种紧张感，正如诗人所说：

> 那些少言寡语的诗人一直吸引着我，那些艰难写出很少诗句的诗人总能打动我。那些语言经过长途跋涉才能问世，这是一场充满障碍的行走，会遇到很多屏障、城墙和护城河。这场行走中，语言不能像乡间泉水一样静静流淌，或像叙事体一样流畅。绝对不是这样，诗歌的语言不流淌，也不流畅，它的水流一直都会遇到堤坝的阻拦。只有通过这种方式，语言才会增加力量和密度，会压迫着堤坝，变得越来越深，水位一直在攀升，会感到倾泻非常急迫，会迫不及待带着所有积累、滋养和内心的期待流入山谷。（《诗歌是什么？》）

生命的脆弱性和无常，生活的一些瞬间，在安杰利斯的诗句中，用一种艰涩、很难进入的方式表现出来，这也是因为，他会脱离通常的逻辑关联，他会在我们通常的视线范围之外寻找一种真相。他的诗歌从开始，就像一份文书，揭示了存在的悲剧性张力，是一种每天都会重新发现、品尝一次的痛苦，也是一种参与其中的快乐，被所有一切不可能、无法实践的事所慰藉，从而带来安宁。

1983年，安杰利斯通过意大利最主要的文学出版社"依诺迪"出版《毫米》（*Milimetri*），之后，他又通过"蒙达多利"出版社出版了多部诗集：1985年的《面孔之地》（*Terra del viso*），1989年的《一父之遥》（*Distante un padre*），1999年的《简历》（*Biografia sommaria*），2005年的《诀别》（*Tema dell'addio*），2010年的《默默走入庭院的黑暗中》（*Quell'andarsene nel buio dei cortili*），2015年的《相遇与埋伏》（*Incontri e agguati*），以及2020年的《完整的线、断开的线》（*Linea intera, linea spazzata*）。诗人最主要的访谈收录在《关于诗歌的对话》（*Colloqui sulla poesia*，2008）和《说出的话》（*La parola data*，2017）两个集子中。

安杰利斯和女诗人西卡利（Giovanna Sicari）结婚，育有一子，两人1990年至1997年在罗马生活。2003年，西卡利因病去世，《诀别》就是关于这段丧妻之痛，也是以疾病和死亡为主题的诗歌，在那些诗句中包含这一事件，那种深切的情感封存在一些临终前的时刻、一些动作之中，时间也仿佛在这里结束，只有物体存留下来，但是一切失去了它们的意义。比如这首广为流传的诗歌：

> 已经没时间了，房间进入药水瓶之中。
> 已经不再有可分享的精华。你已经
> 没有项链。你没有时间了。时间是从百叶窗
> 透进来的大海的光，姐妹的欢聚，
> 伤口，喉咙里的水，丽塔医院。已经没有
> 日子。大地的阴影已经充满眼睛
> 带着色彩消失的恐惧。每一个分子

都在等待。我们看了手上的补丁。

已经没有光了。再次

他们呼唤我们，在一颗恒星的判断下。

安杰利斯的诗歌主题在2020年出版的《完整的线、断开的线》收录的一篇评论中得到了揭示："像运动员一样完美而迅捷的动作，那些质朴但像预言一样的句子，高中的岁月还有那时无穷的前程和许诺，还有那些和诗人所处之地相连的名字（首先是米兰，还有蒙菲拉托）。"此外，诗人探讨存在的一些宏大问题：时间和瞬间的关系，我和他人的关系，对于"绝对"的呈现，混乱与和谐，少年和命运。他的诗歌沿袭了意大利诗人莱奥帕迪（Giacomo Leopardi）和帕韦塞（Cesare Pavese）作品中的一些主题；同时他也受到了几位外国诗人的影响，除了前文所说的波兰诗人莱希米安，还有俄罗斯女诗人玛丽娜·茨维塔耶娃、德语诗人保罗·策兰。诗人和意大利评论家福尔蒂尼（Franco Fortini）交往密切，但关于知识分子的责任以及诗人和社会政治的关系，他们也有很多激烈的争论。

安杰利斯是意大利当代重要诗人，他的诗歌被翻译到了世界各地。安杰利斯的英语译者是美国翻译理论家韦努蒂（Lawrence Venuti），他在享誉全球的专著《译者的隐身——一部翻译史》中，专门有一章来说明他的这段翻译实践。他说安杰利斯的诗歌语言偏离当代英美诗歌主流，因此在翻译中要用"抵抗"的翻译策略，尽量避免采用"归化"，从而呈现其诗歌的特点。在翻译安杰利斯时，要保持他语言的透明，不能过于介入。韦努蒂深入剖析了翻译安杰利斯诗作遇到的问题和采取的策略。诗人的诗歌的确可以用一种"透明"的方式呈现，并不会失去原文的意味深长。比如这首：

我已经成为

我们失去之物的化身

在我身上聚集着
所有那些一点点被取消的东西
我不再记录日子和时刻
我缺席于
世界古老的现象。

我们失去的东西呈现出一种具象，把我们的思绪引向别处。如果考虑到写作背景，基于"失去""取消"和"缺席"这些词汇，诗歌中的"我"极有可能是参照囚犯在狱中的体验写成的。但无论如何，它的"所指"具有暧昧性，并不局限于这些，因为毕竟"失去之物"和"被取消的东西"在每个读者心中激起的意象是不一样的。在翻译到汉语的过程中，译者也遇到韦努蒂提出的问题，通过一种直接的转述，不做过多介入来保留那种冲击力。

安杰利斯很多年的工作环境是监狱，他给那些被生活排除在外的囚犯上课，这和他后期的创作密切相关。有意思的是，20 世纪后期最伟大的意大利女诗人梅里尼（Alda Merini）的"圣地"是疯人院，一个隔离的世界，里面是一群远离生活的人。疯人院和监狱，这两个封闭的环境会给人带来一种看待生活的新眼光，很适合一种内省的生活。牢狱会把个体和人群隔开，打开一个思索的空间。诗人的《相遇与埋伏》就是在这样的处境下写的，也是这本选集中完整收录的组诗。安杰利斯对于存在意义的思索让他几近疯狂，他选择了一条悬崖峭壁上的通道，这让他常常要直面死亡，那就像他日日工作的作坊，这个主题在这三个组诗里也会反复出现。安杰利斯的诗句清朗明确，但常常幽深如迷，如阳光下的深海。

继意大利隐逸派之后，从 20 世纪 70 年代开始，涌现出一大批耀眼的诗人，比如作品散发着神秘主义色彩、备受读者喜爱的国民诗人阿尔达·梅丽尼，在现代语境下把十四行诗发挥到极致的帕特里奇娅·瓦尔杜卡（Patrizia Valduga），在日常中进行挖掘的帕特里奇娅·卡瓦里（Patrizia Cavalli），等等。但中国目前对于意大利文学作品的译介多集中于小说，诗歌作品的译介比较滞后，在某种意义上来说《相遇与埋伏》的出版是介绍意大利当代诗歌的新开端，这本诗集也得到了中国读者的青睐，出版之后不久就售罄重印。

# 第八章 网络文学

# 综 述

## 书写新时代　网播正能量

互联网技术和新媒体改变了文艺形态，带来了文艺观念和实践的深刻变化。网络文学相对于中国几千年的传统文学而言，是一个新鲜事物，尽管发展时间短暂，但是异军突起、方兴未艾，根据《2023中国网络文学发展研究报告》，截至2023年底，中国网络文学阅读市场规模达到404.3亿元，同比增长3.8%，而网络文学IP市场规模则大幅跃升至2605亿元，同比增长近百亿元。网络文学在文化强国、文化强市建设中的价值和作用进一步凸显。

近年来，我市网络文学持续蓬勃发展，重庆注册的网络作家约4万余名，每年创作上千部作品，累计粉丝破亿，成果转化带来的市场产值已经累计过亿元，重庆网络文学始终与现代化新重庆建设的不断进步同频共振，成为重庆文学的一张名片。

## 一、网络文学作品社会、经济效益双实现

文学精品不断涌现。近年来，重庆市网络作家在市作协的带领下充分发挥自身作用，肩负新时代新的文化使命，以创作精品力作为目标，创作出了一批高质

量的网络文学作品,《苍兰诀》《与凤行》《七世吉祥》《从善》《咬红唇》《守护解放碑》《寻找李顺章》《人间最得意》《火种》等30余部精品力作出版发行。网文作品获得奖项和重点扶持的比例不断增加,袁锐(静夜寄思)的《火种》被评为重庆市主题重点出版物;韩路荣(寒露)的作品《走马传奇》入选中国作协建党百年百部优秀网络文艺作品展,参与创作的漫画《囧囧海丝奇游记》获16届中国国际动漫节"金猴奖"潜力奖;梦溪石的作品《怀风》入选"网络文学IP短剧创作扶持项目";洪婉玲(九鹭非香)的作品《驭鲛记》入选了中国作协颁发的中国网络文学海外传播影响力榜;董无渊的作品《一纸千金》从6万部作品中脱颖而出,获"阅见非遗"第一届征文大赛银奖;定离的作品《修真之上仙》荣获第十四届华语文学传媒盛典年度网络作者奖项;郑振华(柳三笑)的作品《候鸟消防员》入选首届红色题材网文大赛优秀作品;石若轩的作品入选香港第十二届大学生文学奖。《有些人有些爱》《新英雄湾村》《火种》《予你良辰美景》四部作品入选中国作协网络文学重点扶持计划。

IP转化力度加大。近年来,重庆网络文学故事类型日趋多元,其中不乏现实主义精品力作,为优秀影视作品改编提供了母本,平均每年100余部作品获得各类版权改编。在近几年引发广泛关注的影视剧作品中,重庆网络作家的作品非常亮眼:2023年侯明昊、周也主演的仙侠剧《护心》,2022年迪丽热巴、任嘉伦领衔主演的仙侠剧《与君初相识》,2022年虞书欣、王鹤棣领衔主演的仙侠剧《苍兰诀》,以及2019年白鹿、许凯主演的仙侠剧《招摇》,均改编自重庆市网络作家协会副主席九鹭非香的小说;2021年,章子怡主演的首部电视剧《上阳赋》热播,该剧改编自网络小说《帝王业》,作者寐语者也是重庆市网络作家协会会员。在影视转化助力下,重庆网络文学不断破圈,在全国影响力稳步提升。

全球化进程提速。网络文学具有共享、即时、互动的特征,是最适合国际传播的文化形式之一,已成为中国文化走出去的重要窗口,根据《2023中国网络文学发展研究报告》,网文、游戏、影视已成"文化出海"的三驾马车。重庆网络文学作为中国网络文学重要组成部分,乘着改革开放的春风,在海外版权开发和海外市场拓展方面不断发力，累计向海外输出文字作品超过600部，覆盖了英语、法语、西班牙语等多种语言，会员洪婉玲（九鹭非香）的《驭鲛记》不但小说在海外受到热捧，改编的电视剧《与君初相识》在海外也影响广泛，并在2023年荣获中国作协发布的最具海外影响力奖。韩路荣创作的《一个女业务员的奋斗》被翻译成韩文，梦溪石的作品《天之娇女》登上泰国书展并取得不俗成绩，本土文学网站盛世阅读网连载的《反诈主播》被尼日利亚《西非华报》连载，重庆网络文学国际影响力不断提升，为讲好中国故事、传播好中国声音贡献了力量。

## 二、网络文学队伍数量、结构双优化

作家组织力、凝聚力提升。网络创作因形式自由、入门简易等，导致网络作家注册多，但组织化程度低，且网文作家往往使用笔名或虚拟身份进行创作，不必公开真实身份，进一步加大了组织工作难度。为加强对网络作家等新文学群体的指导和引领，市作协于2016年成立网络作家协会，创新建立协会外联制度，截至目前，协会正式会员500余人，在联作者3000余人，协会积极推荐会员加入市作协和中国作协，目前加入中国作协的会员有13名，加入市作协的有64名。为加强网络作家职称评定工作，2023年市作协完善了文学职称评定细则，专门开辟网络作家职称评定渠道，推出当年，即有5位网络作家通过了职称评定，网络作家社会地位和职业认同感明显提升。

作家结构优化。首先是年龄结构优化。重庆市的网络作家队伍中"70后"作者占比10%，"80后"作者占比30%，"90后""00后"网络作者占比60%，是重庆网络文学创作的主力军。其次是创作类型结构优化。经统计，网络协会92.3%的新申请会员在35岁以下，全职作家在协会占比22.8%，来自各行各业的兼职作家占比77.2%，其中五成以上作家除传统网络类型小说创作外，开始涉及网络编辑、微短剧编剧、MCN编剧、世界观构架、游戏文案、版权商务等多个互联网文化产业新兴行业，不同行业的工作经历成为滋养文学作品的土壤，让重庆网络文学类型多元、现实主义与浪漫主义齐头并进，丰富了读者的精神世界。

领军人才数量增加。当前全国网络作者1400多万人，金字塔尖的可能不到1%。在此背景下，重庆网络作家持续发力，用优秀的作品和高效能的产出经受住了市场的考验，在这个竞争激烈的赛道中脱颖而出。据统计，市网络作协中，超过30%的会员为阅文集团签约作家（包括起点中文网、晋江文学城、创世中文网、云起中文网、潇湘书院等），其他会员分别属于番茄小说网、七猫中文网、盛世阅读网、在线中文网、阿里巴巴文学、腾讯文学、天涯论坛、掌阅文学、纵横中文网等网络文学平台。张兵（小桥老树）、张恒（ZHTTTY）、洪婉玲（九鹭非香）、袁锐（静夜寄思）等近百名网络作家在全国范围内产生了广泛的影响，赢得了众多读者的喜爱。

## 三、网络文学平台、活动增量提质

搭建人才培养平台。网络创作个性突出、风格迥异，但由于创作体量大、创作周期长，导致许多网络作家局限于个人创作领域，创作思维不开放、创作瓶颈不断出现，为此市网络作协积极发挥桥梁纽带作用，为作家提供培训和文学交流平台，推荐韩路荣（寒露）参加了第九次全国青年作家创作会议，以及中国妇女第十三届代表大会，并当选为本届全国妇联执委；推荐会员袁锐（静夜寄思）、韩路荣（寒露）、洪婉玲（九鹭非香）、江丹丹（柳赋语）当选了第六届重庆市青联委员，其中袁锐（静夜寄思）当选为本届青联副主席；推荐20余名会员参加了由共青团中央社会联络部、中国作协网络文学中心和中央网信办网络社会工作局联合举办的青年网络作家"青社学堂"专题培训班；推荐了16名网络作家加入市委统战部成立的市区两级新专联；连续三年组织会员300余人参加全国网络作家学习贯彻习近平文化思想专题培训，并开展了深入学习中国文联十一大、中国作协十大会议精神以及党的二十大及二十届二中、三中全会精神、全国青年作家创作会议精神等学习座谈，及时向广大网络作家宣讲会议精神，网络作家政治素养和能力大幅度提升。

搭建网络文学合作平台。与重庆工商大学共建了重庆市网络文学传播研究院，签订了《共建重庆市网络文学传播研究院合作协议》。研究院依托文学与新闻学院成立的实体性科研教学机构，是面向重庆、辐射全国的开放性科研教学平台。其成立的目的是搭建网络文学研究、教学平台，组建网络文学科研、教学团队，共同育人，共建重庆市全媒体传播现代产业学院，形成全媒体传播教学与现代产业结合的产教一体格局。与书旗中文网和高校合作，开展"人人都是小说家"网文创作大赛—高校赛，与重庆大学博雅学院共建"网络文学创作实训基地"，同步开展创作嘉年华的线下活动，吸引了大量高校学生参与。

承办全国网络文学论坛。成功举办了"奋斗百年路，启航新征程"2021年全国网络文学论坛。该活动由中国作家协会主办，中国作家协会网络文学中心、重庆市作家协会、中共重庆市九龙坡区委、九龙坡区人民政府承办，重庆出版集团协办。活动期间发布了《2020年中国网络文学蓝皮书》，并开展了文学网站主编关于党史学习教育暨提升网络文学编审质量的培训，同时还分设了3个分会场开展网络文学创作、网络文学产业及编审的平行论坛。其间还举办了庆祝中国共产党成立100周年全国100部优秀主题作品展，活动获得中央新闻联播、中央电视台文艺频道报道，产生了巨大影响力。

举办多样化文学活动。为推动重庆网络文学高质量发展，市网络作协发布提升网络文学创作质量倡议书，举办了"学党史 悟思想 办实事 开新局"联合主题党日、"奋斗百年路 启航新征程"——铜罐驿红色足迹采风、"我心向党 共筑梦想"有奖征文、"从《隐秘的角落》看观众喜欢什么样的悬疑作品"主题分享、九龙半岛文学采风、"听党话、感党恩、跟党走，喜迎二十大"主题学习、"喜迎二十大"网络文学写作交流分享会、"扬帆计划"文学志愿进校园之走进西南大学"双城青才讲堂"、"与志愿·共青春"川渝大学生志愿文学邀请赛等活动100余场，促进网络作家互相交流，提升网络作家社会责任感，鼓励网络作家深入生活、扎根人民，创作更多现实主义精品力作。

## 四、网络文学社会服务活动多姿多彩

助力全民阅读。近年来举办"邀请你留渝过年｜青'春'同行·'渝'你相伴"免费读好书、"我为快递小哥送好书"、"阅读新时代·共享新生活"网络作家进社区、"身心共美　品读书韵"——三八妇女节系列活动、"书香有爱　阅读无碍"残健融合阅读、《习近平走进百姓家》读书分享等阅读活动近百场，同时成功开展"用数字阅读助推全民阅读"活动，该活动由重庆市网络作家协会和盛世阅读网联合主办，利用盛世阅读网文学平台，每年在节假日及读书节期间免费送出上万阅读账号，帮助大家在数字平台免费看书，助力全民阅读，该活动被评选为重庆市优秀全民阅读推广活动。

助力传统文学数字化。分别在沙坪坝区、江北区开展了"传统文学与网络文学融合发展"的培训交流活动，并于2023年底召开了年度优秀作品及会员表彰大会，评选出了当年度十佳优秀作品，分别是柳三笑的《守护解放碑》《寻找李顺章》、定离的《从善》、红薯乔二爷的《隐居三年，出狱即无敌》、二十四桥的《咬红唇》、九鹭非香的《护心》《七时吉祥》、董无渊的《一纸千金》、平生未知寒的《武夫》、团子来袭的《逐玉》，同时评选出汤淼、绿水青山、灯前抱膝、路疏浅、程家秀才、狂野老穆、大梨子、少尹、天予昭晖、短耳猫咪为年度十佳优秀会员，发挥优秀作品和优秀会员的示范引领作用，打通传统文学和网络文学之间的界限，实现双向奔赴、互相成就。

助力乡村振兴。发挥文学在脱贫攻坚中的价值作用，发起"精准扶贫　文化扶贫"系列活动，先后走进黔江、大足、奉节、城口、酉阳、巫溪等边远地区的小学，针对近万余名中小学生开展帮扶活动，为边远贫困孩子们送去学习用品、校服、体育用品等，定向对山区的儿童进行文学辅导，坚定孩子们的文化自信，该活动连续两年获得中国作协文学志愿服务示范性重点扶持项目。聚焦乡村全面振兴，响应中国作协提出的"新时代山乡巨变创作计划"，围绕川渝地区山乡巨变、风土人情创作作品。袁锐和但忆玲联合创作的《新英雄湾村》以九龙坡区铜罐驿镇为背景；作品《有些人有些爱》讲述发生在黄桷坪的乡村振兴的故事；韩路荣的《走马故事》以非物质文化遗产走马故事为主线描写重庆风土人情；作品《云峰追寻：恐龙化石之谜》写的是中梁云峰；《寻梦会龙庄》则将江津会龙庄的传说塑造为优秀故事……网络作家们以键盘为工具，用作品助力重庆本土文化推广和文旅融合发展，多部作品入选中国作协网络文学重点扶持项目或定点深入生活项目。

## 五、重庆网络文学的未来展望

在信息化日新月异的时代，网络文学迎来了政策支持力度不断提升、作品体量快速膨胀的发展时期。在此背景下出现了内容同质化、模仿抄袭成风等问题，而且伴随着短视频行业的冲击，短视频引流的"增量焦虑"、免费阅读对创作收益的冲击，以及现实题材创作如何打破网络文学"制约"等难题也待一一破解。与此同时，还需要进一步提升对网络作家的组织力和引领力，确保网络文学健康有序发展。

（一）挖掘地域特色，传播"渝"味文化

重庆独特的历史、地理和文化等为网络文学创作提供了丰富的素材。深入挖掘并展现重庆地域特色的网络文学作品，不仅能吸引本土读者的共鸣，还能在全国乃至全球范围内形成独特的文化标识，吸引更多读者关注。下一步，将鼓励和引导作家更多地关注本土文化，将重庆的地域特色融入创作中，同时加强地域文化的宣传和推广，提升"渝"味文化的国际影响力。

（二）加强国际交流，助力"地球村"刮起"中国风"

重庆作为陆海新通道和"一带一路"的桥头堡，拥有独特的地理优势和国际合作平台。这为重庆网络文学作品的国际传播提供了前所未有的机遇。通过网络文学平台、文化交流活动等渠道，可以将重庆的优秀网络文学作品推向世界舞台，提升中国文化的国际影响力。下一步将积极搭建国际合作平台，加强与国外文学机构、出版社等的交流与合作，为重庆网络文学作品的国际传播创造更多机会。

（三）培养新生代领军人物，打造高素质作家队伍

随着网络文学的不断发展，新一代年轻作家正在崛起。培养新生代领军人物，不仅能够为重庆网络文学注入新鲜血液，还能提升整个作者队伍的创作水平和影响力。下一步要将网络作家队伍建设与市作协"培新"计划有机结合，制订切实可行的培养计划，为年轻作家提供更多的创作机会和资源支持，帮助他们快速成长并脱颖而出，同时发挥"人人都是网络小说家"高校赛的作用，通过设立专项基金、举办写作比赛等方式，发掘和培养更多有潜力的年轻作家。

（四）拥抱新技术，培养网文创新力

5G、AI等技术正在逐渐成熟，为网络文学带来了新的机遇和调整。人工智能可以模拟、延伸和扩展人脑功能，模拟人的意识和思维，进而以"拟主体"的形式从事文学艺术创造。5G技术的高速率、低时延和大连接特点，可以为用户提供增强现实（AR）、虚拟现实（VR）、超高清（3D）视频等更加身临其境的极致体验，如能将其用于文学转化，将使文学的文字表达与音频、视频、虚拟、增强等各种场景相融合，充分发挥网络文学的技术本性，从而创造有别于单纯文字表达的真正的网络文学，打造出多种场景中的"新看法"与"新玩法"。技术还会影响读者的阅读需求，"沉浸式体验"成为网络文学阅读升级的第一个关键词，全屏视频、AR虚拟形象、云游戏平台以及5G融媒体手机娱乐等，都在描绘网络文学与图像视频结合的多种可能，使文学生产进入"智慧时代"，在日新月异的变化中掌握主动权。

（五）打造产业链，延伸网络文学价值链

网文创作是影视、文旅等下游产业的动力之源，就如同植被一般，创作是深

植于地下的看不见的根系，而下游产业是地上的花朵和果实，完善的产业链和衍生产业是提升网络文学价值的重要途径，网文改编上下游环节众多，从作者、编剧、脚本、选角、演员、服化到录音、配乐、市场、后勤、财务、翻译等，IP改编不再只是文学行为，更是分工缜密的市场行为，它不仅是文字与图像的转化，更是专注创意、讲究协调的二度创作。为此，下一步要构建本土化产业链和衍生产业平台，推动优秀的网络文学作品转化为电影、电视剧、动漫、游戏等多种形式，进一步挖掘其商业价值和文化价值。同时培育专业化的IP改编人才，尊重市场规律，以专业精神打造优质IP。

## 评 论

## 谱写抗战烽火中的青春之歌
——评红色革命历史题材网络小说《火种》

温德朝[①]

当前,中国网络文学现实化、主流化、精品化的进程不断加速,一大批植根中华文化土壤、讲述中国故事,能够展现"可信、可爱、可敬的中国形象"的作品喷涌而出。2004年,重庆网络作家静夜寄思开始创作网络小说,素以都市、玄幻、仙侠、科幻等题材写作见长的他,近年来也开始了红色革命历史题材创作的转型和尝试。其新作《火种》,深入挖掘重庆红色资源、传承红色基因,以重庆大轰炸、抗日战争、隐蔽战线为背景,讲述了唐明俊等青年学生在抗战烽火中浴血重生的青春成长故事,弘扬了"为中华崛起而读书"的理想主义情怀和爱国主义精神。

《火种》与《青春之歌》有异曲同工之妙,一样的抗战爆发前后时代大背景,一样的青年学生投笔从戎、杀敌报国的人生选择,一样的从平静校园走向广阔社会的空间转换路线。小说故事主要发生地重庆育才学校,1939年由伟大的人民教育家陶行知创办,以"使得有特殊才能者的幼苗不致枯萎"为目的招收抗

---

① 温德朝,江苏师范大学文学院副教授。

战中流离失所的难童，开设音乐、绘画、戏剧、文学、社会科学、自然科学等课程。小说开篇是唐宪富带着16岁的儿子唐明俊四处求学的场景。唐明俊因目睹母亲被日寇大轰炸炸成碎片的惨状，遂迁怒于父亲，拒不配合入学考试，以至于屡屡落榜。最后，育才学校勉强录取了他。与此同时，唐宪富接受了育才学校党支部书记廖意林的建议，假冒伪装成已死军统特务徐敬塘。出于工作需要，廖意林编造了唐宪富被日伪特工乱枪打死的谎言。惊闻噩耗，唐明俊悲痛欲绝，于是开始发奋苦读、学习知识。后来他被日本特务头子田中后岛掳至上海76号汪伪特工总部接受魔鬼式训练，再后来他谋划狙杀日军西田武将军、破译常德会战日军电报密码、阻止重庆谈判期间国民党特工对共产党员的暗杀、清除叛党卖国的温东岳等。历经血与火的淬炼，唐明俊从一个懵懂无知的少年逐渐成长为打入敌人内部的意志坚定的红色特工。小说将青春成长叙事融入意识形态宏大话语之中，个体生命的成熟与国家民族的奋起相互叠加，形成了同构和互文关系。

《火种》热情讴歌了坚定理想信念，砥砺革命意志，革命理想高于天的精神信仰。历史反复证明，信仰是一个人的精神内核，是支撑人们咬定目标坚定走下去的动力源泉。1930年，毛泽东对中国革命形势作出大胆预言："星星之火，可以燎原。"革命战争年代，中国共产党人前赴后继、薪火相传，用生命诠释了打倒日本帝国主义、解放全中国的精神信仰。为了理想信仰，为了民族大义，唐宪富抛下儿子，忍辱负重，传承火种；唐明俊甘背骂名，百折不挠，百炼成钢；廖意林初心不改，教育救国，撒播火种；温念君明辨是非，爱憎分明，向光而行；老江等爱国人士不怕牺牲，披荆斩棘，砥砺前行……小说两次写到唐明俊和曾景阳关于信仰的讨论："是不是党员无所谓，只要有坚定的共产主义信仰就好。"小说运用对比艺术手法，无情地鞭挞了温东岳等叛党叛国之徒所信奉的错误价值——理想也好，信仰也罢，太过虚无缥缈，都没有金条和钞票来得实在，只有金钱永远不会背叛。温东岳曾经也是一位革命青年，曾以"火种"为代号潜伏在国民党中统特务机关，然而他在艰苦卓绝的斗争中没能抵挡住物质诱惑，中途叛党变节，残忍杀害众多昔日战友，还暗通日本"玄洋社"，出卖国家核心利益。

诗人北岛说："高贵是高贵者的通行证，卑鄙是卑鄙者的墓志铭。"历史将永远铭记革命志士的不朽功绩，也将叛党叛国之徒永远钉在了耻辱柱上。

《火种》熔红色传奇、个人英雄、浪漫爱情于一炉，体现了网络小说类型互渗和融合发展的趋势。静夜寄思将红色革命故事与传奇笔法相结合，使得故事情节跌宕起伏、惊险刺激，读来引人入胜、欲罢不能。这主要体现在主人公唐明俊的成长历程上，从第三章开始他拥有了网络小说惯常设置的"金手指"，这个金手指就是他父亲伪装假扮的"徐敬塘"的暗中庇护。由此，他开启了开挂的人生之旅，在学习宫殿记忆法、摩尔斯电码、枪械组装训练等特工知识时，展现出惊人的天赋和超强的记忆力。在执行任务遇到危险时，总是十分巧合地有人施手给予援助，令他可以逢山开路、遇水架桥，圆满完成各种急难险重的任务。韩颖琦在《抗战题材网络小说与"红色经典"的承传关系》中说："'红色+传奇'的叙事模式，找到了红色经典文化与大众文化之间的契合点，使'新红色经典'在获得主流意识形态认可的同时，也经受住了大众文化市场的检验，实现了叫好又叫座的双赢价值。"此外，作者还设置了甜蜜浪漫的爱情故事，以青春化、时尚化的气息来吸引年轻人的青睐。男主角唐明俊年轻帅气、能力超群，赢得了一众美女倾心。丁胜楠和叶慕之都深爱着唐明俊，为了他的安全，宁愿献出自己的宝贵生命。但最终，唐明俊和温念君郎才女貌，有情人终成眷属，双双携手投入紧张而危险的革命事业，为打倒反动派、缔造新中国共同奋斗。在谈及创作与改编体会时，作者坦言："我理解的主旋律青春化表达，就是以主旋律的思想内核为基础，多放一些关注点在年轻受众群体上，以他们喜闻乐见的形式来传播社会主义核心价值观，赋能实现创作优化和传播力跃升的双赢。"

统而论之，网络作家静夜寄思在广泛查阅重庆红色历史档案、深入调研红色教育基地基础上创作的长篇网络小说《火种》，以文学的形式，生动形象地阐述了何为青春、何为理想、何为使命、何为光荣的重大命题。从这个角度说，《火种》可谓是对红色经典《青春之歌》的跨时空对话和致敬。茅盾曾高度评价说："《青春之歌》是一部有一定教育意义的优秀作品，林道静是一个富于反抗精神,追求真理的女性。"我们完全可以套用这句话来评价《火种》,说《火种》是一部有一定教育意义的优秀作品,唐明俊是一个富于反抗精神,追求真理的伟丈夫。昔梁启超《论小说与群治之关系》曰:"小说具有熏、浸、刺、提,四种巨大的力量。"今天,在加强对青少年学生"四史"教育特别是中国共产党党史学习教育的过程中,《青春之歌》《火种》等红色革命历史题材小说用一代人特有的青春芳华来感染和打动年轻读者,润物细无声地教育引导他们笃定信仰信念、发扬红色传统、致敬革命先烈,无疑具有十分重要的现实意义。

## "九鹭非香"的启示：仙侠IP为何屡出爆款？
## 仙侠IP离不开的"九鹭非香"

邢 晨[①]

近日，由赵丽颖、林更新主演的仙侠剧《与凤行》在腾讯视频热播，该剧自开播以来多次斩获佳绩，不仅在北美同步环播，而且登顶2024腾讯视频热度值TOP1，刷新了2024腾讯视频弹幕互动量最快破亿电视剧纪录，在非暑期档掀起了一场热度超前的仙侠浪潮。在《与凤行》的身后，是原著及编剧"九鹭非香"强大的影响力。

《招摇》《与君初相识》《苍兰诀》《护心》《七时吉祥》《与凤行》，两年连播五部影视作品，迄今手握六部成功的仙侠IP剧，"九鹭非香"俨然已经成为仙侠类项目招商的金字招牌。而在影视工业的精良制作与强大卡司背后，九鹭非香的IP效力更来自其内容创作方面的独树一帜。

---

① 邢晨，南京师范大学博士研究生。

## 一、新奇设定与调和风格

自2011年在晋江发表第一部作品以来，九鹭非香如其专栏简介所述："开坑，码字，填坑，坑坑不息永无止境。"笔耕不辍，迄今已经完结了十数部长篇小说，并仍在陆续放送"新坑"。在内容上，这些作品有着相似之处。在30万字左右的体量内，围绕一支身世主线开展多个冒险副本。以一场"天雷滚滚"的相遇打开局面，而后围绕着谜团与情伤层层递进，使情绪进入纵深发展，在跌宕起伏的剧情中揭开真相，最后让男女主携手对抗终极反派，拯救苍生。节奏明快，结构并不复杂，九鹭非香也擅长在这种简洁中发挥自己的文笔优势，将诙谐效果把握得恰到好处，精准刻画"外景"与"内情"，为读者带来身临其境般的体验感。

从影视化层面考虑，九鹭非香的写作有着适宜影视改编的清晰框架与简明思路，为跨媒介改编赋予了突出的潜力优势。

业内人士指出当前"古偶"市场上的一条重要法则，"现偶看男主，古偶看女主"。古偶题材影视对于女主演员加成较大，立项时往往以女主为重心，演员挑选剧本时最先关注的便是女主人设。而这也正是九鹭非香的作品最出彩的地方。《和离》中女主伏九夏过不下去就主动抹平姻缘线，即便如《苍兰诀》中软萌的兰花仙也能四两拨千斤地制衡魔尊。无论是《招摇》中行事嚣张，令人闻风丧胆的"魔头"路招摇，还是《与凤行》中"一杆银枪平四海"的碧苍王，都具备突出的独立气质，契合当下受市场欢迎的"大女主"潮流，讨喜的女主人设为项目组盘时的层层加码提供了一个良好的开端。

当下的仙侠市场上太多同质化的产物，而九鹭非香却十分擅长规避套路，创造富有新意的人设，为故事融合异质性元素。爽利女侠VS残破妖龙，灵界的霸道王爷VS爱"装"的病秧子神君，已生异心的驭妖师VS被训诫的鲛人……人设之间的碰撞成为故事延展的多重动力。例如《招摇》中，"魔头"路招摇与"小丑八怪"厉尘澜之间的关系不断逆位，剧情在"背叛"与"守护"的视角更迭下走向高潮。《苍兰诀》中，冷酷魔尊却要照料一朵柔弱的小兰花，在男女主的频频"抓狂"中产生了人设被反向"驯化"的爽点。影视处理之下，原著中的异质性元素正好可以被抽出、延长，给市场增添新鲜的内容。正如《与凤行》可以将田园生活铺为底色，用"做饭"与"熬药"熏染烟火日常的氛围感，《护心》也能将"暖萌逗趣"的元素嵌入视觉风格，以创新的概念打造被萌宠围绕的"落地仙侠"。

除却设定优势，九鹭非香也倾向于以轻盈的风格调和类型的重量感。仙侠类型一向有着古典唯美的厚重感，以"三界"为场域进行道德取舍与战斗决定，近年来的视觉重心更是落脚于"虐恋"的惨烈，令观众有些审美疲劳，而九鹭非香的作品往往能以清新俏皮的叙事制造一重有效调和的外衣。《招摇》中女主愤愤不平回人间的原因是身为"魔头"竟然死得过分低调。《本如寄》中女主与毁天灭地的邪恶对峙时最先受制于钱，《和离》中男女主这对五百年仙侣和离的直接原因是菜放不放辣。九鹭非香擅长以轻松欢乐的脑回路构建整个故事的心理基础，在啼笑皆非中逐渐走向治愈的温情戏与恢弘的"拯救之战"，以兼具笑与泪的故事吸纳广阔的受众。

## 二、追寻主题与动人之情

如果说新奇的设定与诙谐的风格是九鹭非香以技法搭建了一个值得市场选择的有效框架，那么对于"情"的主题塑造则是作品焕发活力的内核，这种牵动人心的力量，造就了她的IP辨识度。

不同于部分仙侠为了"虐恋"而"恋"的叙事构造，九鹭非香对于"情"之主题的塑造从三个层面延展维度，从而削弱了这种华丽却空洞的飘浮感。

首先是关注人物心理逻辑的流畅。心理刻画一向是九鹭非香的拿手好戏，在她笔下，复杂的心理活动也能洞若观烛。住在对方身体里的细小情绪、为了避免遗憾所发生的挣扎、在"修正"中对曾经爱恋的体悟，都被九鹭非香娓娓道来。

而且九鹭非香倾向于设置非线性的心理活动，打造"读档游戏"一般的丰富体验感。无论是灵魂互换的"双魂共体"、不同时间线内的穿梭，还是隐身与实体的双重行走、昼夜在孩童与成人中切换等带有反差感的设计，九鹭非香都能自如地驾驭。这种对于心路历程与思想走势的详细拆解，让细腻且自洽的心理逻辑成为九鹭非香作品中的一大特色，带来了人物饱满的立体感。

其次是追寻自我的情感主题。在女主的剧情线中，对于自由、命运、责任的理解都是至关重要的行动支点。《与君初相识》中的纪云禾能以追寻自由为起点，也能昂首走向生命的终章，"骄傲、有尊严、不畏惧、不惊惶地结束这一程"。《本如寄》中的孟如寄说："我手上最多的人命是我自己。懦弱、畏惧、退缩、偏执，无数个道心不稳艰难前行的日子里，我都杀了一个我，救了一个我，及至现在！我！有自己的所思所悟，所感所想。"选择由心，命运自决，每一个女主对于"自我"的钟爱，让她们在追求自我的道路上奔袭，爱情固然盛放，其光环却能退却，降落为成长中至关重要的一环。这种恒久而经典的追寻主题，为女主赋予了强大的人格魅力，也令九鹭非香的作品在"神仙言情"的外衣之下挺立清晰的"人"之骨骼。

近年来仙侠被吐槽为"仙偶"，正是由于"神仙"除却"恋爱"外一无所想，信念缺失，规则崩解，"仙"与"魔"都成为了空洞的职业人设。而在九鹭非香的书写中，人物的行事正是出于对世界运行法则的理解、立场的选择与转换、规则断裂后的思考以及自我黏合。故而有《招摇》中曾一心慕仙的路招摇不惧"成魔"，冲破仙魔两道的二元界限而重新定义"正道"。"心有正道，即便身在黑暗，亦可踏破地狱，剑之在手，是杀是救，是善是恶，不在于他人之口，而在于你的心里。"主角的行动因有"理念"与"原则"支撑，所开展的相互作用才具备真实度，无论是对抗抑或阻拦，都不仅仅是为了制造爱情的曲折感而故意增设的腐烂枝蔓。

最后，也正因此，对于两性之情的刻画撇除了"作天作地"的浮沫，成为完整人格所获的那一份暖心救赎，如《护心》里的雁回为妖龙天曜一步步集齐龙鳞、龙角、龙筋、龙骨，把破碎的龙一点点粘好，最后成为他的一颗"龙心"之时也得悟自己的心之轮廓；又如《与凤行》中沈璃百战百伤地守护"墟天渊"，上古神行止也在孤身支撑"天外天"，共鸣之感让他们彼此吸引。九鹭非香为"恋爱"叙事找到了多重主题：有姻缘的循环，也有对姻缘的重新审视。是伟力背后的孤寂，也是规则之间的碰撞；是对自由的共同追求，也是对背叛的逐步和解；是强与弱的转换，也是生与死的对话；是遭遇"污名"者与"污面"者的依偎，也是迷茫者找到坚定之路的过程。万物逆旅，人生如寄，"情"是劫也是运。

## 结语

九鹭非香对于虚幻空间的塑造总是栩栩如生，上至仙山魔界，下至"鬼市""无留之地"等，毛茸茸的细节与坚硬的规则为读者制造了身临其境之感，也为后续影像化奠定了基础。而在这"三界"之中展开的层层副本，或风俗或寓言，或温情或唏嘘，都不只是被爱情踩在脚下的砖瓦，而是这个空间所赋予主人公的一场情感指引。可以说，九鹭非香是在"仙"中写"人"，在"言情"中"观心"，借由主人公的眼睛"看见"东方幻想的丛丛故事，本无一物，却五彩斑斓。

目前，九鹭非香的旧作《司命》在待制作状态，《与晋长安》于2024年完成制作，过审备播。而《和离》《本如寄》等新作也在延续着既往的风格，陆续被推入影视化进程。这种"生生不息"的创造力令九鹭非香的IP宇宙在逐步扩大。

# 第九章 影视文学

# 综 述

## 重庆影视文学新势力
## 助推重庆影视新质生产力发展

随着重庆影视产业的不断发展，越来越多的影视作品选择在重庆取景拍摄。重庆独特的山水城市风貌和丰富的历史文化资源，为影片提供了丰富的创作素材和富有魅力的视觉元素，吸引了众多影视制作团队。近年来，重庆积极推动电影产业的发展，提出"重庆造"电影文化品牌发展战略，加大影视产业的政策扶持力度，建设影视拍摄一站式服务平台，引进高科技数字影视生产的龙头企业，已形成了较为完善的影视产业链条，包括剧本创作、拍摄制作、后期制作、发行放映等环节。"重庆造"电影不断取得丰硕的成果，例如，《中国机长》《中国医生》《九零后》（纪录片）不仅在国家级电影奖项中屡获殊荣，还在票房上取得了显著成绩，展示了重庆电影的高质量与影响力。同时，重庆电影人不断挖掘本土题材，创作了一批反映重庆地域文化和时代精神的优秀作品。2021年以来在重庆本土立项的"拍重庆"的电影《晚安，重庆》、《99万次拥抱》、《城门几丈高》（纪录片）、《王良军长》、《地火》、《牧蜂姑娘》、《开山人》、《我本少年》、《白云苍狗》、《怒吼》、《月光武士》、《岁岁平安》、《卢作孚》（纪录片）等，是重庆电影原创力和文化软实力提升的具体体现。"重庆造"影视行业正在努力成为中国电影的重要增长极，推动中国电影高质量发展。

在蓬勃发展的影视行业中，影视文学领域对产业发挥着基础支撑的作用。影视文学是影视作品创作的基础，是影视生产的创意源泉，它把文学资源连接到影视产业，是持续推进重庆影视行业创新发展的重要保障。近年来，为促进重庆影视文学创作的繁荣和高质量发展，重庆市作家协会新一届影视文学创委会，致力于促进文学创作与影视产业的共融互动，为影视文学新势力的发展提供有力支持。这体现在一方面把优质的文学资源转化为影视生产力，另一方面又以影视剧本项目研发来激励和赋能文学原创的进一步繁荣。同时，助力培育本土高层次编剧人才队伍，建立长效保障机制和良性的版权保护环境，实现文学创作者与影视行业双方共赢发展的局面。

## 一、促进影视与文学的双向奔赴

重庆影视产业实现由"重庆拍"到"拍重庆"和"重庆造"的转变，影视文学创作的繁荣和高质量发展是重要的先决条件。近年来，从优秀文学作品转化而来的影视作品日益增多，文学IP改编几乎占据了影视市场的"半壁江山"。

影视文学创委会通过举办影视文学改编研讨会、作品交流会等，鼓励影视制作方与文学创作者进行跨界合作，共同开发具有重庆特色的影视与文学作品，实现资源共享和优势互补。这种影视与文学的双向奔赴体现在两个方面：一是"文学驱动影视"。重庆的文学作品为影视改编提供了丰富的素材和灵感来源。越来越多的文学作品被改编为影视作品，这些作品不仅保留了原著的精神内核，还通过影视化的手法将其呈现得更加生动、立体。可以说，文学作品正在成为影视改编的源头活水。另一方面是"影视赋能文学"。影视作品的成功也为原著文学作品带来了更广泛的关注和认可。在重庆老中青作家群体的创作中，不乏优秀的文学作品，但因文学媒介的市场弱势，这些作家和作品往往默默无闻或者有名无市，如果这些文学作品能被改编为影视作品并走红，那将带动文学原著的传播，进而激发文学创作的活跃。因此，影视创委会积极联系各方社会资源，鼓励影视制作方积极改编重庆作家的优秀文学作品，特别是具有地域特色和文化内涵的作品。通过改编，将文学作品中的故事和人物以影视的形式呈现出来，扩大作品的影响力和传播范围。

2021年以来，根据重庆这片热土上真实发生的事件改编的电影层出不穷。有反映革命历史题材的新作，如电影《王良军长》（2021）讲述这位出生在重庆市綦江区的红军早期将领，从"投军黄埔"到"参加革命"，再到"屡建功绩"的传奇故事，生动塑造了在共产党领导的革命队伍中从黄埔学生成长为具有坚定信念和指挥才能的将军的人物形象。电影《地火》（2022）根据经典长篇小说《红岩》中"许云峰"的原型人物、歌乐山革命英烈罗世文的真实事迹改编创作，影片以革命浪漫现实主义风格抒写了罗世文从海外学成归来投身革命抗日救国，后被国民党反动派被捕入狱，但他以坚定的信念、强大的精神力量、铁的纪律，坚持在狱中领导地下党对敌斗争的英雄事迹。还有紧扣时代主题，弘扬脱贫攻坚伟大精神的电影《开山人》（2023），真实、生动地再现了重庆巫山县下庄村被誉为"当代愚公"的党支部书记毛相林带领村民开山修路的感人事迹。

除了根据真实事件改编的电影故事外，重庆本土的文学作品涵盖了广泛的主题和风格，为影视创作提供了丰富的素材和灵感。例如，本土青年作家陈泰涌的长篇小说新作《小乾坤》入选2023年度重庆市文艺创作重点资助项目，小说于2024年5月由重庆出版社出版。作品讲述了一代渝城火锅创造者和传承者的命运，描绘了市场经济下的人生百态和时代生活中的多种流向，展现了重庆人的奋斗精神。该作品已经被立项改编成同名都市题材的电影，这一改编将不仅提升原著的知名度，而且也会为重庆本土的文学创作注入新的活力。

出生于重庆、闻名海内外的作家虹影，她的文学作品被多次改编成影视作品，如第六代导演娄烨执导的电影《兰心大剧院》（2019）就是改编自虹影的原著小说《上海之死》。而她亲自执导和编剧的电影《月光武士》（2023），改编自她自己的同名长篇小说，展现了她在影视创作方面的才华和实力。虹影的作品不仅推动了文学作品的影视化改编进程，也丰富了影视文学的内涵和表现形式。该片通过一个少年的成长折射出重庆这座城市的变迁。这部从小说改编为电影的作品饱含了作者对精神故乡重庆的情愫，正如她在创作感悟中说的："我生命中的重庆，值得用一切艺术形式欣赏和赞美。"

## 二、联系各方力量，扶持影视剧本项目

市作协为繁荣我市文学创作实施了现实题材"讴歌"计划、精品创作"扶优"计划、队伍建设"培新"计划、文学评论"友声"计划，影视文学创委会组织影视与文学跨界人才参与"重庆文学公开课""重庆文学会客厅""重庆文学有声馆"等品牌活动；组织专家对影视文学剧本进行评审，推荐优秀作品参加市作协的扶持项目。同时，积极联系和参与中央宣传部电影局、中央宣传部电影剧本规划策划中心、中国夏衍电影学会共同举办的"夏衍杯"优秀电影剧本征集活动，重庆市文联主办、重庆市电影家协会承办的"重影杯"电影剧本征集评选活动等。此外，还助力打造本土电影展平台，孵化电影剧本搬上大银幕。重庆市作家协会影视文学创委会作为支持单位，积极参与两个重庆市级的电影展活动，即"重庆青年电影展"和"重庆先锋艺术电影展"及其相关的论坛活动和剧本创投活动，通过该影展平台，形成重庆文学与影视联姻的契机，积极发现和推介优秀青年编剧人才。

以"重影杯"电影剧本征集评选活动为例，近年来已有四部获奖本土剧本成功孵化为电影作品，分别是根据曾获提名奖剧本《村里来了个耶鲁生》（李康）拍摄的电影《橙妹儿的时代》，于2020年11月全国公映；根据曾获一等奖剧本《产房》（王雨）拍摄的同名电影，于2020年9月全国公映；根据曾获一等奖剧本《大梦难忘》（刘先畅）拍摄的同名电影，于2019年11月全国公映；根据曾获一等奖剧本《99万次拥抱》（何苦）拍摄的同名电影，作为电影频道庆祝中国共产党成立100周年重点打造的新片佳作于2021年5月全国公映。

重庆市作家协会影视文学创委会协助重庆电影家协会，重点推荐和推进重庆

本土电影项目。例如，完全由重庆电影人创作生产的重庆本土电影《白云·苍狗》（编剧：刘帆、程连佳），改编自2018年"夏衍杯"获奖电影剧本《归程》，具有较高水平的影视文学价值。它以寻找和回归为主题，通过独特的叙事手法、鲜明的地域特色和强烈的艺术表现力，为观众呈现了一部感人至深的家庭情感电影。该片获得第22届上海国际电影节亚洲新人奖两项提名，第28届中国金鸡百花电影节国产新片展推荐表彰影片，是重庆首部入围国际A类电影节的影片。

近年来，重庆市作家协会影视文学创委会还组织召开了重庆革命历史题材电影《怒吼》的剧本研讨会，助力该片制片人李海洲和导演兼编剧郑正的创作团队在同年夏季顺利完成电影的拍摄；辅助重庆籍编剧陈俊良创作的重庆革命历史题材电影剧本《棒棒英雄》，参加2022年北京国际电影节剧本创投会获奖，已成为影业公司有投资意向的电影项目；辅助重庆佛龙影视公司将王雨编剧的电影剧本《产房》立项拍摄，完成在院线放映和央视电影频道播出；协助重庆籍导演、编剧李冬梅的第一部长片《妈妈和七天的时间》在重庆立项并完成拍摄，影片于2024年5月在全国艺联院线上映。该片是作者对故乡童年一段铭心刻骨的记忆的影像呈现，曾获得平遥国际电影节费穆荣誉最佳影片奖、瑞典哥德堡电影节英格玛·伯格曼奖。2023年联系促成和推进了《岁岁平安》《十八梯》《我们的名字》《火凤重天》等一批电影项目的剧本研讨和备案。2024年5月，由《白云·苍狗》原班主创团队（编剧、导演、制片人）打造的重庆本土电影《岁岁平安》，再次入围上海国际电影节金爵奖，获得亚洲新人奖单元三项提名。

## 三、发挥高校专业影视教育的作用，积极开展影视文学人才培训和交流活动

重庆有十几所高等院校办有影视编导类专业，其中重庆大学在2000年就创立了专业的电影学院。目前重庆大学、西南大学、重庆师范大学设有戏剧影视文学本科专业，以及戏剧与影视领域的专业硕士学位授权点，这些院校在培养青年

编剧方面取得了显著的成绩，为影视行业不断输送新鲜血液。例如，毕业于重庆大学美视电影学院电影学专业的硕士研究生张珂，近年来担任了多部主旋律电影的编剧，包括《我和我的祖国》之《前夜》(2019，新中国成立70周年献礼片)、《革命者》(2019，建党100周年献礼片)、《金刚川》(2019)、《志愿军：雄兵出击》《志愿军：存亡之战》《志愿军（第三部）》(2023—2025)，成为国内最具实力的青年编剧。毕业于西南大学新闻传媒学院的王一通，由他担任编剧并主演的电影《宇宙探索编辑部》（2022年）获得了第36届中国电影金鸡奖最佳编剧奖（原创）、第30届大学生电影节最受大学生欢迎年度编剧奖。毕业于西南大学文学院研究生的程连佳，是重庆本土培养的优秀编剧人才，与其研究生导师刘帆教授联合编剧创作的全套"重庆造"的电影《白云·苍狗》《岁岁平安》在上海国际电影节均获得殊荣，扩大了重庆电影的影响。

除此之外，重庆的高校还培养了许多优秀的导演、演员和其他专业的影视艺术人才。近年来，重庆市作家协会影视文学创委会依托重庆大学、西南大学、四川外国语学院、重庆师范大学的相关专业学院举办影视文学论坛、电影创作交流会、学术讲座、剧本创投会、新片路演等系列活动，先后邀请了重庆高校培养的已在业内崭露头角的一线编剧、导演、演员、制片人等新锐电影人，与在校师生、有关企事业单位从业人员一起交流。通过这些活动，既培养了青年学生的学习和实践热情，也能够让青年编剧更好地了解编剧创作的实操经验和市场需求，以提升作品的文学价值和市场竞争力。

为更好地发挥重庆高等学校专业影视电影教育的优势，创委会积极倡导并推进"大学电影"的创作拍摄，在有关高校定期举办"大学电影"主题影展活动，助力打造我国影视文学产业的"大学电影"新势力。"大学电影"代表了电影领域中的一股新兴力量，体现了大学在电影教育、创作和研究方面的独特贡献。此类电影创作融合了学术研究的成果，更加强调有思想深度的电影文学价值，敢于尝试新的叙事手法、视觉风格和题材内容，具有鲜明的创新性。同时，它的创作和受众主要是青年学生，因此更符合青年人的审美趣味和价值观念。

近年来，主要由重庆高校师生组成的主创团队创作的重庆本土电影《白云·苍狗》《岁岁平安》，分别在中国金鸡百花电影节、上海国际电影节、北京国际电影节项目创投中获得殊荣；改编自抗战时期重庆电力系统进步青年发起的怒吼剧社的真实事迹的电影《怒吼》，从剧本写作、拍摄、表演到后期制作，主要由重庆高校师生制作完成，先后在全国院线上映和央视电影频道播出；首部围绕大学理科生成长题材的青春励志电影《我本少年》（2022），主要由重庆大学师生校友主创并全程在重庆市大学城取景拍摄，入选了第十三届北京国际电影节科技单元暨"弘扬科学家精神"开场影片。2024年9月，由重庆大学美视电影学院附属的先锋电影制片厂出品的电影《寂静的河流》，是本学院毕业生赵守伟担任编剧和导演的长片处女作，获得了先锋艺术电影展"影创杯"最佳剧本和创投入围影片，是2022年重庆电影扶垚计划项目，可以说该部影片从剧本到电影立项拍摄正是按"大学电影"的模式孵化而成的。除院线长片电影外，还有较多"大学电影"的短片作品在国内外电影节短片单元上屡获佳绩，展现了重庆高校影视专业的学生在电影创作方面的才华和实力。同时，学校还积极与电影行业合作，推动产学研一体化发展，为重庆的影视行业注入了新的活力和创意。

作为新势力的"大学电影"在重庆的影视文学创作领域发挥着越来越重要的作用。它不仅推动了电影艺术的创新和发展，丰富了电影文化的内涵和形式，还为电影行业培养了大量的人才。未来，随着新媒体技术的不断发展和高等学校电影专业教育的改革，重庆本土的"大学电影"将取得丰硕的成果，迎来更大的发展空间。

## 四、努力实现影视文学高质量创新性发展

近年来，重庆影视文学在发展中仍存在一些不足和有待改进的地方。

影视文学创作水平需要更上层楼。近年来，重庆影视文学作品在数量上虽有所增加，但整体创作水平参差不齐。部分作品的剧本创作、导演水平、演员表演

等，都在创新性和突破性上需要加强，以吸引和留住观众。

影视文学产业融合发展还需更多创新。一方面，影视文学产业链不够完善，从剧本创作、拍摄制作到后期宣传发行，各个环节之间的衔接不够紧密，导致资源分散，需要更有效地形成合力，以建立起显著的竞争优势。另一方面，影视文学产业与旅游、文化、科技等领域的结合需要进一步加强，跨界融合的创新项目和产品还需更多。

高端人才和复合型人才需要更大储备。重庆的影视文学产业历史积淀不够丰富和厚重，在该领域的人才储备相对不足，尤其是高端创作人才和复合型人才，这影响了本土优秀文学资源的高质量影视转化，限制了影视文学产业的创新能力和竞争力，以及产业的持续发展。

针对重庆影视文学发展中的不足，今后应从以下几方面重点开展工作，为重庆影视文学事业的高质量发展提供有力支撑。

搭建平台，推动影视文学新势力高质量的发展。发挥重庆市作协拥有的文学作品与人才资源优势，鼓励和支持创作者深入挖掘本土的历史文化、生活世界、自然风光等丰富而独特的素材"矿藏"，创作出具有重庆特色、反映时代精神、思想性艺术性俱佳的影视文学作品。同时，加强与影视行业机构、电视台、互联网平台、影视传媒类高等院校的合作，搭建影视与文学的交流平台，推动实施优秀文学作品创作及其优质影视转化的"双精品工程"。为此，首先可以利用我市重要的文化艺术活动，创设有影响力的影视文学优秀作品推荐会、文学作品影视转化的创投会等活动；其次，加强与国内外优秀的影视文学创作者、出品人以及影视行业龙头企业的交流与合作，引进先进的影视创作理念、手法和制作技术，提升重庆影视文学作品的创作水平，打造具有国际影响力的"拍重庆"与"重庆造"的头部影视作品。

助力影视文学向新媒体业态和跨界融合延伸发展。随着影视流媒体平台和社交媒体的兴起，影视文学创作应积极探索传统媒体与新媒体的融合之路，推动网络剧集、网络电影、微短剧、互动剧等新兴业态的发展，为影视文学产业注入新的活力。发挥重庆市作家协会影视文学创委会的积极作用，助推发展新媒体影视文学新业态、新赛道，引导作家积极参与"影视文学+"的"破圈"传播模式，努力延长文学向戏剧影视、影视文学创作从传统媒体形式延伸到网剧、动画、游戏、VR/AR等网络视听领域的衍生链条，并利用云计算、大数据、人工智能等技术赋能影视文学创作，提升作品的制作水平，创造全新的艺术形式和观赏体验，满足观众多样化需求。在这种影视文学新媒体赛道中，通过联系创作者、影视企业、网络平台和政府部门，共同举办线上和线下相结合的论坛、推介会、路演等系列活动，引导影视文学行业与其他领域，如文化旅游、乡村振兴、城市消费、科技教育的跨界融合，创作极具时代特征和重庆辨识度的影视佳作。

加强影视文学创作人才的培育和扶持工作。加强与影视行业协会、影视机构、出版机构、相关高等院校的联系与合作，建立广泛的影视文学创作与研究人才库，会聚一批优秀的影视文学创作人才和专家。通过定期举办影视文学创作大赛、研讨会和培训班等，发掘和扶持具有潜力的本土创作人才，为其提供交流和学习的平台，并在作品推广、出版等方面提供帮助。进一步与重庆本地和全国著名的影视院校合作，共建影视文学人才培训基地，邀请国内外知名作家编剧、专家学者进行讲学交流，传授先进的创作理念、方法和AI辅助创作技术，以加强影视文学创作、制作、营销以及评论和理论研究等方面的人才培养。

总之，近年来重庆影视文学新势力崛起明显，成就斐然，影视和文学共融共生，共同形成文化产业的新质生产力，为重庆经济社会发展尽了绵薄之力。重庆市作协影视文学创委会将在市作协指导下，守正创新，多出精品，多出人才，为重庆乃至全国的影视文学发展作出更大的贡献。

# 评 论

## 《宇宙探索编辑部》：
## 新生代导演作者性探寻的延伸与突破[1]

虞 吉　程宇潇[2]

2015—2016年，《罗曼蒂克消亡史》《心迷宫》《路边野餐》《长江图》四部新生代作品的先后上映，将新生代导演作者性研究的课题引入学界视野。迄今，随着《暴裂无声》（忻钰坤，2017）、《地球最后的夜晚》（毕赣，2018）、《大象席地而坐》（胡波，2018）、《南方车站的聚会》（刁亦男，2019）、《春江水暖》（顾晓刚，2019）、《野马分鬃》（魏书钧，2020）、《无名》（程耳，2023）等新生代后续作品的不断问世，新生代导演作者性探寻的触角也愈加令人瞩目。正如巴赞所言："电影毕竟是一门太年轻的艺术。它太过卷入自身的演变之中，以致不能在任何一段时间里，在重复自身的过程中纵情享受。电影的五年相当于文学上整整的一代。"因此，文章关注动态演进的新生代创作，力图厘清和把握中国电影最年轻一代导演对"电影作者"的理论理解和"作者电影"的风格呈现。

2023年4月上映的影片《宇宙探索编辑部》，在海内外诸电影节中收获颇

---

[1] 本文原载《电影新作》2023年第4期。
[2] 虞吉，西南大学新闻传媒学院教授；程宇潇，西南大学新闻传媒学院2021级硕士研究生。

丰，映后好评如潮、口碑上佳，更重要的是，该片作为新生代作者电影的"集大成者"，展示了青年导演新的思维、技法和主题，把握了作者表达与商业诉求的良好平衡，呈现了新生代作者性延展的新路径。诚如影片在平遥国际电影展获"观众票选荣誉（最受欢迎影片）"的授奖词所言："从经典电影类型进入中国科幻的未来关怀，求索问道，显示了青年电影人的想象世界与精神哲思，诗性浪漫，呈现了科幻类型与青年电影发展的新方向。"那么，敢问"科幻类型"和"青年电影"发展的新方向到底路在何方？而弄清此问题的前提，又是我们该如何理解"科幻类型（经典电影类型）"与"青年（新生代）电影"。一旦聚焦于此，我们会发现仅仅注目《宇宙探索编辑部》是远远不够的，还需要将所涉及的众多"前文本"也纳入研究视野中，从头说起。

## 一、新生代导演的作者性延承

### （一）"文学性+电影性"的作者性呈现形态

"作者论"指电影导演通过风格化的视听元素以及场面调度来区别于市面上通行的商业电影，实际强调了电影作为一门独立艺术的"电影性"。而"文学性"作为语言介入影像的维度，本质还是讲故事的艺术，即关注剧本（情节和人物）。20世纪八九十年代之交，文学与电影的密切接触玉成了第五代导演"平地一声雷"的登场，以大量意蕴深厚的文学作品为地基，加之第五代导演不拘一格、强表现力的视听语言，使得他们此时期的创作成为国产电影的一座艺术高峰。紧随其后的第六代导演在作者性探索中却"自觉不自觉地显现出在视听层面与电影手册派类似的纪实美学风格，以及在叙事层面与左岸派相似的存在主义哲学思考的作者策略。不难看出，第六代导演的作者性更多偏向于作者论的'文学性'向度"。

新千年以来，经历了第五代导演、第六代导演不同程度的商业转向后，作者电影（艺术电影）与商业电影的关系越来越错综复杂，第六代导演普遍与体制

（市场）激烈对抗的"地下电影（独立电影）"制片模式已然成为过去式，年轻的新生代导演正逐步成为影坛生力军。相较于第六代导演，新生代导演作者性的呈现形态由文学性过渡为"文学性+电影性"。正如同"新感觉派"电影理论家刘呐鸥在《论取材——我们需要纯粹电影作者》所传达的电影本体论思想：电影不能对文学性、戏剧性太过依赖，但电影的"纯粹性"也并非脱离叙事或忽略内容，而是需要将人文价值取向与视听特性（机械性）相结合。新生代导演的创作正是延续此"文学性+电影性"的模型。

具体而言，新生代导演更倾向于完整和饱满的叙事结构：《暴裂无声》讲哑父寻子，《地球最后的夜晚》讲浪子回乡（不进入后半段迷幻梦境的情况下），《大象席地而坐》讲小镇人物的压抑生活，《南方车站的聚会》讲悍匪的逃亡和落网，《春江水暖》讲四兄弟照顾老母亲，《野马分鬃》讲大四毕业生步入社会，《无名》讲中共特科在隐蔽战线的斗争，《宇宙探索编辑部》讲一群人荒腔走板的外星人寻觅之旅。

与第六代导演整体纪实性、日常化和碎片化的叙事模式相比，新生代导演的故事大都有头有尾，具备一定的起承转合，回归了"影像传奇叙事"传统，不至造成观众观影体验和美学经验的破碎。即使是喜爱混淆或打通梦境、记忆、现实三境的毕赣导演，在《地球最后的夜晚》中罗纮武于电影院进入梦境之前，影片已完整讲述了他和万绮雯卷入黑帮争斗的始末。当然在此并不太过复杂的故事情节之上，电影又通过大量的线索与暗示造成人物身份、关系的不确定和混乱，以大量高难度的镜头和调度营造出王家卫式的某种"风格化情绪"，集中展示了新生代导演"文学性+电影性"的作者性呈现形态。

孔大山对"文学性+电影性"模型的应用和把握能力，于他此前多部短片作品中得到充分的打磨锻炼，才得以摸索出自身所钟意的影像策略和作者风范，并在《宇宙探索编辑部》中聚合展示。如《亲密爱人》（2016）：用一个手持长镜头，讲述深夜的酒店房间里一男一女如何阴差阳错地走近对方内心，通过调度男女二人在逼仄的酒店房间中起卧坐立，来刻画二人关系的微妙变化，传达了人与人（男与女）之间感情动向的诡秘莫测、柳暗花明。《长夜将尽》（2014）讲述了在20世纪90年代，年轻且有文学理想的哑巴工人马力傲如何被残酷现实所摧毁。文学作为主题，通过影像呈现马力傲异常丰盈的内心世界，正是"新感觉派"所谓之"心像的世界"。《春天，老师们走了》（2017）讲述了山东曲阜市实验小学即将退休的孔老师（孔大山的父亲饰）来到学校的最后一天。片中的角色大都是孔大山最熟悉的家人朋友，但其通过扁平对称的画面构图和清丽的影像色调营造了独特的空间感，完成了导演对自己记忆空间的审美重塑。《法制未来时》（2015）戏仿电视台新闻报道法治案例的节目形式，虚构了"文艺片闷死人"等一系列荒诞事件。这部短片每隔几年就会在互联网上翻红一次，是孔大山最为"出圈"的短片作品。他也将此种最为称手、反响最好的伪纪录片拍摄手法沿用到《宇宙探索编辑部》中，建立自己电影的形式美学。

（二）"多异性"的作者性呈现方式

在作者性的呈现方式上，第六代导演尚且能用"整一性"予以囊括的近似的母题、形式和特定风格也转变为新生代导演千差万别的"多异性"。此间几年，不管是已有代表还是第一次拿出长片的新生代导演，都在延续"散点并置，各异其趣"的新态势。如"毕赣迷恋于时间塑造的影像探索；程耳痴迷破碎的影像与失忆的历史，试图还原他心底的'民国范儿'；忻钰坤探究影像和视听语言两个层次呈现给观众的信息叠加所产生的'化学效应'"。

在资金预算充足的情况下，《暴裂无声》的制作水平肉眼可见比《心迷宫》提高不少。忻钰坤依然将镜头对准中国北方的农村，用粗粝的影像呈现此地的萧索沉闷，用差异视点来营造悬念，结尾张保民在营救了律师的女儿后，律师却没有告知其儿子死亡的真相，延续了《心迷宫》式阴暗的人性剖面和厚重的宿命感。相比程耳的前作《罗曼蒂克消亡史》，《无名》更加沉稳和肃杀。主题词依然围绕"民国"和"上海"，相比特工们刀口舔血的间谍活动，影片更爱着墨于他们吃饭、抽烟、闲聊等生活细节。在延续非线性剪辑、沪语对白、精致光影色调等个人风格的同时，影片对宏大历史语境下"无名者"的关注既满足了主流意识

273

形态的期待，也符合程耳一直以来的个人趣味。在《南方车站的聚会》中，刁亦男的"黑色"美学进一步发散，从《白日焰火》（2014）中严寒的东北跳转到湿热的南地，影片的色彩更加浓烈，场面更为血腥暴力，而警匪智斗的悬疑故事，人与人之间的"信任"主题，无一不确认了刁亦男作者风格和形式系统的完整。

在崭露头角的新生代导演中，胡波的《大象席地而坐》极具早期第六代导演的风貌，不管是纪实性的影像风格（灰暗的画面、手持摄影和长镜头），还是存在主义的精神自白（导演借于城之口说出的台词："对，活着就是很烦"），不单外在形式和精神内核完整复刻了第六代导演，创作者在影片文本之外也面临了与第六代导演们类似的极大困境。顾晓刚执导的首部剧情长片《春江水暖》甫一出世就得到了世界范围内的极高评价（入选法国《电影手册》年度十佳影片）。从服装设计与营销专业转行的顾晓刚展示了对电影极强的画面构造和调度能力。在有明确的灵感来源（卷轴山水画）的情况下，将自然环境与人视作一体的"天人合一"思想观念形成他自洽的美学风格。《野马分鬃》是一部自传色彩稍强的新生代作品，与导演魏书钧本人所接受的学院派影视教育有关。影片叙事节奏舒缓，镜语平实流畅，侧重于人物生活细节和生存状态的展示。相较于其他青年作品，影片在技术实践层面上显得较为成熟老练，展示了魏书钧过硬的专业素养和充沛的创作能量，能自如地游走在类型和反类型之间。

《宇宙探索编辑部》的反电影（手持摄影、实景拍摄、跳切剪辑、非职业演员）很难不让人联想到法国新浪潮。也正是因为新生代导演受过良好电影教育，对"电影性"有着高度的创作自觉，才会表现出对经典模式与常规范式的变异、挪移、杂糅和化用的趋向。孔大山导演的一系列短片和首部长片已经明显展露了他的作者性：捕捉和关注人在庸常生活下细微的、不易察觉的、顾左右而言他的、暗涌的情感主题，充满想象力、游戏性的情节设置和作品间的互文性、幽默感。该主题在《宇宙探索编辑部》中呈现为：主角唐志军痴迷于寻找地外文明，期冀更高维度的智慧来回答抑郁症女儿临终前提出的问题——我们人类存在于宇宙里的意义是什么？这个问题对他的困扰，实际上是他对丧女之痛的掩饰和逃避。或者说，这是他难以接受女儿去世自己所负的责任，似乎只要找到了答案，女儿的追问有了结果，死亡便可以理解，伤痛也可以愈合。

## 二、新生代导演的作者性变奏

### （一）"在地性"深化与"漫游者"形象主体

21世纪以来，"在地性"作为电影文化研究的关键词被反复提及，区别于作为一种共性或总结的地域性和本土性。在地性更多强调的是个性的表达，准确来说是"全球化视野下强调当地文化以及此地区别于彼地的地域独特性的'在地性（Locally）'"。在全球化语境下，新生代导演对中国地域文化和自我身份的认同，使他们的艺术创作与实实在在的地点产生着更紧密且更具体的联系。

地处中国领土两端的东北和西南最具代表性。随着近年文学领域轰轰烈烈的"东北文艺复兴"，大量以双雪涛、班宇和郑执为代表的"新东北作家群"的小说作品已经或正在被影视化，如今年初新生代导演张大磊靠网剧《平原上的摩西》（改编自双雪涛同名小说）走入大众视野，同样改编自该小说的还有张骥导演的未上映的新片《平原上的火焰》，还有梁明导演的《逍遥游》（尚未上映，改编自班宇同名小说）和"第五代"顾长卫导演的《刺猬》（尚未上映，改编自郑执的小说《仙症》）。东北新生代作品的井喷实际早有先兆，《白日焰火》、《钢的琴》（张猛，2011）和《八月》（张大磊，2017）等新生代作品早已将镜头对准破败的工业区，重新理解"下岗"对于生活的冲击以及下岗工人的尊严。自东北20世纪90年代的下岗大潮以来，东北的经济发展一直面临着较为严峻的考验。近年，当整个国家飞速发展的经济开始放缓甚至停滞，大量年轻人被迫面临升学、就业和婚姻等社会生存上的结构性难题时，东北的历史经验也就得到广泛的认同。

西南地域的影像书写与东北不同，没有文学故事作为蓝本，没有大量工业性质的历史地标和符号意象，有的是与北方平原相反的崎岖的喀斯特地貌，是山高水深、犬牙交错的自然环境，是贫瘠的土地和前现代的乡镇村寨，在氤氲潮湿的水雾中，这些元素共同促成了魔幻与诗意的诞生。从《路边野餐》和《长江图》开始，南方的地理空间似乎就不再关乎现实，而指涉和联通的是新生代导演的心像世界。除了毕赣在《地球最后的夜晚》中把凯里拍成了极度浪漫的诗意之乡，《宇宙探索编辑部》也从首都北京跋涉到四川成都，再到西南腹地深处的农村、山洞。当离城市越远、离自然越近，影片的诗意也越浓郁，直至步入超现实——唐志军最后在山洞口见证孙一通的白日飞升。如果脱离地缘独特的空间环境，比如换作北京或成都，这场戏的画面和逻辑是难以想象和成立的。

《宇宙探索编辑部》的导演孔大山在成都念了四年大学，编剧兼主演王一通是四川雅安人，在重庆完成大学与研究生学习，所以，选择西南作为故事发生地无疑是基于新生代主创个人生命经验和空间记忆。程耳导演从北京电影学院毕业后分配在上海电影制片厂工作九年，加之他对20世纪三四十年代故事的阅读经验，共同造就了他对上海的独特情愫。顾晓刚导演想通过构建一个城市的版图来呈现时代特征，而家乡富阳的变化巨大，亟须记录，于是在资金尚未到位的情况下，便先自行贷款开始了创作。可以说，虽然技法各异，但新生代导演们都具备一致的"在地性"美学立场：将本土历史经验与现实生活相结合，以充满创造性的形式，将在地生活凝聚为艺术升华。

新生代导演"在地性"凸显的同时，相应地建构了一批"漫游者"形象主体。漫游者（Flaneur）"对街景，包括人群、老屋、店铺，都抱着鉴赏家的态度进行揣摩与玩赏，且漫无目的性，于是他与环境的关系正好与资本主义商业时代大众对一切事物的功利主义态度形成了反差；同时又由于这样一个人在现代都市的快节奏和大人流中越来越显得另类而濒于消失，因此他的形象又代表着一种被现代性挤出社会空间的传统残余，总能唤起人们怀旧的感情"。因为瓦尔特·本雅明对这一概念的阐释，漫游者作为一种阅读、理解城市和城市文化中引人注目的流动性意象而广为人知。同时，本雅明也意识到社会、经济状况的变化会促使漫游者形态的变化，对制度的不适应被内化为心理因素的不安定，如《路边野餐》中的陈升以及《地球最后的夜晚》中的罗纮武都是当下艺术电影中漫游者的代表。

此类漫游者形象在越年轻的新生代作品中越常见，如《野马分鬃》中的左坤桀骜不驯、无所事事，只因他认为草原与自己的气场相符，便费尽心思买了一辆二手的吉普越野车想去草原，结果惹上了一个又一个麻烦：与女友分手、跟家人闹翻、驾照被吊销。正当他刚要抵达心驰神往的"真草原"时，却因无证驾驶被逮捕拘留，象征自由的长发被剪掉。经历这一切后，左坤卖掉了车，不再想着去草原。魏书钧通过大量的"意象"再现当代青年渴望自由却不得不接受社会规训的过程。《宇宙探索编辑部》中，唐志军是一个穷困潦倒的杂志社主编，但他甚至找到了一圈和自己"志同道合"的漫游者：开玩具碰碰车、神出鬼没的陨石猎人，嗜酒又口吃的气象站工作员，或是靠低保度日的诗人，他们实际都是现实中极易被忽视的群体，却也是新生代导演观察和搭建的影像主体，是新时期中国现代化转型过程中独特的文化图景。

（二）"娱乐性"强化与游戏思维介入

自20世纪50年代起，法国电影评论杂志《电影手册》掀起了"作者策略"这一围绕作者风格观念展开的讨论，"作者"便成为一个今天还在流行的重要术语。英国结构主义电影理论家彼得·沃伦认为："作者论的发展有很大的随意性，这一理论的倡导者并不曾以宣言或集体声明的形式有计划地阐发他们的主张。因此，对该理论的诠释和应用都是相当宽泛的，在总体看法基本一致的松散框架之内，不同的影评家发展了多少有些不同的批评方法。理论概念的松散和宽泛使各种各样肆无忌惮的曲解现象得以滋生。"故而为作者论带来科学的合法性、为电影理论寻求秩序化的一个症候，是克里斯蒂安·麦茨将索绪尔符号框架套用于电影研究的努力（20世纪60年代中期），但依靠"语言（langue）-话语（parole）"二元结构建立的电影符号学框架存在着根本性局限：观众的缺席（观影快感和意识形态的问题被忽视）。直到20世纪70年代阿尔都塞关于意识形态的论述，以及后结构主义、精神分析、女性主义和解构主义等多元理论的介入，作者论才形成了关于文本（作者）和主体（观众）运作关系以及它们互动如何产生意义的研究范式。

如罗兰·巴特提出"作者已死"，结构主义及后结构主义理论家先后在各自的理论阵地发力，不断削弱了"作者中心"的观念并进而消解作品中"作者"的存在，或企图彻底颠覆作者与作品的关系定位。现实是，艺术电影依然是作者导演的一块小小的自留地。

但这块"自留地"还能保持多久呢？以第六代导演娄烨的《兰心大剧院》（2019）为例，石可指出其在复杂而阻力巨大的制片环境中坚持艺术观点和实践策略值得钦佩，但这种坚持对他作品质量的伤害也较明显。娄烨一方面带有对抗公众的精英意识，一方面又尝试融合艺术电影与类型电影，这种焦虑的矛盾心态造成的结果是：看着累，看不懂。精英主义立场的作者与代表大众文化的观众之间，似乎需要一种表达与趣味上的平衡。这也回到了本文最初提出的问题：新生代导演如何处理自身作者性与类型电影的协调融合。在此问题上，"第六代"一直以摇摆的姿态进行着尝试，业已牢固的强烈的导演主体意识和精英立场，让他们在融入电影商业化浪潮时伴生着前文所述的普遍的焦虑心态。王睿更直接地指出："出生于上世纪60年代与70年代初的第六代导演，到2010年时都已年过不惑，中年的他们与电影消费主力群体青年人之间的审美差异也是不能被忽视的关键因素。即便他们在选择的挣扎中向'影院'靠拢，但把持'影院'思维的核心群体已比他们年轻了二十岁，这种审美产生的思维鸿沟的弥合比选择更为困难。"

"新世纪以来，在中国电影整体倾向商业类型电影发展的大语境下，新生代导演近期所显现的作者性追求，不单演绎出了一个全新的层面，并且对商业类型电影的发展也具有一种潜在的结构性效用。"近年的新生代作品虽然与黑色电影、警匪片和谍战片等经典电影类型形成了对话，但整体上，这些影片仍然呈现出对悬疑、犯罪、凶杀等黑色元素的特别偏好，对非线性叙事策略的玩味，对人性幽微、社会边缘的执迷，这一方面彰示着部分新生代们的审美格调尚高，对自身艺术水准的自持，让他们难以放下身段去拍摄一些"与民同乐"的影片；另一方面自然也就潜藏了这些影片在大众接受、院线生存上的隐忧。而这也正是《宇宙探索编辑部》所规避的难题和存在的重要价值，即说明艺术性和娱乐性并不在天平的两端。

虽然《法制未来时》旨在嘲弄和宣泄对文艺片（艺术电影）不受市场重视、制片困难的现状的不满，但相信孔大山对"文艺片闷死人"相当地警惕，于是不吝在自己的作品中为观众提供乐趣。孔大山将自己的"恶趣味"表述为一本正经的胡说八道。王一通则将其创作观念概括为"悲中求喜"。这在《法制未来时》和《宇宙探索编辑部》中一脉相承：形式上，粗糙的伪纪录片影像风格能提供一种未经掩饰的错觉；主题上，不管是对中国文艺电影现状的不安，还是对人类存在意义的追问，实际都是相当严肃的议题，但影片通过影像搭建戏谑、玩闹的情境，通过填充意想不到的反差镜头来制造荒诞的"不协调"感，最终达成喜剧效果。"幽默，或者说喜剧性的来源，在于感知对客体的不协调性的反应，无论是它和周边环境的不协调，还是自身构成内部元素之间的不协调。这里的不协调性是一个综合性的观念，可以指模棱两可、逻辑上的不可能性、不相干性，以及（社会礼法意义上的）冒犯和不合适。"

具体到《宇宙探索编辑部》中，村民大姐在回答唐志军关于村里奇异现象的提问时，将家人一连串骂骂咧咧、怨气冲天的四川方言言简意赅地"翻译"为：她不知道；秦彩蓉数落唐志军花两天两夜坐火车去西北寻找外星线索，结果只找到一个破钱包，下一秒，镜头特写后景中墙上的"拾金不昧"旌旗；一行人在野外露营，醉酒的那日苏发现秦彩蓉的书包被篝火引燃，正当众人惊慌之时，他又一脚将书包踢飞，不偏不倚地踢进帐篷里；在采石场偶遇小狗，一直情绪低沉的秦彩蓉高兴地逗弄，镜头跟随唐志军继续寻找孙一通，结果听到秦彩蓉的叫喊，镜头随唐志军回头发现她被恶狗追咬（伪记录风格，模仿突发情况下摄影机的滞后性）。在人物塑造上，不协调感不仅体现为物质上极度匮乏却充满理想主义色彩的唐志军，更突出于提供了影片中大部分笑点的秦彩蓉。实际上，这个角色并没有在刻意地"搞笑",反而只是做出与普通人一样的正常反应:因为她并不相信地外文明的存在。但每每当她翻白眼、对唐志军等一行人极尽嘲讽挖苦之能时,观众却忍不住要发笑,因为用她自己的台词来说,她是"精神病大聚会"中唯一的正常人,这种与其他"外星迷""民科"角色格格不入的极不协调感构成她喜剧性的来源。

这种不协调(一本正经的胡说八道)不但构成角色的喜剧张力,还是影片得以诞生的灵感来源和架构基础。影片原型为一则新闻:山东一位农民,他煞有其事地向记者讲述他抓到外星人的过程,但当打开储藏外星人尸体的冰柜后,里面只是一个劣质的硅胶外星人玩具(这个桥段在影片中完整保留)。这位农民淳朴的外貌和诚恳的态度给孔大山留下了深刻的印象。甚至为了与科幻、外星文明形成落差,影片从北京辗转腾挪到前现代农村,直接将镜头对准这些连普通话听、说都有困难的村民,再配合手持晃动的影像风格,导演的创作观念得以由外到内、贯穿始终。

纵观孔大山的创作,即便是叙事容量较小的短片,他也喜欢按事件发生的时间讲述完整的戏剧性故事。并且,作为"90后"新生代导演,与高速发展的中国一起经历了互联网、电子游戏等流行文化的勃兴,游戏化思维在他的创作中占据了前所未有的位置。他拍摄的本科毕业作品《少年马力傲的烦恼》(2011)改编自动画短片《李献计历险记》(李阳,2009)。动画原作根本没有说明是哪款(或是否存在该款)游戏,但孔大山选择了日本任天堂公司推出的经典冒险游戏《超级马力欧兄弟》(*Super Mario Bros*,改编同名电影已于2023年上映),将"李献计"和"王倩"的人物关系和故事主线与游戏剧情相粘连:水管工马力欧跋山涉水、闯过一关又一关,最终救出被酷霸王绑架的桃花公主,形成互文叙事。甚至角色名字马力傲(Mario)、毕琦(Peach)也在他随后的作品中得到沿用。

《宇宙探索编辑部》使用的章回体叙事结构,作为一种营造作者风格的叙事方式,实际近年并不鲜见。但不管是故事片《第十一回》(陈建斌,2021)还是纪录片《一直游到海水变蓝》（贾樟柯，2020），它们的章回体都来源和关联于文学，而《宇宙探索编辑部》的章回结构则是源于电子游戏。导演孔大山自陈写剧本的同时在玩一款名为《神秘海域》（*Uncharted*，改编同名电影已于2022年上映）的寻宝冒险游戏，而每次通关一个章节、开启新一章故事时他都会觉得特别期待和兴奋，于是决定将这个模式应用于影片中。

### 三、新生代导演的作者性演变趋向

《宇宙探索编辑部》常常被打上科幻片、公路片的标签。事实上，影片确实也对这些类型元素信手拈来，熟练运用。影片将探索外星文明的宏大命题融入一个失意中年人的日常生活中，是杨宸指出的2019年（《流浪地球》）以前中国科幻电影最契合市场的大众形态和最常见的模式："以现实架构包裹科幻质素来制造'笑果'。""通过将科幻想象、科幻的特异空间吸纳进现实之中来制造效果。"此外影片有公路片明确的类型符码和惯例：拓疆行的旅途往往是关于自我的发现，目的是要得到自我认知，所以结尾处唐志军的问题也得到了形而下的合理解决。

与《路边野餐》和《长江图》的不同之处在于，虽然同样套用了公路片结构以及片中出现大量的现代诗（实际王一通创作的诗歌和他在村广播站读诗的文艺唯美片段对影片的伪记录喜剧风格造成了一定的破坏，两位主创之间美学风格和立场存在部分断裂和抵牾），《宇宙探索编辑部》不是去故事化的，反而具备典型的传奇叙事特征：奇人、奇事、奇情，情节线索的铺展讲求单纯而曲折。影片对人物前史和背景的隐而不言，使人物充满感情，却也不具备意志，好让叙事充分由作者主导，如唐志军所在的杂志社濒临破产，但这不构成任何现实意义上的困难和动机。而当唐志军得道归来后，杂志社就自然而然地关张了。此外，影片出现了大量20世纪八九十年代的记忆符号："雪花屏""西游记""气功热""朦胧诗"等，以致当"外星人"这种个人情结转换成一种怀旧元素时，它既接通了国人的情绪记忆，仿佛也打造了一件与众不同的文化产品。

王玥涵通过对"作者电影"的语言学读解，指出"作者电影"与结构主义的矛盾，事实上就是"主体（创作者的精神主体）"与"结构（创作者所置身的社会结构）"的对弈，而"当现实的语言学读解模式建构已经越来越依赖于某种大众文化的语境结构之时，作为大众文化读本的电影尤其是其中所谓的'作者电影'，也越来越多地显现出某种人本主义与科学主义的对立与共构"。

回到中国电影的大历史语境，可以发现，远在"作者电影"还未提出的早期电影时期，以郑正秋为代表的第一代导演们就电影的主体性问题确立了"良心主义"的制片取向与基本立场。百余年间，"影像传奇叙事"的形式范式与"良心主义"的意识形态立场一直或隐或现、绵延发展于中国电影的深层集体无意识。故而，在第五代导演、第六代导演曾经对立于通行制片体系的影片之后，新生代导演在中国电影商业化浪潮中再次将观众与市场并重于自身主体意识的作者策略，正是对此创作传统的激活。《宇宙探索编辑部》让人看到了在新生代导演作者性表征的延线上如何利用类型电影约定俗成的欣赏习惯、符号模式进行创新性个人表达的坚实努力。

# 巨构叙事、人民美学和新主流类型
——影片《志愿军：存亡之战》编剧创作谈

张 珂　郝静怡[①]

## 一、巨构式战争片叙事结构的立体搭建

郝：非常感谢张珂老师抽出时间接受本次采访。最近《志愿军》系列的第二部《志愿军：存亡之战》正在热映，可以看到《志愿军》三部曲是一个系列电影，其实在上世纪已出现过此种形式的影片，例如20世纪90年代的国产电影《大决战》（三部曲），还有苏联的系列电影《解放》，那您认为是否可以把这三部曲的电影《志愿军》视为对巨构式战争片的一种继承？同时，该片对众多已有的抗美援朝题材的影视作品，是否形成一种影片间的互文性？那么，新出的电影《志愿军》又具有哪些新主流电影的特点呢？

张：战争电影作为电影的一个重要的类型，有很多种叙事模式，其中有一种就是全景巨构式叙事模式。这种叙事模式的代表作除了你刚刚提到的，还有欧美国家的《最长的一天》《虎虎虎》等。全景式战争片突出影片的文献性和史料

---

[①] 张珂，影视编剧；郝静怡，重庆大学美视电影学院戏剧与影视学硕士研究生。

性，更多地是基于一种庞大的巨构式叙事模式，需要通过电影的方式将战争背景、进程以及结果进行全面展示，某种程度上更像是一个文献式的剧情片。在一开始我们对《志愿军》的定位就是一部全景式展现抗美援朝战争的鸿篇巨制，刚刚提到的经典影片也是我们会参考的对象。但是新主流战争电影在针对现代观众作为目标群体的创作上，同时也要考虑到他们饱览过大量的商业电影，不仅对电影的节奏、情节奇观有要求，同时对人物情绪共情的需求也是非常强烈的。因此，我们在创作中加入若干虚构人物及其个人故事线，来均衡大场面强视听所带来的情感上的空置。

我们主要用"点线面"的叙事逻辑，像脊椎骨一样支撑起影片的庞大身躯，这也是《志愿军》的剧作部分重要的特点。我们选取抗美援朝战争时间轴上的重大事件、重大节点，再通过影片所虚构的八个人物成长经历，绘制出一幅东西南北中、工农商学兵的英雄儿女群像，如此搭建起一个饱满立体的故事框架。

郝：刚刚您用到了"巨构叙事"这个词来形容《志愿军》，确实影片将"巨构式叙事美学"的史诗感体现得淋漓尽致。其实"巨构性"首先最典型地体现在时间的长度和空间的广度之上。那面对抗美援朝战争近三年的历史中无数可拍摄的史实素材，您在进行剧本创作的时候是如何取舍的？

张：陈凯歌导演和我讨论剧本的时候强调"我们要不停地给故事设置危机"，所以按照我们点线面的叙事逻辑，"点"的选取就是历史上一个个真实的危机时刻。比如在第一次战役中，我们选择了118师首战首胜的温井两水洞战斗，在第二次战役中也有很多可歌可泣的战役，但像长津湖战役我们就只用台词交代，毕竟有《长津湖》这部电影了嘛。后面第几次战役也根据抗美援朝战争的时间轴，选取一些具有电影可视性和传奇性的战役进行着墨。同时，历史事件的选取也需要围绕人物成长经历展开，从而让人物之间相互勾连形成关系网。比如李默尹，该虚构的人物凭借自身在剧作上的自由度和机动性，成为串联影片的线索人物，在《雄兵出击》中通过表现他的人物经历便可引出温井两水洞战斗、毛岸英牺牲、奔袭三所里、血战松骨峰等事件，所以史实事件的取舍也要考虑到人物发展的规律。

郝：在您的创作经历中，也涉及过很多种叙事类型。《我和我的祖国》中的《前夜》是拼盘式电影中的一部短片，《革命者》属于历史人物传记式叙事模式，《志愿军》属于全景式战争叙事，那您认为这几种叙事形式之间的区别是什么？同时，再从另一个角度看，在您的创作观念中它们是否还存在一种共通性？

张：像《志愿军》属于是巨构式叙事模式，不同于《长津湖》所讲述的是"钢七连"这支小队在长津湖战役中的作战经历，这种可以被称为是"小队作战"，也包括《拯救大兵瑞恩》。我觉得它们之间的共通性是着重对于人的描写。在以往的主旋律创作中，人物难免成为一种工具化的设计，用来传递某种理念，因此显现出脸谱化、扁平化的弊病。所以无论是《我和我的祖国》"前夜"篇中的林治远，《革命者》中的李大钊，还是《志愿军》中的人物群像，在我的创作中都是以人为出发点，通过人物牵引历史的进程，希望观众能够在宏大的历史背景下看到每一个有血有肉的个体人物，并与之共情。

郝：那您作为文学编剧，在将文字和影像进行转换的创作过程中，最困难的部分是什么？有没有什么桥段是影像化后的一个意外之喜？

张：《志愿军》属于战争类型电影，需要将一个战争场面拆分为无数局部细节桥段，在实际拍摄中需要导演、编剧和动作导演等多方合力。因此编剧在进行创作的时候，有时会陷入一个两难困境：描写太过翔实可能会限制动作指导和导演的发挥，但太过简略又会使得他们的创作失去前提情景和逻辑基础。我的经验是把该战斗情节的基本态势和战斗逻辑搭建清晰，然后导演和动作导演基于框架进行二度创作。当我们相互配合，将文字完美呈现为影像时，就会格外令人惊喜。比如临津江雾中之战，剧组基于剧本中的设计，专门搭建了一个五千平方米的摄影棚，在里面放满烟雾，这就将影影绰绰的悬疑氛围表现得恰到好处，是我非常满意的影像化段落。

郝：但其实新主流战争片中不免会有历史事件重合的问题，比如毛岸英牺牲在《长津湖》和《志愿军》等众多影视作品中均有所呈现，那您在这些片段的创作上是否想过用一些小巧思来突出影片的独特性？

张：这也是我在创作中会关注的一个问题。我还是从人物塑造的角度切入，就比如毛岸英牺牲的情节，我希望将毛岸英塑造为一个真实的人，由此使观众与角色共情。包括毛岸英刚出场的时候就将自己的作图工具送给了战友，而他非常关心内心充满创痛的杨三弟，给予了他非常大的安慰和鼓励，还给彭德怀刻了象棋棋子，这些细节无一不彰显着他一种温润善良的形象。不管是毛岸英还是彭德怀，包括像邓岳、江潮、梁兴初这些历史人物，我们均按照人的逻辑、人的情感去塑造他们。当人的情感逻辑和战争军事逻辑相结合，做到有史有据和有血有肉的有机统一，就能够形成独属于该影片的影像文本。

## 二、全景式视域下人物弧光的多维呈现

郝："巨构式"叙事描绘的并不是某个个体的成长史，而是关于群体的命运。影片具有庞杂的人物和事件背景，同时《志愿军》分为三部，每年上映一部，时间跨度较大。那您在创作过程中如何保证每一个人物的成长经历是完整饱满的，同时又如何保证人物形象的连贯性，能够让观众时隔一年后瞬间进入电影并与角色共情？

张：整个《志愿军》三部曲属于巨构式叙事模式，但如果说第一部《雄兵出击》是以历史事件逻辑为主的全景式铺陈，那么第二部《存亡之战》相对具体而微观，把着眼点放置于李家三口，突出具体人物的形象。就像陈凯歌导演说的："第二部跟第一部最大的不同在于我们要写战争中的人。"这需要我们在塑造人物的时候凸显其特殊性，要保证每一个人物都有其充分的个性，以及足够戏剧性的命运，命运突转使观众对其产生深切的关心，形成情感期待链条，勾连起三部电影。

另外，我们在创作的时候每一个人物都有各自的成长经历，他们在一次次战争的洗礼中完成精神的成长与情感的递进，呈现完整的人物弧光。同时在影片情

节设置上也会为后续剧情埋下一些伏笔，使观众在看后续情节的时候有一种发现彩蛋的惊喜感。比如吴本正在第一部《雄兵出击》中戏份并不重，他只是一个站在客观数据面前质疑志愿军是否可以赢过美军的军事专家。而在《存亡之战》中，吴本正亲赴现场，知道了志愿军是如何舍生忘死地前仆后继，在观念和情感上都有了巨大的转变。而他的警卫员张孝恒在牺牲前对他讲自己还有一个弟弟也在朝鲜战场，这无疑是为后续做铺垫，观众不仅期待故事情节的走向，同时也期待这对吴本正个人成长的影响。所以说《志愿军》三部曲，与其说是三部电影，不如说我们其实是写了十几部电影，因为每一个人物都可以成为一部影片独立的主角。

郝：我看到您在其他座谈中提到主旋律电影的创作原则中有一条是"大事不虚，小事不拘"。您认为在创作的过程中哪些是"大事"，哪些又是"小事"？

张：这是一个军事历史题材的战争电影，那么"大"首先肯定体现在要严格遵循真正的史实，这个不容戏说。但同时，在一些细节处理上，就可以虚实结合。比如彭德怀在面对砥平里之战我军的重大伤亡时，我们设计了一个桥段，让他在指挥部的坑道里，用发泄式的蛮力去劈柴，而柴刀却卡在坚硬的树桩中拔不出来。这样一个带有意象性的桥段就是将彭德怀当时的心境进行可视化、电影化的表达。他劈柴的情节在历史上也许并不是真实存在的，但却是一种心理真实，即象征着砥平里之战时他的心境——利刃卡住了，难于拔出。另外，在真实的历史人物和史实这种"大事"的基础上，补充人物的艺术虚构就可以被看做是"小事"。

郝：那您认为在剧本撰写的过程中，是真实人物因为有据可依而更好创作，还是虚构人物可以随意发挥而更好创作？

张：首先真实人物和虚构人物都非常重要，在主旋律题材电影中，如果没有真实人物则会缺乏严肃性和史料性。我们也曾想过能不能不用虚构人物，用八个真实的历史人物把这个电影串联起来，但是这样对于人物塑造的空间就太过有限。而虚构人物会给电影剧作提供巨大的可能性，具有很强的戏剧性。但"巨构式"叙事要展现人物群像，人物既是生长于那个时代，又要肩负起引出时代背景的电影使命，所以需要将真实人物和虚构人物相结合，才能使得影片丰满。

郝：您之前也提到德国的系列电影《我们的父辈》对您影响很大，在《存亡之战》中李默尹一家的战场团聚让我联想到《我们的父辈》中几位主要人物在战场中团聚的片段。中国新主流电影聚焦的是宏大的家国情怀，一种为国牺牲的跨个体的集体意识，这也正是中国新主流战争片的独特之处。而《我们的父辈》则偏重呈现更为复杂的人物性格和关系，从人物个体的角度切入得更深。那么，您认为与其他国家的战争类型影片相比，我们国产的新主流战争电影中的人物塑造更偏重哪些元素？

张：《我们的父辈》对我最大的启发是多线网状的人物关系，可以勾勒出苏德战争的全貌，这一点《志愿军》中也有所借鉴。但它是以个体的叙事角度叙述，偏重个人化的表达，并无意去展示苏德战争中的重大事件和重大节点。而《志愿军》的叙事背景是新中国成立之后的一场立国之战，因此我们更希望能塑造中华儿女遍地英雄的人物群像。

除了我们虚构出的八个人物，还有千千万万在电影中也没有名字的无名英雄，他们同样是这场战争中的中流砥柱。例如，吴本正与志愿军展示交流军工产品时，一个小战士说解决弹药距离过远没有准头的办法是抵近攻击，下一个场景就是小战士在战场上用生命验证了刚刚的战术。所以我想强调影片中的"人民美学"呈现，人民本身具有"巨构性"，我们通过群像刻画凝练人物的情感浓度，证实人民并非抽象的符号，也并非历史的背景，而是一个个有血有肉的人的创作观念。在创作过程中应该使人物从群众中生长出来，且能将情感反馈于群众，从而架构起具有本土原创性与适应性的美学范式。

# 第十章

## 文学评论

## 综 述

### 力求创新论文学，笔耕不辍谱新篇

文学创作与文学评论，如车之两轮、鸟之两翼，缺一不可。倘若没有原创作品诞生，评论将无从写起。反之，诞生了优秀的文学作品，倘若没有评论进行剖析与鉴赏，势必会延迟该作品"经典化"的形成。故从这个意义上来说，评论既是原创作品的助推器，也是催化剂。

自重庆市作协第五次代表大会召开以来，重庆评论家集体发力，始终保持与时代同步，与人民同心，以同心同德的精神和锐意进取的态度，积极投身于文学评论工作，取得了令人瞩目的成就。特别是在建设评论家队伍、拓展文学评论阵地、召开学术研讨会议、发表文学评论成果、荣获学术评论奖项等多个领域全面开花，为推动重庆文学创作、评论与研究事业的繁荣发展作出了积极贡献。

### 一、文脉传承，代际有序

写评论得有评论家，评论家的培养需要有温厚的土壤。要知道，创作不易，写评论也不易。评论家不是人人都能胜任的，这不仅要求评论家要有学识、学养，还必须具备鉴赏力、判断力，以及勇气和良知。知识再丰富，眼光不行，也做不了评论家。因此，培养一支年龄结构合理、代际有序的评论家队伍，是搞好评论工作的前提。

近年来，重庆集结了一批优秀的评论家，如周晓风、王本朝、蒋登科、李永东、李永毅、凌孟华、李广益、杨姿等，他们是重庆文学评论界的主力军，出自他们之手的评论文章，分析问题切中肯綮，比较研究客观适度，既有宽度，也有亮度，更有深度。无论是立场，还是方向，都极具建设意义。他们除做作家个案跟踪外，还会针对我市当前文学发展新趋势，涌现出的新作品，及时写出文章，给出专业评鉴。通过广泛宣传和推介优秀文学创作，集中评论资源以支持作家深入剖析作品的优劣得失，引导作家采用多样化的创作手法和鲜活的艺术形象来展现主旋律，促进主旋律作品在思想深度和艺术表现上的有机融合，实现内容和形式上的多元创新。

与此同时，重庆市作协十分重视青年文学评论人才培养。联动重庆市文艺评论家协会以及沙坪坝文艺评论家协会等区县文艺评论家协会，邀请资深评论家以其深厚的学术背景和丰富的经验，为年轻评论家提供指导，促进其快速成长，而年轻一代评论家则带来新的思维和视角，推动评论实践的创新。这种多元和互补的交流，不仅提升了重庆文学评论的专业性和深度，也增强了重庆文学评论家队伍的活力和影响力，推动文化多样性和城市文化软实力的增强，从而实现文学评论事业的持续繁荣。

## 二、言传笔载，多元互补

文学期刊和新媒体平台是文学评论的重要载体，它们与文学评论之间存在着密切的互动关系。文学期刊作为传统的发表渠道，为文学评论提供了深度和严肃性，使得评论文章能够经过严格筛选和同行评议，保证学术质量和权威性。它们是文学评论家展示研究成果、交流思想观点的重要场所，对提升评论的学术水平和推动文学理论的发展起着关键作用。

近年来，重庆市作协积极创造有利条件，不断加强文学评论阵地建设。重庆市作协旗下期刊始终遵循正确的文学批评导向，致力于追求评论文章的学术品质，刊发一系列具有思想深度的评论文章，成为弘扬中国精神、传播中国价值、凝聚中国力量的重要平台，权威性和影响力持续增强。由作协主管主办的《红岩》着力刊发全国著名作家、文学评论家和文学评论新锐的优秀文学作品及评论文章，不仅在全市拥有显著的影响力，在全国文学界也享有一定声誉。与此同时，《重庆社会科学》及重庆各高校学报也是刊发评论文章的另一重要阵地，所刊文章转载率与讨论度等指标在全国期刊中均位居前列。编选出版《2022年重庆作家优秀作品选》《2023年重庆作家作品选》，不仅为重庆年度文坛"立此存照"，更是着力繁荣发展重庆文化事业的新举措，致力坚持以人民为中心的创作导向，推出更多增强重庆人民精神力量的优秀作品的新成果，努力培育造就大批德艺双馨的文学艺术家和规模宏大的文学评论人才队伍。

除了文学期刊与学术杂志，新媒体平台的建设也为文学评论带来了更为广泛的传播和更为即时的互动。重庆作家网、重庆作协公众号充分发挥网络平台优势，积极展示、传播重庆优秀评论文章，成为全市作家、评论家以及文学爱好者获取准确、全面研究信息的重要平台，是重庆最便捷、高效、丰富的文学展示宣传平台。在不断加大对传统文学期刊扶持的同时，基层作协也十分重视新媒体阵地建设，推出"重庆文艺""北碚文艺""荣昌文艺""沙磁文艺""南岸文艺"等一系列微信公众号，运用移动公众平台建立线上读者群，推介文学新品与评论新作。通过微信公众号、社交媒体等渠道，重庆文学评论能够迅速触及广大读者，增加评论的社会影响力。新媒体的互动性为读者和评论家提供了进行直接交流的渠道，为文学评论提供了有效的反馈和讨论的空间，促进了评论内容的多样性和创新性，进一步扩大了重庆作协以及重庆文学评论覆盖面与影响力。

## 三、思想交汇，活力创新

文学主题研讨和全国性学术会议在重庆文学评论的繁荣发展中扮演着至关重要的角色。这些活动不仅为文学评论家提供了交流思想、分享见解的平台，而且通过聚焦文学作品、文学现象和文学理论的深入探讨，激发了文学评论的创新性和多样性。它们促进了学术界与创作界的对话，加强了评论家与作家之间的互动，为文学作品的多维度解读和批评提供了丰富的视角和深刻的洞见。2021年以来，重庆市各高校单位积极举办、承接多种形式的文学主题研讨活动与全国性学术会议，在新诗研究、区域文化研究、文献史料研究等领域深入掘进。

**（一）重庆现当代文学研究会成为重庆文学评论界的亮点**

2021年3月，重庆市现当代文学研究会在重庆文理学院召开第12届年会及理事会，顺利推进各项工作。2023年4月，研究会又在长江师范学院召开第13届年会暨学术研讨会，会议围绕"重庆文学文献史料发掘与研究"主题展开深入研讨，来自全市各高校、科研机构的现当代文学界专家学者共90余人参加会议。2024年11月，重庆市现当代文学研究会第十四届年会暨学术研讨会在重庆三峡学院召开，以"长江文化与中国现当代文学"为主题，共设七个主旨报告、两个圆桌论坛和一个研究生论坛。

**（二）区域文化与文学研究成为重庆文学评论界的重点**

2021年11月，重庆师范大学文学院联合有关单位主办全国第6届"区域文化与文学"学术研讨会，王本朝、周晓风、蒋登科等分别主持会议开幕式并作主题发言，李文平、凌孟华、杨华丽等数十位评论家参会交流。2023年4月，重庆师范大学又与中国现代文学研究会联合主办了"区域文化与中国现代文学研究"主体学术研讨会，会议还得到国家社科基金社科学术社团主体学术活动资助。2023年9月，由红岩文学杂志社主办的"红岩笔会"在重庆隆重开幕，来自全国各地的30余名知名作家学者参会，共同围绕"聚焦文化传承与发展，激活文学成果转化"主题进行了深入的交流与研讨。

## （三）新诗研究成为重庆文学评论界的焦点

2021年6月，西南大学中国新诗研究所联合有关单位共同主办首届"悦来新诗力"国际文化艺术节暨第7届华文诗学名家国际论坛，获得广泛关注。同年12月，中国新诗研究所成功举办"海外新移民女诗人个体素描——西贝、舒然诗歌创作学术研讨会"。2023年，西南大学中国新诗研究所又先后主办"义海新诗创作40年研讨会""首届川渝当代少数民族诗歌研讨会""重庆·两江新区明月湖诗歌节暨第8届华文诗学名家国家论坛"等重要学术活动，为中国新诗研究的发展贡献了重要力量。

这些学术会议与研讨活动提升了重庆文学评论的学术地位和影响力，通过吸引国内外知名学者和评论家参与，增强了重庆文学评论的开放性和国际化水平。与此同时，也为年轻评论家的成长提供了机遇，通过与资深评论家的交流，重庆年轻一代评论家获得了宝贵的经验和启发，推出了一系列极具显示度的学术成果，为重庆乃至全国的文学发展贡献了智慧和力量。

## 四、硕果累累，意蕴深远

### （一）学术论文、学术专著、科研项目成果斐然

全市评论专家、学者锐意进取，积极发表、推出学术成果。据不完全统计，重庆文学批评家、学者在国内外学术刊物、重要报纸发表学术论文410余篇，其中，在《文学评论》《文艺研究》《中国现代文学研究丛刊》《新文学史料》《鲁迅研究月刊》《文艺理论与批评》等权威刊物上发表论文60余篇，代表性成果有周晓风的《移动的乡土——略论萧红抗战时期的行走写作》，王本朝的《中国现当代文学思想史的对象、理念及方法》，李永东的《中国现代文学的城市想象与民族国家观念》，王小惠的《黄侃的文章观及其对五四新文学的思考》等。其次，还出版高质量学术著作50余部，延续良好发展势头，显示着重庆市学术研究工作的纵深推进。如王本朝主编的《学术传承与精神永恒——西南大学论说吴

宓》、蒋登科的《文体意识与精神疆域》、梁笑梅的《诗歌的影像传播研究》、杨华丽的《区域文化与战时中国文艺》等，其中周晓风主编的《抗战大后方文学史料研究丛书（甲种）》于2021年12月入选"十四五"国家重点图书出版专项计划。此外，重庆评论家、学者围绕重要学术话题，积极开展各类创新性课题研究，新增国家社科基金项目、教育部项目、重庆市科研项目等60余项。如刘志华主持的国家社会科学基金项目"中国现代散文与六朝文研究"，许金琼主持的教育部项目"国统区《新华日报》（1938—1947）诗歌研究"，曾利君主持的重庆市社科规划项目"新世纪'新志怪'小说研究"等，其中凌孟华、杨华丽领衔申报的"中国现当代文学研究生导师团队"入选2022年度重庆市研究生导师团队建设名单。与此同时，评论家们也荣获众多成果奖励，充分展现了其深厚的学术能力，如杨姿先后荣获"巴渝学者"青年学者称号、"重庆英才·青年拔尖人才"等称号。

（二）学术任职、学术获奖全面开花

重庆多位评论家在全国重要学术团体、文艺单位担任职务，在促进文化传承与创新、提升文艺作品质量、培养文学新人等领域发挥了重要作用。2021年6月，重庆市文艺评论家协会第五次代表大会在市文联召开，邓伟、李永东、凌孟华当选评协副主席。2021年12月，凌孟华被聘任为重庆市文学创作专业高级职务评审委员会专家，参与重庆市文学创作专业高级职务评审工作。杨华丽参加中国茅盾研究会第9届第1次会员代表大会暨第九届理事会第1次会议，被增选为中国茅盾研究会理事。2023年，王本朝当选中国老舍研究会会长、中国鲁迅研究会副会长等职务。他们以专业的视角和严格的批评标准维护学术研究的严谨性，推动理论创新，推动文化交流合作，扩大重庆文学作品的社会影响力，为文化政策制定提供专业建议，为地方文化的繁荣和文艺创新作出了积极贡献。除了学术任职，在学术获奖方面，重庆评论界也屡获殊荣。2022年，在重庆市第11次社会科学优秀成果评奖活动中，王本朝、李永东双双荣获一等奖，创造了史上最好成绩；凌孟华、杨姿等获得三等奖多项。2023年，蒋登科获星星年度诗歌奖"年度诗评家奖"、首届嘉陵江文学奖；周俊锋论文获"首届重庆文艺评论奖"；杨红专著获"首届重庆文艺评论奖"；梅琳论文入选第8届"啄木鸟杯"中国文艺评论推优终评；肖太云国家社科规划项目结项获优秀等。此外，评论家们还荣获了包括重庆市"五个一工程"奖、重庆艺术奖、少数民族文学奖、首席专家工作室领衔专家、"重庆英才·名家名师"等在内的多项荣誉。这些成就不仅彰显了个人的学术及专业能力，同时也为重庆市文学评论工作的繁荣与进步作出了显著贡献。

（三）重点作品突出，评论文章亮眼

重庆市重点作家作品评论文章亮点纷呈，文学评论家们以其敏锐的洞察力和卓越的批评能力，为理解与欣赏优质文学作品提供了全新视角。他们的评论不仅聚焦于作品的内在美学特质，且通过批评家的精妙解读，使读者更深刻地感受到了文学作品背后所蕴含的文化底蕴和精神追求。这些评论文章以其高度的思想性和艺术性，成为连接作家与读者、文学与社会的桥梁。

张者小说《山前该有一棵树》获得鲁迅文学奖，引起重庆市评论界的积极关注，王本朝在《"树"的三重意蕴——评张者短篇小说〈山前该有一棵树〉》中认为，《山前该有一棵树》的故事并不复杂，但构思精巧，语言简约，意蕴深厚。"树"是它的叙述中心，围绕"人与树"的关系，从"盼树""移树""护树"和"恋树"展开叙述，主要表达了三重意蕴："树"是美好生活之望，是文化生命之喻，是人生成长之轮。《欲望时代的缅怀与反讽：张者的文学图景》中深入分析了张者的小说创作，讨论了张者对知识分子生活的描绘、对欲望时代的反思以及对故乡情怀的怀旧，提炼出张者作品中的反讽艺术和"零距离"的叙事技巧。

冉冉的长篇小说《催眠师甄妮》甫一出版，重庆市文学评论界即给予热切关注。王本朝撰文《〈催眠师甄妮〉的理想主义与诗性叙事》、李永东撰文《正大之词、高贵灵魂和精神乌托邦的建构——评冉冉的长篇小说〈催眠师甄妮〉》、杨姿撰文《〈催眠师甄妮〉：情动实践与"新人"的当代性》进行评鉴，对小说人物塑造、叙事技巧、语言风格进行分析，探讨作品中的"新人"形象、语言资源的熔炼以及文学与社会关系的重建，探索出"知识分子写作"的新路径。

李燕燕的《无声之辩》也是重庆市近年来具有影响力的非虚构文学作品。周晓风在《非虚构文学：在生活深处发现诗意和真实——读李燕燕的〈无声之辩〉》一文中认为，《无声之辩》通过真实的叙述和深刻的人物刻画，成功地引起了读者的共鸣，展现了非虚构文学的社会价值和艺术魅力。周航在《无声的震撼：传奇、解剖与批判——评李燕燕长篇报告文学〈无声之辩〉》中也赞扬了该作的传奇性、解剖性和批判性，认为《无声之辩》不仅深入探讨了聋哑人面临的社会挑战，同时也对现行法律制度进行了反思，体现了强烈的社会责任感和现实关怀，是近年来难得的报告文学佳作。

重庆市作协在近年的工作中充分发挥其组织核心作用。重庆批评家积极参与重庆文学批评，融入当下，对当代文学创作也积极发声。如蒋登科对新工业诗的历史、现状及可能，进行了精准的描述和殷切的期望，认为优秀的新工业诗不应该只是利用了工业的外壳，为了新奇而贩卖概念，而应该以工业题材抒写丰富的人文精神、现代气度、未来发展，和我们所处的时代、生活、环境、情感等结合起来，多侧面地挖掘工业文明给人的生活、生命带来的全方位的影响。

## 五、展望未来，任重道远

毋庸讳言，站在全国高度着眼，重庆文学评论在推动地区乃至全国文学发展的同时，也面临着一系列尚需弥补的短板与有待解决的问题。

文学评论的深度、广度以及创新性仍有较大的提升空间。

一些评论文章还停留在表面的赞美或批评，缺乏深入的文本分析和理论支撑，限制了对文学作品阐释空间的深度挖掘，也限制了文学评论的学术价值和指导意义。一些评论家可能过于依赖传统评论模式，缺乏新颖的理论视角和批评方法，影响了评论的多样性和前瞻性。

文学评论与创作实践的互动尚需加强。

重庆评论界虽对重庆本土作家有所关注，但仍然存在关注不足、关注不全、关注不深的问题，使得重庆本土文学创作缺乏足够的评价和推介，这影响了重庆本土创作的传播力与接受度，影响其作品的社会认识度和影响力，进而减弱了重庆文学在更广泛文化对话中的声音。

重庆文学评论工作还需面对地方性与普遍性的平衡以及实效性等问题。

重庆文学评论需要挖掘重庆文学地方性质素，但切不可过度强调地方性而忽视了重庆文学作品在更广泛文化背景下的价值和意义。在新媒体时代，文学作品的传播速度加快，评论的响应速度也应同步提升，增强评论的及时性。

重庆文学评论的未来发展方向应当是多维度的。重庆文学评论界将继续牢记使命，发挥优势，锐意进取，潜心研究，以浓厚的热情和敏锐的洞察力投入评论工作，发扬"啄木鸟"精神，用作品说话，创作出更多能够反映民族特色、时代脉动和地域文化的评论作品，为讲好中国故事，建设社会主义文化强国，书写中国式现代化建设的重庆篇章贡献更大的力量。

# 评 论

## 现代新诗他律与自律的双重变奏
### ——以抗战大后方新诗文体演变为例[①]

周晓风　杨　雅[②]

一

中国新诗自20世纪初期滥觞以来，历经了种种探索与变革，带着草创期的白话特征，加上新格律体在诗歌外部规范上的规制、初期象征体在新诗内涵上的赋能，终于在20世纪30年代初期，形成了以戴望舒、卞之琳等人的创作为代表的现代诗体这一诗学结晶，标志着中国现代新诗开始走向成熟。其中，最值得注意的规律性现象是现代新诗受时代需要产生的他律性冲击和诗歌艺术自身美的规律制约而形成的他律与自律的双重变奏。即使是在战争年代，在诗歌的他律性社会需要极为突出的特定历史语境下，诗歌艺术的自律性内在制约机制也从未缺席。这正如诗人艾青在抗战时期所作的《诗论》中所说，"一首诗的胜利，不仅是那诗所表现的思想的胜利，同时也是那诗的美学的胜利"。[③]事实上，正是抗

---

[①] 本文原载《区域文化与文学研究集刊》2021年第1期。
[②] 周晓风，重庆师范大学文学院教授；杨雅，重庆师范大学文学院硕士研究生。
[③] 艾青：《诗论》，三户图书社，1942年，第9页。

战时期沉重的社会历史加之于诗歌内容的深广忧愤，以及忠实于时代和诗艺的诗人们在艺术自律与他律相互激荡中的不懈努力，创造了中国现代新诗自"五四"新文化运动以来第二个高峰，极大推进了中国现代新诗的文体建设和发展。以往的诗歌史由于偏重于从社会历史演变的角度解释新诗的演变，对此有所忽略。本文拟以抗战大后方诗歌文体演变为例，就此略做说明，以就教于方家。

1937年七七事变全面抗战爆发不久，诗人郭沫若便立即"别妇抛雏"从日本回国加入抗日战争的洪流，并于1937年8月25日在全面抗战爆发后上海中国诗人协会创办的第一个抗战诗歌刊物《高射炮》上发表了呼吁全民抗战的《前奏曲》："全民抗战的炮声响了，/我们要放声高歌，/我们的歌声要高过/敌人射出的高射炮。"[1]中国诗人协会还在抗战宣言中明确写道："在这种全国抗战的非常时期里，我们诗歌工作者，谁还要哼唱着不关痛痒的花、草、情人的诗歌的话，那不是白痴便是汉奸。目前最紧迫的任务，是将我们的诗歌，武装起来……我们是诗人也就是战士，我们的笔杆也就是我们的枪杆。"[2]诗人艾青也在同期《高射炮》诗刊上发表了《复活的土地》。面临强敌的入侵，诗人并没有悲观，而是敏锐感受到战斗必将带来新的希望。上述中国诗人协会抗战宣言和《高射炮》中的诗作明白无误地宣示出中国诗人在大敌当前要用诗歌作为保卫祖国的武器的态度和激情。而动员广大人民群众投入抗战洪流的有效方式之一，就是开展抗战诗歌大众化运动。这就正如诞生于"九一八"炮火后的"中国诗歌会"刊物《新诗歌》中穆木天执笔的《发刊诗》所写的那样："我们要用俗言俚语，/把这种矛盾写成民谣小调鼓词儿歌，/我们要使我们的诗歌成为大众歌词，/我们自己也成为大众中的一个。"[3]1937年11月在广州出版的由《广州诗坛》改版的《中国诗坛》（广州）发表雷石榆的《开展大众诗歌活动》更是明确提出，"在舞台上朗读和歌咏我们的诗歌"，"油印或铅印传单，标语式的（并非无艺术性的）短小作

---

[1] 郭沫若：《前奏曲》，《高射炮》1937年创刊号第1版。
[2] 《中国诗人协会抗战宣言》，《中国诗坛（广州）》1937年第1卷第4期。
[3] 《发刊诗》，《新诗歌》1933年2月创刊号。

品,散发到群众中去或贴在街壁上"。①这实际上已经提出了后来被称作朗诵诗和街头诗运动的雏形,并把此前"九一八"以来已经广泛开展的抗战诗歌大众化运动推向一个新的阶段。而更广泛和更大规模的以抗战建国为主题的朗诵诗和街头诗运动,则形成于稍后的武汉和延安等地,以及抗战大后方中心的重庆。

全面抗战初期的武汉诗坛对于朗诵诗运动的形成以及抗战时期诗歌大众化实践具有特别重要的意义。1937年10月19日,会聚到武汉的文化界人士在汉口青年会礼堂举行鲁迅逝世周年祭活动。1937年11月1日汉口出版的《七月》第2期刊登的罗衣寒《记鲁迅先生周年祭》中写道:"庄严的纪念会开始了,主祭者是胡风,冯乃超,洪深,萧军,胡绳,聂绀弩,何伟,光未然。首推胡风致祭词,大致说鲁迅先生的一生就是战斗,三十年来,从反封建到反帝国主义,这坚韧的精神是一直到先生放下了那支战斗的笔,是始终继续着的。我们要纪念鲁迅先生,要学习鲁迅先生,就必须继续鲁迅先生的坚韧的战斗精神。接着演讲的有胡绳,洪深,阳翰笙,何伟,萧军,柯仲平等。讲演完毕后,由王莹小姐朗诵高兰的《我们的祭礼》,声调是柔和然而悲壮的,特别是最后一段,那声音掀动着每一个参加者:我们献上了这祭礼——抗战!/这里有血有泪有火也有光,/这里有生有死也有光荣的创伤,/这里也有奴隶们反抗的呐喊,/这里也有永恒不灭求生的烈焰;/鲁迅!你'旷野呐喊者的声音'。/鲁迅!你'与热泪俱下的皮鞭'。/请你来餍吧,/大的祭礼在明年的今天!"②另一位诗人柯仲平也在会上朗诵了自己的诗作。③身处水深火热境地的中国人民因一场他们景仰的精神领袖的祭礼点燃了全民抗战的激情,由此开始,抗战诗歌朗诵运动在诗人穆木天、光未然、锡金等人的倡导和组织下,很快在武汉开展起来。稍后在武汉创刊的中华全国文艺界抗敌协会会刊《抗战文艺》更是以更大的力度不遗余力推进朗诵诗运动并在全国产生广泛热烈的影响。

---

① 雷石榆:《开展大众诗歌活动》,《中国诗坛》(广州)1937年第1卷第4期。
② 罗衣寒:《记鲁迅先生周年祭》,《七月》1937年第2期。
③ 参见雪韦、沙可夫、柯仲平:《关于诗歌朗诵:实验和批判》,《七月》1938年第9期。

值得注意的是，在中国共产党控制的陕甘宁边区，除朗诵诗外，还广泛兴起了街头诗运动。关于街头诗，其代表人物田间曾有过这样的回忆："一天，我和柯老（柯仲平）相遇，谈起西战团在前方搞的戏剧改革，也谈起苏联马雅可夫斯基搞的'罗斯塔之窗'，还谈到中国过去民间的墙头诗。于是我们一致问道：目前，中国的新诗往何处去？怎样走出书斋，才能到广大群众中去，走出小天地，奔向大天地？我们又一致回答，必须民族化，必须大众化，要作一个大众的歌手。柯老随即便这样高呼：写吧，唱吧！唱吧，写吧！是呵，新的'普罗米修士'就在延安，就在这个圣城。于是1938年8月7日，延安的大街上，便高高悬起一幅长条的大红布，上面写了一行醒目的大字：街头诗运动日。不久，几乎是片刻之间，城门楼旁、大街小巷，写满了街头诗，诗传单。"[①]群众性街头诗运动由此在延安等地广泛开展起来。当时的"边区文协战歌社"和"西北战地服务团战地社"还联名发表过一份《街头诗歌运动宣言》，其中写道："在今天，因为抗战的需要，同时因为大城市已失去好几个，印刷、纸张更困难了，我们展开这一大众街头诗歌（包括墙头诗）的运动，不用说，目的不但在利用诗歌作为战斗的武器，同时也就是要使诗歌走到真正的大众化的道路上去；不但有知识的人参加抗战的大众诗歌运动，更要引起大众中的'无名氏'也大多起来参加这项运动。"为此，《街头诗歌运动宣言》大声疾呼，"有名氏、无名氏的诗人们啊，不要让乡村的一堵墙，路旁的一片岩石，白白地空着，也不要让群众会上的空气呆板沉寂。写吧——抗战的、民族的、大众的！唱吧——抗战的、民族的、大众的！我们要在争取抗战胜利的这一大时代中，从全国各地展开伟大的抗战诗歌运动——而'街头诗歌运动'，我们认为就是使诗歌服务抗战，创造新大众诗歌的一条大道！"[②]同期延安《新中华报》还发表了田间的街头诗《假使敌人来进攻边区》："假使敌人来进攻边区/我们应该跟着——/边区的旗帜，/首长的/指挥，/

---

[①] 田间：《田间自述》（三），《新文学史料》1984年第4期。
[②] 边区文协战歌社、西北战地服务团战地社：《街头诗歌运动宣言》，《新中华报》1938年8月10日第4版。

站到大队里头，/照毛主席所说：/'坚持持久战斗！'"这些朴素的诗歌活动和创作宣传抗战建国的思想，活跃了延安的文艺生活，扩大了延安文学的影响，同武汉、重庆等地一道，共同推进了抗战诗歌的发展。

因此，稍后形成的以重庆为中心的抗战大后方诗坛实际上承接着上海、武汉、延安和全国的诗歌大众化浪潮，把抗战诗歌大众化运动推进到一个新的阶段。其中，中华全国文艺界抗敌协会会刊《抗战文艺》从1938年10月第2卷第5期起开始从武汉转移到重庆出刊，不仅发表了大量具有大众化特点的抗战诗歌，而且还经常刊登"文协"举办诗歌活动的消息，辟出版面开展抗战诗歌理论批评和相关讨论。吕进先生等著的《大后方抗战诗歌研究》一书就特别介绍了"文协"仅从1938年8月移驻重庆后到1939年年底一年的时间里举行了六次诗歌座谈会和三次诗歌晚会，不遗余力推进大众化诗歌创作和理论研讨。[①]此外，胡风主编的《七月》也于1939年7月从武汉迁到重庆出版，继续推出田间等有影响的抗战诗人诗作。1938年元旦创刊于武汉的通俗文艺刊物《抗到底》也在1938年9月第15期起迁到重庆出刊。该刊坚持通俗文艺路线，老舍、老向、何容等都在刊物上发表了不少歌谣诗作品，扩大了抗战初期大众化诗歌的成绩和影响。中共南方局在重庆主办的《新华日报》也一直热心抗战文艺大众化创作和理论探讨，发表了大量相关作品。与此同时，桂林的《救亡日报》副刊《诗文学》《诗》以及昆明的《战歌》等，也都刊载了不少通俗易懂的诗歌作品，从不同角度推进抗战大后方诗歌大众化运动，促进了抗战大后方歌谣体诗歌的形成和发展。除上述抗战文艺刊物外，以重庆为中心的抗战大后方诗坛还出版了一批有影响力的抗战主题的歌谣体诗集，包括"丘八诗人"冯玉祥从1938年起陆续在桂林三户图书社出版的系列《抗战诗歌集》共计5集，延安街头诗代表诗人柯仲平1940年在重庆读书生活出版社出版了他的另一部抗战题材的口语诗代表作《平汉路工人破坏大队的产生》，光未然和冼星海合作的《黄河》（新型大合唱）1940年也在重庆生活书店出版，艾青1941年在重庆文化生活出版社出版了他的

---

① 参见吕进等：《大后方抗战诗歌研究》，重庆出版社，2015年，第136页。

仍然带有街头诗痕迹的长诗《火把》，穆木天1942年在重庆文座出版社出版了诗集《新的旅途》，其中收录了早先在武汉创作的大众化诗歌代表作《我们要作真实的诗歌记录者》《赠高兰》等，朗诵诗代表诗人高兰也将此前创作的朗诵诗编为《高兰朗诵诗》（新辑第一集）和《高兰朗诵诗》（新辑第二集）收入陈纪滢主编的建中文艺丛书并于1943年在重庆建中出版社出版，田间1943年在桂林南天出版社出版了街头诗代表诗集《给战斗者》，王亚平1943年在重庆未林出版社出版了《生活的谣曲》，任均1943年在重庆国民图书出版社出版了诗集《为胜利而歌》，其中的序诗《我们要唱新的歌》与其1933年《新诗歌》上的发刊诗《我们要唱新的诗歌》有异曲同工之妙，任均的另外几部诗集《后方小唱》（1941）、《少年诗歌》（1944）、《战争颂》（1945）后来也都在重庆出版；老舍1942年在重庆出版的长诗《剑北篇》则可说是抗战时期诗歌大众化浪潮中最重要的收获。总体而言，抗战前期的绝大部分诗歌创作及时呼应了时代要求，创造了特殊年代的歌谣体诗歌样式。爱国诗人们的历史使命感和社会责任感也在其中得到了充分的展现，为抗战诗歌、抗战文学乃至伟大的抗日战争，都作出了无愧于历史的贡献。

二

然而，随着全面抗战进入相持阶段，战时的社会生活和文艺生活也进入一个新的阶段。这一新阶段的突出特征是抗战初期的浪漫主义退潮，现实主义写实文学日渐占据主导地位。抗战文学的这种变化来自两个方面。首先，随着战争的持久与深入，以及文学上的大众化实践，作家们对战争以及整个现实生活都有了进一步的感受和理解。人们开始认识到，"战争不但是为祖国底解放的斗争，同时也是为祖国底进步的斗争"[①]。战争不仅带来了鲜血与荣耀，而且还掀开了生活

---

[①] 胡风：《民族战争与我们——略论三年来文艺运动底情势》，《中苏文化》1940年"抗战三周年纪念特刊"。

中令人窒息的丑陋的一面。战争更不可能凭着热情就可以一朝取胜，而是一个艰苦的漫长的过程。这样一种现实情势势必要求把那种亢奋的浪漫激情转变为一种更富有韧性的战斗的现实主义精神。真实写实的文学、对我们自身冷静反思的文学以及更富有韧性战斗精神的现实主义文学受到重视。对此，郑伯奇曾指出："武汉退出以后，开始了抗战第二阶段，从此以后，战事进入相持状态，敌人陷入无法进展的泥沼之中。而我们当然是动员一切力量准备反攻。在这时候，作家的热情更加理智化了，作家的视野也更加宽广了。大家看到战壕以外，还有许多问题需要作家去处理。于是反映抗战后方的《残雾》，讨论回汉问题的《国家至上》才产生出来了。这些作品在上海大战时期和武汉时代都不会有的。"因此，"今后新文艺的任务是什么呢？我们认为是提高并发扬作家的批判性。这是在第二阶段初期的作品中才萌芽出来的，我们今后应把它发扬光大"。[1]胡风还在《民族革命战争与文艺》一文中进一步分析了战争生活在主客观两个方面都为现实主义文学的成熟创造了条件。由此，胡风得出结论是："随着战争前进，随着国民经济生活的改造前进，在方法上是现实主义的广大发展，在形态上是国民文艺的逐渐形成，和国民精神的开花一同开花，和战争的胜利一同胜利！"[2]其次，从另一方面看，抗战中后期现实主义文学的新发展，也是中国新文学自身发展逻辑作用的结果。这就是我们在前面提到的现代新诗受时代需要产生的他律性冲击和诗歌艺术自身美的规律的制约而形成的他律与自律的双重变奏，推进现实主义诗歌在新的水平上的回归和发展。现代文学是如此，现代新诗也是如此。这既是作家和诗人的真切感受，也是文学史家对历史经验教训的总结。艾青在1941年所作的《抗战以来的中国新诗》一文中一开始就明确提出要运用两种尺度去衡量中国新诗的发展，"中国新诗，一开始就承担了如此严重的使命：一，它必须摆脱中国旧诗之封建的形式和它的格律的羁绊，创造适合于表达新的意志新的愿望

---

[1] 郑伯奇：《文学的新任务》，《新蜀报·七天文艺》1941年8月4日。
[2] 胡风：《民族革命战争与文艺：对于文艺发展动态的一个考察提纲》，《七月》1939年第4卷第1期。

的形式，和不是均衡与静止，而是自由的富有高度扬抑的旋律。二，它必须和中国革命一起，并且依附于中国革命的发展，忠实地做中国革命的代言者"①。正是依据这样的尺度，艾青在该文中对抗战三年以来的中国新诗给予了高度评价："中国抗战是中国革命的一个发展，是中国民族解放与民主政体的实现的最初的胜利，所以，作为中国革命的代言者的诗人，最初就被这为他甘愿用生命来争取的战争所鼓舞。这真是一个诗的时代，战争发动以来，全国的作家几乎全部都激动着诗的情感，用素朴的形式写过诗。"②但是艾青是认真的，他在谈到抗战初期诗歌的激情时也谈到抗战新诗的"相当普遍的缺点"：一方面，"单纯的爱国主义与军国民精神的空洞叫喊，常用来欺骗读者的那种比较浮嚣的情感，普遍的诗人没有能力在情绪的激动下，去对抗战做政治的或是哲学的思考"；另一方面，"概念的罗列与语言的贫乏，也同样地是中国一般诗人的缺点"。③艾青在这里所说的抗战初期诗歌的不足，成为抗战大后方诗歌下一个阶段发展所要解决的问题，持续抗战的历史背景和现实主义文学的深化则为抗战中后期诗歌的发展提供了需要和可能，进而成为抗战大后方中后期诗歌的主流。这既是社会历史条件选择的产物，也是文学自身发展规律作用的结果。中国现代新诗正是在这一背景下确立了现实主义诗歌的主导地位，并使现实主义新诗本身逐渐走向一种并不圆满的成熟，其发展明显表现出以下两大特征。

首先，较之战前和抗战初期的诗歌，此时诗歌对现实生活有了更为真切、细腻和丰富的展示，诗歌的写实性得到了加强，抗战初期诗歌的那种"空洞叫喊"的普遍缺点也得到初步克服。此前那种抒写心灵的主观的诗更多地被一种描写现实的客观的诗所取代。一方面，这一时期产生了为数不少的叙事诗，其情形大约如臧克家所述，抗战中期，"诗人们从战地、从农村，回到大后方的都市，生活比较安定了一些；较之抗战初期，诗人也真正深入了战时生活，初期的那种高昂

---

① 艾青：《抗战以来的中国新诗》，《中苏文化》1941年第9卷第1期。
② 艾青：《抗战以来的中国新诗》，《中苏文化》1941年第9卷第1期。
③ 艾青：《抗战以来的中国新诗》，《中苏文化》1941年第9卷第1期。

的情绪，浪漫主义的幻想，逐渐地淡化了，破灭了，希望的光辉，也暗下来了。这时候，诗人有时间、有心情回忆、整理、消化蓄积下来的生活经验，酝酿较大的诗篇。有的为英雄烈士作传；有的记述抗战的行迹和个人感受，名符其实的长诗产生了"[1]。其中较有代表性的作品有艾青的《他死在第二次》（1939）、《火把》（1940），臧克家的《淮上吟》（1939）、《他打仗去了》（1941）、《古树的花朵》（1942）、《诗颂张自忠》（1944），老舍的长诗《剑北篇》（1940），徐迟的《一代一代又一代》（1942），力扬的《射虎者及其家族》（1942），玉杲的《大渡河的支流》（1942）等。此外，当时在陕甘宁边区等敌后根据地的一批诗人，由于生活的相对稳定，更由于受到延安特定文化氛围的影响和现实生活的感召，创作出不少有影响的叙事长诗。它们包括柯仲平的《平汉路工人破坏大队的产生》（1939），何其芳的《一个泥水匠的故事》（1940），艾青的《雪里钻》（1941），厂民（严辰）的《雪原上》（1942），田间的《她也要杀人》（1942），戈茅的《草原故事》（1942）等。这些作品不仅丰富了抗战时期的现实主义诗歌创作，从一个侧面促进了中国新诗的新写实体的成熟，而且对以后的诗歌创作以及整个现实主义文学都产生了深远影响。

另一方面，以艾青、臧克家等人为代表的现实主义抒情诗包括稍后的讽刺诗仍是这一阶段现实主义诗歌创作的主流，但其中的写实倾向明显增强，使抗战初期以歌谣体为标志的诗歌转变为一种可称作新写实体的诗歌。艾青在抗战期间的诗歌创作广泛而真切地反映了那个时代的多方面的社会现实。抗战刚爆发不久，艾青就从家乡赶往武汉，与在那里的胡风等人会合，渴望投入这场决定民族生死前程的战争。但艾青在武汉却感受到了寒冷和失望。在1938年一个寒冷的日子，艾青在武汉写下了抗战以来的第一篇名作《雪落在中国的土地上》。该诗以深广的忧愤，写出了中国大地上正经受的寒冷和灾难。此后，艾青还写有《手推车》《北方》《补衣妇》《乞丐》《人皮》《向太阳》《吹号者》《他死在第二次》《兵车》

---

[1] 臧克家：《序》，载臧克家主编：《中国抗日战争时期大后方文学书系·第六编诗歌》，重庆出版社，1989年，第6页。

《火把》等现实主义名作。这些作品写出了诗人从南方到北方沿途所见的种种生活画面，特别是开始深刻把握到人们的心理现实。其中，《手推车》《北方》等诗写中国北方的悲哀和人民的坚韧；《人皮》写日本法西斯从中国妇女身上剥下的一张人皮，其惨状令人发指，该诗表达了诗人对日本侵略者极度愤怒和控诉；《向太阳》《吹号者》《他死在第二次》则写出了中国人民的英勇斗争和昂扬的时代精神。其中，"吹号者"的形象尤为鲜明动人。诗中用一种情感饱满和富有张力的语言描写了一位在战斗中光荣牺牲的号手，讴歌了他的战斗牺牲精神。胡风曾经评论说："艾青底诗使我们觉得亲切，当是因为他纵情地然而是至情地歌唱了对于人的爱以及对于这爱的确信。"①艾青抗战时期的这些诗歌作品无疑是现实主义的，但这种现实主义不是表现为一种简单的写实，而是表现为写实与抒情相结合，尤其是把诗的充沛情感内涵与富有感受力的语言表达很好地结合起来。现实主义在此主要表现为一种从现实出发、反映现实、评价现实的艺术精神。这是一种更具主体特色和现代意味的现实主义，也正是艾青自己所命名的"新写实主义"诗歌的最好的注脚。艾青曾在他的《诗论》中这样写道："浮面的描写，失去作者的主观；事象的推移，不伴随着作者心理的推移，这样的诗也就被算在新写实主义的作品里，该是令人费解的吧。"②正是沿着这样一条既紧扣时代现实，又充分发挥抒情个性的新写实主义创作道路，艾青在抗战大后方时期的诗歌创作不仅成为他的诗歌创作的高峰，而且他在这一时期所创造出一种新的新写实体诗体范式，把中国现代诗歌的发展整体上推进到一个新的历史阶段。

臧克家抗战时期诗歌创作的发展也颇为典型。众所周知，臧克家一开始就是以现实主义诗人面貌登上诗坛的。他在1933年出版的第一部诗集《烙印》里表现出一种对现实生活细节精练描写和含蓄抒情的现实主义风格，在白话新诗还不够成熟的背景下显得格外瞩目。臧克家稍后还出版了《罪恶的黑手》（1934）、《运河》（1936）等短诗和长诗《自己的写照》（1936），进一步显示了臧克家现

---

① 胡风：《吹芦笛的诗人》，《文学》（上海）1937年第8卷第2期。
② 艾青：《诗论》，三户图书社，1942年，第24页。

实主义诗风的发展和成熟。全面抗战爆发后，臧克家诗风为之一变，精致的细节描写和含蓄抒情改为直接怒吼甚至空洞的喊叫，如臧克家写于1938年1月的《抗战到底》："抗战到底！/我们的热血不是白流的。/炮火毁了/我们的河山城池和土地；/同时也洗净了/污秽，陈腐，/在上面/遍撒/新鲜自由的种子。"但稍后在臧克家1938年4月所作的《兵车向前方开》等诗中又可以看到他的那种精致写实的笔法在抗战题材诗歌中的运用："耕破黑夜，/又驰去白日，/赴敌千里外，/挟一天风沙，/兵车向前方开。//兵车向前方开。/炮口在笑，/壮士在高歌，/风萧萧，/鬓影在风里飘。"如果说此诗还只是体现了臧克家从抗战初期直抒胸臆的抒情诗向新写实风格的某种回归的话，臧克家1943年在桂林出版的另一部诗集《泥土的歌》，才更为广泛而熟练地表现出他的现实主义诗歌风格，同时在艺术表现上也有新的发展，整体上显得更为平实朴素，意味隽永，如他的《送军麦》："军麦，孩子一样，/一包一包/挤压着身子，/和衣睡在露天的牛车上。/牛，咀嚼着草香，/颈下的铃铛/摇得黄昏响。/燎火一闪一闪，/闪出梦的诗的迷茫，/这是农人们/以青天作帐幕，/在长途的野站里/晚炊的火光。"《泥土的歌》既代表了臧克家抗战中后期现实主义诗歌创作的新境界，也标志着"新写实体"诗歌在抗战中期的发展和成熟。

其次，抗战中后期产生的新写实体诗歌，不仅战时的现实生活得到了更为丰富的展现和揭示，而且在写实倾向普遍增强的同时，诗人的主观战斗精神也同时得到高扬，诗歌对现实生活有了更为热烈深入的拥抱，现实主义文学特有的"干预生活"的精神以及文学与现实生活的同一性幻想在这些现实主义诗歌里更是表现得十分鲜明，从而使抗战初期普遍存在的那种客观主义的、冷漠的诗风得到了改变。这之中，抗战题材仍然占有主要的地位，但较之抗战初期已有了更为多样化的表现。像王统照的《正是江南好风景》、天蓝的《队长骑马去了》、苏金伞的《我们不能逃走》、罗铁鹰的《劫后的古城》、柳倩的《在太阳下》、覃子豪的《废墟之外》等，都是相当优秀的以抗战为题材的现实主义新诗。其中，一些国际题材的诗作显得尤为别致，可以说是从另一个特殊的角度展示了战争生活的侧面，如王平陵的《期待着南斯拉夫》把中国人民的抗日战争与整个世界反法西斯战争联系起来加以表现。李震杰的《给日本士兵》写日本士兵因远征他乡,而使"徘徊樱花林下的岛国女儿失去季节的狂欢"。当然,日本士兵失去的绝不仅只是这些,而是还有更多。这正如程千帆《一个"皇军"的墓铭》中写道:"异国的呼喊夹着枪声,/一阵昏眩,使你/就倒下了。……/何所闻而来,何所见而去,/帝国的臣民?可是/你的手册使来者翻开了/日本现代史。……"①

除抗战题材外,对战争年代现实生活多样性和丰富性的描绘,也是抗战中后期现实主义诗歌的突出现象。其中,对于民生疾苦的表现仍是现实主义诗歌的长处所在,现实生活的其他方面也在诗中得到反映。例如,何其芳在战前曾是汉园三诗人之一,其作品风格华丽,充满浪漫情调和梦幻色彩。然而写于抗战期间的《夜歌》则明显趋于朴实明朗,现实主义写实成分大为增强。其中的代表作如《成都,让我把你摇醒》不仅表现了对于现实的沉痛感,也反映了诗人的惊醒。此外,堪与臧克家抗战中后期新写实体诗歌相媲美的还有方敬的《背夫》:"不毛的羊肠小道上,/寸寸的步履,寸寸的艰辛,/走着你中年走着的背篓苦力/从这座山到那座山,/坚毅而沉默有如屹立的岩石。"江村的《灰色的囚衣》描绘出一幅灰暗的山村景色:"天/板着死灰的脸,/挂下绵绵的雨丝;/向无数根铁柱、围城了人间底囚室。雨声/滴出深深的烦厌/像一个年老的狱吏/叨叨地吐出怨言。"作者借此抒写了对于生活在"山国的人民"在苦难里煎熬的深切同情。阿垅的《纤夫》则不只是在讴歌嘉陵江边的纤夫,它还深切表现了中华民族的苦难深重和执着坚韧,表现了中国人民要战胜一切困难,一步步走向胜利彼岸的伟大意志:"偻伛着腰/匍匐着屁股/坚持而又强进!/四十五度倾斜的/铜赤的身体和鹅卵石滩所成的角度/动力和阻力之间的角度,/互相平行地向前的/天空和地面,和天空和地面之间的人底昂奋的脊椎骨/昂奋的方向/向历史走的深远的方向,/动力一定要胜利/而阻力一定要消灭!/这动力是/创造的劳动力/和那一团风暴的大意志。"曾卓的《母亲》亦是这种现实主义手法与浪漫主义情怀相交织的诗作,

---

① 程千帆:《一个"皇军"的墓铭》,原载《中国诗艺》1941年复刊第1期。

该诗在雨天的夜里描写一个漂泊异乡的儿子对自己母亲的悃念。诗人在诗中写自己一遍又一遍地读着那充满着悒郁与渴望的来信，想着母亲一生不幸的悲苦和遭遇，泪水如窗外的秋雨凄然落下。诗中的情景虽然极富个性，描写也相当具体，却因诗中深沉的情感基调而具有了极为动人的艺术力量。鲁黎的《延河散歌》和杜谷的《泥土的梦》则属于另一种类型。这些诗作中的情感往往有更为直接和多样化的呈现，以区别于一般现实主义诗歌，跳动在这些情感背后的，仍是一种渴望拥抱生活、干预生活的现实主义精神。这在艾青和"七月"派诗人的现实主义诗作中体现得尤为突出，从而使这一类现实主义诗作中充满了浓郁的浪漫主义情调和跳跃着激越的主观战斗精神。艾青的诗，以及"七月"派的诗歌堪为这一方面的代表，这可以看作一种更具主观特色的现实主义诗作。上述这些作品虽然还不能完全代表抗战中后期的现实主义新诗，却也能反映出其中的大体情况。

在中国现代诗歌发展史上，新写实体诗歌的出现，其意义是有多方面的。首先，从诗与时代的关系看，新写实体以其执着的现实态度和大众化的语言形式，深入广泛地契入时代和大众，成为这个时代最典型的诗歌样式，有效地发挥了诗歌的现实主义战斗作用，推动了社会历史的进步。应该看到，抗战时期的文学并非只有抗战文学，诗歌也不只有现实主义诗歌，那些善于抒发一己之幽情或探索语言技巧的作品也都或多或少有其存在的理由。但是文学与时代毕竟存在一种深刻的相互选择的关系，战争与革命的时代所需要的是一种能够深刻契合时代和唤起民众的文学。反之，现实主义文学也只有在呐喊与斗争的时代才能找到最适合自己的土壤。因此，新写实体这样的现实主义诗歌的产生、发展并成为诗的主流，乃是时代对于文学的一种必然选择，也是文学对于时代要求的一种有力应答。其次，从中国现代诗自身发展的逻辑看，新写实体诗歌所取得的成就也可以说是对现代新诗三十年的一个总结，代表了现实主义新诗的成熟。这里主要包含了两层意思：第一，现实主义诗歌作为现代新诗发展中的一家，经过三十年的发展，经过历史与诗艺的双重选择，而今终于成为中国新诗的主流，并将对新诗今后的发展产生深远影响。第二，现实主义诗歌本身由早期白话诗那种简陋的写实，发展为今天的新写实体，创造出一种具有时代特色和诗艺水准的诗歌语言范式。它仍然以大众化口语为基础，以写实为主要艺术手法，同时却融合了其他多种艺术表现手法，并且高扬主体精神，把现实主义诗歌乃至整个现代新诗都推进到一个新的历史水平。

## 三

中国现代新诗的发展，在20世纪30年代中后期已经进入了一个较为自觉和成熟的阶段。抗日战争爆发后，经过短暂的喧嚣和调整，现实主义的新写实体诗取得长足的进步。它不仅顺应时代潮流使现实主义诗歌成为新的时代主流，而且涌现出了艾青、臧克家这样的代表性大诗人，从而推动新诗发展到一个新的水平。从这个意义上讲，抗战之于中国现代新诗发展，意义也是双重的。一方面它中断了新诗发展的正常秩序，另一方面它又带来了现实主义新诗的繁荣和成熟。以艾青和臧克家为代表的新写实体诗自此成为现代新诗发展的主流，这既是时代需要使然，也是现代新诗发展他律与自律相互作用的结果。事实上，在抗战大后方诗歌发展过程中，即便是艾青所说的新写实主义逐渐成为诗歌的主流，浪漫主义的歌谣体诗歌和现代主义风格的诗歌始终存在。它们之间在一种矛盾博弈的关系中构建起抗战大后方诗歌发展的多元生态，共同推进中国现代新诗的发展和成熟。

因此，人们注意到，在抗战中后期现实主义诗歌主潮的大背景下，仍有相当一部分重要诗人和他们的作品难以归于现实主义的旗帜之下。例如艾青在1940年写过一首题为《树》的诗作：

一棵树，一棵树
彼此孤离地兀立着风与空气
告诉着它们的距离

但是在泥土的覆盖下它们的根生长着

在看不见的深处
它们把根须纠缠在一起

  这里的树表面上"彼此孤离地兀立着",但"在看不见的深处,它们把根须纠缠在一起"。这使人想起人与人之间的某种关系,甚至也可径直理解为在中国大地上生活着的人民、整个民族之间浑厚的内在联系。在革命和战争年代,体会到这一点应该说是非常重要的。不过按照过去的观念,像这样把革命的、进步的主题与象征方法这样的现代派手法结合起来理解是颇为困难的。这也是理解艾青的一个难题所在。实际上这既是艾青新写实主义时期的诗作,又是一首典型的象征诗。我们只要把人为的藩篱拆开,现实主义与现代主义的结合并非毫无可能。另一位重要诗人戴望舒也是一个相当典型的例子。戴望舒在20世纪30年代无疑已是典型的现代主义诗人。全面抗战爆发后,戴望舒出走香港编辑报刊,曾因宣传抗日被日本人逮捕入狱。1948年戴望舒出版了他的第三部创作诗集《灾难的岁月》,所收作品多为1939年以后的诗作,包括他的《元日祝福》《狱中题壁》《我用残损的手掌》《萧红墓畔口占》等。这些诗作标志着他创作风格的重要变化,不仅诗的题材和主题开始贴近时代和人民的斗争,诗风也更为明朗。戴望舒的这种变化并不意味着所谓从现代主义向现实主义的回归,而更像是现代主义艺术方法与现实主义艺术精神的一种融合。在某些时候,人们乐于把戴望舒后期诗歌称作具有现代主义特色的现实主义诗歌。在另外一些时候又把它们视为具有现实主义特色的现代主义诗歌,也有的称为"后期现代主义诗歌"[①]。这表明,即使在现实主义诗歌占据主导地位的情况下,像戴望舒这样的诗人仍然难以被简单划入现实主义诗歌阵营。冯至也是引人注目的一位。他在20世纪40年代前期创作的《十四行集》不仅在当时的诗坛,而且在整个现代新诗史上都占有很重要的

---

[①] 参见苏光文:《大后方文学论稿》,西南师范大学出版社,1994年,第355页。

地位。冯至是现代主义的，同时又是富有现实感的。此外，像绿原、曾卓、彭燕郊、徐迟、方敬、欧外鸥等人以及艾青的部分诗作，都或多或少具有一种现实主义与现代主义相融合的特点。把这一特点表现得更充分和更有影响的，则是20世纪40年代前期的昆明西南联大诗人群和20世纪40年代后期的上海《中国新诗》诗人群，它们中的成员有部分交叉。其中主要的代表有辛笛、穆旦、陈敬容、杜运燮、杭约赫、郑敏、唐祈、唐湜、袁可嘉等。这就是几十年后人们从《九叶集》中见到的9位诗人，他们被认为创造了一个新的诗歌流派。但若放到20世纪40年代诗坛背景下看，它们的意义还不止于流派。它们的产生和存在表明在现实主义主流诗歌之外的另外的力量，从而显示了现代新诗发展的某种内在张力，其在诗歌文体上的收获或许可以称作新现代体。之所以把它们称作新现代体，是因为具有现代主义特色的新诗此前已有20世纪20年代初期的李金发和20世纪30年代初期的戴望舒等人的作品。抗战中后期形成的这批具有现代主义特色的新诗则明显具有某些新的值得探寻和回味的时代特点。

在抗战中后期新现代体诗的星群中，穆旦无疑是其中最亮的一颗，冯至则亮得最为持久。冯至早在20世纪20年代就开始写诗，并被鲁迅称作中国最为杰出的抒情诗人。[①]冯至20世纪30年代曾到欧洲研究诗歌和哲学，1937年抗日战争爆发后，随学校南迁到昆明，任西南联大外文系教授，在这里度过了他一生中最难忘的岁月。冯至在极为困苦的生活环境里，恢复了他的文学创作，在1941年前后创作了《十四行集》，成为他诗歌创作的第二个高峰，也是抗战中后期新现代体诗歌最重要的代表作。对于20世纪40年代中国的诗坛来说，冯至的《十四行集》的出现可以说是一个奇迹。对于冯至本人来说，他在20世纪40年代初的昆明写出了《十四行集》这样的诗则颇为偶然，当然这种偶然之中也包含了某种必然。从诗人个人因素方面看，它可以说是冯至长期浸淫于现代诗艺中的一个结果，也是他善于在平凡事物中发现新异并进行富有哲理的沉思的产物；从更大的

---

① 参见鲁迅：《中国新文学大系小说二集·序》，载《鲁迅全集》第6卷，人民文学出版社，1981年，第243页。

范围看，当日西南联大那种自由活泼的文化氛围玉成了冯至，也可以说是20世纪40年代新诗发展的现代性张力选择了冯至。冯至曾这样谈到他在20世纪40年代初写作《十四行集》的缘起："一九四一年我住在昆明附近的一座山里，每星期要进城两次，十五里的路程，走去走回，是很好的散步。一人在山径上，田埂间，总不免要看，要想，看的好像比往日看的格外多，想的也比往日想的格外丰富。那时，我早已不惯于写诗了，——从一九三一年到一九四零十年内我写的诗总计也不过十几首，——但是有一次，在一个冬天的下午，望着几架银色的飞机在蓝得像结晶体一般的天空里飞翔，想到古人的鹏鸟梦，我就随着脚步的节奏，信口说出一首有韵的诗，回家写在纸上，正巧是一首变体的十四行。"[1]1942年5月，冯至把它们结集为《十四行集》交由桂林明日社出版，很快引起了国统区诗歌评论界重视。朱自清在《新诗杂话》中称"这集子可以说建立了中国十四行的基础，使得向来怀疑这诗体的人也相信它可以在中国诗里活下去"[2]。李广田在论冯至《十四行集》的长篇论文《沉思的诗》里则认为冯至"在平凡中发现了最深的东西"，"他不但是诗人，而且是哲人"[3]。透过历史的沧桑，我们发现当年朱自清、李广田等人的评价至今依然是可靠的。冯至的《十四行集》也因其深刻契合了现代新诗发展的内在规律而愈益显示出其不朽的魅力。从诗体的角度看，冯至《十四行集》的基本特色在于他把一个正直、善良、敏感的中国知识分子对于动荡现实的忧患感用一种非常个人化的，具有西方现代主义特征的诗歌艺术方式凝定下来和传达出来。或者也可以说，在冯至的《十四行集》里，现实主义和现代主义这两种重要的创作方法被创造性地结合起来，对于现实的关心和对于诗艺的追求这两种不同的价值取向被成功地统一起来。这正是我们所理解的新现代体诗的基本特征所在。

穆旦于1935年9月考入清华大学外文系，全面抗战爆发后随学校西迁至昆

---

[1] 冯至：《序》，载冯至：《十四行集》，文化生活出版社，1949年，第1页。
[2] 朱自清：《诗的形式》，载朱自清：《新诗杂话》，上海作家书屋，1947年，第143页。
[3] 李广田：《沉思的诗：论冯至的"十四行集"》，《明日文艺》1943年第1期。

明西南联大。穆旦在西南联大外文系读书期间开始系统接触到英美现代派诗歌和文论,并对之产生强烈兴趣,为穆旦的现代主义诗歌兴趣提供了难得的契机。据穆旦当年同学之一的周珏良回忆,"记得我们两个人都喜欢叶芝的诗,他(穆旦)当时的创作很受叶芝的影响。我也记得我们从燕卜荪先生处借到威尔逊(Edmund Wilson)的《爱克斯尔的城堡》和艾略特的文集《圣木》(The Sacred Wood),才知道什么叫现代派,大开眼界,时常一起讨论。他特别对艾略特著名文章《传统和个人才能》有兴趣,很推崇里面表现的思想。当时他的诗作已表现出现代派的影响"。[①]不过穆旦所受西方现代诗歌的影响并不限于艾略特和叶芝,他更直接受到冯至、卞之琳等西南联大师生现代主义诗歌创作的影响。他在此后相当长一段时间里也继续坚持了他已经形成的现代主义诗歌艺术方法。更重要的是,抗战时期西南联大期间的生活教会了穆旦和他朋友更加深刻地体验了现实的破败、生活的艰辛以及对于国家和民族的责任。这样一种特殊的历史机遇促使穆旦的诗获得一种新的成熟,也使中国现代新诗的发展掀开新的一页。西方方式与本土精神,现实主义与现代主义达到一种历史性的奇特的统一。这便是新现代体诗的形成。穆旦这一阶段的代表作《在寒冷的腊月的夜里》《赞美》《春》《诗八首》等既是新现代诗的代表作,又成为中国现代新诗最重要的诗歌经典。穆旦的一首写抗战战士牺牲的《奉献》几乎完美呈现了新现代体诗的美学特征:

  这从白云流下来的时间,
  这充满鸟啼和露水的时间,我们不留意的已经过去,
  这一清早,他却抓住了献给美满,
  他的身子倒在绿色的原野上,一切的烦扰都同时放低,
  最高的意志,在欢快中解放,

---

[①] 周珏良:《穆旦的诗和译诗》,载杜运燮、袁可嘉、周与良编:《一个民族已经起来——怀念诗人、翻译家穆旦》,江苏人民出版社,1987年,第20页。

一颗子弹，把他的一生结为整体。

这位战士的死不仅被写得壮丽，而且优美，现代新诗中似乎从来还没有人这样写过战士的死。穆旦的创造给我们带来一个永恒的美的瞬间和艺术上的惊奇。穆旦的另一首长诗《隐现》则表现了诗人对现代文明的复杂性的认识，从语言方式到精神境界都近似于艾略特的《荒原》。它所反映的却纯粹是中国诗人对于20世纪40年代中国文明复杂性的体察。《我歌颂肉体》则发现"它的秘密远在我们所有的语言之外"。穆旦的这些作品在思想上所达到的深度、广度和艺术表现上的完美性在当时和后来都很少有人能与之匹敌。

抗战中后期大后方诗坛出现的新现代体诗在创作上的主要代表除冯至和穆旦外，还有其他西南联大诗人群和《中国新诗》诗人群。他们的作品大都发表在昆明西南联大师生所编的《文聚》杂志和上海《诗创造》《中国新诗》等报刊上，后来结集出版的作品有辛笛的《手掌集》，杜运燮的《诗四十首》，陈敬容的《盈盈集》《交响集》，杭约赫的《噩梦录》《火烧的城》《复活的土地》，郑敏的《诗集1942—1945》，唐祈的《诗第一册》，唐湜的《骚动的城》，穆旦的《探险队》《旗》《穆旦诗集1939—1945》等。这些作品从不同的侧面反映了新现代体诗的诗体特征，表现出某种内在的一致性。这种内在的一致性如果从创作方法的角度看，即是所谓现实主义与现代主义的某种成功的结合。换言之，这些作品"既坚持了三十年代新诗反映重大社会问题的主张，又保留了抒写个人心绪波澜的自由，而且力求个人感受与大众心志相沟通；既继承了民族诗歌（包括新诗本身）的优秀传统，又吸收了西方现代诗艺，努力尝试走新旧贯通、中西结合的道路，有所继承又有所创新"[①]。

在20世纪40年代的诗坛上，现实主义诗歌无疑是当时的主流。但是，由新现代体诗所代表的具有新的时代特点的现代主义诗歌仍有其不容忽视的意义和价值。这意义首先在于它的出现恢复和延续了中国新诗的现代化追求，一方面与世

---

[①] 袁可嘉：《西方现代派诗与九叶诗人》，《文艺研究》1983年第4期。

界诗歌的现代化潮流保持应有的联系，另一方面又以对于诗歌艺术纯粹性的坚持对新诗的健康发展起到内在的制衡作用。其次，新现代体诗所提供的一批成功的诗作体现了现实主义精神与现代主义诗歌艺术融合的范例，它们不仅代表了现代新诗在思想性和艺术性的结合上所达到的新水准，而且也为现代新诗今后的发展提供了一条可资借鉴的发展方向。一切正如谢冕所说："这一群，即闪烁在宽泛的四十年代天宇上的最后的这一群星辰，他们在那样一个风云际会的年代所呼唤的，所追求的对于单调沉滞的排拒，对于繁复和矛盾交错的统一的追求，以及对于'大和合'的欢乐的期盼应当是合理的——它符合现代艺术的趋势而与世界诗潮相应和。"[①]而且，更重要的是，新现代体诗歌的出现也再一次表明，现代新诗受时代需要产生的他律性冲击和诗歌艺术自身美的规律的制约而形成的他律与自律的双重变奏，不仅成为中国现代诗歌健康发展的一个重要规律，而且留给我们丰富的启示和许多值得进一步探讨的课题。

---

① 谢冕：《新世纪的太阳》，时代文艺出版社，1993年，第243页。

# "中国现代文学制度"概念的发现与文学研究的本土现代性
## ——读《中国现代文学制度研究（增订本）》[1]

王小惠[2]

近年来，"文学制度"研究方法已成为中国现代文学研究的经典范式。它重新审视中国现代文学的存在方式和生产机制，让中国现代文学在文学与社会关系中构筑自身的主体性与复杂性。众所周知，此概念的提出及坚守，王本朝教授功不可没。他的《中国现代文学制度研究》（西南师范大学出版社初版，2002年；九州出版社出版"增订本"，2023年）一书，将"制度"维度引入文学研究，为现代文学研究注入一种新的问题意识、新的方法论、新的认识视角，给现代文学开辟了一个新的研究领域。

一

王本朝教授认为："从文学生成的过程看，它有四个基本要素：社会、作

---

[1] 本文原载《中国图书评论》2024年第10期。
[2] 王小惠，西南大学文学院教师。

者、文本和读者,它们与社会条件、物质技术、社会组织、主体创造与选择形成紧密联系,这就形成了文学制度。"[①]这表明"现代文学制度研究"并非孤立地立足于作者、文本、读者、社会元素,而是以四者之间的互动关系作为研究主体,并将这四者在博弈、合作、对抗中所诞生的文学出版、文学社团、文学教育、文学论争等元素纳入研究范畴。此种研究思路的发现,既是对中国现代文学作家作品中心论的破除,也是反抗西方文论审美主义,并与文学社会学对话的产物。19世纪至今的西方文学理论,从"以作者为中心"到"以文本为中心",再转移到"以读者为中心"的直线阐释论,都被"文学制度"观念所消融。显然,"中国现代文学制度研究"概念借鉴了西方文学社会学、知识社会学等资源,引入文学生产的社会语境,也抛弃了西方的作者主体论、文本主体论、读者主体论,创造了一种"对话原则",展示"文学"的意义源自由作者、读者、文本、社会四者间彼此系连、相互制约的制度性状态及其形式。

20世纪80年代以来,因西方形式主义、新批评、现象学、结构主义等的影响,中国现代文学研究重视文本和读者,或强调文学的审美独立性,或将文学视为一个由语言形式排列而成的系统,或认为文学作品的意义是阐释者所赋予的。这些西方理论有助于更新中国文学观念,也将中国现代文学做单一化或本质化理解,出现了"回到文学本身""走向中国文学本体研究""倡导文学存在源自读者的再创造"等研究思路。王本朝教授用"文学制度"方法,打破西方理论带来的文学本质化和纯粹化现象,重塑对现代文学的认知。他认为:"文学制度就是文学自身,它不是文学的外壳,不是文学的内核,而是统摄文学内外的文学结构;不是文学的肌肉和骨骼,而是文学的血液。当然,在这里,我所说的都是指中国现代文学。正如一棵树,它的生长有种子、土壤、空气、水分、阳光、地势、杂草等多因素的渗透和参与,是树种和生态之合力的结果,制度就是对合力的解释,树种、树苗,或者树干、树叶都不是制度,空气、土壤、阳光也不是制度,

---

[①] 王本朝:《中国现代文学制度研究(增订本)》,九州出版社,2023年,第66页。

但它们是制度的组成要素，是制度的血肉、经络和骨架。"①

王本朝教授让"文学"从一种"本质论"进入"关系论"，表明"文学"是一个复合的制度体系，由若干相互联系、相互影响、相互制约的子系统所组成，而文学意义的产生源自这些子系统共同作用的结果，所以不可割裂其子系统之间的内在关联而偏于一端，推崇一方。如果独尊一方，就会让文学意义及其历史过程变得简单而空疏。

"五四"以来的新文学既反叛了中国传统文学，又不完全等同于西方文学。新文学中的鲁迅、胡适、茅盾、叶圣陶、巴金、郑振铎、靳以等人既是作家，也是编辑、出版家、翻译家、教育家、政府官员等，他们对文学的思考较之此前此后都更为复杂多变。作为作家的鲁迅等人，他们始终与文本、读者、社会处在一种共生的关系之中。如果一味地采用西方"文本中心主义""读者中心主义"理论加以分析，根本无法体悟中国现代文学的复杂性。王本朝教授则将作者、读者、文本、社会四者统摄在现代文学制度这一概念之中，分析文学生产、流通和接受背后的现代政治机制、商业机制、报刊体制、文学审查制度、文学社团组织制度、文学批评制度等内容如何形成合力，如何引导、制约文学的观念、形式和审美的生成。这揭示了"文本中心主义""读者中心主义"等方法无法发现的中国现代文学意义世界，摆脱了西方文论对中国现代文学阐释带来的压抑。

"现代文学制度研究"以作者、读者、文本、社会四者之间的互动关系为主体，构建了中国现代文学研究的"总体性"视野，为现代文学生产、发展找到一种内在的逻辑，让我们能清晰理解"现代作家如何被制造""现代文学作品如何被生产""现代文学作品如何被社会接受"等问题，解释了从纯文学、文学观念以及社会政治角度无法充分回答的时代难题。在我看来，这也是中国现代文学研究的本土现代性视角的体现。本土现代性的含义有两重：一是中国土生土长的文论变革力量，如"风骨""神思"等话语；二是在与西方文论对话、对抗过程中，中国学人对西方文论进行创造性转化与创新性发展，而创造出一种带有本土

---

① 王本朝：《中国现代文学制度研究（增订本）》，九州出版社，2023年，第453—454页。

现代性的新理论。王本朝教授的"现代文学制度"属于后者。他一方面将西方文学社会学、知识社会学、接受美学等方法注入文学研究之中，拓宽了现代文学的边界，让研究具有视野的开放性与包容性；另一方面却打破"文本中心论""读者中心论"等西方文论带来的文学本质化认知观念，让中国现代文学的生成结构被发现，成为立足于中国现代文学历史的本土研究方法。

## 二

"现代文学制度研究"是对西方文学本质主义的破除，展示出现代文学"现代性"的两重维度：一是个人性。现代文学是人类精神之结构，凝聚着作家的审美想象和情感体验，有自己独特的语言表现形式。二是公共性。中国现代文学打破古典文学的封闭性，成为一种社会实践活动，其意义的生成在很大程度上依赖于文学社团、文学审查等外在的生产体制。如果没有文学社团等外在力量，中国新文学很难在传统文学的重围之中那么快速地冲杀出来。在20世纪末期，学界虽已关注新文学的公共性，却将社团、出版、法律等视为文学发展的外部背景，并单一地处理成社团、出版、法律与现代文学之间的关联。王本朝教授却从社团、出版、法律等综合作用下的文学制度中去探寻现代文学的生成和发展。

"文学制度主要指在社会历史条件下由文学创作、流通、消费、评价以及再生产等所形成的一套有机体系，以及渗入其间的种种'隐形规则'。它有多层次性，如社会文化和文学的政策规定，文学生产机制以及规范文学关系、约束文学行为、可见或不可见的各种规定。"[①]

由此可知，"现当代文学制度"绝非一个静态结构，而是一个动态过程，是由文学创作、流通、消费、评价、领导以及再生产等环节和要素不断博弈的结果。在这循环往复的动态过程中，文学创作、文学出版、文学流通、文学消费、文学评价、文学领导等都变成或转化为一种制度性力量。文学向阳而生，顺势而

---

[①] 王本朝：《中国现代文学制度研究（增订本）》，九州出版社，2023年，第22页。

为，或左支右绌，唾面自干，有时成为主流，有时变成潜流，甚至会被边缘化。"文学制度"作为一种结构性力量贯穿于中国现当代文学发生发展之始终。此种从动态关系中理解现当代文学生成的方法，比单一的现代文学社团研究、文学期刊研究、文学出版研究、文学法律研究更能揭示现代文学变迁中的张力和生命力。

因处在动态的结构中，"现代文学制度"在影响、制约、引导文学发展的同时，也会被不断地调整、修正。书中所提及的"专业作家来办书局"现象便是一例。"五四"以来，新兴的出版书局不断出现，当时《新青年》杂志、《胡适文存》的热卖，让书局赚了钱，作家们却没有得到多少利润。为此，作家们主动创办书局，以掌控作品生产过程。当时的鲁迅、钱玄同等人创办《语丝》，创办北新书局，出版"乌合丛书""未名丛刊""北新小丛书"等，获得了丰厚的报酬。由此可知，文学创作、文学出版等所涉及的经济利益，会让它们的关系发生动态性的转变，从而调整"文学制度"的结构，使其永远处在变动之中。此种"变动"使"文学制度"获得永久性地干预现代文学生产过程的权力。

在动态的结构中，对文学创作、文学读者、文学出版、文学社团的考察，彰显了它们作为"文学制度"的意义。但这种制度性力量也会带来负面性元素。王本朝教授在书中对此多有反思。譬如文学报刊、文学读者的制约，给文学带来功利化的倾向，催生了诸多"急就章"，并让文学变得市井化。再如文学社团利益、文学读者的期待，会修改作家形象和创作意图。书中提及，1924年泰戈尔来华，当时《小说月报》对泰戈尔形象进行塑造，凸显其具有中国思想家和哲学家的形象特点，以满足在"五四"新文学熏陶下的读者期待。所以"现代文学制度"的动态性虽给文学带来了生命力，但也带来了不确定性。

王本朝教授从制度层面对现代文学动态结构的把握，充分展示了中国现代文学研究的本土化、综合性学术追求，上文已作谈论。还需强调的是，20世纪80年代以来在西方新批评、形式主义、结构主义、后结构主义等的影响下，一些研究者或将"文学"局限在一个封闭的系统之中，只"当它是冰清玉洁、静若处子，却忽视它在现实中的水性杨花、趋炎附势"①，或宣布"作者已死，文本即可任由读者玩弄"，让文本处在极端的开放体系之中②。此两种极端的做法是用西方现代理论强制性地解释中国文学现象。王本朝教授的"文学制度研究"修正了当时两种极端的研究方法，从文本内外的动态结构中去把握中国现代文学的发生与发展。它既尊重了文学研究的主体性，也兼有文本研究的开放性。

## 三

在从制度层面思考现代文学动态关系时，王本朝教授还提出了一些具有中国文学特色的新概念，比如"制度写作""相互合法性"等概念。其中的"制度写作"概念是指"经过文学制度的默许、认同或参与下的文学写作"③。"相互合法性"是指"制度化使作家获得了文化的资本和话语的权威，反过来，他们在履行自己的角色行为时又强化了文学的制度力量，使之更趋合法性"④。"制度写作"与"相互合法性"这两个概念，在处理中国古典文学与现代文学的差异性时具有重要的方法论意义，在辨析近代文学、现代文学、当代文学三者的关系时也能提供相应的阐释资源；同时在论证解放区文学、国统区文学、沦陷区文学之间的异同时亦具有相当的阐释力。因此，"制度写作""相互合法性"等概念比"历史复杂性""时代多样性"之类的话语更有理论的有效性。

王本朝教授的现代文学制度研究，让中国现代文学在一个动态的文学关系、文学结构中构筑自身的主体性与复杂性。这一点值得当下研究界重视。当下学术界过度征用社会学、历史学、政治学等现代科学知识或理论来阐释文学，虽展示

---

① 赵一凡：《从胡塞尔到德里达：西方文论讲稿》，生活·读书·新知三联书店，2007年，第90页。
② 赵一凡：《从胡塞尔到德里达：西方文论讲稿》，生活·读书·新知三联书店，2007年，第412—413页。
③ 王本朝：《中国现代文学制度研究（增订本）》，九州出版社，2023年，第11页。
④ 王本朝：《中国现代文学制度研究（增订本）》，九州出版社，2023年，第9页。

了文学的历史性、社会性倾向，却忽视了文学的主体性，让文学成为社会学、历史学、政治学等学科的附属，又陷入另一种文学本质主义之中。此时，现代文学制度思维具有重要的借鉴意义。在文学制度逻辑中，文学既是审美的又是历史的，所以在进行文学研究时，一方面从一种关系结构中理解文学的生成与发展，展示文学的审美元素本身就是一种历史文化想象；另一方面也要强调"审美是'文学'不可替代的艺术魅力，抛弃审美的文学批评不啻舍本逐末"[1]。这种兼具内外的研究方法，至今对当下走向社会学、历史学之路的文学研究有警惕之效用。

不可否认，"中国现代文学制度"并非诠释一切的真理，它也有其自身的限度。"文学制度研究较少涉及对作家作品优劣高低的判断，难以对作品审美价值及意义做出充分阐释，无法融入研究主体的审美感受和生命体验，这无疑是遗憾的。"为此，王本朝教授通过两种方式来对"制度研究"所不能言及的内容进行补充：一是对经典作家作品的重读。"从文本自身的语言、意象、细节入手，去揣摩作品语言'内部'的丰富性构造，摸索语言是如何编织出作品的内容与意义。"他所出版的《回到语言：重读经典》（广西师范大学出版社2017年版）便是其重要成果。二是转向文学思想研究。"通过文学思想研究把社会思想、文学体制、文学批评、文学理论、作品文本、作家体验等等都能囊括其中，既吸纳制度研究的思维方式，又保持文本研究的主体感觉。"[2]他在2019年获准主持国家社科基金重大项目"中国现当代文学思想史"，是其学术探索的重要标志。王本朝教授从"制度"到"文本"再到"思想"，用这三个"支点"突破了固有思维，由此确证他的中国现代文学研究始终充满创造性和生命力。

总之，王本朝教授的中国现代文学制度研究从文学与社会的动态关系中认识文学，为中国现代文学研究赋予了新的问题意识与方法论，促进了中国现代文学研究的思维方法转变，应被视作中国现代文学研究的本土性和现代性话语之一。

---

[1] 王本朝：《中国现代文学制度研究（增订本）》，九州出版社，2023年，第11页。
[2] 王本朝、张望：《文学制度、文学经典与文学思想史——王本朝教授访谈录》，《当代文坛》2021年第2期。

# 故纸寻宝　掷地有声
## ——读凌孟华《旧刊有声：中国现代文学佚文辑校与版本考释》[1]

张　望[2]

近年来，对中国现当代文学史料的发掘与研究逐渐成为学科领域的焦点问题，成为现当代文学研究拓展学科版图、深化问题意识的主要生长点。凌孟华当属这类史料研究中崭露头角的一位青年学者。他长期投身于史料文献的整理、作家佚文的辑校、重要作品的版本考释等工作，十余年来发表了系列研究文章，主持或参与完成了多项国家级项目。新著《旧刊有声：中国现代文学佚文辑校与版本考释》（中国社会科学出版社2020年6月版，以下简称《旧刊有声》）是他在现代文学史料研究领域的又一重要收获，并与其前著《故纸无言：民国文学文献脞谈录》（人民出版社2016年2月版，以下简称《故纸无言》）共同构筑了凌孟华史料研究的特色与肌理。

---

[1] 本文原载《学术评论》2021年第6期。
[2] 张望，重庆师范大学文学院教师。

## 一、倡导现代文学研究的"非文学期刊"视野

如果说凌孟华的前著《故纸无言》更多地着力于对《大中》《清华副刊》《光明》《觉音》等期刊上珍贵文献史料的辑校的话,那么《旧刊有声》则在接续前著特色的基础上,以更为突出的理论自觉提出并强调了现代文学研究的"非文学期刊"视野,以期为现代文学作家作品的辑佚以及重要文献史料的开掘提供新的考察角度。

在具体阐释这一理论视野时,凌孟华注意追溯"非文学期刊"这一概念的历史沿革,并在把握其尴尬处境的基础上,试图对"非文学期刊"的概念进行重新正名。他指出,既往对期刊进行"文学期刊"和"非文学期刊"两分法的认识是微弱、有限、非主流的,因此,"非文学期刊"的话语在很长的历史时段内并没有得到聚焦和重视,这导致了众多非文学期刊被纳入文学期刊的研究范畴,从而使得这批非文学期刊的独特属性被大大忽略了。因此,他重堪了"非文学期刊"的内涵与外延,将"非文学期刊"的定义确立为"不以'文学'为目的,主要刊载'非文学'内容,在主要方面不具有'文学'属性的期刊"。与此同时,他还进一步对"非文学期刊"进行"再次二分",将其中"发表有少部分各体文学创作、文学翻译、文学理论、文学批评、文学研究等作品"的"非文学期刊"命名为"涉文学型非文学期刊",反之则命名为"其他非文学期刊"。[①]可以说,凌孟华对"非文学期刊"的重新正名与合理划分,使得这一概念与过往的"涉文学期刊""综合性期刊"等概念明确区分开来,为真正激活"非文学期刊"这一视角在中国现当代文学研究中的理论活力与广阔前景奠定了基础。

凌孟华强调,在以"非文学期刊"视野进入文献史料的发掘研究时,最为重要的是要注意"完成一个根本的转变",即"从以作家为线索的检索搜罗转变为

---

[①] 凌孟华:《旧刊有声:中国现代文学佚文辑校与版本考释》,中国社会科学出版社,2020年,第8、10、28—37页。

以期刊为单位的系统发掘"。①基于此,他在《旧刊有声》中便尝试着对《国讯》《大中》《学僧天地》等非文学期刊作整体性观照,发掘了作家的佚文,讨论了名作的版本,整理了名家的集外文,同时还提出了一系列值得讨论的问题与方法。在围绕《国讯》杂志展开的讨论中,凌孟华便大有收获,既发掘了茅盾、郭沫若、冰心、臧克家等名家的重要佚作,同时还围绕这些佚文延展出更多的问题面向,比如茅盾忽视《十月狂想曲》的个中缘由,冰心演讲词《写作漫谈》的辑录及相关周边,臧克家诗作《一个遥念》的版本辨析等,而这些问题是我们仅仅囿于文学层面的讨论所不能够涉猎到或者难以深入进去的。可以说,凌孟华以其研究实践证明了"非文学期刊"的确是一个重要且独特的窗口,透过这一窗口进入对文献史料的发掘与考辨的确能够激发出更为丰富的问题层次。这至少有三方面的优势:其一,对大批非文学期刊的整体性观照进一步拓展了现代文学文献史料发掘的深度与广度。这有助于促成一大批原本刊发于"非文学期刊"上的重要名家佚作被及时打捞,并重回我们的研究视野,从而丰富我们对作家作品的认识。其二,"非文学期刊"视野的引入还突破了既往囿于"文学期刊"的研究局限,还原了"文学期刊"与"非文学期刊"所共构的文学史现场,从而能够进一步还原现代文学的原始形态、结构肌理、生发场域以及发展规律等。其三,"非文学期刊"视野还联系着一个更为广阔的社会历史语境,透过它能够更为清晰地展现出中国现代文学与中国近现代社会历史变迁之间的深刻勾连,展示出中国现代文学对中国近现代历史变革与社会转型的具体参与。因此,凌孟华在现代文学研究中展现的"非文学期刊"视野无疑是相当重要的。

## 二、注重对现代文学史料的质疑、拾遗与补缺

《旧刊有声》除了呈现出凌孟华在现当代文学史料研究中高度的理论自觉,同时也展现出他在史料文献研究中注重对现代文学史料的质疑、拾遗与补缺的显

---

① 官立:《凌孟华:"让无言的故纸发声"》,《中华读书报》2020年2月12日。

著特色。

　　细致入微，考辨不厌其烦，论述不避琐屑，是凌孟华在现当代文学史料研究中呈现出的第一个显著特点。不论是佚文佚作的辑校，还是作品版本的考释，凌孟华都尽量做到全面细致。在佚文的辑校中，凌孟华忠实于原始版本，但凡有发现原始版本中出现明显的异体字或排印错误，需要对原始版本进行修改的情况，或者原始版本中有漶漫不清等状况，他都会在注释中进行详尽的阐释说明，以求辑校的佚文既能保证信息的准确和完备，从而忠实于原始版本，又能让后来的研究者便于阅读与查看，为后续的研究奠定基础。在作品的版本考释方面，更见凌孟华的文献功底。例如，在对俞平伯《为润民写本》版本考辨的过程中，他通过比对认定《大中》杂志上刊载的《为润民写遥夜闺思引后记》就是俞平伯《为润民写本》的初刊本时，便开始漫长而曲折的搜寻过程，集齐了包括初刊本、日报本、初版本、美文本、全集本在内的两个系列（初稿版本系列和修改版本系列）、五种版本的《为润民写本》，并从题名的差异、段落的差别、文字的变动、标点的不同等多个方面极其细致地指出了各版本之间的差异，并勾勒出版本演变的具体脉络以及各版本所呈现出的源流与体系。如此浩大的工作，却梳理、辨析得井井有条，足见其功夫。除此之外，从《旧刊有声》的行文来看，凌孟华还有意识地在克服前作行文稍欠灵动的不足[①]，在钩沉佚文、考证版本时，注意避免将史料辨析时"硬质""沉闷"的感觉带入叙述之中，而是尽量在叙述中显露研究者个人的趣味，时而也对佚文作品的审美形式和文学价值发表研究者独到的品评与感悟，力图将客观的文献史料与主观的文学思想熔为一炉，从而创造一种更为可读、更具美感的史料书写范式。

　　引述严谨，判断审慎，有一分材料说一分话，是阅读《旧刊有声》时的另一个深刻感受，也是凌孟华史料研究始终信奉的宗旨。在《旧刊有声》的叙述论证中，我们看到凌孟华在下论断时非常谨慎，比如在判断某一篇佚作的作者时，哪

---

[①] 马天娇、金宏宇：《"史料学转向"：现当代文学研究的"新发动"》，《江汉论坛》2020年第10期。

怕刊物有明确的记录，凌孟华也会再三质疑，并通过多方的材料引证来加以辨别和佐证。比如在判断佚文《记亡妹》是否真为作家吴兴华的作品时，哪怕《大中》杂志的记录明确显示该文的作者是吴兴华，凌孟华也并不仅仅以此为依据便将该文判定为吴兴华的佚作，而是深入该文的具体内容，提取有用的信息，然后再通过与各种文献中关于吴兴华生平资料以及家庭背景构成的对照比较，发现可以吻合，才肯定地将《记亡妹》判定为吴兴华的佚文。这样的例子在《旧刊有声》中不胜枚举，考辨扎实地立足于史料的文本与细节，立足于史料与史料之间的关系与裂隙，论断都有切实可靠的依据，推论也遵循严整的逻辑，充分体现了凌孟华治学的严谨态度。

于无疑处有疑，是凌孟华在现当代文学史料研究中呈现的又一个显著特点。通读《旧刊有声》会发现，凌孟华善于在整体性梳理非文学期刊的过程中发现问题，即使是那些看似被研究者发掘或者讨论较为充分的佚作，凌孟华也能敏锐地发现既往研究中所存在的错漏或缺失，并在此基础上提出疑问，做出拾遗和补缺。比如冰心的演讲词《写作漫谈》，事实上早有多位学者对这篇佚文做了详细的辑校和分析，但凌孟华在整体性梳理最初发表《写作漫谈》的《国讯》杂志时，还是发现了不少值得关注或尚未厘清的问题。他发现既往研究对冰心《写作漫谈》的辑录存在着较多不一致的情况，为此他对照《国讯》杂志上刊载的原始文字对既往《写作漫谈》的辑校成果一一做出订正，并提出自己的辑校原则与既往的研究学者进行商榷。另外，凌孟华还对原刊发表的内容进行了必要的反思与质疑。他指出《写作漫谈》呈现出几处内容的疏漏，比如将冰心的作品《相片》记录成了《照片》，《西线无战事》故事情节的讲述存在错误和混乱之处等。联系到《写作漫谈》作为冰心演讲的记录稿，凌孟华还进一步对这些混乱和错误之处的形成原因做出了思考与判断，并认为这些错漏之处都是日后《写作漫谈》收录进《冰心全集》时有必要加以注释说明的地方。除此之外，他还对佚文《写作漫谈》的出处以及记录者的详细生平做了具体考辨，并对该佚文的价值进行了重新评估。这些对既往佚文研究的大胆质疑和详尽补缺，都展现出凌孟华作为一名史料研究者难得的敏感度、责任心与反思力。

## 三、保持对现代文学史料研究方法的自觉反思

除了努力将具体的佚文辑校、版本考释等文献工作做到极致，凌孟华还始终保持对现代文学史料研究方法的自觉反思，表现出作为新一代文献史料研究者的问题意识与突破精神。

文献史料的发掘与阐释是中国现当代文学研究的基础，也是推动该学科丰富、深化、规范、系统、创新的重要力量。事实上，中国现当代文学学科发展至今已日趋成熟，大部分文献史料的开掘整理工作也日趋完善，那么新一代史料研究者要为之努力的新方向则是思考如何让史料文献不仅仅是冰冷的材料，而且是焕发学科活力、生发学术生长点的重要力量，或者说用什么样的"角度"去看待、取舍文献材料。因此，凌孟华、易彬、袁洪权、宫立、金传胜、曾祥金等一批青年学者在注重承继前辈学人传统的校勘学、考据学、目录学、辑佚学等研究方法的同时，更注重通过文学观念的反思与重建以及相关资源的互通与融合来重新激活史料文献的价值。在《旧刊有声》的史料考辨中，凌孟华不仅能在"非文学期刊"视野下整体性地梳理具体的非文学期刊，发掘"非文学期刊"中蕴含的"文学宝藏"，同时还注意调动自身的史料积累，建立不同史料之间的关联，阐发史料与史料间的意义裂隙，从而真正地让尘封的旧刊在不断的勘校与疏证中发出声音，让研究者可以以此辨析出既往认识中的错误，补正其疏漏，还原历史现场，丰富文学史的细节，也为一些作家作品的阐释增添了新的意义和价值。

除此之外，作为新一代的史料研究者，凌孟华还善于结合自身的研究经验，深切感知当下的学术生态，大胆地指出当下史料文献研究中所存在的问题，直言不讳地批判史料研究中"急于跑马圈地，急于发表成果"的浮躁风气。比如，凌孟华直陈现代作家佚文发掘工作存在三个突出问题：第一，对佚

文的文字辑录不够准确，缺乏统一的规范，研究者对原作内容疏漏的敏感度与反思力值得优化；第二，学养、经验以及投入程度的差异，使得研究者对保存作家佚文的报刊的介绍以及对佚文作者的梳理显得不准确、不完备；第三，对佚作特点的提炼不够清晰，对佚作价值的分析不够全面，对佚作问题的思考不够深入，严谨与大胆之间的分寸把握不够理想——该大胆时不够果断，该严谨时不够周全。他将这些问题的出现归结于佚文发掘者的心态问题，并认为面对当下的学术考评机制，史料研究者应该摒弃浮躁的外界干扰，沉下心来下真功夫，切不可"刻日而求，躁心以赴"。我想，这既是凌孟华与史料研究者们的共勉，也是他对自己内在的要求。

目前，现当代文学的"史料学转向"已然成为研究的主导方向之一，它至少从三个方面整体性地引领着整个学科的发展路径：首先，它要求在对传统朴学的方法进行辩证扬弃的同时总结新的方法，对文学史料进行系统的发掘、整理和考辨，从而夯实现当代文学学科的基础；其次，它要求在史料边界的拓展和方法的新变上进行开掘，从而为现当代文学研究拓宽版图，提供新的学术生长点；第三，它要求现当代文学的研究范式从既往的感悟式转向实证性，从而为学科建立起一种反对过度阐释、反对即兴空疏、强调史料论证的学术规范。基于此，我们可以说《旧刊有声》正是这样一本顺应学科发展趋势的研究著作，其史料研究见功力、有渊源。凌孟华基于自身史料研究经验的方法反思与方法拓新，切中要害、颇有见地，能够促进学科良性发展。尤其值得强调的是，凌孟华在《旧刊有声》中提出的现当代文学史料研究的"非文学期刊"视野，无疑是一个全新的学术生长点，它在拓宽现当代文学史料边界的层面必将发挥重要作用。另外，凌孟华通过细致入微的考辨以及有理有据的论述，创建了颇具特色的研究范式与论说风格，娓娓道来又掷地有声。

当然，由于凌孟华在《旧刊有声》中提出的研究视野与方法所要面对的是整个中国现代文学的史料版图，所以不论是研究对象的广度，还是所涉问题的纵深，都不是仅仅一部著作可以全方位覆盖到的。另外，凌孟华围绕既往研究展开的问题商榷,也有待学界的进一步回应。中国现当代文学史料研究是一个需要持续躬耕、不断摸索的工作,凌孟华也正在此道路上不断前行,而《旧刊有声》作为他的阶段性成果则无疑是现当代文学史料研究中不可多得的学术著作之一,值得细细品读。我们也对他后续的研究充满期待。

## "红岩"文化现象的本质精神还原
### ——周航学术专著《"红岩"文化现象》读后[1]

张文浩[2]

小说《红岩》及其衍生的多种形式的文艺作品,在其传播过程中形成独特的"红岩"文化现象。"红岩"文化对当代中国精神的塑造发挥了巨大作用,也将继续推动中华民族文化认同的凝聚进程。

面对当代接受语境,弘扬红岩精神与传承"红岩"文化,在传统的宣传模式外,对其进行学理研究,了解其生成机制和发生学的内在逻辑,阐释其中文化精髓、时代创新性价值与探索传承新路径,不失为一种助力。

周航在尊重史实和适应新传媒时代特点的基础上,撰成学术专著《"红岩"文化现象》,提炼"红岩"文化的新时代精神内涵,提出发展的建设性意见,初步实现对"红岩"文化现象的本质还原。

此书基于弘传优秀革命文化精神的立场,以客观冷静的分析态度,从多重文献的互文参鉴出发,实现对"红岩"研究模式的创新。

---

[1] 本文原载《川观新闻》2024年4月10日。
[2] 张文浩,四川轻化工大学人文学院副教授。

其中最明显的特点是鲜明的问题意识。

《"红岩"文化现象》前三章深入解读小说《红岩》及其衍生艺术作品，在历史背景、思想内涵、审美属性、传播途径等方面，都反映出学术研究的问题意识。如审美属性方面的问题意识，小说《红岩》作为带着特殊使命感和宣传宗旨的集体创作物，对20世纪的受众来说，其思想内涵的共情效应足以弥补审美效应。但对当前新时期的受众来说，这种弥补就可能捉襟见肘。

那么，《红岩》还有无其他文学性审美元素呢？周航以独特的眼光，发掘小说文本里的诗意存在，帮助受众发现被遮蔽的诗性审美内容。他注意到小说中的现代新诗、歌词、顺口溜、旧体诗词、格言警句和对联等，证实这些诗歌元素对叙事进程的艺术功能。从古典的"兴、观、群、怨"诗教思想角度，阐明《红岩》采用的革命现实主义和革命浪漫主义创作手法，契合了中国文学传统。对《红岩》洞窟叙事的阅读召唤力，此书结合当前受众的审美心理和期待视野，认为研究《红岩》的接受之谜，不能忽视小说潜藏的监狱审美叙事。再如论述红色经典的再创造问题，推荐"剧本杀"的游戏形式引导大学生关注红色经典，进行《红岩》文本的再创造活动。

这实际潜含一种思考：如何从整体上综合性把握并利用新的观念和技术，并与传统文化结合起来，对中国青少年进行有实效性的革命文化教育？

铺设时代价值转化和影响力考量两条研究线索，也是此书较显著的特色。

学术研究讲究尊重历史规律和直面现实问题，它不是书斋里的自我臆念重组。周航对"红岩"系列文本的解读、文献资料的分析、文化精神的宣扬，都在客观理性还原历史真貌的基础上，以现实关怀的热忱提出红岩精神浸润人心的若干方略，提出"红岩"文化现象进行本质还原的考察路径。

如在第三章涉及关于红岩英雄群像的认识问题，即红岩英雄群体似乎是钢铁铸造的，是否成为人物形象塑造方面的局限性。这实际是在询问在新时期应如何理解红岩英雄精神的崇高性和品质的真实性，解除此类疑惑，有助于理解"人民有信仰，民族有希望，国家有力量"的真正含义。

周航以互文相证方式，看到网络传媒的沟通性和交互性、真切的参与性和感官性对搭建"红岩"文化与受众群体的交流桥梁的优势作用，例举了红岩百度贴吧的热议话题：如果被关进渣滓洞，酷刑之下你会招供吗？通过分析各方讨论情况后指出，参与者对"红岩"文化设身处地的理解与思考，无论哪种选择，都是对常人所不能及的红岩精神的高度肯定。其分析意图，在于革命经典作品对后世文学、思想和社会的影响力考量，准确进行历史定位，提炼其精神品质的当代启示意义。

有机融合宣传和研究这两种话语方式，必须有马克思主义的批判意识，此书秉持了这种学术精神。

众所周知，历史遗忘和记忆衰退在电子传媒迅猛发展时期成为显性问题。一些优秀革命文化的历史背景和精神内涵逐渐被模糊化和浅表化，年轻一代普遍缺乏对历史事件和文化精神的切肤理解，使得革命文化的影响效果减损，传承困难增加。

周航看到现阶段"红岩"文化网络传播所显现的某些弊端，提出建设性方案，建议大力清洁"红岩"文化网络传播环境，大力维护和推广传播"红岩"文化网站。

此外，此书在审美疲劳和文化淡化、社会价值观念的碰撞和冲突等方面，均持对相应问题进行学理式批判，并寻求解决问题的途径，使宣传和研究实现动态平衡。

《"红岩"文化现象》广角扫描文化现象的物质、精神和制度诸层面，完成一项系统工程的考察活动，提纲挈领地分析了由小说《红岩》牵引出来的"红岩"文化现象的种种论题。同时，聚焦文本的创新解读，自然延伸出红色文化、红岩精神和传统文化的关系构建，并在历史和现实互鉴中界定关键概念的内涵精髓，进而讲好红岩故事、展示"红岩"文化景深。

归结起来，这本著作实现了对"红岩"文化现象的本质还原。它不是胡塞尔式的将外在事物消除掉并把事物存任的信念悬置起来，只在唯心的自我意识运动中直观本质,而是在唯物史观指引下对"红岩"文化现象的本质精神还原,体现学术责任感和弘传革命文化的使命感,有机融合精神宣传和文化研究,为弘扬红岩精神提供学理参鉴。

当然,如果对革命经典文艺作品在当代社会的接受困境增加一些调查性材料和分析性笔墨,"红岩"文化在新时代接受语境中实现创造性转型和创新性发展,将更能凸显其历史必要性和必然性。

# 第十一章

## 文学成果转化

## 综 述

### 跨界融合，成果转化催开文艺繁花

习近平总书记在文艺工作座谈会上的讲话指出：文艺是时代前进的号角，最能代表一个时代的风貌，最能引领一个时代的风气。[①]人民是文艺创作的源头活水。随着人民生活水平不断提高，人民对包括文艺作品在内的文化产品的质量、品位、风格等的要求也更高了。文学、戏剧、电影、电视、音乐、舞蹈、美术、摄影、书法、曲艺、杂技以及民间文艺、群众文艺等各领域都要跟上时代发展、把握人民需求，以充沛的激情、生动的笔触、优美的旋律、感人的形象创作生产出人民喜闻乐见的优秀作品，让人民精神文化生活不断迈上新台阶。在当今时代，各种艺术门类互融互通，各种表现形式交叉融合，互联网、大数据、人工智能等催生了文艺形式创新，拓宽了文艺空间。要正确运用新的技术、新的手段，激发创意灵感、丰富文化内涵、表达思想情感，使文艺创作呈现更有内涵、更有潜力的新境界。

---

[①] 习近平：《在文艺工作座谈会上的讲话》，《求是》2024年第20期。

## 一、文艺"破圈",新质生产力加速器

不同文艺门类的作品,有着同源的历史真实,互补的艺术表达,相通的创作精神,而文艺"破圈"就是要打破不同的文艺门类的壁垒,让文艺创作成果能够互相转化,形成新的文艺创作成果。近年来,重庆作协成果转化委员会致力于搭建文艺"破圈"的桥梁和平台,合力推动文学"破圈"和成果转化。

(一)以经典文学作品为母本,打造多元化转化成果

重庆作为一个充满独特魅力和丰富文化底蕴的城市,为文艺创作提供了源源不断的灵感源泉。这种丰富的文化底蕴和独特魅力在文学成果转化方面表现尤为突出。以罗广斌、杨益言的小说《红岩》为例,众多创作者基于这段英勇壮烈的历史,创作出了戏剧、电视剧、歌剧、舞台剧等多种形式的作品,戏剧《江姐》以舞台表演的形式,通过演员精湛的演技和生动的对白,将江姐坚贞不屈的形象鲜活地呈现在观众面前,让观众在剧场中感受到强烈的情感冲击;电视剧《江姐》借助荧幕的传播优势,以更丰富的情节和细腻的叙事,深入展现了那个特殊时代的风云变幻和人物的内心世界;舞台剧《重庆1949》通过宏大的场景和精彩的舞台效果,全景式展现了重庆在特定历史时期的波澜壮阔,在旋律中感受崇高的精神力量,给观众带来震撼的视听体验。这些作品虽然属于不同的文艺门类,但都以《红岩》为母本,共同传承和弘扬了红岩精神。

文学作品转化过程中,不仅提升了作品本身的知名度和影响力,也为重庆的文化产业发展注入新的活力。同时,这些作品还促进了重庆旅游业的发展,吸引了众多游客前来探寻影视作品中的拍摄地,感受重庆的独特魅力。

(二)现实蓝本的银幕"转译",讲好新时代重庆故事

现实蓝本是创作的种子,将真实故事改编成影视作品是对原始素材的再创作和重新呈现,这也是对成果转化的广义解读。近年,重庆的文艺成果呈现出越来越多的取材真实事件,有真实人物原型的典型案例。

如中国首部电力行业红色题材院线电影《怒吼》,取材于20世纪三四十年代

重庆发生的一段真实历史事件。电影于2023年4月22日在全市各大院线上映。这部113分钟长的电影，是一部地道的"重庆造"作品。这部电影的制片人、出品人是市作协成果转化委员会主任李海洲，导演是重庆知名本土导演郑正，重庆市作协荣誉主席黄济人和《人民日报》海外版副总编辑、鲁奖得主李舫担任了文学顾问，电影从项目发起、创意构思、剧本撰写，到演员遴选、场景勘定、拍摄制作等全部流程，也均由重庆籍电影人在重庆境内完成。

再比如重庆作协文学成果转化委员会副主任周劼的新作电影《我们的名字》，以"全国公安系统一级英模""最美渝警楷模""重庆市最美新时代政法英模"石柱县公安局车管所民警冯中成为原型创作的剧本，是一部反映时代主旋律的力作，对于讲好重庆故事、展示公安形象、彰显时代精神，具有重要意义。电影以真实故事为原型，用亲情、青春、传承等为主题，为观众呈现一段警察父亲与女儿的感人故事，充分展现人民警察的忠诚与担当、重庆这座城市的精气神以及年轻一代的家国情怀。

### （三）文学作品影视新表达，双向赋能攀高峰

优质的文学作品和影视创作之间互相推动，是文艺发展繁荣的重要途径，文学作品为影视提供了丰富的素材和深刻的主题，影视新表达也在一定程度上拓展了文学作品的内涵与外延，也拓展了受众群体，近年，重庆文学影视化呈现良好态势。重庆市网络作家协会副主席、超人气作家九鹭非香所著的小说《本王在此》改编成东方神话仙侠巨制电视剧《与凤行》，由赵丽颖和林更新联袂主演。剧集在湖南卫视首播，并在腾讯视频、芒果TV及北美同步播出。开播首日，《与凤行》便打破芒果TV剧集、腾讯视频剧集、腾讯联播剧集、腾讯已播剧集、内地剧集历史全网预约量等9项纪录。从开播前超1200万的总预约量，到上线首日开播146分钟热度破28000，《与凤行》的热度走势更是一路"开大"。根据各数据平台显示，《与凤行》欢网收视率0.87%，市占率6.01%，酷云实时收视率峰值冲破0.76%，市占率4.99%，均位居同时段省级卫视频道全国第一。西南大学新闻传媒学院教师、重庆作协文学成果转化委员会副主任李康的长篇小说作

品《弯弯的大湾》改编为电视剧作品《湾区儿女》，在央视一套黄金档播出，并荣获中宣部第十六届精神文明建设"五个一工程"优秀作品奖；荣获第33届中国电视剧"飞天奖"（2020—2021年度）提名作品；荣获第31届中国电视金鹰奖优秀电视剧作品提名奖；荣获第三届"初心榜"年度五大青年编剧提名。她的长篇小说《大浦东》，荣获2020年度重庆市委宣传部、重庆市作协文艺创作资助，其同名电视剧《大浦东》在央视一套黄金档播出，一经播出，获得收视与口碑的双丰收。

（四）从纸页到小屏幕：诗歌小说的短视频创意之旅

基于大数据、人工智能、算法的各大短视频平台正成为文学成果转化的新场景。2022年8月11日，"重庆派诗人团"百部诗人短视频正式面世，云集重庆诗坛各时期、各年龄段、各诗歌流派的众多名家新秀。"重庆派诗人团"百集系列短视频，带来了100首诗歌、100次朗诵，公益代言最美重庆，将文学成果转化为城市品牌和形象。自开播以来，掀起了一波前所未有的诗话热潮，成为一道亮丽的文艺风景，引发社会广泛关注，人民网、新华网、中新网、中国诗歌网、华龙网等上百家媒体给予报道，上游新闻推送全部短视频。据统计，这场云集100位诗人为山水重庆代言的文学成果转化行动，收获流量突破1300万。

（五）科技文学创新融合，AI赋能文艺表达

在当今数字化和智能化的时代，AIGC的出现为文学转化带来了前所未有的新机遇。充满地域特色的重庆文学作品，以AI为支撑，得以精彩呈现。在"光影新重庆2024年重庆微视频大赛"上重庆卫视融合传播中心AIGC应用工作室打造的AI作品《重庆·山水之间》脱颖而出，荣获一等奖。这个作品将重庆层峦叠嶂的山脉、奔腾不息的江河以及错落有致的建筑，以独特的方式呈现在观众眼前，带来强烈的视觉冲击。像长江索道横跨江面的壮观之景、洪崖洞夜晚璀璨的灯火，还有蜿蜒曲折的山城步道，这些都化作了令人难以忘却的画面，使观众对重庆的地理风貌留下深刻印象。

## 二、文学成果转化的发展趋势

### （一）与新技术有机融合

重庆文学在内容创新方面注重挖掘本地独特文化元素和社会现实，将巴渝文化、三峡文化、抗战文化等与现代主题相结合，创作出更具时代感和地方特色的作品。在形式上，利用互联网和新媒体平台，重庆文学以电子书、有声读物、网络文学改编等形式迅速传播，扩大了受众群体，提升了影响力。虚拟现实（VR）、增强现实（AR）等技术也逐渐应用于文学成果的展示和体验，为读者带来全新的感受。同时，跨媒介融合不断加深，重庆文学不仅在传统的影视、戏剧改编上持续发力，还积极拓展到动漫、游戏、主题公园等领域，形成全方位、多元化的产业链，实现文学价值的最大化。总的来说，重庆文学成果转化正朝着多元化、创新化、国际化和价值化的方向蓬勃发展。

### （二）与乡村振兴战略有机融合

重庆作协文学成果转化委员会先后在重庆垫江、合川、潼南等地，联合重庆作协诗歌创委会、散文创委会、重庆新诗学会、重庆新闻媒体作家协会等兄弟单位，举行多种文学成果转化活动。黄济人、李钢、李海洲成为明月村形象大使；吴佳骏、宋尾、姚彬成为明月村驻村作家；李海洲、金铃子、刘清泉、任美剑成为帽合村旅游大使。同时举行钓鱼城名家笔会，来自川渝两地的40位诗人作家走进美丽合川，在钓鱼城雅集，为合川旅游献计献策，并写下华章，结集成《名家眼中的合川》一书。乡村建设的美好画卷转化为一篇篇文学成果，借助多元化文艺传播形式，转变为乡村建设的精神动力。

### （三）与校园文化建设有机融合

优秀的文学作品蕴含着人类的智慧、情感和价值观，当这些作品走进校园，学生们能够从中汲取营养，培养积极向上的人生态度和高尚的道德情操。近年来，文学成果转化委员会深耕校园，在重庆多所大学、中学举办各类文学艺术活动。其中，重庆人文科技学院以"重庆名家进校园"为主题，邀请重庆作家、艺术家走进校园，和大学生们面对面交流。王顺彬、吴向阳、刘清泉、唐力、姚彬、胡中华等10位诗人和20位大学生结对子，面对面改稿；举行重人科诗歌朗诵会，诗人们和大学生们同台朗诵，诗意盎然。文学成果成为校园文化建设的重要支撑和推动力量，为提升学生的综合素质，丰富校园生活，塑造良好的校园形象，为培养具有人文素养和创新精神的人才创造有利条件。

（四）与企业文化建设有机融合

文学作品能够丰富企业的价值观和理念。企业可以从中汲取智慧，将文学中所倡导的诚信、创新、责任、合作等价值观融入自身的企业文化中，为企业的发展提供明确的价值导向。同时，文学成果有助于塑造企业的精神内涵。通过诗歌、小说、散文等形式，能够展现出人类的精神力量和情感世界。长江文艺出版社即将推出电力诗人王言他诗集《电光石火》，重庆出版社即将推出电力作家宋燕散文集《月光的声音》。王言他、钟雪、周睿智、宋燕、陈博能、王承军等，作品在《人民文学》《星星》《诗歌报》《散文》《美文》《诗潮》《青年作家》《红岩》等国内著名文学杂志发表。王言他、钟雪先后获得《星星》诗歌奖，宋燕获得晚报文学奖。这些成就为文学成果转化助力企业文化建设积累了丰富经验，也指明了文学成果转化与企业文化深度融合的发展路径。

（五）与有声转化有机融合

文学作品转化为有声书和电子书已经成为趋势。黄济人、曾宪国、张者、王雨、李海洲、宋尾、萧星寒、贺彬等超过100位重庆作家，或登录于"微信读书"或有声于"喜马拉雅"，都在以全新的方式走向读者。其中，宋尾长篇小说《完美的七天》出版后，由中央人民广播电台制作为26集有声书播出。有声读物打破了时间和空间的限制，让人们可以在各种场景中随时随地聆听文学。让文学之美在声音的世界里绽放出别样的光彩，为文学作品赋予了崭新的生命力和更广阔的传播空间，让更多的人能够以一种全新的方式感受文学之美，拓展了文学的受众群体，也为文学的发展注入了新的活力。

## 三、重庆文学成果转化的机遇与挑战

### （一）文学成果转化的契机

随着信息技术的飞速发展和数字化时代的全面到来，为重庆文学成果的转化提供了广阔的平台和丰富的渠道。互联网的普及使得文学作品能够以更快的速度、更广泛的范围传播，无论是网络文学的兴起，还是电子书籍、有声读物的流行，都为重庆文学走向更广大的读者群体创造了有利条件。

重庆独特的地域文化和丰富的历史底蕴是文学创作的宝库，这为文学成果的转化提供了源源不断的素材和灵感。巴渝文化、三峡文化、抗战文化等，都具有极大的挖掘潜力，可以被改编成影视作品、戏剧、动漫等多种形式，满足不同受众的需求。文化市场的日益繁荣和消费者对精神文化产品需求的不断增长，也为重庆文学成果的转化提供了广阔的市场空间。

### （二）重庆文学成果转化的困境

重庆文学成果转化面临着诸多挑战。在文学创作方面，如何保持地域特色的同时，创作出更具吸引力和时代价值的作品，是一个需要不断探索和突破的难题。部分作品存在内容同质化、创新性不足等问题，影响其转化的潜力和价值。

人才短缺也是文学成果转化过程中面临的困境。既懂文学创作又熟悉市场运作的复合型人才相对匮乏，这在一定程度上制约了文学成果的有效转化。市场竞争激烈，版权保护机制的不完善也给文学成果的转化带来了风险。

面对这些机遇与挑战，重庆文学需要积极应对，发挥自身优势，突破困境，实现文学成果转化的高质量发展。

### （三）重庆文学成果转化的新篇章

重庆文学在过去已经取得了显著的成果。我们期待更多反映重庆独特地域文化和社会现实的优秀作品。重庆拥有丰富的历史传承、多彩的民俗风情以及在现代化进程中的巨大变迁，这些都为文学创作提供了无尽的素材。未来还会有更多以重庆的老街巷、新城区、乡村振兴等为背景的作品，深刻展现这座城市的灵魂与脉搏。

首先，丰富文学成果转化形式。随着科技的不断进步，重庆文学有望与多媒体技术、人工智能等深度融合，结合虚拟现实（VR）、增强现实（AR）等技术，让读者能够更加身临其境地感受重庆文学所描绘的世界。

其次，加强文学成果转化人才队伍建设。加大人才培养力度，源源不断为重庆文学注入新的活力和创意，形成一个充满生机与创造力的文学创作群体。通过与其他地区和国家的文学交流活动，吸收多元文化的精华，向世界展示重庆独特的文学魅力，提升其在国内外的影响力。

最后，丰富文学成果转化作品库。实施重大现实题材创作"讴歌"计划，引导本土作家将目光投向新时代、将笔触聚焦新伟业，热忱描绘以中国式现代化全面推进中华民族伟大复兴的恢弘气象，讲好新时代新重庆建设生动故事，与中国作协"新时代山乡巨变创作计划""新时代文学攀登计划"、市委宣传部重点文艺项目资助、重庆电影局"扶垚"计划、市文化旅游委视听艺术精品生产扶持激励等有机衔接，遴选一批增强人民精神力量、经评估确有重大转化价值的原创精品，为文学成果转化奠定文学基础。

总之，我们坚信重庆文学的未来充满无限可能。它将在传承历史文化的基础上不断创新，以更加丰富多样的形式展现重庆的魅力，与时代共进，为人们带来更多的精神滋养和文化享受。

# 评 论

## 宏大叙事中的烟火味[1]

杨明品[2]

日前，电视剧《湾区儿女》正在热播，随着剧情的展开，热度和口碑不断升高。这部剧是粤港澳大湾区有关各方特别是澳门有关各界深度合作的新成果，取得了大湾区题材影视剧的重要突破，也是遵循电视剧创作"找准题材、讲好故事、拍出精品"要求的一次成功实践。

选择什么样的题材体现了主创团队的审美追求，在一定程度上影响着电视剧的价值。《湾区儿女》在影视剧中首次抒写粤港澳大湾区建设这个国家重大战略，充分显示出主创团队的创作理念和创新勇气。《湾区儿女》将故事放在这一时代场景，从1997年香港回归之时和澳门同胞期盼1999年澳门回归举办的渔村斗狮开篇，以疍家渔民、爱国商人、澳门大学教授等角色的生活事业轨迹，串联起"一国两制"下大湾区发展的一系列传奇故事，以市井、商界、学界的视角，从侧面巧妙地反映出香港回归、金融危机、澳门回归、大湾区融合、产业升级、

---

[1] 本文原载《光明日报》2020年7月15日。
[2] 杨明品，国家广电总局发展研究中心副主任。

自主创新、港珠澳大桥建设、脱贫攻坚、粤港澳大湾区战略以及党的十八大、党的十九大在大湾区的回响和《粤港澳大湾区发展规划纲要》印发实施等重大事件，展示出伟大时代进程的基层社会投影和巨大的社会信息容量，以小见大折射出在粤港澳大湾区建设国家战略的推动下，港澳地区与内地融合发展、欣欣向荣的繁荣景象，以主人公的奋斗成长过程为主线，折射出粤港澳地区在政治、社会、文化和经济等领域所取得的巨大发展成就，集中反映了"一国两制"推动港澳地区融入粤港澳大湾区建设的可喜变化。

《湾区儿女》将国家战略的宏大叙事转换为年轻人奋斗成长、家庭悲欢离合的百姓叙事，使故事更有烟火气，极大地增强了审美的接近性和代入感。这部剧匠心独运，讲述了以社会底层的澳门渔村青年麦斯钰、黄梓健为代表的澳门人抓住"一国两制"、内地与港澳融合、大湾区建设的时代机遇追逐人生理想、实现自我价值的故事，融入了都市剧、创业剧、行业剧、商战剧的内涵，不写豪门恩怨、街头杀伐，而写时代巨变中普通人的梦想与奋斗、谋生与创业、成长与沉浮、爱情与亲情、忠诚与背叛、正道与邪行、商战与商道，将澳门的地域文化魅力和大湾区建设的时代风云巧妙地熔铸在一起，剧情跌宕起伏、引人入胜，成功塑造了以麦斯钰为代表的澳门爱国青年奋斗者群像。麦斯钰乐观热情、积极上进、聪颖好学、正直善良、坚忍自信、目光远大，从澳门渔村一位辍学青年一步步成长为大湾区灯饰行业叱咤风云的企业家；欧阳东江是澳门一家族灯饰企业的董事长，儒雅热情、忠厚尚礼、识人爱才、爱国爱澳，具有家国情怀；还有黄梓健、麦斯华、梁雯等，这是生长在大湾区的一群新的奋进者形象。在他们身上，可以看到中华儿女百折不挠的精神气质，看到大湾区青年时代弄潮的热血形象，看到港澳同胞融入祖国大家庭的时代潮流。《湾区儿女》正能量丰沛，激励观众坚定理想信念、点燃奋斗激情，让观众看到美好、看到希望、看到梦想就在前方。

电视剧在当代文艺创作中最受人关注，也存在"有数量缺质量、有'高原'缺'高峰'"的现象。发扬艺术匠心，追求思想精深、艺术精湛、制作精良，这是电视剧攀登高峰的必由之路。《湾区儿女》用现实主义精神和浪漫主义情怀观照生活，再一次印证了这条创作规律和审美路径，取得了艺术创新与突破。该剧34集的精干体量防止了剧情拖沓，顺应电视剧发展走向，故事更紧凑，节奏更明快，戏剧冲突更集中，使观众始终不忍换台。在人物刻画方面，剧中演员表演实现了与角色的一体化，镜头语言细腻精致，进一步增强了表演的表现力。《湾区儿女》中超过30%的场景在澳门街头实景拍摄，这些实景强化了澳门的地域文化色彩，丰富了故事元素，增添了艺术魅力。尽管该剧主旋律十分突出，却跳出了抽象的思想灌输，而将其托付给故事和人物，写出了有血有肉的人，写出了情感，写出了梦想，写出了内心冲突和挣扎，写出了普通人的喜怒哀乐。

剧集采撷百姓故事，讴歌奋斗人生，刻画最美人物，歌颂美好时代，唤起人们对美好生活的憧憬与信心。这就是精品的创作之道。

# 当一个诗人做起电影
# 他想把重庆拍给更多人｜封面专访

张　杰[①]

　　重庆是一座有着深厚历史底蕴的城市，特别是其近现代史是文艺创作的富矿。2023年5月29日、30日，取材于20世纪三四十年代在重庆发生的一段真实历史事件的电影《怒吼》，继4月22日在重庆院线上映后，在这个初夏来到成都高新区某影城进行了两天的点映。

　　近年来，越来越多的影视剧来到重庆拍摄，但在李海洲看来，"很多在重庆拍摄的电影，仅仅把这里当作一个取景地。但我认为，重庆内核的东西并没有展现出来。我一直都有个梦想，就是拍摄一部完全属于重庆的电影或电视剧，把地道的重庆景、重庆人、重庆故事、重庆的历史，拍给更多人看。《怒吼》圆了我这个梦想"。一个诗人，怎么大费周章做起了电影？在点映后，封面新闻记者专访到担任《怒吼》制片人、出品人的诗人李海洲。

---

① 张杰，封面新闻记者。

## 一、艺术再现山城抗战戏剧风潮

抗战时期，在重庆，掀起了一阵强劲的抗战戏剧风潮。电影的名字"怒吼"就是抗战时期重庆一家话剧社的名字。1937年9月，重庆电力公司职工和抗战爆发后流亡到重庆的文艺工作者，一起成立了"怒吼剧社"。这也是抗战时期重庆的第一个业余话剧团体。怒吼剧社"以戏为炮、以剧作刀"，在中共中央南方局的领导下，积极开展抗日救亡宣传活动。他们先后排演了《保卫卢沟桥》《民族万岁》《牛郎织女》等话剧，深受山城人民欢迎。1937年10月1日，剧目《保卫卢沟桥》在重庆国泰大剧院连演四场，大获成功。演出收入除维持剧社正常运转外，全部捐献给了抗战一线。

几十年后，《怒吼》电影用艺术手法再现了"怒吼剧社"当年的事迹。2021年夏天，《怒吼》在重庆开拍，2023年完成并上映。片中不少人物都有历史原型，主角所经历的历史事件都是真实的，主角演的戏剧也全都是怒吼剧社当年演过的。片中将重庆解放前的护厂运动、电力职工何敬平在"11·27大屠杀"中殉难等历史事件融入其中。影片除了六七个专业演员，其他所有群演都是重庆电力公司的员工。

为何想到将"怒吼剧社"故事拍成电影，李海洲回忆说："最开始，我与我的团队在与作家李炼沟通的时候，李炼为我讲述了重庆电力系统组建怒吼剧社的故事。他当时想的是能不能做一台话剧，我思考良久，建议做成电影。"

在李海洲看来，这段历史非常具有传奇色彩，自己作为重庆人，从小对"重庆11·27大屠杀"、何敬平烈士等历史事件相关人物和细节很熟悉。特别是当他查阅资料时，了解到怒吼剧社的精神曾深深地打动当年的育才中学校长陶行知，他更加坚定了自己的想法。"当年怒吼剧社在市中心进行《安魂曲》的演出时，陶行知便组织学生专程从合川前往观看剧目，男生步行，女生乘船，跋涉百里去支持抗战艺术，可见怒吼剧社多么令人动容。"

李炼在电力系统工作多年，现任重庆电力作协主席、国网重庆市电力公司工会副主席。身为《怒吼》电影的总策划，李炼在接受封面新闻记者采访时说，他在整理电力公司资料时，接触到"怒吼剧社"的历史，非常感兴趣，"我觉得这段历史不能尘封在档案里，应该把它变成影视作品，让更多人了解这段历史"。

电影《怒吼》的艺术表现手法也很新颖——现在、过去两个时空交替穿梭、交叉叙事，讲述了现代戏剧人刘鹤鸣与爱好戏剧的女孩方萌，因偶然发现了一本写于1938—1949年的老日记，从而了解到日记作者吴越先如何从一名农村青年成长为怒吼剧社的中坚力量，最终在电力护厂运动中光荣牺牲的故事。在《怒吼》中既能看到当代重庆城里，北漂返渝的戏剧人刘鹤鸣与同好戏剧的女孩方萌之间的故事；也能借两人视角，"穿越"回抗战时期的重庆城。

此外，电影也通过角色探讨了对川剧、年轻人喜欢的Cosplay（角色扮演）的看法，"艺术都是相通的，优秀的艺术形式，不管受众群体数量多少，都值得我们的尊重。"李海洲说。

## 二、重庆人打造的一部重庆味儿电影

《怒吼》处处体现出了地道的山城味儿。不管是白沙影视城、枇杷山公园、南山等知名地标，还是那一句句熟悉的重庆话，以及对于怒吼剧社历史的刻画，观众都能感受到主创团队对重庆这座城市浓浓的热爱。"如果是外地的导演、编剧、演员，可能他们就只会把这个当作一部普通的戏而已，但是我们这个由重庆人组成的剧组，每一位都是抱着对家乡最深沉的感情参与其中。"李海洲坦言。

李海洲介绍说，这部113分钟长的电影，是一部地道的"重庆造"作品。除了李海洲本人是地道的重庆人之外，从项目发起、创意构思、剧本撰写，到演员遴选、场景勘定、拍摄制作等全部流程，均由重庆籍电影人在重庆境内共同完成。导演是重庆知名本土导演郑正，重庆市作协荣誉主席黄济人和《人民日报》海外版副总编辑、鲁奖得主李舫担任了文学顾问，"虽然李舫是东北人，但她作为重庆儿媳，也跟重庆关系密切"。

这是李海洲第一次当电影制片人。此前他更为人所熟知的身份是诗人、环球人文地理杂志总编辑。但其实跨界对他来说并不是新鲜事,"对我来说,创作的方式可以很多样,不仅仅通过文字、诗歌来表达,音乐、话剧、电影都是非常强大的媒介。《怒吼》各方面反响很不错,也给我很大信心。我会继续做电影,接下来会亲自当导演。目前正在打磨剧本"。

# 第十二章

## 科幻文学

# 综 述

## 重庆科幻：想象力引领未来之城

重庆的幻想文化源远流长，早在西汉时期，《山海经》中就出现了超自然的想象，如"巴蛇吞象"。重庆文化的包容性、多元性与幻想文学的内核不谋而合，而现代重庆发展建设的历史和成果又为幻想文学提供了前所未有的景观和灵感。进入21世纪，重庆科幻界发展势头良好，涌现众多人才和优秀作品。在国内各大城市中，重庆科幻总体实力名列前茅，为中国科幻的发展作出了应有的贡献。

### 一、重庆科幻文学的精神风貌与宏观特征

在重庆的科幻队伍中，既有老一代科幻人才持续发挥着传帮带的作用，亦有中年一代稳定着基本盘，同时还有不少新锐逐渐崭露头角。重庆科幻作家代表韩松，1988年开始发表作品，先后出版了《红色海洋》、"轨道三部曲"、"医院三部曲"等二十余部长篇科幻小说，曾多次获得国内外重要的科幻奖项，与王晋康、刘慈欣、何夕一起被科幻圈公认为"中国新生代科幻四大天王"。同时，韩松长期担任新华社对外部副主任、中国科普作家协会科幻专业委员会主任委员、世界华人科幻协会主席等职务，对中国科幻文学的发展起到了重要作用。出生于

1942年的董仁威则担任着中国科普作家协会荣誉理事、四川省科普作家协会名誉理事长等职务，同时也是世界华人科幻协会创始人之一、全球华语科幻星云奖创始人与钓鱼城百万科幻大奖中国科幻推动奖获得者，著有科普科幻文学各类著作102部，获中国图书奖、中国优秀科普图书奖、冰心图书奖等国家及省市级奖励30余次。董仁威作为科幻活动家，组织了各种规模的科幻活动上百场，影响力极其广泛。上述两位科幻界前辈虽年逾花甲，但依然坚持创作，并积极组织科幻活动。此外，秦建（笔名萧星寒）、罗琳（笔名E伯爵）、刘洋、钟建（笔名碎石）、钟欣（笔名拉拉）、段涵荠（笔名段子期）、吴信才（笔名银河行星）、李威（笔名阿缺）、杨颖、郑军、严庆安等科幻作家也佳作频出，彰显了重庆科幻的充沛活力。

而在科幻研究方面，重庆也孕育了不少优秀学者。如李广益（重庆大学人文社会科学高等研究院副院长、科幻文学与科技人文研究中心主任，不仅主编重要的学术资料书《中国科幻文学大系·晚清卷》，出版著作4部，在《文学评论》等中英文学术期刊发表论文50余篇，还曾获国际幻想艺术学会杰米·毕肖普纪念奖、《环球时报》公益基金会第五届"希望英才"、《中国现代文学研究丛刊》年度优秀论文奖等多种学术奖励）、张凡（重庆移通学院钓鱼城科幻学院院长，百万钓鱼城科幻大奖发起人、中国科普作家协会科幻专委会委员、中国科幻研究中心特聘专家、全球华语科幻星云奖终审评委）、任冬梅（中国社会科学院台湾研究所副研究员、中国科普作家协会科幻专委会委员、世界华人科幻协会会员，多次担任全球华语科幻星云奖终审评委）、余泽梅（重庆大学外国语学院副教授，主持国家社科基金西部项目"美国赛博朋克科幻小说中的后人类主义研究"，出版专著《赛博朋克科幻文化研究》、译著《夜翼》）、陈颐（重庆交通大学外国语学院教师，出版专著《消费文化与英美科幻小说的发展》和《20世纪英美女性通俗小说面面观》）、童博轩（重庆大学人文社会科学高等研究院博士研究生，重庆科普作协科幻专委会秘书长、中国科幻研究中心"青年储备人才"，"四十二史"公众号副主编，《科幻人文》辑刊副主编，《科幻研究通讯》主编助理，中文科幻学术工坊成员）等科幻研究者也活跃于中国学术界，传播着重庆科幻的热情。与此同时，科幻编辑唐弋淄、张慧梓、魏映雪以及科幻翻译家屈畅等人也为重庆科幻事业的繁荣作出了突出贡献。

在这样一支实力雄厚的科幻队伍不懈努力下，近年来重庆科幻取得了不俗的成绩。在创作方面，重庆科幻每年出版图书十数本，累计出版近两百本，多次获得华语星云奖、银河奖、百花文学奖、光年奖、钓鱼城科幻奖等奖项。韩松的《看的恐惧》、刘洋的《井中之城》、E伯爵的《五德渡劫记》、段子期的《究极觉醒》等作品被翻译成英语、德语、日语、韩语、越南语、意大利语等多国语言版本，走出国门，其中韩松的《看的恐惧》被誉为探索人类认知边界和现实本质的科幻杰作。此外，还有多部作品正在影视化改编中，如萧星寒的《红土地》、刘洋的《火星孤儿》、E伯爵的《八尾传奇》、阿缺的《七国银河》等，将会陆续上映。值得一提的是，《三体》这一世界级科幻名著也由重庆出版社出版。

2023年2月，重庆作协科幻文学创委会成立，李广益任主任，罗琳、秦建、钟建任副主任，这也是全国最早成立的省级作协科幻文学创委会之一。在此基础上，重庆日益成为中国科幻文学的高地之一。2018年、2019年和2021年，重庆先后举办了第九、第十和第十二届全球华语科幻星云奖颁奖典礼，吸引了数百位国内外科幻界人士参与，产生了广泛影响。有评论人表示，重庆能多次举办科幻星云奖在于其独特的城市氛围给作者带来了无尽的遐想空间和创作灵感。2019年10月25日，首届重庆科幻论坛由重庆科普作家协会和《课堂内外》杂志社联合主办。著名科幻作家王晋康、韩松、陈楸帆、何夕、江波、姚海军、吴岩等外地嘉宾，与舒明武、李广益、段子期等重庆科幻界人士就科幻与重庆都市文化等话题进行了深入讨论，与会嘉宾一致认为重庆这座城市拥有太多科幻元素可以挖掘，而中国城市或许将成为今后国产科幻电影区别于西方科幻电影的一个重要元素。2020年12月，第二届重庆科幻论坛在合川钓鱼城科幻学院举行，反响强烈，极大扩展了重庆科幻的知名度。此外，2021年1月和2024年3月，重庆还举办了两次"科幻作家走山城"的活动，组织科幻从业者参观了重庆工业博物馆和长望集团，极大扩展和推动了重庆工业文化的发展。2024年4月21日，在璧山区融媒体中心举行了"在赛博山城聊科幻——科幻作家走进重庆"活动。这是"书香中国·悦读文学"中国作家协会第二届全民阅读季的一项活动，也是全民阅读季第一次科幻活动。王晋康、董仁威、姚海军、王卫英、超侠、陆杨、萧星寒、张凡、刘洋、E伯爵、陈柳岐、银河行星等科幻作家和璧山区中小学生参与了此次活动，获得了社会各界的广泛好评。

在积极参加国内各项重大科幻活动的同时，重庆科幻界也积极与世界接轨。2023年3月，李广益受邀赴挪威、瑞士，参加了由奥斯陆大学东方语言与文化研究系主办的"全球未来主义中的当代中国科幻小说"、弗里堡大学地理信息与科学系主办的"中国和华文科幻的文化物流"两场学术会议，并发表了关于中国、非洲和全球南方科幻文学的最新研究成果。

在此之外，重庆科幻更积极打造属于自己的创作大赛品牌：经过十年耕耘，起源于重庆大学，由重庆科普作家协会、四川省科普作家协会、贵州省科学技术普及创作协会、共青团重庆大学委员会、重庆大学博雅学院主办，重庆大学学生科幻协会、西南大学科幻协会、重庆邮电大学科幻协会承办的"朝菌杯"高校科幻征文大赛已成为以西部地区为主体，征稿范围兼及全国，广受好评的大型知名科幻征文赛事。该赛事也得到了包括《科幻世界》在内的众多媒体杂志的支持。而在科幻学术方面，2022年7月，重庆大学科幻文学与科技人文研究中心成立。两年多来，团队师生发表多项高水平学术成果，成功组织了多场专题讲座以及"成渝双城科幻研究工作坊"系列学术会议；此外，还通过建设平台、举办讲座、参会交流、志愿服务等形式，不断扩大中心在科幻文艺-科技人文研究及相关领域的影响力，产生了良好的学界和社会反响。

## 二、重庆科幻的发展态势与问题分析

从科幻文类在全国的发展趋势来看，随着中国国力的总体提升，尤其是科学技术的大发展以及基础建设、学历水平的全面提高，蛰伏多年的中国科幻进入了大众视野。重庆科幻则在这个过程中迅速崛起，很快成为中国科幻极有影响力的一极，与成都、北京、上海、深圳、南京、西安、广州、大连等城市的科幻并列为中国十大科幻城市，并位居前列。重庆科幻的一大特点是其组成非常完备。从作者角度讲，年龄跨度大，各个年龄段都有作者在持续创作，既有以写科幻为主的作者，也有从别的类型跨界过来写科幻的非科幻作者，同时还有一批颇具资历、在国内外都具有影响力的科幻学术研究者。从作品角度讲，既有古典主义与现实主义科幻，又有现代主义与未来主义科幻，有比较纯粹的科幻，也有商业气息非常浓厚的科幻。此外，重庆还有非常成熟的科幻译者与科幻编辑。

不过目前重庆科幻仍存在诸多问题，如缺少畅销书级别的作品；体系化的改编通道较少；缺乏写作班、培训营、采风团等专业指导。近年来国家层面对科幻的重视程度日益提升：2020年8月，国家电影局、中国科协印发《关于促进科幻电影发展的若干意见》；2021年6月，国务院办公厅印发《全民科学素质行动规划纲要（2021—2035）》，其中第四条则是重点"实施科幻产业发展扶持计划"；《人民日报》《光明日报》等国家级刊物多次发表署名文章，指出发展科幻的价值与意义；2024年9月，中国作协与中国科协联合举办"科普科幻作家活动周"，规模之大、层级之高，前所未有。兄弟省市因势利导，出台了一系列科幻相关的政策，在这种时代大背景下，重庆下一步需要更完备的顶层设计，对科幻作者、科幻作品、科幻研究、科幻机构、科幻产业的发展与壮大等方面进行更有力的扶持与激励。

重庆科幻文学的影视转化方面目前比较薄弱。迄今为止，较为成功的转化案例有萧星寒的《红土地》被改编为网络大电影《地下深宫》以及刘洋的《火星孤儿》和《井中之城》被改编为电视剧。就数量而言，这些影视改编对于重庆科幻整体上来说是不够的。此外，也还没有出现舞台剧、短剧、动画、漫画和游戏等其他门类的转化。科幻虽然是一种非常适合市场推广的文学门类，但整体上依然处于转化困难的状态。为此可以将创委会作为平台，加强与转化机构和组织的联系，如作协内部各兄弟创委会不定期推荐作品，积极将作家作品推出去。同时与文旅、文创相关企业建立联系，寻找合作机会，将工作做在前端。

## 三、迈向新征程，谱写重庆科幻新篇章

为振兴重庆科幻文学，首先需要增加重庆科幻作者的数量，然后提高其创作水平。可以通过推广和激励，不断发掘新的作者，并对其大力培养。其次则是建设重庆本土的科幻发表平台，加强与出版方面的联动，如重庆出版社及其他本土出版平台。再次，政策应多加扶持。如对科幻作品质量的评定与对科幻作家的认定需要有一个适合的评价体系。从次则是打通流程，使创作者的创作出版到作家作品的推广、文学作品的转化有一套完善的体系，进而充分调动文学出版之外的更多创意产业与文化产业。最后也即最重要的是打造重庆科幻文学的本地特色。这需要通过理论研究和创作实践不断打磨，并结合重庆本土地工业文化，引导本地作者结合国情、现实与生活，面向未来和国际，创作与时代共鸣且具有巴渝特色的科幻作品。同时加强与兄弟省市同行单位的交流，借他人之长板，补齐自身之短板。相信通过以上的措施，重庆科幻将焕发蓬勃的生命力，进而以点带面，推动整个重庆文化事业的发展。

此外，重庆除了众多出版方向的科幻作者之外，还有很多的网络科幻作者十分活跃。但后者的创作还没有引起足够重视，对他们的创作情况缺乏深入了解。要总体改变以上情况，需要激发成熟的作者投入科幻文学的创作中，因此，可进一步扩大科幻文学创委会的人数，做好作家的"入库"。也应多开展联络活动，如作品探讨、讲座、笔会等，了解作者们的创作情况，及时抓住创作亮点和成果，积极推动宣传。重庆科幻目前的优势主要在科幻教育方面。重庆移通学院设立了钓鱼城科幻学院，该学院设置了科幻文学的相关课程，有专门的学生写作工坊，同时还举办百万钓鱼城科幻大奖，并邀请国内外作家举办了未来小说工坊。此外，重庆大学也长期举办"朝菌杯"大学生科幻创作赛事，在创意写作方面持

续发力，其科幻方向的培养也有很强的师资力量，拥有李广益、刘洋等优秀的研究者和创作者。科幻教育对科幻文学的繁荣产生着积极影响，能源源不断地培养科幻人才，对科幻教育的发展应该重视和支持。

  总体而言，重庆科幻的潜力巨大，有待在科幻产业化的进程中进一步发掘。重庆科幻已经做好了继往开来再出发的准备。譬如重庆出版社2023年出版的《幻重庆》是国内首部以城市为背景的科幻小说合集，邀请了多位知名科幻作家创作以重庆为主题的作品，被赞为"用文字和图片，对重庆独特而迷人的'赛博奇境'进行了诠释"。同时，萧星寒的《龙脊上的重庆》和E伯爵的《重庆迷城2》等与重庆紧密相关的科幻作品也在积极创作中。科幻文化在重庆建设国际文化大都市的过程中扮演着不可替代的角色。科幻作为一种超越文化和地域的载体，可以助力重庆走向更广阔的世界。对内，重庆可以逐步将科幻文化内化为城市文化的重要组成部分，达成新共识；对外，则可以通过各种宣传平台，将"科幻重庆"的新名片推向全国乃至世界，塑造重庆"鼓励创新、开放包容、追逐梦想"的国际文化大都市新形象。重庆科幻的未来发展将大有可为，值得期待。

# 评论

## 忘忧之人[1]

李广益[2]

一个病毒，将人变成丧尸的变异埃博拉病毒，在世界各地徘徊。人类文明毁于一旦，劫余之人抱团求生，苟延残喘……

很多丧尸题材的类型小说和电影都是这样开头的，而故事也总是一个人或一群人寻找解药或避难所的冒险之旅。阿缺发表于网络的科幻小说《忘忧草》却另辟蹊径，化瘟疫之暗夜为新时代之黎明。一个丧尸身上偶然长出了克制病毒的奇异花朵，这成为丧尸们航向苦海彼岸的希望。然而，这种花仅仅能够停止丧尸身体的腐朽，恢复他们的神志，并不能将其治愈。幸存的人类和生还的"半尸"尴尬地共同生活，在城市的废墟上重建文明。

《忘忧草》的背景，就是这样一个古怪的社会。说古怪，是因为"生还者"形容枯槁，思维迟钝，身上还长着各种各样的植物，能够同时从食物和阳光中获得能量，比牛马更加辛苦麻木地做着重体力活，跟"幸存者"已经不太像是同一

---

[1] 本文原载《读书》2021年第2期。
[2] 李广益，重庆大学人文社会科学高等研究院教授。

族类了，因而饱受歧视。"人—半尸—丧尸"，令人想起"文明—半开化—野蛮"的区分，只是科幻小说对这种文野之辨有新的诠释。在威尔斯的《时间机器》中，资产阶级和无产阶级由于长期的隔离，演化为不同的物种，前者娇美羸弱，嬉戏度日，后者狡诈凶猛，白天蛰居地下，晚上出来猎食前者。食人，在威尔斯笔下，已经不再是野蛮堕落的标志，而是阶级冲突的隐喻。

阿缺笔下的"丧尸噬人"亦可作如是观。小说设问，"城市在废墟中拔地而起，这庞然大物下面又填筑了多少半尸的干枯血肉呢？"这一刻，美国铁路枕木下爱尔兰劳工的尸首，日本纱厂锭子上中国奴隶的冤魂，与"半尸"合而为一。不过，《忘忧草》并没有像《时间机器》那样沉浸在阶级冲突导致文明毁灭的悲伤中，而是让希望之花缓解了人类社会的沉疴，让人们有时间回答：半渡而滞，何去何从？

在这明暗不定的时刻，"半尸"领袖阿川的形象显得意味深长。相比大部分浑浑噩噩的"半尸"，他具有极高的智慧和工作能力，以至于成为城市重建工作倚重的技术骨干。同时，他与人为善，长于沟通，逐渐化解了大多数幸存者同事对自己的敌意。尽管百废待兴，阿川要做到生活富足、优裕终老也是不难的。然而，他的心中，却有远比"行尸走肉"更多的关切。

阿川超越小我，仰赖的是生长在头顶的"忘忧草"。这株小草长得枝繁叶茂，并让他成为整个办公室最快乐的人——至少表面上如此。据说，它以忧伤为食，往往阿川还没来得及难过，就已经不难过了。能够麻醉情绪的"忘忧草"，让人不禁想起具有同样功能的"奶头乐"。不过，"忘忧草"以及其他长在"半尸"头上的植物还有另一种奇特的功能，即让这些与植物共生的生还者心灵相通。这使阿川得以走向"半尸"群众，成为先知一般的存在。

考虑到阿川的本职工作是用CAD软件画建筑设计图，他和"半尸"劳工的结合可以有两种理解。由办公室中逼仄的工位，走向广阔的工地，这是信息时代的"亭子间知识分子"下乡和群众结合、为人民服务的故事。阿川将心比心，真诚地感受、承担一个又一个"半尸"那拙于表达的深沉痛苦，在思想感情上与他们打成一片，同时认真地向他们学习，在师-生的辩证往复中成为他们信赖的代言人。另一方面，和"码农"较为接近、大致也可以归为"IT民工"的阿川，是当代社会掌握着先进生产力的工人阶级一员，和仍然从事着体力劳动的工人走到了一起。现实中，这都是不太可能发生的：前者像是一种年代淆乱，至于后者，"IT民工"通常会被笼罩在消费主义产生的幻象中，自认为阶级地位高于在工地上搬砖的"劳力者"（或所谓相对于国企"老工人"的"新工人"），不会把自己的命运和这些"低端人口"关联在一起思考和行动。正如汪晖在分析"两种新穷人"时所言，"在新工人群体与'新穷人'群体之间难以产生真正的社会团结和政治互动，从而也无法通过团结或互动产生新的政治"。

　　在现实的尽头，科幻表现了真正的创造性。大卫·哈维期待新冠疫情促成一种"反资本主义政治"，但他并未给出对这种政治的具体形式的想象，《忘忧草》则更进一步。由于全球97%的人类都沦为丧尸（离99%一步之遥），阿川这样的"IT民工"和准中产者不再能够企及"小确幸"的中产生活，而是滑落为"半尸"，和形形色色从前难以为伍的人一道被侮辱和损害。与此同时，共生植物使阿川与"半尸"群众产生了灵魂关联——不仅能够交流智识、技能，还形成了一致的情感结构。仅从故事的表层看，这种偶然获得的关键能力是"机器降神"。但如果我们把这种沟通、凝聚群体的植物视为现代通信技术的隐喻，人类社会的一种新的可能便浮出了水面。随着万物联网、人体芯片等技术的发展，通过"高度共情"逆转现代城市"陌生人社会"的"反向运动"并非不可想象。

　　这种深刻的关联，使得新的共同体及其未来成为阿川的不渝信念。小说中，与一望便知的"美国资本家"罗伯特相比，市长形象更加耐人寻味。这个富有奇里斯玛气质、掌握着军队的男人，显然是国家机器的化身。对于肆意虐待乃至杀害"半尸"的罗伯特，市长是厌恶甚至鄙夷的。然而，他不愿意重手惩治，因为罗伯特既是城市重建的负责人，又是"幸存者"的一员，加以刑罚会引起这部分人的"民怨"，而且会妨碍重建工作——说到底，市长心之所念仍是旧世界的繁华。能够让"半尸"真正复原为人的药剂已经研发成功，但市长并不愿意给"半尸"们使用，因为"文明复兴"需要大批顺服而勤劳的奴隶，而且灾后残存的资源只能满足一小部分人的需要。当然，阿川可以得到解药，成为"真正的人类"——"文明"的故伎。出乎市长意料，阿川断然拒绝了这个提议，并率领"半尸"们离去，即便市长情急之下表示会治愈所有人。阿川的质问清晰有力：若没有药剂，"继续当这座城市基座下的血肉泥浆吗？"若有了药剂，恢复成市长和罗伯特这样的人类，重新挣扎在旧日"文明"的逻辑当中？

新的文明是什么呢？新的政治又是什么呢？英剧《黑镜》遭受诟病的一个重要原因，便是它刻画了高技术社会的种种悖谬，却不去探索真正的挑战和改变。相比之下，阿缺并不惮于描绘新的文明图景，甚至可以说，《忘忧草》的文眼，就在于小说末尾这个华美的乌托邦。"半尸"们在"共情"能力的基础上发展出了全新的文明。他们承继了人类的所有科技，又在新的生态下研发出远超过往的新技术。凭借这些技术，他们能够航向星空，但更重要的是，他们得以抛弃肉身，在保留个体意识的同时，融为一个整体。在地上，他们是同气连枝、绵延百里、光彩流转的森林；在地下，他们构造了无比庞大的城市，但这城市不再让人迷茫和孤独，而成为了安顿所有人灵魂的家园。"自由人的联合体"得到了全新的诠释和实践，共产主义赋形为共生主义，从旧世界的锁链中解放出来的人们浑然无间，乐以忘忧。

"科幻究竟是一种关于未来的书写，还是一种尽管不那么直接却更为有效的关于当下的书写？"戴锦华提出的这个问题，在《忘忧草》中得到了很好的回应。我们很容易在小说中看到当下，看到陷入困境的现实社会，看到我们心中的焦虑和担忧，但"未来考古"或"科幻现实主义"并不是阿缺所要书写的全部。在这位"90后"科幻作家、中国科幻"后浪"代表的字里行间，闪烁着中国科幻乃至中国文学久已稀见的光辉，也就是恩斯特·布洛赫用以指称乌托邦的"期盼意识"。《忘忧草》既是关于当下的寓言，也是关于未来的预言。它延续了19

世纪以来人类文明的自省,并在技术的土壤中培育着向善的希望。正因此,在旧世界的废墟上,在沉默而坚定的"半尸"大众心中,在人类从未染指的荒郊野地,我们听到了亘古不灭的呐喊:

逝将去女,适彼乐郊。乐郊乐郊,谁之永号。

# 从无序的微观中构建有序的宏观
## ——评《井中之城》[1]

游 者[2]

《井中之城》是刘洋最新的科幻小说，凝聚了作者十余年创作生涯的智力精华与创作经验，处处透出"新"的气息。

## 一、纷杂迷局的背后是人性的拷问

阅读《井中之城》，每每让人产生"管中窥豹"的意味，待读罢全书，却发现我们其实是在管道的另外一端，倒好像是井底之蛙了。在一个物理学中微观的世界里，以一个社会中不起眼的个体——快递员的视角开启故事。读者随着主人公的视角，一步一步在这个世界中掘进。不同的是，此时此刻，我们是从井中向外面攀行的青蛙，井壁湿滑，没有方向，左右都是兜圈，向下则回到原点，唯有向上攀爬才能触及世界的真相。

---

[1] 本文原载《北京日报》2023年6月16日。
[2] 游者，《星云科幻评论》执行主编。

全书二分之一以上的篇幅，都集中在了一场特殊的赌局。赌局是邀约制，每个参加者似乎都是一个派系的代理人。有些人全靠运气，有的人拉帮结派，最终的赢家则凭借慧眼和心智。赌局并不是平等的，设计者们有意让人们在无序中找到有序，如果寻到"取胜之匙"，胜出就理所应当。比"赌"的过程更重要的，则是隐匿在明面之下的世界运行的法则。电子、自旋、能级……不断递进的赌局将微观世界的诸多概念实体化之后映射到了宏观世界。如果说金钱是通行宏观世界的硬道理，而能量即是跃迁在微观世界中亘古不变的通行证。

在赌局中，还存在一个变数，就是主人公的妹妹。作为"魔神"的一员，妹妹在这个微观世界中享有极大的自由，而她的一切行为都似乎是在对抗乃至于破坏已有世界的规则，寻觅去往外界的方法。这是一种执念，又似乎是一种讽刺。最终，妹妹率先拿在这个世界中经过智斗、拼搏、出生入死得到的一切，去换取一个并不确定的未来，这种选择是否明智？我们无法确定。可以确定的是，这种对自由与未知的探求超越了困于井中世界的死滞，这种选择充满了生机。

## 二、非线性的人物成长与剧情推进

这部小说中，人物的成长也颇有特点。与传统做法不同，故事中没有一个显著的导师型人物，不存在三更传道的菩提祖师或是倾囊相授的重阳子。相反，每当面对危机与困难时，主角总会以"魔神转世"带来的顿悟解决问题。

这种解决方式在通常的故事中，颇有"机械降神"的意味。在故事写作中，这种安排通常不是上策，但本文却有非常大的不同。因为在这个故事中，最为洞晓一切、掌握一切的人就是主角本身。因此，这里不存在传统冒险故事主角的螺旋式上升结构，主人公是非线性成长的。换句话说，从一开始，主角就是井中之城的 the one，世界的规则由他来制定，游戏也由他来通关。不论是前文提到的赌局，还是面对虚实交错的世界，恍若任何外物的刺激都与他无关。在"魔神转世"的加持下，主角似乎成了超然外物之人，他所需要面对的一切困境其实只是自我的迷幻与桎梏，只要加以认清和顿悟，一切问题都将迎刃而解。

不同于通常的解密故事和悬疑小说，这是一部另类的、关乎智力的科幻小说。"魔神转世"不断复现着的轮回往复是主角最为关键的"法宝"，也是规则之外的"机械降神"。笔者甚至有理由怀疑"魔神"一词是否就是machine（机械）的谐音。通过另类的机械降神，作者刘洋一次次提醒着我们，问题不在于表面，亦不在于"井中"。

## 三、坚实的物理内核带来科幻的核心推动力

科幻的核心是"惊异感"，即设定中的世界与我们认知中的世界往往有较大的差异，然后造就各种"技术奇观"。刘洋无疑精准地做到了这一点。在《井中之城》中，他将宏大与微渺凝结为一体，从人们熟悉的都市生活开始，以普通快递员的视角揭开冰山一角，推向精妙的真相与科学巧思，再回归到真实与虚幻、世界与人的终极思考。

科幻内核的设计是否优秀，往往直接关系着科幻这一独特文学类型的成败。在核心科幻点的构思上，将孤零零的电子延展成一座城市这个想法，不免让人联想到刘慈欣作品中的宏原子概念（《球状闪电》）或是质子的二维展开（《三体》）。只不过刘洋在这条路上走得更远，也更大胆、更激进。其实早在刘洋前几年的作品《蜂巢》中，就有过类似的惊人设想——当外部世界环境巨变，地球人类背井离乡，生存资源无法支撑时，人类选择将所有意识全部上载到一块碳板中，以意识的形态飞向无垠的宇宙，将人类打包成数字生命扔上飞船，实现了数字生命与飞船文明的合二为一。

科幻作为幻想文学的一类，最大的特点便是以科学为基础构建幻想世界。刘洋所拥有的凝聚态物理方向的专业知识，无疑就是他的幻想文学最坚实的科学基础。当其他作者在科学的体系中为自己的幻想苦苦寻找落脚点时，刘洋早已肆意地展翅翱翔。

再回到妹妹这一角色,她令笔者想到海森堡于1927年提出的"不确定原理"。简单地讲,便是微观粒子无法承受观测行为本身的扰动,也因此人们无法对微观粒子进行精确的测量、定位等。"测不准原理"在这座电子组成的城市中,被具象化为"妹妹"这一微观世界里的自由精灵。没有人能够预知她的行为,似乎她一直是在凭借自己的自由意志而出现、消失,而且一直在对抗和嘲笑井中世界的一切,乃至于试图以宏观世界的法则解释微观的人们。

# 《骰子已掷出》：科幻小说中的未来式反抗[1]

郭文洁 赵 勇[2]

萧星寒作品《骰子已掷出》（百花文艺出版社2021年版）是基于大数据时代背景下的一次科学幻想。小说主人公阿宏所在的世界被"神圣秩序"控制，人类的行为和生活都处于系统预测之中。但骰子不离手、有选择恐惧症的阿宏，成为"秩序"中最不受控的个体。机缘巧合下，阿宏相信并证实了自己"救世主"的能力，获得了众人的信任。然而这一切都不过是一场戏。现实生活中庞大的数据库暗藏着无数隐患，具有幻想成分的小说文本将这一隐患无限放大，勾起观者内心深处的恐惧。作者对大数据进行幻想和描绘，并直面人类对未来的恐惧，探讨人类未来命运的走向。

---

[1] 本文原载《科普创作评论》2023年第1期。
[2] 郭文洁，重庆邮电大学艺术硕士；赵勇，重庆邮电大学副教授。

## 一、可预测的行为举止

科幻小说《骰子已掷出》以大数据为创作背景,描写了众多可以依据大数据预测人物行为的"系统",每个人的全部信息都被存储在内,这些"系统"轻而易举便可以预测到一个人的行为。萧星寒在小说中不断提及这些"系统"建立的基础就是大数据,看似是科幻作品,实则却离我们很近,提醒着大数据时代的网民将承担更高的风险。

《骰子已掷出》的主人公阿宏在赌场工作,赌场具有一套营利系统,即"蜘蛛"。皇家玛丽号赌场中的"蜘蛛"系统在社会各个领域之中广泛收集赌徒的个人信息,同时通过分析赌博对象细微的生理反应和微表情等,精准预测赌徒未来一个小时内的行为,以此为赌场获得更多的经济利润。这依据的就是当今社会热门学科——微表情学。观察人员对被观察者面部的微表情、肢体的小范围活动甚至是瞳孔收缩等这些细微的人体变化进行观察,在较短时间内即可完成行为预测。微表情学虽然可依据的数据较少,大多仅可预测到人物的下一步行为或此刻的心理状态。但只要更改前提,从判断所依赖的少量数据扩展到大量数据,"库"的内存将变大,预测的结果也会截然不同。《骰子已掷出》借皇家玛丽号赌场中的"蜘蛛"系统影射社会,世界终将会被更高一级的系统控制——小说中称之为"神圣秩序",所有的一切都早已注定。换句话说,社会之中的每个人都将处于一种"预言"之中。

不过《骰子已掷出》并不是第一本以大数据为背景进行描写的科幻小说。与大数据相关的科幻作品也并不少见。例如2021年7月作家出版社出版的《致命干预》,作者吴楚描写了一位高智商的大学教授以大数据为推测依据,对被害者的所有信息进行预测与推断之后,引导被害者"自然死亡"。具有悬疑和科幻两种元素的《致命干预》将大数据的负面影响放大,描写了数据能"干预"人物行为,甚至能控制生死的危险性。纯科幻作品《骰子已掷出》则刻画"神圣秩序"控制人物行为的世界。阿宏若想逃出这种干预,只能在手中随时拿着骰子,通过掷骰子进行选择，以"无常"对抗"有常"。

从提供数据到行为预测，人们看似已被自己所提供的数据掌握。但正如小说中的"骰子"一样，在掷出之后，落地之前，一切难料。

## 二、不可预测的心理变量

"骰子已掷出"是凯撒大帝（Gaius Julius Caesar）的一句名言，意为事件已经发生无法改变且结局难测。虽然庞大的数据库可以推测出人物行为的多种结果，但人类个体的心理仍是变量。面对似乎已成定局的形势，人类的反叛之心可能由此产生。骰子落地时朝上的点数与各种人为的安排无关，重力加速度以及旋转角度等物理因素似乎才是影响点数的最不可控因素。骰子强大的不确定性如同人的命运一样不可捉摸，这就是最"无常"的变量。随机性的结果使得数据预测的准确性有所降低。在小说中，主人公阿宏依据掷出的骰子结果做出选择，在大数据强势的行为预测背景下，骰子成为命运预测的反叛象征。人就像赌盅内尚未落下的一颗颗"骰子"，结果难料。

主人公阿宏患有选择恐惧症，选择恐惧症是一种心理疾病，患有这种疾病的人在面对选择时会产生恐惧的心理，甚至产生生理反应以逃避选择的过程和结果。加之每人每天要做出多达35000次选择，每次选择都将会对行为结果产生不同的影响。在这些选择中，不同的心理反应可能只是大脑神经一次碰撞的结果，因此人的选择难以被预测。在大数据时代背景下，人们的选择什么是系统预测的，什么是人们自己做出的？问题的答案，阿宏并不知道，所以他有了极强的选择恐惧症。他所恐惧的并不是选择后的结果，而是恐惧未知，他不知道哪个选择是"神圣秩序"替他做出的，哪个选择是自己做出的。所以在选择时，阿宏只能借助骰子才能完成，只有这样他才能相信这个选择是属于自己的。但在替他人做出选择时，阿宏便不再需要依靠骰子。在数据洪流之下，人们对自我的选择结果产生怀疑，但自我的选择是否影响他人命运的发展则与"我"无关。

正如小说中描绘的那样，数据库将人的浏览习惯和爱好等进行记录，不断进行行为预测，但并非所有行为都可预测。小说提到"10%的人的10%的行为是无法预测的，这便有了反抗群体的诞生[①]"。即使"神圣秩序"在监控并统治着整个社会，反抗和斗争仍会存在。就像萧星寒的创作谈中提到的购物网站案例，打开某购物网站，看似多样的商品推送却都是大数据对消费者喜好进行分析后的推送，消费者的点击、浏览与购买实则都处于数据预测中。商品推送以屏幕前潜在的消费者为对象，系统通过智能算法等技术手段猜测人可能发生的购买行为，最终做出"精准推送"，促使消费者产生购买行为。但这些商品最终会不会被人所购买，购买之后会不会退货都是变量。有些商品出现在网民视野太多次之后，便会因推送的次数太多反而会引发消费者不敢购买的心理。这种商品推送是信息时代对消费者行为的预测，但消费者的心理难以捉摸。

科幻小说以文字表述人类对未来世界的焦虑和恐惧，不确定性和未知性在文字带来的想象之中循环往复，引人深思。数据时代给人类带来的便捷有目共睹，有人在享受数据的便捷，有人在担忧数据的过度泛滥。但无论将来数据如何发展，人永远会是掌控数据的主体，人的主观能动性不可替代，人的命运依旧掌握在自己手中。

## 三、大数据时代的未来想象

《骰子已掷出》描写的可预测的行为和不可预测的心理都是建立在一个已有的社会科学基础之上——大数据。大数据是一个比较抽象的概念，比较具有代表性的是3V定义，即认为大数据需满足3个特点：规模性（volume）、多样性（variety）和高速性（velocity）。《骰子已掷出》中未来世界的大数据导致了人与人之间的信任危机，这种想象透露出人们面对未来世界的恐慌与不安。

如小说在描写系统"蜘蛛"的时候，有一句话写道："网络成为每一个活

---

[①] 萧星寒：《骰子已掷出》，百花文艺出版社，2021年，第107页。

人，死人的外存。它记得我们记得和不记得的所有事情。"[1]现代社会中，每个人从出生那一刻开始，个人数据就被登记在各个系统之中。各大软件和网站等通过"强迫"用户用身份信息登录，不断形成更为庞大的数据库。未来世界的数据系统将会对人产生巨大的影响。如小说中反复提及"蜘蛛"系统和"神圣秩序"不断提示读者其广阔的覆盖面。未来社会终将以数据为载体，像"蜘蛛网"一样网住处于社会中的每个个体。它既是社会的衔接，也是压迫的载体。科幻作品中幻想的内容都不是现实生活中存在的，而是基于当前科学发展水平的一种幻想，幻想的内容基本上都是未来科学技术发展的程度和结果，是一种超前的反映[2]。小说中的大数据已然超脱出现有的理论模型，构建出科学幻想的文本语境。无论是社会各相关学科学者还是普通的科幻小说迷，都能在《骰子已掷出》中感受到作者对未来文明的担忧，以及骰子掷出未落而结果未知的担忧，进而思考如何突破这层"网"。

  计算机领衔的现代技术主义使得人类与人类之间、人类与机器之间、人类与数据之间形成了无障碍的全球化"连接"，但这种连接技术非但没有让人类更紧密更安全，反而进一步破坏了人类基本的价值观，比如信任、忠诚与爱[3]。正如作者萧星寒在《骰子已掷出》的创作谈中提到外卖公司的实例，受到大数据和AI智能算法的影响，配送员只能和系统斗智斗勇才能够获得最多的利润。作者甚至提出一个可能的悖论——对公司越忠诚，越被压榨，反倒是那些想要背叛的人，会受到更多的照顾。小说中女特工艾莲娜只身从敌方基地将阿宏救出，但在系统的强势干预下，双方产生不信任感。相信或不相信阿宏都只能依靠冰冷的骰子决定，人与人之间的信任不再存在。在数据系统和人的对抗之中，谁又能成为赢家。若小说中描绘的预测成为现实，人将对所有身边的事物产生质疑，甚至丧失人最基本的信任和情感，那么处于大数据背景下的人类社会也将无稳定性

---

[1] 萧星寒：《骰子已掷出》，百花文艺出版社，2021年，第69页。
[2] 李敏：《对科幻的判定及其社会影响力分析》，中共中央党校2010年。
[3] 赵勇、王瑶：《会说谎的机器人》，《科普创作评论》2021年第1期。

可言。

　　小说中提到了一种虚实合一技术，文中是这么描述的："网络世界与现实世界完美地融合在一起。在网络世界的操作会得到现实世界的回应，在现实世界的活动，也会同步更新到网络世界。"[①]在大数据网络的影响之下，人丧失了隐私。现实世界与网络世界实现了联通。科幻文本不断就何为真实、何为虚假进行主观层面的探讨。如电影《黑客帝国》(The Matrix)中，主人公尼奥在虚拟世界中产生了强烈的真实性，他无法区别何为真实、何为谎言。类似地，《骰子已掷出》中的阿宏也无法区分什么决定是自己做出来的，这一定程度上是在向《黑客帝国》致敬。而阿宏"救世主"的身份，亦是"神圣秩序"为了铲除异己而进行的安排。自由人与数据系统的对抗在"未来式"科幻作品中得到呈现。两个作品都设置了一个神圣而不可违背的系统，也都有一批不愿为之奴役从而产生反叛的人们。

　　《骰子已掷出》作为当代本土科幻，具有与众不同的中国式命运书写。中国人的命运观是比较矛盾的。一方面有着"人定胜天"的叛逆命运观，不服从既有的命运安排。另一方面又有着"命里有时终须有，命里无时莫强求"的自然命运观，有既有，无则无。这体现在阿宏用骰子来对抗所谓的系统预测，却又在等待骰子的自然下落以形成的随机性结果。在小说的结尾，阿宏决定不使用骰子，依靠自己在这场较量之中做出选择，这又体现出想将命运掌握在自己手里的命运观。

　　大数据的有益之处显而易见，用户可以通过网络轻易获取自己想要知道的各种信息，足不出户就可以了解到世间万物，数据分析师、算法工程师等职业都随着大数据时代的到来变成现实。庞大的数据提供的便捷服务潜移默化地影响着人们的日常生活，使得人们对其逐渐产生依赖。《骰子已掷出》描写的巨量数据实际上由人们自己提供，那么它们是不是又会影响到人类本身？这是作者萧星寒通过其小说表达出来的一个疑惑，亦是文本外的警醒。

---

① 萧星寒：《骰子已掷出》，百花文艺出版社，2021年，第83—84页。

## 四、结论

近年来,越来越多的中国科幻小说在吸收外国科幻元素的基础上,借中国传统意象,书写中国人的命运观。《骰子已掷出》并非一味地强调大数据时代所带来的信息控制会影响到所有人的生活以及日常行为,也展现了技术发展带来的便捷,表达了中国人强烈的忧患意识。"现在中的未来"和"未来中的现在"的结构布局,书写了现代人对未来文明的恐慌:以数据结构的系统究竟会给人类带来"利"还是"弊"?看似庞大的数据库与网络预测,不仅没有给人类带来安全感,反而增长了人类与人类之间、人类与数据系统之间的猜测与恐慌。无论未来人和数据要如何共生发展,人又是否可以胜过数据,都可以归结为一句话,即"骰子已掷出"。

## 重拾阅读科幻的快乐
### ——读E伯爵的《异乡人》[1]

姜振宇[2]

读E伯爵的《异乡人》有一种既陌生又熟悉的欢愉。它轻松、诙谐、令人莞尔，同时在其根底处又有一种建立在强有力的自信之上的温和。类似的感受，我们在凡尔纳身上见到过，在美国科幻杂志的黄金年代见到过，甚至在20世纪五六十年代的苏联科幻里头也见到过。贯穿在《异乡人》里的那种气韵，不是历经困苦沉寂之后的抑郁不平，也不是危机即将到来时的惶惑，又和面向未知世界的怀疑与勇气有所区别。

《异乡人》的故事情节并不复杂，在今天充斥着"穿越"桥段的文学语境下甚至显得有些俗套，但它的突出是因为成功地跳出了许多"套路"。首先，《异乡人》并未赋予主人公"现代身份"在生存和生活上的优势，从异时空"回家"是贯穿整部作品的核心线索。这两点共同使得故事呈现出一种强烈的真实感和当下感。主人公的能力是极为有限的，几乎无法应对另一个时空，而他们所试图完成

---

[1] 本文原载《文艺报》2020年1月22日。
[2] 姜振宇，四川大学文学与新闻学院副研究员。

的任务是如此艰难，但这种艰难并不导向绝望。

小说主人公们与他们所去到的另一时空，满足了科幻文类审美核心的"疏离-认知"机制。"穿越"所带来的两个世界之间的对比，在《异乡人》中呈现为差异而非割裂。这种差异又可以归纳到我们熟悉的"变化"当中，生活在现代文明环境当中的人类，正适应于种种剧烈的"变化"。

E伯爵巧妙地让两个主人公始终保持着穿越之前的性格特质。时空穿越并非对原始身份的彻底消解，而是两个灵魂彼此倚靠，在诸多事件和人物的"折磨"之下，以一种并不突兀的方式推动、影响情节的走向，这是与"硬核科幻"中技术细节相似的逻辑。

人类同样是物理世界中的组成部分，我们总是在科幻故事中预见未来科技秩序的理想人格模板，也时常乐于将人类个体和群体放置在极端环境当中进行考察。问题在于，科技带来的变化，以及这些变化所产生的人类经验，早就弥漫在我们身旁。此时，谁来书写、谁来理解，怎样书写、如何理解那些不完满、不极端，但同样有趣的灵魂和梦想呢？

《异乡人》的探索是有益的，其中的人物在保留某些小怪癖的情况下，时时能以平常心应对变化。如何在巨变面前保持日常心态？这其实就回到了本文开头提及的命题：《异乡人》是当下的时代产物，是一种时代精神，悄然深植于文本内部。读《异乡人》，我们体会到隐藏在嬉笑打闹之下的温和与坚固。主人公们也有颓唐的时候，也有近乎崩溃的时候，也有随波逐流的时候，但他们的情绪和回应是自然的、坚定的，而不是绝望的、极端的。当我们嘲笑像罗伯特·索耶这样来自西方发达世界、在记忆中剔除了战争和灾厄的作者，无法接受"三体式"的冷酷宇宙时，也必须承认，现实生活中的情感和温暖同样是宝贵的。甚至当我们不断将历史记忆中的苦难在小说中变形、复现和推演的时候，也应当允许有一部分作品为了守护现世的温暖而存在。

但值得注意的是，这种温暖并非一种"小确幸"，而是在体验和把握宏大世界图景、人类的无限延伸之后，仍旧留存的切实幸福。《异乡人》并未回避世历史中殖民时代东西方的文明冲撞，以及冲撞之下异乡华人的悲惨命运，同时它也没有抗拒现实中异质文化的全球影响和现代文明的强大力量。正是这些特质塑造着当下时代人格的一部分。小说中的主人公们看似柔弱，却能够极为自然地将这些冲突和痛苦一并容纳。这种力量的来源不是血统，也不是某种地域性的文化习俗，而是"现代"和"现代文明"。

  这个"现代"当中，自然有直达真理的科学，也有强有力的技术，但更重要的是对诸多异质文化和文明的共同接纳，以及我们身处其中日日感受但几乎难以分辨的日常温暖。由此，隐藏在《异乡人》背后的力量，是好奇的、温和的，但又是坚定的、强大的。当我们眼看着世界科幻的下一个重心开始在蓝色星球上挪移的时候，我们需要更多类似《异乡人》的作品，以此真正奠定这个时代本土科幻的基石，接续和创造新的科幻文化。

# "提喻法"：科幻作为媒介
## ——段子期小说集《永恒辩》序[①]

宋明炜[②]

我关注段子期，是从她的《重庆提喻法》开始的。这篇小说走进我的视野时，我已经在关注"她科幻"的崛起。之前虽然也有女作家写科幻，但是自21世纪初开始兴起的当代中国科幻，其最辉煌的那些篇章，往往有着雄浑风格，皆出自几位天王级的男性作家之手。段子期是女作家，但笔下的叙述者常常设置为男性视角，这本小说集中的作品，也不乏壮丽的太空史诗，甚至《永恒辩》就是对刘慈欣《三体》的致敬——小说情节从宇宙的二维化开始。然而，段子期的小说，从《重庆提喻法》开始，给我的最大启示，是她的写作体现一种新世代的文本意识，在自觉创造一种不同以往的新写法。

如果按照传统的阅读方式，读者可能会发现《重庆提喻法》是一篇令人费解的作品，作品中没有一目了然的故事线索，短短篇幅中时空交错，人物多次发生身份转换。小说主人公执着于寻觅二战时期在重庆拍摄的一部老电影，最后这执

---

① 本文原载《文汇报》2024年1月20日。
② 宋明炜，美国韦尔斯利学院东亚系讲座教授、系主任。

念促使他重拍失落的老电影，由此打开时空穿梭，情节化为一座迷宫，在时间与意识、历史与映像的纵横交错中，情节从线性变成褶曲。这座纸上的迷宫，有着无穷的内部，次第打开神秘的未知之门。所谓"提喻法"，在小说中，是叙述者借由一件看似无关的事，来提示理解世界和历史的终极方法，同时，"提喻法"在文本层面也是段子期重构科幻叙事的方法。作者用电影作为提喻，重新映照了科幻小说的媒介本身，她借此反观"写作"这个动作本身，将科幻解释为一种媒介，在虚拟的层面重建世界观。

段子期小说情节中战时重庆的那部老电影《坍缩前夜》，随着叙述者从观众向导演的身份转变，电影中的"此刻"和观影的"此刻"被不断重复，"此时此刻"打断线性时间，从中涌现出无穷的时空。叙述者体验、认识和重拍电影的过程，遂变成一个不断创造出自身的文本建立过程。在此"拍电影"也就是"写科幻"——小说的核心不在于雄浑的世界图像，而是用科幻作为媒介建立这一图像的过程。

有很长时间——直到今日，中国科幻的焦虑一直是能否或如何超越《三体》。但我一直认为，沿着《三体》的路线，恐怕无法超越《三体》。真正超越性的作品——让中国科幻进入2.0版本的新科幻，只会如当年中国科幻崛起时——如刘慈欣在默默无闻的状态中写作《三体》时——那样，发生在令人意想不到的地方。段子期的作品之所以有新意，也在于作者对于科幻"主流"照顾不到的地方情有独钟。

在阅读了小说集《永恒辩》的原稿后，我才理解，段子期独特的科幻写作方法，确实来自她独特的个人背景。作为科幻作家的段子期，仍有一个身份，是作为电影人的段子期。她是电影专业科班出身，也曾创作一些科幻电影剧本，并参与一些著名电影的拍摄工作。电影作为一种媒介，确实是段子期重构科幻写作的方法。

谨以本集作品为例，就有《重庆提喻法》《永恒辩》这两篇小说都以"电影拯救宇宙"为核心主题。在广义的层面，段子期的许多其他作品，即便如《深夜加油店遇见苏格拉底》这样的浪漫小说，也都强化了叙事本身的"媒介"意义——科幻的成像方式，犹如电影；又如《猫在犯罪现场》，强化了经验可以被呈现的"媒介"——小说中的破案过程，犹如电影。何为电影？电影是潜意识在世界中的投影？电影是多重宇宙的跨纬度呈现？电影是追忆似水年华的技术梦境？电影作为一种综合艺术，无所不包，无穷无尽，以虚拟成像"提喻"宇宙的真相？电影是科幻的本质？

《永恒辩》是这部小说集的核心作品，小说写到末日与拯救，其中的世界建构与电影艺术分不开。未来时代的人们，面临宇宙二维化的前景，正如《重庆提喻法》写到的那样，需要电影来重构文明，通过升维拯救宇宙。这篇小说像是段子期写给电影的情书，所有那些伟大的电影人的名字都在小说中出现，而小说提到的《永恒辩》这部影片是电影的终结理想，它之所以成为永恒，仍在它"从未被人观看"，如小说中导演自述：

> 文明毁灭，定会以某种方式复兴，这是规律。战争还没结束，有秘密组织将地球上还存世的艺术作品收集、保存、复制，《永恒辩》不仅没被遗忘，反而在战时备受追捧，掀起了一阵迷影文化的高潮。正因它从未示人，也绝无机会再掀开神秘的面纱，一出生即死亡的悲怆命运让它轻易站上了美的巅峰。

主人公在未来所要做的，就是重新拍摄《永恒辩》，在宇宙的尺度上让这部集所有文明精华于一体的巨作，成为拯救人类、给宇宙升维的关键方法。小说中对这方法做了详细描述：

> 电影是二维的，而三维观众在观看，即使用化约论来解释，我们在一部电影结束之前，并不知道后面的剧情，前因后果是分割开的，但是这部电影的导演知道所有剧情，在这部电影还未结束时，导演是四维的，他用二维电

影戏弄了三维观众。通过整体观来看，如果这部电影时间足够长，N维导演，用N-2维的电影糊弄N-1维的观众，在观众一直保持观看的状态下，N维导演就始终比观众多一个维度，那么电影结束，导演就会回到和观众同一个的正常维度。简单点说，要从三维升到四维，需要制作一部三维电影给四维观众看，在电影结束之前，我们每个人都是高维导演，我们知道所有剧情，而电影结束之后，我们就会回到四维，从而完成升维。

在小说中，电影之所以成为宇宙升维的大杀器，恰恰在于电影需要被高维时空中的观众看到，由此观众与电影创作者一样，成为宇宙的创造者——不是说，宇宙之所以存在，需要观测者吗？在宇宙级别的意义上定义电影，是给予科幻小说全新的媒介自觉，这个自觉也包含面向观众的开放性。

正是在这个意义上，段子期的科幻写作堪称"科幻2.0"版本——她的写作，犹如电影那样，已然包含观众/读者的互动；她的文本，除了营造情节，也包含对于营造情节的自觉重构。所谓2.0版本，是对于科幻写作的升级/升维努力，这个新的维度属于读者。段子期能够做到这一点，体现了新一代科幻作家从历史决定论中突围的开阔性。《三体》固然难以超越，但在升级/多重维度展开之后，新科幻写作或许可以打开前所未有的奇观景象。

毋庸置疑，这里没来得及提到的本集中的其他作品，也各有各的精彩。如同电影开场前的加映节目，是为序——现在请看正片。

# 重庆文学大事记

## 2021年

### 1月

本月　重庆市作协与市农业农村委和重报集团共同主办建党百年主题征文活动。

### 2月

24日　重庆市作协召开党组扩大会议并开展主题党日活动，认真传达学习习近平总书记在党史学习教育动员大会上的重要讲话精神，研究部署落实习总书记重要讲话精神推动重庆文学工作有关事项，对下一步工作提出要求。

### 3月

17日　由重庆市作协主办，渝中区大溪沟街道人和街社区协办的李燕燕长篇报告文学《大树枝干的最末端——来自社区现场的报告》（原名：《社区现场》）改稿会在人和街社区会议室举办。

19日　重庆市作协邀请中国报告文学学会常务副会长李炳银来渝，以《文学的作用与报告文学的动能力量》为题举办讲座。

本月　中国作协重点作品扶持办公室公布2021年中国作协重点作品扶持项

目，胡雁冰长篇小说《挺进者陈然》和袁锐网络小说《火种》入选。

本月　在中共重庆市委宣传部的指导下，市扶贫办、市作协联合策划的《重庆市脱贫攻坚优秀文学作品选》系列丛书，由重庆出版社出版发行。

### 4月

22日　共青团重庆市委、市青联、重庆市作协联合主办，九龙坡区团区委、区青联、重庆市网络作协承办的"学党史、悟思想、办实事、开新局"青年读书荟暨"我为快递小哥送好书"活动在五洲书店举行。

23日　重庆大学图书馆、重庆文学院联合举办"书香重大，芳菲春华"读书季系列活动之重庆作家原创作品捐赠暨"竹林闻声"第三期："于无声处辨真情——长篇报告文学《无声之辩》创作谈"专题讲座活动。

### 5月

20日　重庆市作协召开四届七次全委会和主席团会。会议通报了重庆市作协第五次代表大会筹备情况、庆祝中国共产党成立100周年主题创作情况，并对下步工作作出安排。会议补选冉冉同志为重庆市作协第四届委员会主席、何浩同志为重庆市作协第四届委员会副主席。

本月　《红岩》2021年第3期推出"庆祝中国共产党成立100周年"专辑，发表著名军旅作家徐锁荣专为中国共产党诞辰100周年献礼的文章，及本土报告文学作者糜建国写脱贫攻坚楷模毛相林的作品。

本月　重庆文学院和渝中区消防支队开展文学合作，组织作家撰写出版《生命的乐章——重庆红十字会文学作品集》。

本月　重庆文学院和重庆出版集团下属公司重庆易传媒影视传媒有限公司签署合作协议，共同进行影视项目的文学合作，并开展作品推介会，青年作家创作员陈泰湧长篇小说《小乾坤》与重庆出版集团进行全版权签约。

本月　中国作协创作联络部公布2021年度"少数民族文学之星丛书"入选

名单，重庆诗人张远伦诗集《长江123拍》入选。

本月　中国作协主办，中国作协网络文学中心、重庆市作协、中共重庆九龙坡区委、区政府承办，重庆出版集团协办的2021中国网络文学论坛在重庆举行。

## 6月

5日　2021年度重庆市"最美生态文明践行者"发布仪式在重庆广电大厦举行，重庆作家李元胜获得重庆市最美生态文明践行者称号。

11日　中国作协2021年新会员名单，重庆市作协共有19人成为中国作协会员。

18日　由中共重庆市委宣传部指导，重庆市作协、重庆日报、中共重庆市涪陵区委宣传部联合主办的"世纪红船"——庆祝中国共产党成立100周年诗歌朗诵会在涪陵大剧院举行。

23日　重庆市作协党组书记、副主席何浩，机关党委副书记董昭勇，离退休党支部书记王青山一行到重庆村，看望重庆知名儿童文学作家张继楼，为他送上了"光荣在党50年"纪念章，并献上了鲜花。

29日　重庆市作协机关党委组织召开庆祝中国共产党成立100周年座谈会。

## 7月

12日　重庆市作协主办、重庆文学院承办的"重庆第一届中青年作家高级研修班"在渝北区重庆人力资源服务产业园开班。

13日　重庆市作协主办、重庆文学院承办的李燕燕《无声之辩》研讨会在渝北区重庆人力资源服务产业园举行。

19日至24日，四川省生态环境厅、四川省作协、重庆市生态环境局、重庆市作协主办，四川省生态环境宣传教育中心、四川省小小说学会、重庆市生态环境宣传教育中心、重庆文学院承办的"双城绿动话发展　川渝作家环保行"创作采风活动举行。

29日　重庆市作协机关党支部组织全体党员前往红岩革命纪念馆参观"初心·使命·奋斗——中国共产党重庆100年光辉历程展"。

本月　《红岩》被中共重庆市委宣传部评为"重庆市庆祝中国共产党成立100周年主题出版重点出版物"。

## 8月

10日　重庆市作协组织开展重庆市文艺创作项目文学和文艺理论评论类作品入选结果公布，22部作品入选。

24日　重庆市作协组织干部职工，专题学习贯彻习近平总书记"七一"重要讲话精神。

## 9月

2日　重庆市作协党组书记、副主席何浩率组联部、创评室负责人前往万州作协调研。

17日　重庆市作协理论学习中心组（扩大）举行2021年第10次学习会暨加强职业道德建设座谈会，学习贯彻中宣部、中国作协和我市文件会议精神，研究讨论文学领域综合治理、加强文艺评论、强化职业道德建设等工作。

24日　四川大学出版社、重庆市作协主办，《啄木鸟》杂志、文轩BOOKS（九方店）、重庆音乐广播协办的非虚构与《民法典》的"首次遇见"——李燕燕长篇报告文学《我的声音，唤你回头——与〈民法典〉关联的女性权益故事》新书首发式在成都文轩BOOKS（九方店）举行。

本月，重庆市作协面向全市开展"在希望的田野上"主题征文活动。

## 10月

10日　重庆市作协成立文学工作者职业道德委员会。

12日　重庆市作协组织召开何鸿、余新庆、陈长青联合创作的长篇报告文学《奔跑的那道光——追记"时代楷模"王红旭老师》（暂名）改稿会。

16日　第九届冰心散文奖评选结果发布，重庆作家红尘创作的《珠峰鼓手》获散文集奖、蓝碧春《磁器口的姑娘》获提名奖。

28日　《红岩》杂志创刊七十周年座谈会在渝中区雾都宾馆举办。

## 11月

13日　第21届（清远）国际华文诗人笔会在线上举行，笔会授予西南大学中国新诗研究所吕进教授"中国当代诗魂金奖"。

17日　重庆市作协召开党史学习教育交流座谈会，深入学习习近平总书记"七一"重要讲话和党的十九届六中全会精神。

本月下旬至12月上旬　重庆文学院、重庆市南岸区图书馆和重庆日报文旅副刊部主办文学座谈系列活动。

## 12月

9日　重庆市作协、重庆出版集团、中共渝中区委宣传部、渝中区文联主办，渝中区作协承办的"长篇历史文化散文《渝城九章》研讨会"在白象街西泠书房举行。

14日　重庆市人力资源社会保障局、重庆市作协、重庆市民族宗教事务委员会公布第九届重庆文学和艺术奖（含少数民族文学奖）公布评选结果，12件作品获得重庆文学奖，5件作品获得少数民族文学奖。

18日　重庆市作协召开第31次办公会议，传达学习"中国文联十一大、中国作协十大"精神，研究贯彻落实工作措施。

24日　重庆市作协举办2021年新会员培训班。

# 2022年

## 2月

12日　重庆文学院组织李元胜、小桥老树、向林前往上海，参观读客文化。读客文化与小桥老树、向林分别签约新书。

14日至15日　重庆市作协第五次代表大会举行，大会选举产生了新一届领导机构，冉冉当选第五届重庆市作协主席，何浩当选专职副主席，王本朝、李元胜、李永毅、李燕燕、何炬学、张兵（小桥老树）、张波（张者）、张远伦、钟代华、蒋登科、谭竹、谭明当选兼职副主席（按姓氏笔画排序），董昭勇当选秘书长，王顺彬、文贤猛（文猛）、刘东、李姗（李姗姗）、李海洲、杨晓林、吴景娅、袁锐（静夜寄思）、虞吉当选主席团委员。

## 3月

4日　重庆市作协党组书记、副主席何浩，率创评室、组联部和红岩文学杂志社负责人，到梁平调研文学工作。

11日　重庆市作协召开第五届创委会工作会议。

## 4月

11日至12日　重庆市作协主席冉冉率创评室负责人，到酉阳调研文学工作。

14日　重庆文学院编辑的纪实文学集《血与火》，由四川民族出版社出版发行。

26日　重庆市作协、重庆市垫江县人民政府主办的"重庆作家助力乡村振兴——走进垫江"系列活动在垫江县新民镇启动，重庆诗歌创作基地、重庆文学成果转换基地在新民镇明月村挂牌。

## 5月

20日　市作协召开纪念毛泽东同志《在延安文艺座谈会上的讲话》发表80周年专题座谈会。

21日　重庆文学院、合川美术馆联合主办，重庆地质作协协办的重庆文学院第五届创作员班在合川美术馆开班。

29日　"阅读面对面"重庆文学公开课系列活动的首场活动"面包男孩的写作魔法"在解放碑重庆书城举行。

30日　重庆文学院、重庆市南川区头渡镇人民政府主办的"聚力乡村振兴走进美丽头渡——重庆文学院创作基地授牌暨作家采风活动"在头渡镇举行。重庆市作协副主席、重庆文学院副院长张兵为创作基地授牌。

## 6月

8日　重庆高速集团、重庆市文联、重庆市作协联合举办"圆梦高速　喜迎二十大"高速公路一线采风活动。

8日　重庆文学院第五届创作员班在南岸区拾己书局开班。

9日　重庆市作协党组书记、专职副主席何浩带队前往石柱县，赴鱼池镇、桥头镇和中益乡农村实地调研乡村振兴工作，并与石柱县作家代表进行了座谈。

13日　重庆文学院、重庆市地质作协共同主办，重庆市地质矿产集团一三六地矿公司承办的"重庆自然文学研讨会"举行。

15日　重庆文学院、清晖传媒携手打造《降龙伏虎》有声书上线喜马拉雅。

17日　重庆市作协、重庆新华书店集团、重庆日报共同主办的"阅读面对面"重庆文学公开课之"红岩杂志分享专场"在重庆书城举办。

## 7月

1日　重庆市作协机关党委组织召开庆"七一"座谈会。重庆市作协机关、直属单位全体党员和离退休党员代表参加会议。

16日　重庆市作协、重庆新华书店集团、重庆日报联合承办的"阅读面对面"重庆文学公开课系列活动之"万物闪耀——李元胜博物旅行笔记"在重庆书城举办。

21日　"重庆文学会客厅"挂牌仪式在渝中区通远门城墙上的星临书局举行，同时开展"迎接二十大　书香满渝州"重庆本土作家优秀作品展。

29日　重庆文学公开课系列活动之重庆文学院文学公益讲座在重庆文学院举办。重庆作协副主席、重庆文学院院长张兵以"研究中国传统小说，学习类型小说的写作技巧"为主题，为现场听众深度解析类型小说的创作技巧。

## 8月

25日　第八届鲁迅文学奖评奖办公室公布本届鲁迅文学奖获奖名单，重庆作协副主席张者的短篇小说《山前该有一棵树》获奖。

## 9月

2日　中国作协正式公布2022年度新发展会员名单，重庆市作协共有24人成为中国作协新会员。

中旬　重庆市作协启动实施重庆市青年作家"培新"计划，邀请《山花》《星星》等国内知名刊物编辑与我市16位青年作家"结对子"，开展定期或不定期的创作指导与改稿活动，帮助青年作家开阔创作视野、提升创作水平。

21日　重庆市政协五届二十九次常委会会议举行重庆市政协履职贡献奖表彰仪式，重庆市作协主席冉冉《关于科学合理更新传统风貌区助推城市发展的建议》获得近五年来优秀提案表彰。

21日　重庆文学院作家研学授牌暨重庆文学院、江北区图书馆、重庆出版集团战略合作协议签订仪式在江北区图书馆鸿恩寺新馆举行。

23日　重庆文学公开课系列活动之重庆文学院公益讲座以云课堂形式开展，畅销书作家小桥老树以"类型小说如何写人物小传和故事梗概"为题，为广大学员深度解析类型小说的创作技巧。

27日　重庆市作协指导，红岩文学杂志社、重庆两江投资集团共同主办的"第七届红岩文学奖"颁奖仪式暨"红岩笔会"在渝举办。本届"红岩文学奖"一共产生7个奖项，武歆的《最后的路》获中篇小说奖，宋尾的《荒芜的雨滴在夜里明亮极了》获短篇小说奖，于小芙的《蜂冢》获散文随笔奖，王家新的《王家新诗集》获中国诗歌奖，武继平翻译日本诗人高桥睦郎的《高桥睦郎诗集》获外国诗歌奖，张光芒的《当下文艺的"流俗化"现象批判》获文学评论奖，周睿智的《秋末澡屋》获文学新锐奖。

27日至28日　重庆市作协和《诗刊》社主办、重庆文学院承办的第二届中青年作家高级研修班开启云课堂，著名诗人、《诗刊》社主编李少君、副主编霍俊明及编辑部副主任聂权等采取线上授课方式，为我市48名中青年作家进行了诗歌专题培训。

本月　重庆市作协赴永川、巴南，看望慰问老作家石天河和张继楼。

## 10月

14日　《文艺报》刊发《重庆：展现作协新作为　肩负文学新使命》。

16日　重庆市作协及直属事业单位党员、干部职工、区县（行业）作协、主管社团组织文学工作者和作家通过电视、网络等不同形式收听收看党的二十大开幕会后，重庆作家网以专题形式推出了重庆市作协系统认真收听收看党的二十大开幕会有关图文报道。

25日　重庆文学院和南川区作协的作家们在三泉镇观音村，举办了"共话党的二十大，说说我的新愿景"活动。

30日　重庆市生态环境局、重庆市作协、四川省生态环境厅、四川省作协主办，重庆市生态环境宣传教育中心、重庆文学院、四川省生态环境宣传教育中心、四川省小小说学会承办的第二届"双城绿动话发展　川渝作家环保行"创作采风活动在四川省广安市启动，十二位川渝地区知名作家书写川渝地区生态环境保护的美好画卷。

### 11月

13日　重庆市作协机关党委向机关及直属单位全体党员发出倡议，在做好自身安全防护前提下，就近就便向所在社区报到，主动亮明身份、服从调度，参与志愿服务，协助落实疫情防控措施。倡议发出后，大家迅速响应，奋力投身到疫情防控攻坚战中。

### 12月

27日　重庆市作协机关党支部举行"学习贯彻党的二十大精神"主题党日活动，重庆市作协党组书记何浩为机关全体党员上了题为《深入学习宣传贯彻党的二十大精神为建设文化强市贡献文学力量》的专题党课。

# 2023年

2022年11月至2023年7月，市委宣传部、市文明办、重庆市作协联合开展"文明新风润巴渝　同心圆梦谱新篇"学习宣传贯彻党的二十大精神主题征文活动，评选出57篇获奖作品，并举办优秀作品分享会。

### 1月

30日至31日　重庆文学院作家服务团走进武隆区荆竹村归原小镇，以文学助力生态文明建设。

## 2月

14日至15日　重庆文学院作家服务团走进长寿区万顺镇开展"学习二十大精神　讲好中国故事"主题活动。

17日　重庆市作协五届二次全委会在红岩干部学院召开。同时举行了第九届重庆市文学奖（含少数民族文学奖）颁奖仪式，长篇小说《大唐廉相陆贽》等17件作品获奖。

20日至21日　中国作协"深入生活、扎根人民"主题实践经验交流暨创联工作会议在渝召开，中国作协书记处书记邱华栋、邓凯和各省区市作协负责人、作家代表120人出席会议，并就开掘现实题材、服务广大作家等主题深度交流。会上，中国作协对2022年度"深入生活、扎根人民"主题实践先进集体和先进个人进行表彰，重庆市作协被评为2022年度"深入生活、扎根人民"主题实践先进集体。曾维惠、吴剑波被评为2022年度"深入生活、扎根人民"主题实践先进个人。

25日　专业作家张者《山前该有一棵树》获第十三届"茅台杯"《小说选刊》年度大奖。

27日　第二届《中国作家》阳翰笙剧本奖在京揭晓。重庆作家张者和宋潇凌作品《天山颂歌》获得最佳电视剧剧本奖。

## 3月

9日　重庆文学院作家服务团新时代文明实践"六进"活动走进九龙坡区西彭镇真武宫村宣讲党的二十大精神。

12日至13日　重庆文学院组织重庆文学院学员走进南川区木凉镇、头渡镇，开展"深入生活，扎根人民"主题文学实践采访创作系列活动，以文学的形式助力乡村文化振兴。

15日　重庆市作协、重庆新华书店集团、重庆日报主办"《红岩》新刊发布暨文学主题交流座谈会"。

19日至24日　生态环境部、中国作协主办，中国环境报社、中国作协社会联络部、重庆市生态环境局、重庆市作协承办的"大地文心"生态文学作家采风重庆行活动在江北区启动。

26日　重庆市作协、重庆出版集团、市政府文史馆、渝中区委宣传部、渝中区文联、渝中区作协主办的王雨小说集《十八梯》新书发布会在十八梯传统风貌区举办。

29日至30日　重庆文学院作家服务团走进重庆潼南区崇龛镇、双江镇等地开展新时代文明实践"六讲"志愿服务。

## 4月

4日　为落实重庆市作协书记主席对话青年作家机制，重庆市作协在重庆文学会客厅召开青年诗人座谈会。重庆市作协党组书记、副主席何浩，重庆市作协主席冉冉，与青年诗人对话交流，畅谈诗歌创作与文学发展。

7日　重庆市作协、重庆新华书店集团、重庆日报主办，重庆市作协散文创委会、重庆市散文学会和重庆书城承办的王干文学公开课暨《人间食单》新书分享会在解放碑重庆书城举行。

8日　重庆少数民族文学座谈会暨张远伦散文集分享会在重庆两江新区天来酒店举行。

10日至11日　在中国作协信息宣传工作会议上，重庆市作协被评为2021年、2022年两个年度的先进单位，重庆市作协两名工作人员同时获得表彰。

11日至12日　重庆市作协主席冉冉率队到酉阳，就酉阳县文学创作情况开展调研，并与10余位酉阳作家、文学工作者座谈。

12日至13日　重庆文学院作家服务团走进重庆大足区石马镇开展新时代文明实践"六讲"志愿服务。

18日　市作协党组书记、副主席何浩率队到电力作协，专题调研加强文学成果转化工作路径。

19日　为迎接第28个"世界读书日"的到来，重庆文学公开课走进重庆大学。重庆作协副主席、重庆文学院院长张兵以"超越平凡世界——畅销小说的创作心得"为题，为同学们进行文学讲座。

23日　重庆市作协、重庆新华书店集团、重庆日报共同主办的"阅读面对面"重庆文学公开课系列活动之"从非虚构到虚构"分享会在解放碑重庆书城举行，宋尾、强雯、张娓、敖斯汀4位作家分享文学创作感悟和收获。

25日　《红岩》文学杂志社走进渝中，调研渝中区作协基层创作情况，推行区县行业作协推荐稿办法，并与渝中区作协展开"渝中区作协青年作家培养计划"主题座谈。

## 5月

8日　2023年中国作协重点作品扶持项目名单揭晓，重庆市作协副主席张者的长篇小说《拯救故乡赵家庄》、副主席李燕燕和中国文字著作权协会总干事张洪波合著的报告文学《创作之伞——关于文字著作权保护的社会观察》入选。

9日　重庆市作协主席冉冉带队到大足区开展"文学精品创作"专题调研，与大足区协会负责人、作家代表就如何推出更多具有时代特点、巴渝特色、全国影响的文学精品进行了深入交流。

11日　重庆市作协党组书记、副主席何浩一行前往市网络作协，专题调研加强文学成果转化的路径，与协会负责人、网络作家代表、文化公司工作人员座谈交流，听取工作意见建议。

11日　重庆市校园文学石柱民族中学创作基地授牌仪式在石柱县民族中学举行。重庆市作协主席冉冉为校园文学石柱民族中学创作基地授牌，石柱民族中学校长秦从凡和石柱县作协主席谭岷江共同接牌。

11日至12日　重庆市作协主席冉冉带队到石柱县作协、涪陵区作协开展

"文学精品创作"专题调研。

17日　红岩杂志社编辑部赴璧山江津基层作协进行主题教育调研以及文学志愿服务活动。

17日　重庆市作协党组书记、副主席何浩带领重庆市作协机关有关负责人赴荣昌区作协调研。

18日　重庆市作协在重庆文学会客厅召开科幻文学作家座谈会。重庆市作协党组书记、副主席何浩、重庆市作协主席冉冉与13名科幻文学作家参加活动。

24日　重庆文学院赴九龙坡作协就重庆市青年作家人才培养情况开展调研工作。

25日　《红岩》文学杂志社副主编欧阳斌、编辑部主任吴佳骏、编辑刘鲁嘉、强雯、李嘉一行,到重庆公安作协开展文学调研活动。

28日　重庆市作协、重庆新华书店集团、重庆日报共同主办的"阅读面对面"重庆文学公开课系列活动之儿童节特别活动在重庆书城举行。黄继先、于爱全、晏菁、蓝钥匙、张雨荷5位儿童文学作家,和孩子们面对面交流,分享写作心得。

30日　张远伦诗集《白玉朱砂》入选2023年中国作协定点深入生活项目。

31日　重庆文学院走进"青春之城"沙坪坝区开展"青年作家人才培养"专题调研,并就沙坪坝区作协基层会员的创作情况、校园青年作家人才培养等话题进行了座谈。

## 6月

10日　巴金文学院、重庆文学院、四川省科普作协、重庆科普作协、课堂内外杂志社联合主办的"创星小作家"2023年嘉年华活动在重庆大悦城举办。

12日　以成渝两地文化交流为主题的"双城诗记"成渝双城青年诗人对话活动在弹子石老街南岸区图书馆少数花园分馆举行。著名诗人梁平、李元胜"带队"两地青年诗人点评推广优秀诗作,共话诗歌发展。

14日　重庆文学院与九龙坡、璧山、新闻媒体作协、公安作协作家代表一起，走进璧山区健龙镇龙江新石村，开展新时代文明实践志愿服务，深度挖掘当地历史文化资源，助力乡村文化振兴。

21日　重庆市作协、重庆新华书店集团、重庆日报共同主办的"阅读面对面"重庆文学公开课系列活动之从非虚构到"非虚构"——李燕燕《食味人间成百年》新书分享会举行。

## 7月

1日至2日　重庆文学院、四川省遂宁市作协、重庆市潼南区作协携手走进遂宁，开展"荷你相约"川渝作家看遂宁文学交流活动。

5日至6日　重庆市作协主席冉冉先后前往云阳、垫江、长寿开展文学精品创作调研。

6日　重庆市作协、重庆新华书店集团、重庆日报主办，红岩文学杂志社、重庆市作协散文创委会承办的"阅读面对面·重庆文学公开课"在重庆书城举行。此次公开课以"重庆散文的现状与突围"为主题，20余位散文作家、散文评论家、散文翻译家、文学期刊编辑参加。

10日至11日　重庆市作协主办、重庆文学院承办的2022年新会员培训班在九龙坡区举办，61位新加入重庆市作协的会员参加学习。

24日　重庆第三届中青年作家高级研修（非虚构）班开班仪式在渝举行。

## 8月

8日　红岩杂志社召开"新时代山乡巨变"主题创作座谈会。会议贯彻落实中国作协、重庆市作协"新时代山乡巨变创作计划"部署要求，加强选题策划和项目推进，并对作家的现有作品进行一次全面梳理和摸底。

14日至15日　重庆市作协党组书记、副主席何浩先后前往彭水县、黔江区调研文学工作，并与部分作家代表座谈。

16日　为推动成渝地区双城经济圈建设文学工作走深走实，重庆市作协召开办公会专题研究，制定并印发《重庆市作协推动成渝地区双城经济圈建设文学工作实施方案》。

17日　重庆作协在中国作协召开的全国社会联络工作会议暨全国文学志愿服务联席会议上荣获"社联先进集体""文学志愿优秀服务组织单位""著作权开发先进单位"等表彰，重庆文学院荣获"文学志愿优秀服务队伍"称号。

本月　重庆市作协编选的《2022年重庆作家优秀作品选》由重庆出版社出版发行。

## 9月

1日　重庆市作协主办的"新时代山乡巨变"创作座谈会在重庆文学会客厅召开。重庆市作协党组书记、副主席何浩，重庆市作协主席冉冉，重庆市作协副主席、小说创委会主任张者以及小说作家近20人参加会议，就"新时代山乡巨变"这一创作主题进行热烈探讨。

20日　红岩文学杂志社主办的2023年"红岩笔会"在重庆启动，马步升、陈应松、武歆、张锐锋、李元胜、张者等30多位市内外知名作家，围绕"聚焦文化传承发展，激活文学成果转化"主题展开热烈讨论。

24日　重庆文学院、重庆市网络作协主办，重庆市新闻媒体作协及南岸、九龙坡、沙坪坝、江北、渝北等五家区级作协联合协办的"网络文学大咖分享会"在南滨路精典书店举行。

26日　重庆文学院、江北区图书馆和渝中区作协联合承办的川渝两地文学交流系列活动，《草堂》诗刊和《青年作家》杂志主编熊焱在江北区图书馆鸿恩寺馆三楼为重庆的60多位写作者们带来了一场题为"诗歌，一颗诚实滚烫的良心"的文学讲座。

## 10月

**10日** 中国作协公布2023年新会员名单，重庆市作协共有35人成为中国作协会员。

**14日** 第二届《中国作家》阳翰笙剧本奖颁奖典礼在北京中国现代文学馆举行，重庆作家张者、宋潇凌共同完成的剧本《天山颂歌》获得阳翰笙剧本奖最佳电视剧剧本奖。

**18日** 西南六省（区、市）文学工作协作座谈会在渝举行，六地作协成立西南文学发展联盟，签署《西南六省（区、市）文学发展联盟协议书》。

**21日** 重庆文学院、九龙坡区作协联合开展"金风十月 访秋陶家"文学采风活动，以文学的形式，助力乡村文化振兴。

**26日** "名家相约·大义渡口"文学采风活动正式启动。冯秋子、范稳、李元胜、张者等国内十余位知名作家深入重庆工业文化博览园、大渡口区博物馆、"金鳌田园"综合体等地，了解大渡口区经济社会发展、生态文明建设和文化发展情况，书写城市发展新内涵。

**28日** 知名作家、编剧宋潇凌携新作《十二背后》做客"阅读面对面·重庆文学公开课"。

## 11月

**10日** 重庆文学院与成都文学院，渝中区作协与崇州市作协举行座谈会，相关负责人共同签署文学交流合作框架协议。

**11日** 重庆市作协"作家走基层"活动走进大足。在大足区委党校，重庆市作协副主席谭明与大足区作协100余名作家、文学爱好者进行互动交流，并开展文学专题讲座。

**18日** 重庆市作协"作家走基层"活动走进万州。在重庆长江人力资源公司会议室，重庆市作协副主席谭明与万州区作协50余名作家、文学爱好者进行了互动交流，并开展了一场文学专题讲座。

22日　重庆市作协五届四次主席团（扩大）会议暨创作座谈会召开。会议的主要任务是：坚持以习近平新时代中国特色社会主义思想为指导，深入学习贯彻习近平文化思想，认真落实全国宣传思想文化工作会议精神和中国作协十届三次全委会精神，按照市委关于文化强市建设的部署要求，进一步加强文学创作组织工作，努力推动新时代重庆文学事业高质量发展。

25日　由重庆市作协、璧山区委宣传部指导，重庆市诗词学会、重庆市新诗学会与璧山区文联、区作协、区书协共同主办的耕夫诗词集《撷韵白云间》、书法集《墨海风流》分享会在区委党校报告厅举行。

## 12月

10日　重庆市作协"作家走基层"活动走进云阳。在云阳县文联会议室，重庆市作协主席团委员、万州区作协主席文猛与云阳作协30余名作家互动，并作了题为"散文的神"的文学讲座。

14日　重庆市作协主办的"重庆文学有声馆"挂牌仪式在重庆大剧院时光里独立书店举行。

22日　中国作协社会联络部通报了17个文学志愿服务示范性重点扶持优秀项目、17家文学志愿服务示范性重点扶持项目优秀组织单位。其中，重庆文学院作家服务团的"重庆文学院作家志愿服务项目"入选文学志愿服务示范性重点扶持优秀项目（2022—2023年），重庆市网络作协获文学志愿服务示范性重点扶持项目优秀组织单位（2022—2023年）。

23日　重庆市作协主办、少数民族文学创委会承办的重庆市少数民族作家座谈会暨作品分享会在重庆文学会客厅举行。重庆市作协主席冉冉，黔江、酉阳、秀山、石柱、彭水等区县少数民族作家代表参会座谈，并对5部作品进行分享、点评。

# 2024年

## 1月

2日　重庆市作协召开干部职工大会，认真学习贯彻全市宣传思想文化工作会议精神。

3日　重庆市作协荣获中国作家协会2023年度创作联络工作先进集体。

8日　重庆市作协儿童文学创委会主任李姗姗的《器成千年》获得"2023年度桂冠童书奖"。

16日　重庆市作协在潼南举办创作大会。近百名作家代表参加，会议总结了重庆市作协五次作代会以来工作，对推动重庆文学事业高质量发展作出安排部署。

21日　"和文字交朋友"——创星小作家2023年度盛典暨颁奖典礼在重庆大学科学会堂落下帷幕。录制版于1月26日晚进行了全网播出，播放量达29万，点赞数突破23万。

26日　"青山书角"进驻重庆揭牌仪式暨"生态文明读书会——诗咏长江"在重庆市规划展览馆举行。

## 2月

22日　"红岩文学"APP成功上线，持续加强《红岩》及红岩文学应用软件品牌推广，推动文学杂志数字化转型取得新成效。

28日　市委宣传部陈劲副部长调研重庆文学会客厅、重庆文学有声馆。

## 3月

1日　重庆市作协在重庆文学会客厅举办"跟党奋进新征程　巾帼建功新时代"女作家"回家"活动，重庆市作协党组书记、副主席何浩、重庆市作协主席冉冉、市妇联副主席李艺和女作家代表们一起深入学习贯彻习近平文化思想，在党的创新理论指引下，进一步研究推动重庆文学高质量发展。

16日　以重庆本土著名美术家、教育家万从木先生为原型创作的长篇小说《从木传》作品研讨会在重庆市永川图书馆举行。

17日至22日　由重庆市生态环境局联合四川省生态环境厅联合主办，川渝两地生态环境宣传教育中心、作协和重庆文学院共同承办的第四届"双城绿动话发展　中国作家川渝行"生态文学采风活动在渝举行。

27日　由重庆文学院和重庆科普作家协会主办的"幻想文学讲堂"第一课在江北区图书馆鸿恩寺馆开讲。四川大学文学与新闻学院副研究员、中国科幻研究中心首批特聘专家姜振宇给大家带来了题为"技术时代里的幻梦与想象"的讲座。

## 4月

21日　关于文学志愿服务及公共文学服务调研座谈会在重庆文学会客厅举行。全国政协常委、中国作协副主席、书记处书记邱华栋出席中国作协会议并讲话，重庆作协副主席、重庆文学院院长张兵，四川省作协党组成员、机关党委书记李铁，贵州省作协党组书记、副主席何长锁，西藏文联党组成员、副主席，西藏作协常务副主席次仁罗布，云南省作协副秘书长袁皓分别介绍了文学志愿服务及公共文学服务工作的开展情况。

21日　首届"重庆出版之夜"在渝举行，由中国作协社联部、重庆出版集团、重庆市作协、四川新华出版发行集团联合主办。围绕"出版"和"文学"话题，现场开展了思想互动、选题共商、新书和出版项目发布等活动。

21日至22日 "书香中国 悦读文学"中国作协第二届全民阅读季系列活动在渝举办，中国作协党组成员、副主席、书记处书记邱华栋，市人大常委会、市委宣传部有关领导，四川、贵州、云南、西藏作协负责同志等国内知名作家，以及有关省市、文化公司代表，阅读推广人等130余人出席活动。相继开展文学志愿服务及公共文学服务、"中华优秀传统文化与新质生产力——以大足石刻为中心"等主题调研，召开中国作协第二届全民阅读季阅读推广城市交流会、"百名作家进百校"暨全民阅读名家交流会，举行长篇小说《万桥赋》、报告文学《创作之伞——中国文字著作权保护纪事》新书发布会，在大足、渝中、九龙坡、南岸、永川、江津、南川、潼南、璧山等地举办9场中国作协"文学公开课"。新华社、人民网、央广网、重庆日报等媒体，学习强国、今日头条、抖音、搜狐、新浪等网络平台，均对活动作了全景式宣传报道，共有286家境内外媒体转载转发，全网总浏览量高达1.1亿人次。

28日 第六届创作员开班仪式暨2023年缙云年度优秀作品发布会在江北区鸿恩寺图书馆举行，现场发布周宏翔、周睿智、刘辰希和陈泰湧为首批"讴歌计划·特约作家"，打造"渝字号"精品力作，助力文化强市建设。

29日 重庆市作协、重庆新华书店集团、重庆日报主办的"阅读面对面·重庆文学公开课"之"重庆青年作家创作漫谈"在重庆书城举行。

本月 重庆文学院与重庆市生态环境局、四川省生态环境厅、四川省小小说学会联合组织采风创作的《生生嘉陵：第二届川渝作家环保行作品集》由中国环境出版集团出版。

## 5月

17日 重庆文学院第六届创作员诗歌组和网络文学组学员，在导师带领下走进大足区玉龙镇开展文学采风活动。

23日 重庆市作协在重庆文学会客厅召开青年评论家座谈会。重庆市作协党组书记、副主席何浩，重庆市作协主席冉冉参会。杨华丽、**魏巍**、周俊锋、廖海杰、金华、文红霞、张蓓、杨不寒等青年评论家，结合自身文学评论工作实际，交流创作经验、提出存在的问题及困惑，并就如何加强文学评论助推本土文学创作提出意见建议。

6月

5日　重庆市作协副主席、重庆文学院院长张兵在石柱县图书馆五楼作了"畅销小说的六个原则"主题讲座。

12日　重庆市作协在广场宾馆举办五届三次全委会。会议学习贯彻习近平文化思想、习近平总书记对宣传思想文化工作的重要指示精神、习近平总书记视察重庆重要讲话重要指示精神，传达学习市委六届五次全会精神，审议重庆市作协五届三次全委会工作报告，通报重庆市作协全委会团体委员变更增补情况，补选张者为重庆市作协第五届委员会主席。

12日　中国作协公布2024年新会员名单，重庆市作协共有42人成国中国作协会员。

13日　中国作协重点作品扶持办公室、中国文字著作权协会、重庆市作协、重庆出版集团和《啄木鸟》杂志社在京联合主办《创作之伞：中国文字著作权保护纪事》研讨会。

21日　重庆市高校文学院联盟在重庆大学图书馆重大文库成立，重庆文学院与在渝十二所高校的文学院系相关负责人参与了此次活动并现场签约。

23日　重庆市作协、重庆出版社、中共綦江区委宣传部联合主办的刘泽安长篇儿童小说《爷爷的唢呐》研讨会在重庆举行。

24日　为重庆市作协干部职工、2023年新入会会员进行信息工作培训，讲解"工作动态类""经验做法类"等6类信息的写作方法。

24日至25日　重庆市作协2023年新会员培训班在九龙坡区举办。

25日　为重庆市作协全体干部职工、2023年新入会会员进行意识形态安全培训。

## 7月

1日　重庆市作协"光荣在党50年"纪念章颁发仪式举行。

2日　重庆市作协党组书记、副主席何浩带队前往梁平区宣讲习近平总书记视察重庆重要讲话重要指示精神和市委六届五次全会精神，调研文学工作，并与部分作家代表座谈。

3日　市人大教科文卫委主任黄宗华带队到重庆市作协调研，参观重庆文学会客厅布置展陈，听取重庆市作协工作汇报，并同重庆市作协党组书记何浩、主席张者，机关处室、直属单位负责人座谈。

11日　张楚携新书做客"阅读面对面·重庆文学公开课"，与张者、宋尾、贺斌、强雯等重庆作家对谈。

15日　第六届缙云诗会"川渝诗人北碚行"采风活动举行，来自四川绵阳、巴中、南充、达州和重庆的20余名诗人深入走访重庆北碚区进行采风创作。

22日　重庆第四届中青年作家高级（小说）研修班开班仪式在南川区文化馆举行，来自重庆、四川、贵州的50余名中青年作家相聚于此，开始为期一周的培训学习。

29日　重庆市作协召开2024年主管社团专题会议，学习贯彻党的二十届三中全会精神，研究安排有关工作。

30日　茅盾文学奖获得者乔叶做客"阅读面对面·重庆文学公开课"。

31日　红岩文学杂志社副主编欧阳斌率编辑部在重庆云阳县开展"推进《红岩》文学杂志高质量发展"主题交流座谈活动。

## 8月

5日至11日　为深入学习贯彻党的二十届三中全会精神，加快推进全市文学领域体制机制改革，重庆市作协围绕"优化文化服务和文化产品供给机制"专题，先后召开各文学门类创作座谈会，并前往秀山、酉阳作协开展实地调研。

15日　生态环境部宣传教育司、中国作协社会联络部联合发布2023年度生态文学推荐书目，重庆作家李元胜的《寻蝶记》入选。

29日　《重庆文学》开展"庆祝中华人民共和国成立75周年"征文活动。

## 9月

1日　重庆青年作家代表团由重庆市作协主席张者领队，魏巍、周睿智、杨雅、韩路荣、段涵芬、李子、晏菁、周宏翔、隆玲琼等9名青年作家代表赴京参加第九次全国青年作家创作会议。

4日至5日　重庆市作协、重庆日报主办，南川区委宣传部、区文旅会、区文联承办，重庆市知名作家赴南川大金佛山178环线采风。

11日　重庆首部援藏题材电影《藏地心迹》拍摄报告会暨杀青仪式在重庆南山塔宝花园酒店举行。

11日　由北碚区作家协会、重庆西大茶业有限公司联合主办的"文学在场——西大印象·缙云中秋诗会"在重庆北碚区举行。

19日　重庆文学院与重庆移通学院钓鱼城科幻学院联合举办"科幻启发想象力·科学实现强国梦"活动。

20日　重庆市作协召开五届八次主席团会议暨青年作家创作座谈会，深入学习贯彻党的二十届三中全会、第九次全国青年作家创作会议和市委六届六次全会精神。

21日　由重庆广播电视集团（总台）播音主持专业委员会策划，重庆卫视，重庆大剧院主办，重庆广播、重庆市歌剧院、重庆交响乐团、重庆文学院协办的"华章乐韵"江畔朗诵会，在重庆市大剧院户外广场举办。

24日至25日　由重庆文学院主办、铜梁区作协承办的"庆祝新中国成立75周年"重庆作家看铜梁主题文学实践活动举行。

26日　2024"红岩笔会"在酉阳举行，聚焦文学高质量发展。笔会以"喜迎祖国华诞，文聚幸福酉阳"为主题，作家们深入感受大美酉阳的自然风光与人文积淀，共话文学高质量发展。

27日　重庆市作协、重庆新华书店集团、重庆日报、渝中区委宣传部主办的"阅读面对面·重庆文学公开课"，迎来了中华人民共和国成立75周年专题"重大主题创作漫谈"单元。

28日　重庆市作协、重庆出版集团编辑出版《书香重庆·阅读中国——庆祝中华人民共和国成立75周年重庆作家作品集》，书中收录了包括散文、报告文学、小说、诗歌、儿童文学、文学评论等在内的44篇作品，从不同侧面集中体现了2023年我市文学事业高质量发展中丰硕的创作硕果。

## 10月

9日　中央宣传部办公厅公布2024年主题出版重点出版物选题。重庆市作协主席张者与作家宋潇凌合著的长篇小说《万桥赋》，重庆儿童文学作家曾维惠的《科学家精神》（"中国共产党人精神谱系故事"系列读本之一）、长篇小说《中国妈妈》入选。

10日　重庆市作协、重庆大学人文社会科学高等研究院&博雅学院联合主办，重庆大学出版社、重庆出版社、重庆市科普作家协会、中国科普作协科幻文学委员会协办的重庆大学创意写作基地成立仪式在重庆大学博雅书院报告厅举行。

24日　重庆市作协组织召开重庆市文学界深入学习实践习近平文化思想座谈会，重温习近平总书记在文艺工作座谈会上的重要讲话精神，深入学习实践习近平文化思想，进一步推动重庆文学高质量发展。

30日　书旗中文网与重庆市网络作家协会、重庆大学博雅学院联合主办的"人人都是小说家"网文创作大赛—高校赛重庆赛区启动仪式在重庆大学A区举行。

## 11月

3日 由重庆市作家协会、重庆新华书店集团等共同主办的"阅读面对面·重庆文学公开课——《太空火锅城》新书分享会"在解放碑重庆书城举办。

11日 重庆市作协公布2024年度重庆市作协重点作品扶持项目名单,《沧海一声笑》《醉酒的司娘子》《河生》等14部作品入选。

12日至14日 四川作家"深入生活、扎根人民"新时代文学实践点授牌暨川渝作家走进广安采风活动在广安举行,由广安作协、武胜作协和重庆文学院、潼南作协、大足作协、渝北作协共同组成的川渝两地作家采风团深入武胜沿口古镇、嘉陵江、广安市博物馆、广安华蓥市禄市镇等地,感受广安的独特魅力。

22日 重庆市作协党组书记、副主席何浩赴京参加中国作家协会主办、中国现代文学馆承办的纪念罗广斌同志诞辰100周年座谈会。

22日至24日 由中国作协诗刊社、重庆市作协、北碚区委、北碚区政府、西南大学联合主办的第六届缙云诗会系列活动成功举办。

24日 由重庆市作家协会、山西出版传媒集团、重庆新华出版集团、九龙坡区委宣传部、九龙坡区妇联主办,希望出版社与九龙坡区图书馆、九龙书城承办的"学习时代楷模 争做先锋少年——《中国妈妈》文学对谈暨读者见面会"在九龙书城举办。

26日 由重庆市作家协会主办,重庆市作协创评室、重庆市作协散文创委会承办的重庆市作协散文创作年度座谈会在九龙坡区举行。

27日至29日 "成渝双城文艺主题联盟"启动仪式暨遂宁射洪文学采风活动在四川射洪市举办。

28日 由重庆市作协和四川省作协共同举办的川渝作家"新时代山乡巨变,文学与你同行——走进隆昌、荣昌"主题志愿服务活动在川渝交界的石燕镇三合村启动。

28日 忠县"重温红色经典 弘扬红岩精神"座谈会召开。市作协党组书记、专职副主席何浩，忠县县委常委、宣传部部长秦海峰出席活动。

30日　由重庆文学院主办的重庆市高校文学院联盟座谈会在南川区水江镇乐村举行。

## 12月

4日　市人大常委会委员、教科文卫委主任委员黄宗华，市人大常委会委员、科教文卫委副主任委员蒋建国，专题调研重庆文学工作，并实地考察"重庆文学有声馆"建设运行情况。

5日至8日　由四川省作家协会、重庆市作家协会与中共资阳市委宣传部主办，星星诗刊杂志社、资阳市文联、资阳市文广旅局、资阳市作家协会承办的"奋斗·足印"——2024年新时代川渝青年诗人走进资阳采风创作活动在四川资阳隆重举办。

6日　重庆市作协举行重庆儿童文学作家座谈会，来自我市儿童文学领域的十余位作家、学者、评论家齐聚一堂，共同回顾了我市儿童文学领域近年来高质量发展的蓬勃态势，并结合各自的创作、研究实践进行了交流碰撞。

11日　重庆市作协2024年度新会员名单公布，79人（含转入会籍）上榜。

16日　重庆市作协启动第三届"全国知名刊物与青年作家结对子"项目，邀请知名刊物8位编辑分别担任16名重庆青年作家导师，在为期两年时间内，通过一系列专业培训、创作指导、作品发表及交流活动等，为青年作家搭建一个展示才华、交流思想、提升自我的平台。

17日　重庆市作协党组书记、副主席何浩前往重庆金融作协调研文学工作，并与部分金融作协会员和金融业代表座谈。

17日　重庆市作协、云阳县人民政府共同公布长江国家文化公园（重庆段）建设诗文大赛活动获奖名单，《长江图（组诗）》《滩的修辞》等25部作品获奖。

19日　重庆市作协党组书记、副主席何浩带领办公室、组联部相关人员赴石柱县桥头镇、鱼池镇调研乡村振兴工作。

19日　重庆市作协党组成员、副主席、文学院院长张兵，重庆市作协创评室主任杨晓林一行赴隆昌市与四川省作协创研室开展工作交流座谈。

23日至24日　重庆文学院组织作家走进城口，开展了一场聚焦生态变化与红色文化的文学实践活动，深度探寻当地生态变化与人文魅力。此次活动由重庆文学院、重庆市生态环境宣教中心联合主办。

25日　由重庆文学院、南岸区作协主办，人间故事社承办的类型小说创作技巧研讨会在两江新区盈田酒店成功举行。